Always publishing

COLLANA
Always romance
-122-

Questo libro è un'opera di finzione. Nomi, personaggi, luoghi, marchi, media ed episodi descritti sono frutto dell'immaginazione dell'autrice o sono utilizzati in modo fittizio. L'autore riconosce lo status del marchio di fabbrica e i proprietari del marchio dei vari prodotti, band e/o ristoranti menzionati in questo romanzo, che sono stati usati senza permesso. La pubblicazione/uso di questi marchi non è autorizzata, associata o sponsorizzata dai proprietari del marchio. Qualsiasi somiglianza con persone reali viventi o defunte, eventi o luoghi è puramente casuale.

Titolo originale: Bad Cruz

Traduzione dall'inglese di Serena Stagi e Federica D'Ascani

ISBN 9791255170679

Illustrazione © MiLa ToRRo

www.alwayspublishingeditore.com

Stampato nel maggio 2024 con sistema Rotobook da Geca (MI)

L. J. SHEN

Bad Cruz

Alla vera signora Turner.
Sono pronta a lasciarti la parte di Freddie Mercury
tutte le volte che vorrai.

«Quando le donne sbagliano, gli uomini le seguono a ruota.»

Mae West

«Il vero amore è cantare Under Pressure al karaoke e lasciare la parte di Freddie Mercury all'altra persona.»

Mindy Kaling

Prologo

Tennessee

La cosa da tenere bene a mente è che io, Tennessee Lilybeth Turner, non ho tentato di uccidere nessuno.

Parliamoci chiaro, non dico di non aver mai *pensato* di uccidere qualcuno, né sono così angelica da poter affermare che la notizia della prematura scomparsa di alcuni (e va bene, della *maggior parte*) dei miei concittadini mi rattristerebbe moltissimo.

Ma togliere la vita a qualcuno?

Nossignore.

È una cosa che va ben oltre le mie capacità.

Psicologicamente, intendo.

Fisicamente, se mi ci mettessi d'impegno sarei senz'altro in grado di uccidere. Lavoro in piedi tutto il giorno, facendo avanti e indietro con vassoi carichi di cibo unto e bisunto che arrivano a pesare anche dieci chili, perciò sono in ottima forma.

Emotivamente, però, non riuscirei a convivere con me stessa se sapessi di aver fermato il cuore di un'altra persona.

E poi c'è la possibilità di essere sbattuti in carcere, e l'idea non mi ispira granché. Non perché sia viziata o chissà cosa, ma sono molto schizzinosa e non ho mai condiviso la stanza con nessuno. Perché cominciare proprio adesso?

Oltretutto, i peccati che ho commesso negli ultimi trent'anni bastano e avanzano. Ora come ora, commettere un omicidio sarebbe, e scusate la ridondanza, un suicidio. Vorrebbe dire monopolizzare tutta la pubblicità negativa possibile messa a disposizione di chiunque, tra gli abitanti di Fairhope, nella ridente Carolina del Nord.

Casinessy ci è cascata di nuovo. Non bastavano un figlio nato fuori dal matrimonio e il vizio di tirare pugni in gola al prossimo, ora ci prova anche con gli omicidi improvvisati.

(L'episodio del pugno in gola verrà spiegato a tempo debito. È una storia che non può fare a meno del suo contesto.)

Bene, ora che abbiamo appurato in modo indiscutibile, certo e incontrovertibile che io *non* ho tentato di uccidere nessuno, c'è una cosa che vorrei mettere in chiaro: Gabriella Holland meritava di morire.

1

Tennessee

Era un tranquillo pomeriggio di sole, alla tavola calda, e c'era il novantanove virgola novantanove per cento di probabilità che commettessi un omicidio.

Il ragazzino con la felpa gialla della Drew, l'apparecchio colorato ai denti e l'espressione strafatta aveva appena buttato deliberatamente la forchetta sotto al tavolo del séparé di plastica rossa che occupava.

«Ops» biascicò con aria sorniona. «Sono proprio sbadato. Che ne dici, me la raccogli?»

Mi scoccò un sorriso tutto acciaio e pezzi di waffle. I suoi tre amici sghignazzavano in sottofondo, scambiandosi gomitate e occhiolini eloquenti.

Io lo fissai inespressiva, domandandomi nel frattempo se sarebbe stato meglio avvelenarlo o strangolarlo. Meglio il veleno, decisi. Certo, era considerata l'arma dei codardi, ma perlomeno non avrei corso il rischio di rompermi un'unghia.

Tenevo moltissimo alle mie bimbe appuntite alla Cardi B.

Alla vita di quel tizio, invece, per niente.

«Non ce l'hai le mani?» Gli feci scoppiare il chewing-gum rosa in faccia e sfarfallai le ciglia finte: ero decisa a interpretare alla perfezione il ruolo voluto per me dai miei concittadini, ovvero quello della bionda svampita coi capelli cotonati, a un passo dall'analfabetismo e destinata a servire hamburger per il resto dei suoi giorni.

«Eccome se ce l'ho, e mi piacerebbe mostrarti di cosa sono capaci.»

I suoi amici praticamente ulularono, e alcuni si rotolarono dalle risate, applaudendo mentre si godevano lo spettacolo. Sentivo addosso lo sguardo torvo di Jerry, il mio capo, che stava pulendo forsennatamente il bancone con uno straccio che aveva su per giù la mia età.

Il suo sguardo mi intimava di non sputare "accidentalmente" la gomma nella bibita gassata di quel ragazzino (quando era accaduto a Tim Grylls, se l'era andata a cercare. Aveva insinuato che mi sarei dovuta prostituire per mandare mio figlio al college). A quanto pareva, però, non potevamo permetterci né le spese legali né la pessima reputazione.

Jerry era il proprietario della tavola calda Jerry & Figli. Un magnifico nome con un unico problema: dei figli non c'era nemmeno l'ombra.

O meglio, *c'era*.

Nel senso che erano vivi e tutto il resto. Solo che erano pigri e sperperavano i loro stipendi tutt'altro che sudati in donne, gioco d'azzardo, alcol e truffe fraudolente. Esattamente in quell'ordine.

Io lo sapevo bene, perché avrebbero dovuto coprire alcuni dei turni, lì al diner, e invece alla fine c'ero quasi sempre solo io.

«Qualche problema, Turner?» Jerry masticava tabacco. Le foglie gli avevano tinto i denti di una strana sfumatura giallo-urina. Mi lanciò un'occhiata eloquente dall'altra parte del bancone.

Accidenti.

Avrei dovuto tapparmi il naso e togliermi il pensiero.

Solo che *odiavo* gli adolescenti con gli ormoni a mille che mangiavano lì soltanto per guardarmi sotto la gonna.

Le cameriere di Jerry (cioè io. Perché ero l'unica cameriera del diner) indossavano dei graziosi vestitini molto succinti perché in questo modo, secondo lui, prendevano (o meglio: io prendevo) mance più alte. Si sbagliava. Però, neanche a dirlo, la divisa era obbligatoria. A strisce bianche e rosa, e più corta di un francobollo.

Ero una donna piuttosto alta, quindi tutte le volte che mi piegavo conciata così mi usciva mezzo sedere di fuori. Avrei potuto accovacciarmi, ma avrei corso il rischio di mettere in mostra qualcosa di ben più privato del posteriore.

«Allora?» Il ragazzino con la felpa gialla sbatté il pugno sul tavolo e fece tintinnare le posate e sollevare i piatti, ancora pieni di waffle caldi e soffici, a tre centimetri d'altezza. «Devo ripeterlo un'altra volta? Lo sappiamo tutti perché indossi quel vestitino, e non è perché ti piace stare fresca.»

Jerry & Figli era la tipica tavola calda di paese che si vedeva nei film e ti spingeva a pensare: *impossibile che esistano veramente topaie del genere.*

Pavimento di linoleum a scacchi bianchi e neri che doveva aver visto giorni migliori, probabilmente nel diciottesimo secolo. Séparé di plastica rossa tutta logora. Un jukebox che ogni tanto se ne usciva con *All Summer Long* di Kid Rock senza che nessuno gli avesse chiesto nulla.

E, per finire, il vanto di Jerry: una parete tappezzata di foto che lo ritraevano abbracciato ad alcune celebrità capitate nel nostro paesino (ovvero due giocatori di baseball che si erano persi sulla strada per Winston-Salem e una ragazza che faceva parte del corpo di ballo di Madonna che in effetti si *era* fermata in città di proposito, ma solo per dare l'ultimo saluto alla nonna in fin di vita, e infatti aveva in tutto e per tutto l'aspetto di chi aveva appena detto addio a una persona cara).

Il cibo era discutibile nel migliore dei casi e pericoloso nel peggiore, a seconda che il nostro cuoco, Coulter, si sentisse in vena o meno di lavare le verdure e il pollo (insieme) prima di cucinarli. Era veramente un brav'uomo, ma avrei preferito buttar giù una manciata di vetri rotti piuttosto che qualsiasi cosa gli fosse passata per le mani.

Eppure, il diner era sempre pieno zeppo di adolescenti che bevevano frullati, signore che si rifocillavano dopo aver fatto shopping sulla strada principale e famiglie che cenavano presto.

Lo stile e il gusto che mancavano a Jerry & Figli venivano compensati dalla sua semplice esistenza: era, infatti, uno dei pochissimi posti in zona in cui fosse possibile mangiare.

Fairhope era un paesino talmente piccolo che per trovarlo erano necessari un microscopio, una mappa e tanto impegno. Piccolo come l'uccello del tuo peggior ex. È una vera e propria macchina del tempo.

C'erano una scuola, un supermercato, un benzinaio e una chiesa. E tutti conoscevano tutti. Nessun segreto era al sicuro dalla gang di pettegole attempate del paese, che giocavano quotidianamente a bridge ed erano capitanate dalla signora Underwood.

Era così che *tutti* sapevano che io ero una poco di buono.

La pecora nera del paese.

La sciacquetta, la donna irresponsabile, la scapestrata.

Supponevo fosse questo il paradosso di Fairhope, che significava letteralmente "Giusta speranza": non era né giusta né disposta a lasciarti la benché minima speranza.

Con la coda dell'occhio vidi Cruz Costello seduto a un séparé in compagnia della fidanzata del momento, Gabriella Holland. Gabby (odiava che si usasse quel nomignolo, ecco perché ogni tanto la chiamavo così, anche se solo nella mia testa) aveva più o meno sei chilometri di gambe, ciascuna della circonferenza di uno stuzzicadenti, e la pelle di un neonato, di cui condivideva probabilmente anche le stesse facoltà intellettive.

Con i suoi capelli neri, lucenti e lunghi fino alla vita, sembrava una cugina perduta delle Kardashian (una Kabriella, avete presente?), ed era altrettanto capricciosa, sempre pronta a pretendere modifiche assurde ai piatti che ordinava.

Per esempio, il triplo hamburger di manzo alla Elvis con doppia porzione di patatine al formaggio diventava un hamburger vegetariano biologico con pochi grassi, senza panino, senza patatine, senza condimento ma con rucola aggiunta.

Per quanto mi riguardava, non esisteva stacco di coscia per cui valesse la pena mangiare come un criceto. Ma Coulter accontentava comunque ogni sua richiesta, perché se Gabby trovava una macchia d'unto nel piatto dopo aver finito di mangiare, poi non smetteva più di lagnarsi.

«Arrenditi, Casinessy. Raccoglimi la forchetta e passiamo oltre» sibilò il ragazzino in sottofondo, riscuotendomi dalle mie fantasticherie.

Sentii le guance andarmi a fuoco.

Se Cruz mi dava le spalle, Gabriella e il resto della clientela lì presente mi osservavano attentamente, in attesa di capire che piega avrebbe preso la conversazione. Con un sospiro, lanciai un'altra occhiatina a Jerry, e alla fine decisi che non valeva la pena di farmi licenziare, quindi mi chinai per raccogliere la forchetta.

Accaddero due cose contemporaneamente.

Innanzitutto il cretinetto mi pizzicò il sedere.

E nello stesso momento vidi il flash di una fotocamera alle mie spalle.

Mi girai di scatto e gli scostai la mano, gli occhi che bruciavano come se li avessi riaperti in una piscina piena di cloro.

«Che diavolo fai?» urlai.

Il ragazzino mi guardò dritto negli occhi mentre masticava la cannuccia immersa nel suo frullato con un ghigno crudele sulle labbra.

«Ho sentito tante cose su di te, Casinessy. Ti piace appartarti sotto le gradinate coi ragazzi, dico bene? Se ti mancano i bei tempi andati, posso sempre riportarti sulla scena del crimine.»

Stavo per perdere la pazienza, il lavoro e la libertà, e ammazzare *veramente* quella bestia di ragazzino, quando la bella (carogna) intervenne per salvarlo.

«Cameriera? *Ehilà*, puoi venire un momento?» Gabriella sventolò un braccio per aria e poi scostò sovrappensiero la sua chioma extra-lucente dalle spalle.

Puntai un dito sul ragazzino. «Spero che la cannuccia ti vada di traverso.»

«E io spero che la *mia* cannuccia vada di traverso a *te*.»

«Scommetto che la dimensione è la stessa.»

«*Turner*!» tuonò Jerry, improvvisamente sintonizzato sulla conversazione.

«E va bene, va bene» borbottai.

L'unica consolazione che avevo era che, con quella faccia e delle frasi da rimorchio del genere nel proprio arsenale, il ragazzino con la felpa della Drew sarebbe rimasto vergine ben oltre i trent'anni.

Ma che gran rottura di scatole era dover conservare quel posto per mantenere Bear. D'altronde trovare un impiego a Fairhope non era un'impresa facile, soprattutto con la reputazione che avevo io. Segretamente, però, avevo sempre sognato di mettere da parte abbastanza soldi per studiare qualcosa che mi piacesse e trovare un altro lavoro.

Mi avviai verso il séparé di Gabriella e Cruz pestando i piedi, troppo furibonda per sentire l'ansia che normalmente provavo quando avevo a che fare con l'idolo del paese.

Cruz Costello era, e sempre sarebbe stato, il beniamino di Fairhope.

Quando andavamo alle medie, aveva mandato una lettera al presidente così ben scritta, così piena di speranza, così *commovente*, da rimediare un invito alla cerimonia del Ringraziamento alla Casa Bianca per lui e la sua famiglia.

Alle superiori, era stato il quarterback che aveva guidato la Fairhope High alla finale nazionale, e quella era stata l'*unica* volta in cui la scuola aveva raggiunto quel traguardo.

Era il solo residente di Fairhope ad aver frequentato un'università della Ivy League.

Era la *Grande Speranza* della nostra città (sì, con le maiuscole a effetto, fatevene una ragione).

Colui che aveva assistito Diana Hudgens mentre partoriva nel suo *furgoncino* durante una tempestosa vigilia di Natale, e si era guadagnato una foto sul giornale locale che lo ritraeva sorridente col neonato in lacrime e il sangue che gli colava sugli avambracci muscolosi.

Senza contare che, dopo la laurea, Cruz aveva seguito le orme del padre ormai in pensione diventando l'adorato medico di famiglia di Fairhope.

Sembrava in tutto e per tutto più santo dell'acqua su cui aveva camminato Gesù Cristo, più virtuoso di Madre Teresa e, cosa che mi faceva infuriare più di tutto il resto, più sexy di Ryan Gosling.

In *Drive*.

Alto, slanciato, agile e in possesso di un paio di zigomi che, francamente, avrebbero dovuto essere messi fuori legge.

Aveva addirittura un *pornobaffo* che lo rendeva, a sua insaputa, ancora più affascinante. Non c'era donna entro i confini del paese che non sognasse segretamente di vedere quei peli intrisi dei propri umori.

Neanche il suo abbigliamento da contabile ipovedente in pensione, composto da polo, pantaloni color cachi e calzini bianchi e immacolati, intaccava minimamente la sua eccessiva *cavalcabilità*.

Per fortuna, per modo di dire visto che nella mia vita non c'era niente di fortunato, ero talmente abbacinata dalla sua esistenza da potermi considerare praticamente immune al suo fascino.

Mi fermai al loro tavolo e appoggiai un fianco al séparé logoro. Poi feci schioccare la gomma da masticare più rumorosamente del solito per nascondere il singhiozzo nervoso che mi era venuto dopo essere stata molestata dal ragazzino. Ogni volta che sentivo l'impulso di difendermi, mi ricordavo che le prospettive professionali offerte da quella cittadina erano più scarse del girovita di Gabby. Crescere un tredicenne non era economico, e tornare a vivere con i miei genitori era impensabile. Io e mamma Turner non andavamo d'accordo.

«Buongiorno anche a voi. Cosa posso fare per i *Beautiful* di Fairhope?»

Gabriella arricciò il naso con aria disgustata. Indossava un paio di jeans attillati, un costoso scialle di cashmere bianco e dei gioielli raffinati, che le conferivano un aspetto molto chic e disinvolto (e forse parigino).

«Come va, Nessy?» mi domandò senza muovere granché la bocca.

«Che dire, Gabriella, mi sveglio ogni mattina sul lato sbagliato del capitalismo, sono quasi sicura che la mia macchina stia per morire e la mia schiena non sta di certo diventando più giovane. Quindi tutto sommato una pacchia, grazie per l'interessamento. E tu?»

«Ho appena firmato un ottimo contratto con un'azienda di cosmetici che porterà un sacco di traffico al blog, quindi benissimo.»

«Splendido!» esclamai svenevole e feci del mio meglio per ignorare Cruz.

Gabriella svolgeva uno di quei lavori in cui postava foto e video di sé stessa su Instagram mentre testava nuovi prodotti, facendoti credere che usandoli saresti diventata come lei.

Allontanò il piatto neanche ci fosse stato sopra un topo morto.

«Senti, non voglio fare la piantagrane, ma non penso che il mio hamburger di tacchino sia… lo sai…»

«Cotto?» Inarcai un sopracciglio. *O di tacchino…*

«*Biologico*» bisbigliò lei, muovendosi con un certo disagio.

Ero al cospetto di Sherlock Holmes.

Dove pensava di essere, al The Ivy? Doveva ringraziare che l'insalata fosse stata lavata e che il panino non fosse uscito da una confezione di plastica.

«Probabilmente non lo è» convenni con lei.

Le sue sopracciglia si congiunsero di scatto. «Be', io l'avevo specificamente richiesto biologico.»

«E io avevo specificamente richiesto un biglietto vincente della lotteria e una notte di passione con Benicio del Toro. A quanto pare è una giornataccia per tutte e due, tesoro.» Feci schioccare di nuovo la gomma.

Cruz rimase in silenzio, come sempre quando c'ero io nei paraggi. Il dettaglio che stavamo volutamente ignorando era che Gabriella Holland era la migliore amica di mia sorella Trinity. E che la mia dolcissima sorellina stava per convolare a nozze con Wyatt, il fratello maggiore di Cruz.

Vi sembra una puntata del *Jerry Springer Show*? Accidenti, sono d'accordo con voi.

Ecco perché dovevo tecnicamente comportarmi bene con quei due rompiovaie con la puzza sotto il naso. Tuttavia, mentre Cruz si impegnava a ignorarmi su tutta la linea, io ero sempre molto contenta di fargli capire cosa pensassi di *lui*.

«Credi che quest'atteggiamento ti aiuterà a guadagnarti la mancia?» domandò Gabriella con aria incredula e le braccia incrociate sul petto.

E meno male che era la migliore amica di mia sorella! Mi trattava come una cacca di cavallo secca che aveva pestato con i suoi tacchi a spillo.

«Non credo di meritare una ramanzina sulla provenienza di un hamburger venduto in una tavola calda» obiettai.

«Se fossi più gentile e più diligente, forse quel poveretto di tuo figlio avrebbe qualche opportunità in più.»

Bene. Alla fine era andata a parare proprio lì. Aveva tirato in ballo Bear.

La rabbia mi lacerò le budella come un razzo.

«E se tu fossi un po' più carina, forse non ti saresti classificata terza a Miss America.»

Le sorrisi mielosa.

Sapevo anche io *dove* andare a parare.

Gli occhi di Gabriella si riempirono di lacrime e il suo mento si arricciò e tremolò come gelatina, poi andò su tutte le furie.

«Voglio parlare col direttore!» strillò.

«Oh, ti riferisci al capo supremo?» domandai. «Il sovrano di quest'impero della ristorazione?» Feci una gran scena e mi spostai di qualche centimetro per voltarmi verso Jerry. «Direttore! Il tavolo tre vuole parlare con lei.»

Lui uscì da dietro il bancone e sputò il tabacco nel cestino più vicino, mettendosi subito sulla difensiva mentre io tornavo a rivolgermi ai due piccioncini.

«C'è altro che posso fare per voi?» Il mio sorriso mellifluo era ampio e falso quanto le tette di Gabriella. «Che ne dite se nell'attesa vi offro un bel giro d'olio al tartufo bianco? Magari un po' di foie gras?» Mi assicurai di pronunciare la esse finale per mantenere vivo il mio titolo di analfabeta svampita.

Non mi stavo certo comportando bene. Però, cavolo, essere molestata da un ragazzino dell'età di mio figlio e poi trattata con condiscendenza dall'amichetta di mia sorella mi aveva praticamente catapultata oltre il limite.

«Potresti eccome. Non riesco a credere che Trinity...»

La frecciatina di Gabriella venne interrotta dal rumore di qualcuno che si stava strangolando al séparé numero cinque, quello occupato da Viscidino Manolunga in persona.

«Oddio!»

«Gesù santo! No!»

«Sta soffocando! Gli è andata di traverso la cannuccia!»

Sembrava che il karma avesse ascoltato le mie preghiere decidendo di intervenire, perché il ragazzino che mi aveva pizzicato il sedere era attualmente disteso per terra con le mani intorno alla gola, gli occhi rossi e sgranati mentre dibatteva le gambe di qua e di là nel tentativo di riprendere fiato.

L'intera tavola calda andò in fibrillazione. La gente prese a correre avanti e indietro, alcune sedie vennero rovesciate e delle donne si misero a strillare. Qualcuno chiamò l'ambulanza. Qualcun altro suggerì di girarlo a pancia in giù, e uno dei suoi amici azionò la camera del suo telefono per riprendere la scena, come se avessimo avuto bisogno di altri motivi per non riporre alcuna speranza nella generazione zeta.

E poi intervenne lui.

Il dottor Cruz Costello, che corse verso il ragazzino al rallentatore, i capelli rossicci che sventolavano come durante una sequenza di *Baywatch*.

Praticò la manovra di Heimlich al mio molestatore e l'aiutò a sputare il pezzetto di cannuccia con cui si stava soffocando. Salvò la situazione per l'ennesima volta.

Con un tempismo perfetto, il jukebox iniziò a sparare *All Summer Long* di Kid Rock a tutto volume.

Ovviamente non avevo sperato che il ragazzino ci restasse secco sul serio.

Essere uno *conchiglione* non era un reato punibile con la morte. Ma il fatto che l'intera tavola calda avesse ignorato l'evidente molestia sessuale che avevo subìto io era sconcertante, se non del tutto deprimente.

Comunque Cruz Costello se ne stava lì impalato, alto, muscoloso, vivo e vegeto, a crogiolarsi nei complimenti che gli piovevano addosso.

«... gli ha salvato la vita! Come potremo mai ringraziarla? Lei è il tesoro di Fairhope, dottor Costello!»

«... l'avevo detto a tua madre, quando avevi tre anni, che saresti diventato qualcuno, e guarda un po'? Ci avevo visto giusto come al solito.»

«Mia figlia finisce il college l'anno prossimo. Fai sul serio con Gabriella, tesorino? Mi piacerebbe moltissimo presentartela.»

Mi appoggiai al bancone e osservai la scena con gli occhi ridotti a due fessure.

Uno degli amici del ragazzino chiamò sua madre perché venisse a prenderlo. Jerry cercò di placare gli animi annunciando gelato gratis per tutti. Gabby si aggrappò al braccio del suo ragazzo come se ce l'avessero chirurgicamente incollata, per poi blaterare qualcosa nel suo orecchio così da marcare il territorio. Cruz tentò di pagare il conto, ma il mio capo scosse la testa in modo esagerato.

«Qua i suoi soldi non li vogliamo, dottor Costello.»

Fortunatamente per il nostro caro medico, però, i suoi soldi erano più che benvenuti nelle *mie* tasche. Mi allontanai dal bancone con una spinta e gli andai incontro con la mano tesa.

«Sono pronta per la mancia.»

Gabriella era senza parole.

Stava per uscirle di bocca qualcosa di velenoso, e il fatto che fosse la migliore amica di mia sorella, o che io e lei le avremmo fatto da damigelle al suo matrimonio di lì a due mesi circa, non aveva alcuna importanza.

Gli eventi di quel giorno avevano ribadito che Fairhope mi considerava un bersaglio legittimo e che tutti avevano la facoltà, il *sacro-*

santo diritto, di bistrattarmi. Cruz però la fermò con una pacca sul sedere piatto e un sorriso pigro e storto.

Sapeva che detestavo i suoi siparietti da buon samaritano.

«Aspettami in macchina, tesoro.»

«Ma Cruuuuuuz» protestò lei con il broncio pestando i piedi per terra.

«Ci penso io» la rassicurò lui.

«Va bene, ma non essere troppo gentile» si raccomandò Gabby prima di afferrare le chiavi dell'auto che le aveva lanciato Cruz, poi sfilò fuori dal diner.

Io e Cruz eravamo uno davanti all'altro. Due cowboy pronti a estrarre le pistole.

«Non merito nemmeno un ringraziamento?»

La sua voce umida di whiskey mi risvegliò qualcosa di caldo, appiccicoso e sgradito dietro le costole. Aveva un fisico simile a quello di Justin Hartley che ti faceva venire voglia di avercelo premuto addosso.

«Per cosa?» domandai. «Perché sei vivo, perché sei un dottore o perché sei un gran rompiscatole?»

«Per aver salvato il ragazzino.»

«Quel *ragazzino* mi ha pizzicato il sedere e mi ha fotografato le mutande.»

«Non lo sapevo» ribatté Cruz in tono pacato.

Gli credevo, ma che differenza faceva? Avevo i nervi talmente a fior di pelle che non riuscivo a pensare a nient'altro.

«O mi dai la mancia o te ne vai» sbottai.

«Posso ripagarti con un consiglio?» domandò impassibile, gli occhi blu che si assottigliavano sul mio viso. «Impara a comportarti meglio. E subito, aggiungerei.»

«Spiacente.» Imbronciai le labbra e finsi di studiarmi le unghie. «Le mance pagate in biscotti della fortuna non le accetto. Però contanti e pagamenti tramite Paypal vanno più che bene.»

«Non ti aspetterai seriamente che ti dia una gratifica dopo quel battibecco con Gabriella, vero?» Sembrava un tantino preoccupato per me. Come se, oltre a essere una svampita, avessi anche il quoziente intellettivo di un panino al burro di arachidi. Senza marmellata.

«E invece sì. Sa benissimo che non serviamo carne biologica, e nemmeno la rucola. Perché continua a chiederle?»

Se stava per rispondermi con qualcosa tipo "il cliente ha sempre ragione", l'avrei aggiunto alla mia lista in costante aggiornamento di persone da uccidere. Anzi, Cruz avrebbe già dovuto essere fra i primi dieci, per tutte le volte che ci eravamo incrociati in varie occasioni e lui aveva finto di non vedermi.

«*Perché* non glielo dici chiaro e tondo?» rilanciò. Per un secondo, per una piccola, piccolissima, minuscola frazione di secondo, mi sembrò di intravedere una crepa sulla sua cara vecchia maschera da bravo ragazzo, un'incrinatura che lasciò trasparire della stizza.

«E *perché* tu invece non ti fai gli affari tuoi?»

Mentre parlavo, vidi il suo sguardo scivolare sulle mie labbra.

Sapevo benissimo che la quantità di trucco che avevo in viso bastava a scolpire un'altra me stessa a dimensioni naturali, e che il rossetto rosa che mi ero messa sarebbe stato reputato eccessivo da chiunque. Ma Cruz era Cruz, e non diceva mai niente di offensivo o cattivo nei confronti di nessuno. Nemmeno nei miei.

Dilatò le narici del suo drittissimo naso romano e si calmò con un bel respiro, dopodiché alzò il mento.

«Molto bene, Tennessee.» Ecco, quello era un altro dettaglio irritante. Tutti mi chiamavano Casinessy perché mi mettevo sempre nei guai; lui, invece, era l'unico a usare il mio nome di battesimo, e a me sembrava sempre una specie di castigo. «Mi farò gli affari miei. Cominciamo subito, che ne dici? Hai già prenotato i biglietti per la crociera?»

Ah, giusto.

Dato che i miei si erano accollati le spese per il matrimonio di Trinity e Wyatt, i Costello, i genitori di Cruz, avevano deciso di invitare entrambe le famiglie a una crociera pre-nozze per conoscerci meglio.

I Costello andavano spesso in crociera, quindi avevano usato i loro punti fedeltà per prenotare non solo la cabina *luna di miele* per Trinity e Wyatt, ma anche due cabine matrimoniali per loro e i miei genitori.

Bear mi aveva praticamente supplicata di poter alloggiare nella stanza dei nonni, visto che avrebbero avuto una Jacuzzi privata e un distributore di caramelle. Era la prima vacanza della sua vita, perciò avevo finito per cedere.

Tuttavia, erano rimaste da prenotare le camere per me e Cruz, e dato che il dottor Costello aveva "un lavoro vero" e io un sacco di tempo libero (parole di mia madre, non mie), il compito spettava a me.

«Me ne sto occupando.»

«Non credevo che prenotare un paio di biglietti fosse così impegnativo.»

Toccai la mia chioma bionda irrigidita dalla lacca.

«Può darsi che per te sia facile, ma noi svampiti abbiamo bisogno di un sacco di tempo per portare a termine qualcosa. E comunque, dov'è che si prenotano questi biglietti? Su Internet, giusto?» Piegai la testa di lato. «È quella roba sul computer? Con tutte quelle paroline e i video dei gattini?»

La sua mascella affilatissima ebbe uno spasmo.

Solo uno.

Ma bastò a scatenarmi una gioia spudorata. Era risaputo che *niente* fosse in grado di destabilizzare Cruz Costello.

«Prenota i biglietti, Tennessee.»

«Sissignore. Letto matrimoniale classico o king size?»

«Mi stai chiedendo se porterò anche Gabriella?»

«O una qualsiasi altra donna quasi-minorenne a tua scelta.»

Non era una critica totalmente giustificata, e la loro differenza d'età non era neanche poi così scandalosa.

Gabby aveva la stessa età di Trinity, ossia venticinque anni, e Trinity stava per sposare Wyatt, ossia il figlio maggiore dei Costello.

Cruz infilò la mano nella tasca anteriore dei pantaloni color cachi. Lo stile casual gli donava in modo semplicemente frustrante.

«Vedi di non combinare casini con la prenotazione, intesi?»

A quelle parole sì che la mia maschera di indifferenza cadde per terra e si frantumò in mille pezzi. Fairhope mi aveva da sempre affibbiato il titolo di colei che rovinava sempre tutto, ma secondo me non lo meritavo.

«Sono perfettamente in grado di comprare due biglietti per una crociera.»

«Se non vedo, non credo.»

«Sai cosa?» dissi meditabonda mentre arricciavo una ciocca di capelli sfuggita alla mia acconciatura fuorimoda. «Non sei neanche lontanamente gentile come tutti pensano.»

«Conservo il veleno apposta per te.» Inclinò il cappellino da baseball verso il basso come fosse un cowboy. «Abbiamo finito, Tennessee? Ho qualcuno che mi aspetta in macchina.»

Già, già, già.

Una scintillante Audi Q8 in tinta con la sua scintillante ragazza e la sua scintillantissima vita.

Gli risposi con il dito medio, approfittando del fatto che i presenti erano ancora troppo impegnati a chiacchierare animatamente della disavventura di Strozza-Cannucce per rendersene conto.

Non fu la risposta più elegante che avrei potuto dargli, ma senza alcun dubbio la più soddisfacente.

Quella sera corsi il serio pericolo di lasciar crollare la diga.

Mi sforzavo sempre di non piangermi addosso, eppure certi giorni erano semplicemente più faticosi di altri.

Mio figlio moriva dalla voglia di giocare al nuovo *Assassin's Creed*, ma io non me lo potevo permettere. La parte peggiore era che Bear non mi aveva nemmeno chiesto di comprarlo.

Ero venuta a scoprirlo da una telefonata di mia madre mentre tornavo a casa, con la mia Honda Odyssey che arrancava lungo la strada come una studentessa sbronza dopo una festa al college.

A quanto pareva, Bear si era offerto di falciarle il prato in cambio del denaro necessario per acquistare il videogioco.

«Sai bene che glielo comprerei all'istante, gioia, ma quei videogiochi sono estremamente violenti, e forse non dovrebbe giocarci in ogni caso.»

Inutile spiegarle che convincere Bear a rinunciarci sarebbe stata una fatica come quelle di Sisifo. Ci giocavano tutti i suoi amici. Era la norma.

Tuttavia, non mi sentivo per niente all'altezza come madre. Anzi, mi consideravo una vera fallita. Non ero nemmeno in grado di comprare un *videogioco* per mio figlio.

Forse Gabriella aveva ragione.

Forse avrei dovuto tenere la bocca chiusa, dirle che il suo hamburger era biologico, e sorbirmi i maltrattamenti in cambio di una mancia bella sostanziosa.

Aprii la porta del mio bungalow segnato dalle intemperie. Le pareti esterne erano celesti, e le avevamo ridipinte io e Bear per ottenere uno sconto sull'affitto. All'interno, non c'era nient'altro che mobilia di seconda mano regalata da amici e parenti.

Però era nostro e ne andavamo fieri.

Mi sfilai i tacchi all'ingresso e mollai giacca e borsa sulla credenza. Mi sentivo stanca e stufa.

Stufa di non potermi permettere le cose che voleva mio figlio.

Di adolescenti maleducati e brufolosi che mi pizzicavano il sedere al lavoro.

Di Gabriella, delle sue gambe filiformi e dei ricchi contratti che le cadevano dal cielo.

E del dottor Cruz Costello, che sembrava determinato a odiarmi a tutti i costi.

Avevo disperatamente bisogno di lasciare quel paesino, e l'avrei fatto nell'istante in cui Bear si fosse diplomato.

«Bear-Bear? Sei a casa?» lo chiamai.

Udii pentole e mestoli che venivano sbattuti in cucina, e il rumore si faceva sempre più alto a mano a mano che mi addentravo nel salottino buio.

«Mamma? Ho preparato la pasta. Scusa, avevo un sacco di compiti e mi sono scordato di scongelare il pollo.»

Entrai in cucina e attirai mio figlio in un abbraccio stritola-ossa. Dopo essermi allontanata di un passo, passai in rassegna il suo viso, lo strattonai per i morbidi lobi delle orecchie in modo da costringerlo ad abbassarsi e gli schioccai un bacio umido in fronte, cosa che detestava ma che mi lasciava fare comunque.

A tredici anni, Bear era già più alto di me, tanto che gli arrivavo al mento. Non mi stupiva, visto che aveva preso dal padre: alle superiori, era un giocatore di football alto un metro e novantadue.

Avrebbe dovuto deprimermi il fatto che Bear mi aveva usata come un utero-in-affitto per uscire come la copia sputata di Robert Gussman. Stessi capelli castani che gli ricadevano sulla fronte, stessi occhi maliziosi verde smeraldo con screziature dorate, stesse fossette profonde che venivano fuori anche quando parlava, stesso naso leggermente storto.

Avrebbe dovuto deprimermi, dicevo, ma non era così.

Perché Bear aveva una personalità tutta sua, e Rob non era nient'altro che una cicatrice sbiadita. Come una vecchia lettera scritta a matita, le parole cancellate dal tempo e ormai quasi del tutto indecifrabili.

«La pasta va benissimo.»

Mi alzai sulle punte dei piedi per dargli un bacio sulla guancia. Certo, era tanto bello, mio figlio, ma come tutti i suoi coetanei in preda agli ormoni puzzava proprio come un caprone.

Mi scostai, notando che aveva già apparecchiato e messo i piatti in tavola. «Com'è andata oggi a scuola?»

Ci accomodammo entrambi e iniziammo a mangiare la pasta, che era molto al dente (ovvero completamente cruda) e galleggiava in un sugo pronto del supermercato dall'aria sospetta.

«Molto bene. Cioè, il signor Shepherd continua ad assillarmi perché mi unisca alla squadra di football, che è una vera rottura di scatole, ma a parte questo tutto bene.»

«Non lasciare che ti costringa a fare niente. Non sei Rob, nessuno ti obbliga a giocare a football.»

«Non c'è pericolo che mi dia allo sport. Troppa fatica per niente.»

«Altre novità?»

Bear arricciò il naso, gesto che accentuò le sue fossette. «Non direi.»

Qualcosa si sciolse dentro di me fino a trasformarsi in un dolore sordo. Non voleva raccontarmi del videogioco. Non voleva che mi preoccupassi.

«Com'è andata la tua giornata?» Arrotolò una forchettata di pasta al sugo e se la infilò in bocca.

Che dire, figlio mio, è stata peggio di quella che ha avuto Abramo quando Dio gli ha detto di punto in bianco che doveva circoncidersi da solo all'età di novantanove anni.

Era arrivato il mio turno di mentire o, quantomeno, di fornirgli una versione edulcorata dei fatti.

«Benone. Può darsi che nelle prossime settimane dovrò fare un po' di straordinari, quindi guadagnerò qualche soldo in più. Potremmo darci a qualche spesa pazza. Ti serve qualcosa?» E mi spalai un boccone di pasta in bocca.

Grazie al cielo, quella crociera ridicola sarebbe stata a spese dei Costello, a cui i soldi non mancavano.

«Nah, non preoccuparti per me. Dovresti usarli per te, mamma. Non ti compri mai niente.»

«Sciocchezze.» Agitai le dita e inspirai come se avessi avuto troppa aria nei polmoni. *Porca polpetta*, aveva messo il tabasco nel sugo? «Mi sono fatta le unghie.»

«Non vale. Zia Gail te le fa gratis, non sono idiota» replicò alzando gli occhi al cielo.

In effetti, Bear era proprio l'esatto opposto di un idiota. Era sveglio e molto maturo per la sua età. E per me era forse arrivato il momento di smetterla di mentire sulle inezie solo per sentirmi un po' meno in colpa.

Il resto della serata andò a meraviglia.

Io e Bear guardammo *American Idol* mangiando gelato al pistacchio davanti alla televisione. Ridemmo e sparammo giudizi a zero pur non essendo in grado di azzeccare una nota neanche sotto tortura. Alla fine mi diede un bacio sulla fronte, mi augurò la buonanotte e se ne andò in camera sua.

Qualche minuto dopo, sentii un leggero russare dalla porta socchiusa della sua stanza. Bear sarebbe stato capace di dormire anche durante una competizione ippica. Mentre era ancora *in sella*.

Sorrisi tra me e me e scossi la testa. Raccolsi le coppette del gelato e i bicchieri di tè freddo ormai vuoti e portai tutto in cucina. Il campanello suonò proprio mentre iniziavo a sciacquare i piatti.

Con un sospiro, chiusi il rubinetto, mi asciugai le mani e andai alla porta.

Prima di raggiungerla, il campanello suonò un'altra volta.

«Arrivo, arrivo. Santa pazienza.»

Forse era mia madre che aveva deciso di interrompere per un attimo la sua passeggiata dimagrante serale per dirmi che dopotutto aveva deciso di comprare il videogioco per Bear. O magari mia sorella che voleva farmi controllare una modifica dell'ultimo minuto ai fiori o al menù del matrimonio.

Spalancai la porta a zanzariera e l'aria abbandonò i miei polmoni in un unico sibilo scioccato.

Sulla veranda c'era Rob Gussman, il mio fidanzatino delle superiori, nonché il padre latitante di Bear.

Tredici anni dopo avermi piantata in asso, ancora sedicenne e incinta.

«Casinessy» esordì con un sorriso. «Adulta, ma sempre bellissima.»

2

Tennessee

Gli sbattei la porta in faccia.

Lo osservai dalla finestra e vidi che se ne stava ancora lì in veranda, con il suo imponente fisico da atleta, tutto agitato mentre cercava di capire cosa fare. Si spostò di lato e mi fissò attraverso il vetro, lasciando emergere il Ted Bundy che era in lui.

«Okay. Ammetto che suonava meglio nella mia testa. Scusami, scusami tanto. È colpa mia. Puoi aprirmi di nuovo, per favore?»

Sapevo un paio di cose sul conto di Rob, principalmente grazie alle voci che circolavano in città, visto che dopo avermi lasciata nei guai ai tempi delle superiori aveva usato gli unici due neuroni funzionanti che aveva per non rimettere mai più piede a Fairhope.

Del resto era consapevole che mio padre, il quale era stato lo sceriffo locale per vent'anni, gli avrebbe dato la caccia armato di fucile, con me al suo fianco pronta a sferrargli personalmente il colpo di grazia a mani nude.

In ogni caso, sapevo che, all'epoca, Rob aveva accettato una borsa di studio ed era scappato in Arizona sperando di essere selezionato prima o poi dalla NFL.

Non era mai riuscito a diventare professionista, però, e aveva passato gli ultimi dieci anni a giocare in alcune leghe dilettantistiche e a lavorare come allenatore per arrotondare lo stipendio.

Si era sposato, due volte, aveva divorziato e non aveva avuto altri figli.

La cosa più importante che sapevo su di lui, però, era che restava un buono a nulla. E che non aveva mai conosciuto suo figlio.

Non aveva mai mandato una cartolina, un regalo di compleanno o una lettera, tantomeno un assegno. Insomma, non mi aveva mai chiesto un cavolo di niente sulla cosa migliore della mia vita.

Ed era quello ciò che trovavo ingiustificabile, il suo completo rifiuto di Bear.

Niente l'obbligava a rimanere con me, ma scappare da quello che aveva definito un *mio* sbaglio?

Eh già, bello mio, indovina un po' quante probabilità hai di sparire dalla mia lista pugni (gente che volevo prendere a cazzotti) *entro la fine del secolo?*

«E dai, Nessy.»

Rob posò una mano sulla finestra e fece appello a tutta la tristezza del caso per apparire patetico. Lo guardai meglio e mi resi conto che non era affatto quello di una volta. Pieno di ambizioni, fossette e opportunità.

Sembrava stufo, stanco e vuoto quanto me.

Bene.

«Per favore» ripeté a bassa voce. «È una settimana che cerco il coraggio di venire. Concedimi almeno cinque minuti.»

Riaprii la porta. Non ero affatto curiosa di sapere perché si fosse presentato sulla nostra soglia. Il mio interesse sulle sue motivazioni era attualmente sottozero.

Ma se era vero che se la passava male, non volevo essere io a spingerlo oltre il limite e fra le braccia del suicidio. Malgrado mi ritrovassi spesso a sperare che certa gente tirasse le cuoia, in realtà l'idea di veder realizzato quel desiderio non mi faceva impazzire.

Oltretutto, era pur sempre il padre di mio figlio, anche se non si era mai comportato come tale.

Rob sfoggiava una giacca a vento della North Face, i capelli tagliati all'ultima moda e un'ingessatura alla gamba destra. Qualcosa di bollente, foriero di un gran senso di vergogna, mi turbinò nello stomaco pensando a cose vedesse lui in me quando mi guardava.

Non ero più la ragazza giovane e bella che si era lasciato alle spalle, con i capelli baciati dal sole, una spruzzata di lentiggini dorate e un paio di gambe mozzafiato. Avevo ventinove anni, trucco pesante, qualche chilo in più e troppe poche ore di sonno.

«Ti trovo… *benissimo*» disse a bassa voce, titubante.

Anche il suo timbro vocale era diverso, suonava in un certo senso rassegnato.

«Io invece ti trovo fuori luogo» risposi asciutta, poi mi appoggiai allo stipite della porta. «Che cavolo ci fai a Fairhope, Rob? E perché non hai pensato di avvertire prima di presentarti a casa mia, gradito più o meno quanto una busta piena di cacca di cane in fiamme?»

In realtà, se avessi potuto scegliere fra l'una e l'altro, avrei accolto la cacca di cane a braccia aperte. Se non altro, se l'avessi pestata ripetutamente avrei avuto buone speranze di spegnerlo, il fuoco, così da risolvere il problema.

Rob si indicò la gamba destra. «Mi sono rotto il femore» rivelò con voce strozzata.

E tu mi hai spezzato il cuore.

«Lo vedo» dissi in tono pragmatico. «Questo non risponde alla mia domanda.»

«Non posso più giocare a football. E nemmeno allenare» spiegò lui a fatica.

«Mi piange il cuore.»

«Dico sul serio» insisté accigliandosi. «Non tornerò mai più su un campo da football, Nessy.»

«Be', è anche vero che hai trentun anni e non sei mai entrato in una lega professionistica. Sono quasi sicura che il mondo sopravviverà a questa perdita.»

Stavamo veramente parlando della sua carriera nel football dilettantistico?

«Ma non sono tornato a Fairhope per questo.» Scosse la testa, quasi stesse cercando di ricordarsi le battute che si era preparato. Poi si sforzò di incrociare il mio sguardo.

Mi concentrai sulla sua stempiatura perché non ero pronta a scoprire cosa ci fosse nei suoi occhi. Il cuore mi andava a mille all'ora. Al tempo stesso, non riuscivo a credere di avere davvero di fronte Rob, e pregai che Bear non si alzasse per bere un bicchier d'acqua.

«Ah no?» Strascicai le parole.

«È arrivato il momento di assumermi delle responsabilità. Due settimane fa, quando mi sono ritrovato in ospedale solo come un cane, mi sono reso conto che non avevo capito quale fosse il vero senso della vita. Voglio stare con la mia famiglia, con i miei genitori che invecchiano. Voglio mettere radici, trovare uno scopo, passare le feste e le vacanze con le persone a cui tengo. Voglio giocare a football con mio figlio.»

«Lui odia il football» obiettai e mi crogiolai nella certezza che le personalità di Rob e Bear non avrebbero mai potuto essere più diverse di così.

«Cosa gli piace, allora?» chiese lui, la gola stretta intorno alla domanda.

In quel momento, l'impulso di prenderlo in giro rispondendo *cimiteri e sacrifici animali* si fece impellente. Ma strinsi le labbra.

Non avevo voglia di scherzare.

«Ho sentito dire che mi assomiglia» continuò Rob. «Alto, scuro di capelli. Bello.»

Scrollai leggermente le spalle. «Hai appena descritto metà degli abitanti del Nord America.»

La speranza gli illuminò lo sguardo e qualcosa si sciolse dentro di me. Quand'ero ragazza, avevo sognato quel momento. Avevo sognato di vedere Rob che tornava per reclamare me e Bear come un eroe.

Ma gli anni avevano attenuato quel poco di ottimismo che mi era rimasto e, in quel momento, le speranze che riponevo nel genere umano erano pari a zero.

Nel genere maschile, nello specifico.

A voler essere ancora più esatti, in Rob.

Egoisticamente, mi dissi che non era giusto, che Rob non aveva alcun diritto di ricomparire nel terzo atto del film, a un passo dalla risoluzione finale, per partecipare così al lieto fine.

Aveva evitato tutti i momenti brutti.

Le notti insonni, un neonato con le coliche, i denti che spuntavano e i controlli medici. Le corse dalla guardia medica, i tubi di drenaggio alle orecchie, le bue da baciare, le favole da leggere, gli alfabeti da imparare.

Non gli aveva insegnato ad andare in bicicletta o sullo skateboard, o a mirare in basso quando faceva la pipì (ecco, gli portavo rancore *soprattutto* per quello). Non gli aveva mostrato come pescare, come attaccare una foto alla parete, come essere un uomo.

Mi venne un nodo alla gola.

«Posso entrare?» domandò.

«No.»

Percepii il gelo nella mia voce, e la consapevolezza che fossi stata io a parlare in quel modo mi spaventò a morte. Però che altro avrei potuto rispondere? Quell'uomo mi aveva rovinata, aveva mandato in frantumi la mia vita, i miei sogni, le mie speranze. Sì, era vero, mi aveva donato il mio tesoro più grande, nostro figlio, ma era successo per puro caso.

Rob si mordicchiò il labbro inferiore, gli occhi bassi come quelli di un ragazzino in punizione.

«Vorrei tanto trovare il modo di far funzionare le cose.»

«Quali cose?»

«Voglio vederlo, Nessy. Mio figlio.»

«Ha un nome.» Rob chiuse gli occhi, i lineamenti fin troppo familiari tinti dall'angoscia. «Si chiama Bear» specificai.

«Lo so.»

«Nome strano, non ti pare?» lo schernii, senza sapere dove volessi andare a parare. Ero semplicemente intenzionata a infliggere tutto il dolore possibile.

Rob rialzò lo sguardo e si staccò una pellicina dal labbro che si era morso fino a qualche secondo prima.

«Non credo di avere il diritto di esprimere giudizi. Non c'ero quando bisognava dargli un nome.»

«Infatti, non c'eri.»

Vederlo così docile, così pronto a chiedere scusa, attenuò il mio bisogno di prenderlo a male parole. Fino a un certo punto.

Rob si passò una mano fra i capelli.

«Senti, Nessy, so di aver combinato un casino e so che il modo migliore per dimostrarti che faccio sul serio è provarti, col tempo, quanto sia diverso da allora. Questi ultimi due anni mi hanno davvero fatto cambiare prospettiva. Non sai quante volte ho pensato di chiamarti...» Riprese fiato e scosse la testa. «Be', in ogni caso. Adesso lavoro per mio padre, qui in città. Ha un'agenzia immobiliare. Mi sono trasferito in fondo alla strada, quindi puoi farmi un fischio ogni volta che ti serve qualcosa. Questo è il mio numero.»

Mi offrì un biglietto da visita. Io lo presi e lo misi subito nella tasca del pigiama senza guardarlo, presa com'ero a respirare dal naso per tenere a freno le lacrime. Rob si attardò sulla veranda con un'aria un po' incerta e molto cauta.

«Che c'è?» Alzai gli occhi al cielo. «Lo vedo che c'è altro che vorresti aggiungere.»

«Be'... può darsi che io stia correndo troppo, ma...»

«Cosa?»

Scrutai il suo viso e mi resi conto che, malgrado avesse un aspetto familiare, Rob era diventato irriconoscibile. Un uomo, un perfetto sconosciuto, che mi fissava con un'espressione piena di angoscia, per niente simile al ragazzo che avevo frequentato un tempo.

«Voglio farmi perdonare anche da *te*, Nessy. Non solo da Bear. Voglio provare a riconquistarti.»

«Mi prendi in giro?»

«No, non ho mai smesso di volerti bene, Tennessee. Io...»

«Grazie, ma preferirei leccare la maniglia del bagno pubblico più vicino.»

Stavolta, quando gli sbattei la porta in faccia, non tornai più a riaprirla.

C'era un limite alle stupidaggini che una donna poteva tollerare in un giorno.

Ero già al mio terzo calice di vino pregiatissimo, ovvero scontato e quasi sicuramente andato a male, quando mi ricordai di dover prenotare i biglietti per me e per Cruz.

Accesi il laptop decrepito e digitai l'indirizzo web della compagnia di crociere che mi avevano passato i miei. Si erano raccomandati un migliaio di volte di non combinare casini.

E avevano anche un buon motivo per farlo.

Mi ero autodiagnosticata un disturbo ADHD acuto, ed ero pessima in qualsiasi cosa richiedesse più di tre minuti di concentrazione e/o l'utilizzo di macchinari pesanti. La mia mente era un'autostrada a più corsie priva di segnali stradali. Inoltre, dopo la visita a sorpresa di Rob, ero comprensibilmente scossa.

Dovevo *soltanto* comprare un paio di biglietti... quanto poteva essere complicato?

Non volevo che il dottor Cazzotto-In-Gola (prima o poi vi racconto cos'è successo, okay? Abbiate pazienza!) mi assillasse al riguardo. Non che l'avrebbe fatto. Cruz Costello era una sorta di esperto nel fingere che io non esistessi.

Ma se potevo assicurarmi che non avessimo alcun motivo per rivolgerci la parola prima della crociera, avrei fatto del mio meglio.

Una volta approdata sul sito della compagnia, digitai *Euforia,* il nome della nave su cui ci saremmo imbarcati; sarebbe salpata dal porto di Wilmington per un viaggio di dieci giorni che avrebbe fatto tappa su varie isole caraibiche.

A quanto pareva, quella era una tradizione dei coniugi Costello, che ogni estate portavano i loro figli in crociera verso qualche destinazione esotica. Anche noi, i Turner, avevamo avuto le nostre tradizioni estive prima che nascesse Bear.

Ci trascinavamo a Disney World ogni agosto e ci lamentavamo prima dell'afa della Florida, poi delle file interminabili; a un certo punto giuravamo che non ci saremmo *mai più* tornati, un attimo prima di metterci alla disperata ricerca di papà che, sempre molto ubriaco e affabile, attaccava bottone con la povera attrice che interpretava Elsa quel determinato giorno.

Ad ogni modo, nel momento in cui prenotai i biglietti per me e Cruz ero già un *tantino* brilla.

Il mondo sembrava leggermente... sfocato mentre inserivo i nostri dati e inoltravo l'email di conferma a cruzcostellomd@healthhelp.com. Fu per quello che riempii il messaggio di emoji con il dito medio, giusto per non lasciare dubbi sul mittente.

Terminata quell'incombenza, spensi il computer, portai il vino in camera da letto e collassai sul letto per un'onesta dormita di sei ore. Una dormita piena di sogni su Benicio del Toro e biglietti della lotteria, e neanche l'ombra di Rob Gussman o Cruz Costello.

3

Tennessee

L'indomani mattina, andai a casa dei miei dopo aver accompagnato Bear a scuola. Avevo il turno serale, e avevo promesso a mia sorella che l'avrei aiutata a preparare le bomboniere per l'addio al nubilato previsto per quella sera.

Oh, sì.

Era proprio così.

Una delle due damigelle, cioè *io,* non era stata invitata all'evento. Anzi, se proprio volevamo entrare nello specifico, non aveva avuto la possibilità di rendersi libera per quell'ora di quel determinato giorno.

D'altronde, Trinity sapeva benissimo che al diner non c'era nessuno che potesse sostituirmi e che il giovedì lavoravo sempre la sera. Quindi ne avevo dedotto che semplicemente non mi aveva voluta tra le invitate.

Bisognava ammetterlo, però, non era una gran perdita considerato che le amiche di Trinity non erano fra le mie più grandi ammiratrici.

A ogni modo, mi feriva il fatto che avesse scelto proprio quel giorno, con parecchie settimane d'anticipo rispetto al matrimonio vero e proprio, solo perché sapeva che non avrei potuto partecipare. Eppure, se qualcuno glielo avesse chiesto, lei avrebbe risposto che 2007, la data di oggi, era il suo numero fortunato, quando lo sapevamo tutti che era una boiata. 2007 non era il numero preferito di *nessuno.*

«Ehilà, ehilà, ehilà! Sono arrivata!» Usai le mie chiavi di scorta ed entrai nella casa in stile Cape Cod dei miei con una scatola di ciambelle sottobraccio. Mi sfilai i tacchi leopardati e andai in cucina per accendere la macchinetta del caffè.

In quanto ad arredamento d'interni, quel posto era un disastro di proporzioni globali. Mia madre, che insegnava educazione artistica alla scuola elementare di Fairhope, aveva gusti estremamente eccentrici. E con *eccentrici*, naturalmente, intendevo *orribili*.

C'era una moquette turchese dappertutto, in cucina faceva bella mostra di sé il dipinto di una strana fattoria che si supponeva fosse bucolico, e i bagni, comprese le vasche, erano dipinti di rosso fuoco e arancione, dettaglio che conferiva alle stanze l'eleganza di un bordello in fiamme.

«Scendo!» Sentii dei passi in arrivo dal piano di sopra.

Trinity viveva ancora lì, e sapere che si sarebbe trasferita da Wyatt dopo il matrimonio mi preoccupava. Al contrario di me, infatti, era vissuta lì dentro per venticinque anni, il che significava che era praticamente cresciuta nella bambagia.

Wyatt era più vecchio di lei di quasi dieci anni, e nonostante avesse un ottimo impiego come ingegnere a Winston-Salem, era noto per la sua passione per l'alcol, le feste e le decisioni discutibili.

Se non fossi stata una vera e propria fallita, Wyatt avrebbe potuto rubarmi il titolo di Pecora Nera di Fairhope. D'altro canto, la sua pessima reputazione era controbilanciata da Cruz, il diversivo perfetto.

Si sentì uno scalpiccio di passi sulle scale coperte di moquette, poi la mia sorellina apparve in cucina con il suo pigiama di seta celeste e i capelli biondi raccolti in una lunga treccia.

«Nessy! Oh, Nessy, meno male che sei arrivata. Sto andando fuori di testa.» Mi gettò le braccia al collo e mi abbracciò stretta. Io le diedi una pacca sulla schiena. «La signora Underwood va in giro a dire a tutti che ieri hai quasi strozzato un ragazzino con una cannuccia!»

«Non è vero» mormorai fra i suoi capelli e sperai che il karma facesse una capatina non richiesta da quella pettegola.

«Sì, immaginavo.» Trinity annusò l'aria e si guardò intorno. «C'è odore di caffè?»

«E ciambelle.» Così dicendo, scoperchiai la confezione di prelibatezze appena sfornate che mi ero fermata a prendere lungo la strada.

«Glassate?» I suoi occhi si spalancarono con aria speranzosa.

«Ci puoi scommettere.»

Versai una tazza di caffè per entrambe mentre Trinity se ne stava appollaiata su una sedia ridipinta di giallo limone a sbocconcellare la sua dose di zucchero. Mangiava sempre e solo la glassa, e poi praticamente nient'altro per il resto della giornata.

«Uffa, era meglio se non le portavi. L'ultimo chilo che sto cercando di perdere prima del matrimonio mi sta facendo vedere i sorci verdi.»

Si ficcò in bocca la ciambella intera con un'aria più sofferente che felice.

C'era un'unica cosa che Trinity amava più della sua linea, e rispondeva al nome di "ciambelle".

«Stai benissimo» le dissi.

«Fai presto a parlare, tu, che sei sempre stata smunta come un rametto rinsecchito. Mica *vorrai* che venga gonfia in tutte le foto del matrimonio?»

Grazie mille dei calorosi complimenti, sorellina.

«Mamma dov'è?»

Mi sedetti accanto a lei, caffè alla mano. Negli ultimi tempi, mi stavo sforzando di non essere troppo severa con Trinity a proposito del suo comportamento, in virtù del fatto che sarebbe convolata a nozze di lì a sei settimane. Avevo guardato abbastanza episodi di *Bridezillas* per sapere che, sulla scala dell'ansia, organizzare un matrimonio equivaleva a un parto trigemellare senza epidurale.

«È andata a cambiare i macaron per le bomboniere dell'addio al nubilato. Si era totalmente dimenticata che Gabriella è allergica alla frutta a guscio e aveva ordinato dei macaron normali, con le mandorle e tutto il resto. Ieri sera abbiamo litigato, e io le ho detto che se aveva intenzione di uccidere la mia damigella d'onore tanto valeva dirlo chiaro e tondo, così potevo semplicemente annullare ogni cosa. Alla fine, è riuscita a convincere la signora Patel a rifarli.

Mi sa che quella povera donna ha passato la notte in bianco, ma alla fine che possiamo farci?»

Avresti potuto dire a Gabriella di non toccare i macaron. Tanto sono sette anni che non consuma neanche mezzo carboidrato.

«Come si preparano i macaron senza le mandorle?» domandai ad alta voce.

«Non mi interessa, basta che la damigella d'onore non muoia stecchita durante l'addio al nubilato.» Con uno sbuffo, Trinity ripose la ciambella senza glassa nella confezione e ne prese un'altra. «Secondo te basterà?» Indicò il tavolo che avevamo davanti, carico di mini-bottigliette di champagne, burro cacao personalizzati, smaltini, sali da bagno e calzini pelosi realizzati per l'occasione. «Mi sarebbe piaciuto aggiungere anche un paio di orecchini Swarovski ciascuna, ma papà ha minacciato di diseredarmi se avessi speso così tanti soldi.»

«Credo sia più che sufficiente.»

Nel frattempo pensai che decorare ogni bomboniera con carta crespa multicolore e mini-caramelle realizzate a mano sarebbe stata una noia mortale, soprattutto alla luce del fatto che non me ne sarebbe toccata nemmeno *una.*

«Non potevi chiedere aiuto a Gabriella? È lei la damigella d'onore» obiettai. Con tutto il tempo libero che aveva…

Non me l'ero per niente legata al dito, ovviamente.

«Voleva venire, ma è dovuta correre in città per comprare un vestito in vista del gala di beneficenza a cui parteciperà Cruz. Lui in realtà non l'ha invitata, ma sai come sono fatti i maschi. Si dimenticano tutto. Non sei arrabbiata, vero?»

Trinity mi sbirciò con la coda dell'occhio, leccando la glassa dalla sua ciambella umidiccia.

Non ero mai riuscita a dire di no alla mia sorellina, e lei lo sapeva benissimo. Avrei staccato la luna e le stelle dal cielo pur di restituirle il sorriso. Nei primi cinque anni di vita di Bear, Trinity era sempre rimasta al mio fianco e per lui era stata come una seconda mamma.

«No.» Presi uno dei cestini che avremmo utilizzato per le bomboniere e cominciai a riempirlo per avvantaggiarmi. «Per niente.»

«Bene, perché non sapevo che oggi avresti lavorato.» Quella era una bugia. «Oltretutto, Gabriella si sta comportando in modo stranissimo e io non sono in vena di melodrammi. So che è una tipa infantile, però sono contenta che tu sia una persona matura.»

Il che, purtroppo, *non* era una bugia.

A Gabby, la migliore amica di Trinity, non ero mai piaciuta, ma da quando aveva iniziato a uscire con Mr. Perfezione le piacevo ancora meno. Non avevo idea del perché, e giunta a quel punto della mia vita, nemmeno m'importava scoprirlo.

Certe persone erano semplicemente destinate a odiarti, e se non avevano un valido motivo per farlo, tanto valeva lasciarle fare. E come diceva un vecchio detto, le opinioni della gente non mi riguardavano affatto.

Solo che nel caso di Gabriella non era proprio così, perché sembrava evitare tutti gli eventi pre-matrimonio a cui ero invitata anch'io.

«Non importa. Non c'è problema» ripetei con fermezza. Continuai a riempire i cestini di smalti, calzini pelosi e sali da bagno mentre Trinity mi scrutava con attenzione, leccando le ciambelle e meditando sulla situazione con un'espressione seria.

«Meno male. Ah, Nessy, non so che farei senza di te. Non puoi immaginare quanto sia stressata da questo matrimonio. I preparativi, le prove dell'abito, le modifiche dell'ultimo minuto… è troppo. So che dovrei solo essere grata di tutto, ma la crociera arriva *proprio* nel momento meno opportuno. Ho ancora un sacco di cose da fare. Senza contare che so già come andrà a finire: il signore e la signora Costello ci guarderanno dall'alto in basso per tutto il tempo. A Catherine Costello non va mai bene niente.»

Trinity arricciò le labbra e io mi resi conto in quel momento che non mi aveva nemmeno chiesto come stavo. O se avessi delle novità da raccontare. O se il mio ex fosse ricomparso dopo tredici anni di silenzio stampa per mandarmi all'aria l'esistenza.

«Lo sai che mi sono unita al comitato parrocchiale delle Signore del Brunch solo per fare colpo su di lei? Su Catherine, intendo. Pensavo l'avrei vista tutte le settimane, e invece non si fa mai vedere, Nessy. Si limita a donare soldi alla fondazione ogni mese per tenersi il titolo» l'accusò Trinity.

Stavo per dirle che Catherine Costello era più gelida di un pesce in un lago congelato e che lei non aveva comunque alcun bisogno di diventare la migliore amica della sua futura suocera, quando la porta si spalancò e mamma entrò in casa, con i due miliardi di collane che indossava che tintinnavano le une contro le altre in una sinfonia di discutibili scelte di moda.

«Eccomi, eccomi. Scusate il ritardo. Ho dovuto fare il terzo grado alla signora Patel sulla ricetta dei macaron per tener conto delle allergie di tutti.»

La vidi catapultarsi in casa, il viso rotondo e accaldato, i capelli grigi disordinatamente raccolti in cima alla testa.

Era mille anni luce meno curata dell'affascinante Catherine Costello, che aveva giusto un paio di responsabilità a cui pensare fra cui: mantenere le apparenze grazie al suo aspetto da star del cinema invecchiata con eleganza; mostrarsi adeguatamente scandalizzata quando una famosa catena di fast food provava ad aprire un ristorante a Fairhope, rovinando quella che i residenti definivano "l'autenticità del paese"; fare cospicue donazioni alle iniziative della parrocchia per evitare di dovervi prendere parte.

«Nessy! Sei già qui. Avete già cominciato con le bomboniere? Non abbiamo molto tempo. Devo accompagnare tua sorella dall'estetista, pare che il trattamento illuminante al viso vada fatto con qualche settimana d'anticipo.»

«Ho tutto sotto controllo.» Sventolai uno smalto per sottolinearlo.

«Ottimo» rispose, solo che poi notò la scatola di ciambelle e arricciò il naso. Abbassò il coperchio e sollevò la scatola con due dita neanche fosse stata radioattiva. «Queste non servono a nessuno, Nessy. Potevi evitare. Tua sorella si sta sforzando di perdere peso… non starai mica cercando di sabotarle la dieta?»

«Mia sorella sembra una che non vede un panino dal 1999.»

«Ti spiacerebbe finire qui e aggiungere i macaron alle bomboniere mentre io accompagno Trinity a farsi togliere i punti neri? Oh, e ricorda che ogni dolce deve essere avvolto nel cellophane singolarmente.»

Cioè, avevano intenzione di lasciarmi lì a svolgere tutto il lavoro? Da *sola*?

«Certo che non mi dispiace» risposi comunque, in una perfetta imitazione di Cenerentola.

Sapevo che la mia famiglia mi voleva bene, ma anche che erano ormai completamente disinteressati a quello che succedeva nella mia vita.

«Sei un tesoro, Ness. Gioia mia, vai a vestirti.»

Mamma diede un buffetto sulla spalla di Trinity e andò ad aprire il frigorifero per prendere il tè freddo che papà le aveva preparato quella mattina prima di andare a pescare.

Mio padre, che Dio lo avesse in gloria, si interessava agli affari di famiglia quanto io mi interessavo alle condizioni di vita delle talpe uzbeke.

Per farla breve, si presentava agli eventi importanti quando glielo chiedevamo noi.

«Come sta Bear, Nessy?» domandò mamma, mostrando finalmente un barlume di interesse per la mia vita.

«Sta bene.» Rialzai lo sguardo dalla bomboniera che stavo assemblando. «A proposito, stavo…»

«La settimana prossima vorrei portarlo al centro commerciale per comprargli uno zaino nuovo e magari qualche paio di jeans. Ha sempre i pantaloni calati sul sedere, te ne sei accorta?»

Li tiene così di proposito, ma fa' pure del tuo meglio per cambiargli stile, mamma.

«Sarà contentissimo» cinguettai. «Comunque, non ci crederai mai…»

«Mi sa che diventerà alto quanto suo padre. L'altezza era l'unica cosa decente che aveva da offrire quello lì.»

«Ah! Be', a proposito di Rob...» tentai per la terza volta, con un po' di aggressività in più.

Trinity tuttavia tornò proprio in quel momento in cucina, con un vestitino estivo, la treccia appena rifatta che le cadeva su una spalla e il viso illuminato da una passata di mascara, blush e lucidalabbra.

«Be', ci vediamo più tardi, Nessy. Grazie per le bomboniere!»

«Ah, gioia, vedi di rimettere tutto a posto quando avrai finito» si raccomandò mamma. «Quando torno avrò il mio bel da fare per preparare la casa in vista dell'addio al nubilato.»

Chiusero la porta con un tonfo proprio nell'istante in cui il mio telefono segnalava l'arrivo di un nuovo messaggio. Era un numero sconosciuto, con un prefisso dell'Arizona.

Numero Sconosciuto: E dai, Nessy. Vuoi lasciarmi vedere mio figlio o no?

Non in questa vita, conchiglione.

4

Cruz

Due settimane dopo

Gabriella Holland era stata una pessima idea.

L'avevo capito quando l'avevo conosciuta in quel bar.

La stessa sera in cui l'avevo invitata a casa mia.

E anche la mattina dopo, quando si era messa ad analizzare le foto di famiglia appese in salotto, nuda come mamma l'aveva fatta, un attimo prima di sganciare la bomba e dirmi che anche lei era di Fairhope, che la sua migliore amica, Trinity, lavorava alla mia clinica e che sua madre sarebbe stata contentissima di sapere che ci eravamo conosciuti. *Intimamente*.

Che altro avrebbe potuto fare un uomo per bene?

Un uomo che era stato incoronato come l'abitante di Fairhope con le possibilità maggiori di poter essere eletto presidente?

Un uomo che non poteva permettersi errori, tantomeno quattro in una notte (uno dei quali aveva previsto una posizione particolarmente avventurosa del Kamasutra), specialmente se questi sfociavano poi in una giovane ragazza irrimediabilmente compromessa?

Mi ero sinceramente sforzato di far funzionare le cose con Gabriella Holland.

Dopotutto, a prima vista Gabriella sembrava non avere alcun difetto. Era obiettivamente splendida, si era laureata alla Columbia l'anno precedente e lavorava come blogger e influencer, promuovendo cosmetici e street fashion sui social media.

Sognava di fare la casalinga e di sfornare adorabili bambini paffutelli, che era presumibilmente ciò che cercavo io in una moglie.

I nostri obiettivi, progetti e ideologie erano teoricamente allineati. *Teoricamente* però era la parola chiave, perché per quanto cercassi di sforzarmi, non ne potevo più di vederle fotografare ogni maledetto piatto che ordinavamo prima di cominciare a mangiare, o di scattare un selfie in tutti i bagni pubblici in cui capitava con la scusa della luce perfetta.

«Ma… ma perché?» Gabriella tirò su col naso e si tamponò delicatamente gli occhi con un fazzoletto, tremando come una foglia.

Provavo una segreta avversione per i tremolii. E lei tremava sempre, quando mangiava l'insalata di pollo da Jerry & Figli, quando vedeva qualcosa di triste al telegiornale o quando entrava uno spiffero dalla finestra.

Era talmente gracile, talmente delicata, che il suo posto era in un museo, non nel letto di un uomo dal sangue caldo (paradossalmente, bisognava riconoscere che Gabriella era disposta a esaudire ogni mio desiderio, purché mi facessi sentire il giorno dopo).

«È per qualcosa che ho detto? Che ho fatto? Non capisco. L'altro giorno mi hai regalato una collana!»

Era appollaiata sul bordo del mio divano blu navy, gli occhioni da cerbiatta che scintillavano come vetri rotti.

Non avevo il cuore di dirle che la collana non aveva niente a che fare con lei e tutto a che vedere con me.

Mi vantavo di essere il miglior amante di tutto lo stato. Ricoprivo le mie ragazze di regali costosi, le portavo ovunque valesse la pena andare, non dimenticavo mai un anniversario e non le rimandavo mai a casa senza un orgasmo.

Esigevo moltissimo da me stesso.

Non per niente, ero il beniamino di Fairhope.

Solo l'idea di deludere la gente mi metteva ansia, e poco importava quanto mi piacesse fingere il contrario.

«Aspetta, è per la storia dell'hamburger non biologico?» mi domandò Gabriella e schioccò le dita come se le si fosse accesa la classica lampadina. «Forse avrei potuto essere più gentile con Casinessy. È che ultimamente, tra il matrimonio di Trinity e le prove dell'abito da damigella, sono *così* sotto pressione...»

«Tennessee Turner non c'entra niente.» Le passai un altro fazzoletto. Sapevo già che sarebbe scoppiata a piangere nell'esatto istante in cui avesse messo piede fuori da casa mia. «E neanche tu, in realtà. Sei perfetta.»

«E allora perché non vuoi più stare con me?»

Non ne ho la più pallida idea, dolcezza. So solo che mi annoi a morte.

Avevo qualcosa che non andava e dovevo scoprire cosa fosse.

Sapevo di non essere indifferente al sesso perché quello era l'unico aspetto che apprezzavo delle mie relazioni. Era tutto il resto a mettermi in difficoltà.

Eppure non c'era mai stato alcun fattore decisivo o scatenante che mi avesse cambiato, nessuna rottura travagliata o storie strappalacrime che mi avessero fatto passare la voglia di mettere su famiglia.

Ero cresciuto con dei genitori fantastici, affettuosi e che si adoravano. Nel corso degli anni avevo avuto diverse fidanzate; alcune erano durate più di altre e a qualcuna mi ero sinceramente affezionato, e non c'era alcun dubbio che le avessi rispettate tutte quante, però continuava a mancarmi qualcosa.

Sembrava tutto nella norma. A posto. *Passabile.*

Anche le sensazioni erano passabili. Né troppo piacevoli, né troppo spiacevoli. Un po' come il piatto preferito in un ristorante che frequentavi spesso. Le donne con cui stavo non mi deludevano mai, ma nemmeno mi entusiasmavano.

E io invece volevo entusiasmarmi.

Volevo che mi spingessero a compiere qualche pazzia, a superare i miei limiti, a risolvere il mistero dell'unica cosa che i miei coetanei avevano e io no, ovvero una moglie.

In definitiva, non aveva senso scegliere un'unica donna quando avevo tutta Fairhope ai miei piedi e avrei potuto sposare chi volevo in qualsiasi momento (all'infuori di Tennessee Turner che, francamente, non avrei augurato nemmeno al mio peggior nemico, se mai ne avessi avuto uno).

«Ho capito.» Gabriella raddrizzò la schiena e si schiaffeggiò una coscia.

Stava parlando da sola, il che non era mai un buon segno.

«Ah sì?» Avevo seri dubbi al riguardo, ma l'assecondai comunque.

«Ti stai facendo prendere dal panico perché Wyatt sta per sposarsi e sai che i tuoi si aspettano che tu lo imiti. Posso aspettare, Cruz. Non voglio farti pressioni.»

No, niente pressioni, se non si contavano gli anelli di fidanzamento che aveva cerchiato su tutte quelle riviste di nozze per poi lasciarle tatticamente in giro. In tutta onestà, pensavo che tre mesi non bastassero nemmeno per decidere di condividere l'abbonamento di Netflix, figuriamoci fare una proposta di matrimonio.

«Non è per quello. Mi serve un po' di tempo per riordinare le idee.»

«Promettimi una cosa.»

Gabriella stava ormai singhiozzando senza ritegno, e io mi detestai per esserci andato a letto. A mia discolpa, quella fatidica notte non avevo creduto di doverla rivedere il giorno dopo, tantomeno nei tre mesi successivi.

«Certo.» Sfoderai un sorrisetto gelido e le diedi un buffetto sul ginocchio. «Qualsiasi cosa, dolcezza.»

Lei mi prese per le spalle e mi guardò dritto negli occhi. «Voglio che tu ci rifletta con calma. Mi farai sapere la tua decisione quando sarai tornato dalla crociera. Ti aspetterò.»

«Non ce n'è bisogno, dico sul serio.»

Non volevo che Gabriella mi aspettasse.

Soprattutto, ero io che non volevo aspettare *lei*.

In crociera poteva succedere di tutto. Avrei potuto facilmente trovare qualcuno con cui darmi alla pazza gioia per qualche giorno, e non avevo voglia di limitarmi, non quando ero già sicuro di non voler rimanere con Gabriella nemmeno un giorno in più.

«*Tu* non sei tenuto ad aspettarmi, ma io mi sentirò meglio se lo farò» obiettò e riuscì pure a tirar fuori un sorrisetto tremulo.

Mi sembrava un patto parecchio ingiusto, però forse le serviva del tempo per metabolizzare la notizia. Erano due ore che cercavo di lasciarla, eppure continuavamo a discutere.

Se l'unico modo per convincerla ad andarsene era quello, tanto valeva sacrificarsi.

«Va bene. Ne riparliamo quando torno.»

«E cerca di ricordare perché ci siamo messi insieme» mi suggerì. «Forse ti riaccenderà la passione.»

Ormai la stavo praticamente spingendo verso l'ingresso.

Proprio quando cominciavo a pensare di poter tagliare fuori queste ultime ore d'inferno e consolarmi fra le braccia dell'unico amore che non mi aveva mai tradito, ovvero la birra, la punta di un tacco rosso si insinuò fra lo stipite e la soglia prima che avessi il tempo di chiudere del tutto la porta.

La riaprii subito e sperai che non fossero Tennessee Turner e il suo caratteraccio grande quanto l'Australia.

Era mia madre.

Catherine Costello aveva la stessa acconciatura di Nancy Pelosi, una corporatura esilissima e il guardaroba di Jackie Kennedy. Assomigliava, e lo dicevo con tutto l'amore del mondo, a una qualsiasi delle donne bianche, ricche, abituate a comandare e generalmente in tailleur che si vedevano nei telefilm degli anni Novanta.

«Oh, Cruzy, non avrò mica interrotto qualcosa?»

Spalancai la porta, consapevole che sarebbe stato inutile dirle di sì. «Per niente, mamma. Entra pure.»

«Ho notato che Gabriella era di cattivo umore.» Mamma iniziò a svuotare la busta di carta che aveva portato con sé, contenente senz'altro del cibo fatto in casa.

Era in tutto e per tutto una magnifica mamma invadente con cui passavo molto volentieri il mio tempo libero e che contemporaneamente non vedevo l'ora di salutare.

Confusi? Pure io.

«Già, ci siamo lasciati.» Andai al frigorifero a prendere una birra e una delle limonate dietetiche che compravo esclusivamente per lei.

«Oh, è un vero peccato.»

Mamma iniziò ad aprire i vari contenitori. A giudicare dal profumo, si trattava del suo stufato di carne e fagiolini.

«Mi dispiace.»

Suonai sincero perché lo *ero*.

Ci tenevo ad accontentare i miei genitori, solo che non volevo legarmi a una donna che preferiva fare foto ai dolci anziché mangiarli o che pensava che *Vogue* fosse la massima autorità in campo letterario.

«D'altronde, mi ero accorta che non eri coinvolto. Vieni, siediti e mangia.»

L'accontentai perché, che cavolo, non c'era niente di meglio del piatto forte di tua madre accompagnato da una bella birra per concludere una lunga giornata, a prescindere da quanti anni avessi.

Mamma girò intorno al tavolo da pranzo e venne a sedersi davanti a me, posando il mento sulle dita intrecciate.

«Non sono venuta per parlare di Gabriella.»

«Immaginavo, visto che è una notizia dell'ultima ora.» Infilzai un pezzo di carne e me lo infilai in bocca. «Che posso fare per te, mamy?»

«Rob Gussman è tornato in città.»

Riuscii a non sputare né la birra né lo stufato.

Per un pelo.

«Davvero?»

Lei annuì. «Sono andata a giocare a bridge dalla signora Underwood. Ti stava facendo un sacco di complimenti per aver salvato quel ragazzino da Jerry quando è saltato fuori l'argomento. La signora Gussman, infatti, è passata a portarci la sua rinomata torta di mele e ci ha raccontato che Rob è tornato e che non è messo benissimo. Pare abbia passato un paio d'anni difficili. Lo sapevi che ha divorziato per ben due volte?»

«Ho sentito.» Le relazioni non erano mai state il suo forte, perciò non mi stupiva. «È tornato per restare?»

«Sembra di sì. Ha preso in affitto una casa e tutto quanto, giù nei pressi di Norton Creek, non molto lontano dall'altra Turner e suo figlio.»

«Strano che nessuno l'abbia ancora incrociato.»

«Credo voglia tenere un profilo basso, almeno per ora. Comunque, perché non gli dai un colpo di telefono? Secondo me gli farebbe piacere. Scommetto che si sente solo e più che un tantino imbarazzato dopo quella storiaccia con l'altra Turner.»

Eh, già.

A Fairhope, Tennessee Turner aveva solo detrattori. Mia madre stava ancora cercando di mettersi l'anima in pace all'idea che sua sorella Trinity sarebbe diventata sua nuora, tanto la parentela la metteva a disagio.

Io, invece, mi ero fatto una mia opinione sul mondo e sulla *cancel culture* tipica della mentalità di provincia. La signorina Turner non mi piaceva, ma c'era da dire che parecchie delle cattiverie che circolavano sul suo conto sembravano dettate da invidia e meschinità.

«Volentieri.» Divorai un'altra forchettata di stufato. «Lo chiamo appena torno dalla crociera, adesso ho troppi impegni.»

«Oh! Quasi mi dimenticavo del figlio della signora Vella, Anthony. Sta pensando di studiare medicina e mi ha chiesto se poteva farti un paio di domande via email. Io, naturalmente, gli ho detto di sì.»

«Naturalmente» le feci eco, e digrignai i denti mentre masticavo.

Rispondere di no non era un'opzione. Ero il figlio perfetto, il vicino perfetto, il conoscente perfetto. Sempre pronto a dare una mano.

«C'è un'altra cosa, prima che me ne vada. Tuo padre vorrebbe sapere se puoi aiutarlo a rivedere i suoi investimenti prima della partenza. Sai bene quanto sia scarso in queste faccende.»

«Consideralo già fatto. Passo domani.»

Sì.

Essere perfetto era sfiancante.

Soprattutto quando, in cuor mio, mi sembrava di essere tutto il contrario.

Proprio quando cominciavo a pensare che quella giornata di cinquanta ore non avesse alcun presupposto per durare ancora più a lungo, fui richiamato alla clinica perché il figlio della signora Borowski, Jensen, aveva pensato che fosse una buona idea far incontrare il suo scroto e una ruota del trenino Thomas.

Era la seconda malefatta del mese, per la signora Borowski, dato che sua figlia era finita nel mio studio nemmeno due settimane prima con un campione di feci arcobaleno e un sorriso sbafato degno del Joker.

A quanto pareva, la piccola Elin aveva deciso che un banchetto a base di pastelli fosse una genialata.

Arrivai in clinica e rimossi il trenino della felicità dallo scroto di Jensen, spiegandogli in tono bonario che non sarebbe stata l'ultima volta che quella parte del suo corpo l'avrebbe messo nei guai; mi sfilai i guanti di lattice con uno schiocco proprio nel momento in cui Trinity, la mia futura cognata nonché infermiera, entrò nel mio studio.

«Dottor Costello.»

«Trinity, per favore, se non ci sono pazienti in giro puoi chiamarmi Cruz e darmi del tu. Stiamo per diventare parenti.»

«Cruz.» Trinity si rigirò il mio nome in bocca e sorrise timidamente. «Sei tornato per un intervento d'urgenza?»

Aprì uno dei miei schedari per riporvi alcune cartelle mediche.

Trinity era una bella biondina con i capelli sempre intrecciati, un guardaroba castigato e troppe poche lentiggini. Era bene educata, benintenzionata e... be', *noiosa.* Impossibile confonderla con quella bomba di sua sorella, che avrebbe fatto sfigurare anche le più belle attrici di Hollywood.

Trinity, in confronto, era quasi bruttina. Più che altro, se lei assomigliava a un angioletto, Tennessee sembrava essere stata creata dal diavolo in persona per indurre al peccato.

Al contrario di sua sorella, però, l'infermiera Turner non aveva il garbo di un cinghiale selvatico, motivo per cui non mi dispiaceva averla nel mio staff, anche se prendeva cinquecento giorni di ferie l'anno.

«Non chiedere» dissi, per poi lasciarmi sfuggire una risatina roca.

«Okay. Allora lascia che ti chieda un'altra cosa.» Si girò verso di me, le mani piazzate sui fianchi fasciati dalla divisa celeste da infermiera. «Mi faresti un favore?»

«Ma certo, sorellina.»

Le sorrisi amabilmente. Avevo aggiunto quel "sorellina" per mettere subito in chiaro che, fra le cose che ero disposto a fare, non c'era l'opzione di *farmela*.

D'altronde, essendo il fustacchione ufficiale della città, la prudenza non era mai troppa. Anche se la gente continuava a scambiarmi per Ryan Gosling, in quel film in cui lui usciva con quella specie di bambola gonfiabile, e solo perché lì aveva i baffi anche lui…

Anzi, animato dal dubbio che le persone potessero immaginarmi con una svampita tutta curve al seguito, avevo anche preso in seria considerazione la possibilità di sbarazzarmi del baffo, ma alla fine avevo deciso che ci ero troppo affezionato. Fisicamente e spiritualmente.

«Mia sorella ha bisogno di un passaggio fino al porto, domani. Ha la macchina in panne e i miei genitori accompagnano già me, Wyatt e Bear.»

Passare un'ora con Tennessee Turner in uno spazio ristretto?

Ci metto subito la firma era un frase che mai nessuno avrebbe detto. Mai, nella storia dell'umanità.

Ma io ero pur sempre Mr. Perfezione.

Se avessi rifiutato, sarei stato un impostore.

Oltretutto, presto o tardi avrei dovuto mandar giù la storia del pugno in gola. In fin dei conti, io e Tennessee eravamo destinati a passare insieme innumerevoli Ringraziamenti, Natali e battesimi.

Meglio metterci una pietra sopra subito, piuttosto che rischiare di ricevere quello stesso pugno nelle palle, di lì a qualche mese.

«Certo, l'accompagno io.»

«Dovrai passare a prenderla da Jerry. Va bene?»

Mi sbottonai il camice bianco e sorrisi, affabile. «Dove fanno i migliori frullati di Fairhope. Sarà un piacere.»

«Ti spiacerebbe darle una mano anche con i bagagli? Non viaggia leggera.»

Ma non mi dire.

Probabilmente sarebbero bastati la sua lacca e i suoi tacchi per far colare a picco l'*Euforia,* la nave.

«Tesoro, tua sorella è anche mia sorella. Le offrirò tutto l'aiuto che le serve.»

Trinity squittì e fece un gesto strano con le mani: le sventolò rapidamente come se stesse cercando di prendere il volo.

«Ooh. Grazie infinite! Sei un eroe!» Stava per uscire dallo studio, ma si bloccò sulla soglia mordendosi le labbra. «Ah, a proposito, volevo anche dirti che sono contentissima che tu e Gabriella stiate insieme. Penso siate semplicemente perfetti l'uno per l'altra.»

Mi risuonarono nella testa mille campanelli d'allarme.

Quindi Gabriella non aveva ancora detto alle sue amiche che avevamo rotto? Un conto era non dirlo a mezzo mondo, un altro era non aprire bocca con la sua migliore amica.

Dovevo assolutamente mettere in chiaro la situazione e assicurarmi che si sapesse in giro che ero di nuovo single.

Prima, però, avrei dovuto sopravvivere a quel supplizio di crociera.

5

Tennessee

Eravamo in ritardo.

Anzi, il termine *ritardo* non rendeva granché bene l'idea.

Eravamo *terribilmente* in ritardo.

Per colpa mia, ovviamente.

Io e Cruz eravamo impantanati nel traffico pomeridiano diretti al porto di Wilmington. La sua Audi avanzava a passo di lumaca, bloccata fra centinaia di altre auto.

Mentre avevamo iniziato a lasciarci Fairhope alle spalle, Cruz era stato ammirevole, si era dimostrato davvero educato e pacato, ma, ora, a giudicare dalla vena che gli pulsava sulla tempia, che aveva assunto un'interessantissima sfumatura rosso melagrana, ero quasi certa che fosse sul punto di tirarmi un pugno su una tetta.

«Ti spiace ricordarmi,» iniziò a dire strascicando le parole e stritolando a morte il volante, «cosa ti ha trattenuto da Jerry per ben tre quarti d'ora mentre io ciondolavo nel parcheggio come uno spacciatore di serie B?»

Avevo tardato a causa della nuova cameriera in prova, Trixie, madre single di due figli, scaricata da quel cialtrone del marito per una modella più giovane solo tre settimane prima.

Trixie aveva avuto un esaurimento nervoso, cosa tutt'altro che sorprendente considerando che era solo il secondo giorno di lavoro della sua vita, e io mi ero dovuta occupare anche dei suoi tavoli finché non erano stati tutti serviti.

Naturalmente, non avevo alcuna intenzione di spiattellare la sua storia, né di giustificarmi con quel pallone gonfiato.

Non gli dovevo un bel niente.

«Te l'ho già detto.» Abbassai l'aletta parasole e aprii lo specchio per ritoccarmi il rossetto di un rosa molto grazioso. «Dovevo scegliere il lipstick da abbinare al mio look.»

«Sei ancora in divisa.»

«Esatto. Lo sapevi che esistono più di mille sfumature di rosa?»

«E *tu* lo sapevi,» ribatté lui, «che l'*Euforia* salperà fra un quarto d'ora e che io e te non andremo in crociera?»

«Sciocchezze» replicai e lo liquidai con un gesto della mano. Il segreto era fingersi sicuri di sé. «Arriveremo in tempo e sarà meraviglioso.»

«Una cosa esclude l'altra. Se ci sei tu, non ci sarà niente di meraviglioso.»

«Ahia» dissi nel tono più piatto possibile, per sottolineare che non poteva fregarmene di meno. «Non possiamo sforzarci di andare d'accordo?»

«Qualsiasi possibilità di un accordo fra me e te è andata a farsi benedire sei anni fa, quando mi hai tirato un pugno in gola.»

Non riuscivo a credere alla faccia tosta con cui aveva appena tirato in ballo *quell'*episodio.

«Stavo mirando alla faccia.»

«Lei è scarsa quanto violenta, signorina Turner.»

«Che ne è dell'acqua sotto i ponti?»

«Nel nostro caso non c'è ponte che tenga. Se fossimo stati soli, avresti continuato a pestarmi a morte.»

Sorrisi con aria nostalgica. «A morte? No, ma avrei senz'altro manomesso i gioielli della corona.»

Cruz digrignò i denti e lanciò un'occhiata torva all'ingorgo stradale attraverso le lenti dei suoi Aviator. Vintage e probabilmente costosissimi. Sembrava un eroe di guerra in un film di Tom Cruise, che era poi il motivo per cui mi tremavano le ginocchia tutte le volte che lo guardavo dritto in faccia. Forse era per quello che mi divertivo a irritarlo... santo cielo, però, cos'era con quella mascella serrata!

Mi girai verso il finestrino e alzai il volume della radio. Fergie cantava delle sue *Lovely lady lumps* e io mi domandai distrattamente se non fosse il caso di provare a sfondare nel mondo della musica. Non poteva essere poi *tanto* difficile se alla radio passavano canzoni del genere…

Provai a tirarmi su di morale ricordandomi che questa sarebbe stata la primissima vacanza di Bear, e infatti ormai non stava più nella pelle. Oltretutto, i dieci giorni di crociera mi avrebbero dato un po' di graditissimo respiro da Rob, che aveva passato le ultime due settimane a tempestarmi di telefonate, pur continuando a mantenere un profilo basso in città. E io, tanto per cambiare, gli stavo reggendo il gioco… più o meno.

Non avevo ancora affrontato l'argomento con Bear, ma avevo in programma di farlo durante la crociera. L'avrei portato in uno dei ristoranti della nave e avremmo avuto una conversazione seria fra adulti, di quelle che il dottor Phil avrebbe definito *d'ispirazione*.

Mr. Perfezione parlò sovrastando la voce di Fergie. «Senti, lo scopo di questa vacanza è quella di permettere alle nostre famiglie di conoscersi meglio. Sono disposto a dimenticare la storia del pugno in gola se anche tu prometti di fare la brava. Che ne dici?»

«E va bene, okay, ci proverò. Adesso posso chiamare mio figlio?»

Il perché gli avessi chiesto il permesso era un mistero.

Ero una donna adulta, sulla soglia dei trent'anni per essere precisi. Ma era anche vero che quella era la *sua* macchina.

E poi avevo sempre avuto l'impressione che Cruz fosse molto più grande di me, anche se fra di noi correvano solo due anni.

E forse sarebbe stato bello smettere di bisticciare per mezzo secondo.

«Fai pure, tesoro.»

Ero sicurissima che il *tesoro* gli fosse scappato di bocca per sbaglio, ma fu comunque sufficiente perché le mie cosce si dessero il cinque e il mio clitoride uscisse dal letargo.

Che classe, Nessy. Aspetta di vederlo mangiare un gelato in crociera. Mi sa che la tua vagina si farà esplodere proprio in mezzo all'open bar.

Aprii FaceTime e chiamai Bear, adorabile con i suoi occhiali da sole verde fluo e i capelli che gli ricadevano sulla fronte. In sottofondo si sentivano un sacco di chiacchiere, risate e annunci dagli altoparlanti, segno che era già sulla nave.

«Ehilà, Bear-Bear» lo salutai sorridendo. «Come se la passa il mio ragazzo preferito?»

«Qui è una pacchia, ma'. Devi vedere questo posto, è grande quanto una città.»

«Be', amore, fra poco sarò lì con te. Mammina e papino sono con te?»

«No. Comunque abbiamo conosciuto una banda in partenza per il Mar cinese mediorientale. Ci daremo alla pirateria. Secondo te come starei con una benda sull'occhio?»

Dalla risatina sommessa che sentii al mio fianco, sfuggita al Buon Samaritano in persona, capii che era una battuta. Mi accigliai.

«Non puoi scherzare su certe cose con tua madre, Bear-Bear.»

Lui trasalì. «Per favore, non chiamarmi così davanti agli altri.»

«E tu non diventare un pirata.»

«Affare fatto.»

In quel momento, mia madre ritenne opportuno appropriarsi del telefono di Bear con un sorriso raggiante. A giudicare dal rossore sulle guance e dal *margarita* grande quanto un secchiello che aveva in mano, era già ubriaca. Notai che la quantità di collane e bracciali che indossava era insolitamente ridotta, e mi si strinse il cuore all'idea che avesse deciso di alterare il proprio stile per adeguarsi al mondo ben curato di Catherine Costello.

«Nessy, gioia?» Guardò il telefono come facevano spesso gli anziani, quasi volesse assicurarsi che non fossi *fisicamente* intrappolata dentro il dispositivo. «Come mai ci state mettendo così tanto? Noi, Wyatt e tua sorella siamo già arrivati, e anche i Costello.»

«Mi hanno trattenuta al lavoro» le spiegai con una smorfia.

Mamma mi lanciò un'occhiata sconsolata. «Vedi di arrivare per tempo, Nessy, per favore. Non puoi nemmeno immaginare quanto ci tenga tua sorella.»

«Lo so» risposi, seria. «Ce la stiamo mettendo tutta. Ce la faremo.»

Riagganciai in preda all'inquietudine. Se avessimo perso la crociera, nessuno dei miei familiari mi avrebbe mai perdonata. Allungai il collo, come se avessi potuto scorgere qualcosa oltre il parabrezza.

«Quanto manca?» domandai.

«Poco. Stiamo entrando nel porto proprio adesso. L'ingorgo è lì. In questo posto è impossibile trovare parcheggio.»

«Uhm» dissi, sempre di grande aiuto.

«Bear sembra un ragazzino simpatico» continuò Cruz, e il mio cuore si riempì di gioia. Perché mio figlio era senz'altro il ragazzino più simpatico sulla faccia della Terra. In modo del tutto oggettivo, naturalmente.

«Ovvio. Ha preso da me.»

«Non fisicamente.»

Seguì un momento di silenzio. Il cervello mi urlò di non tirare in ballo Rob, ma la mia stupida boccaccia gli rifilò un dito medio e fece il moonwalk fino a tuffarsi in quella spinosissima conversazione.

«Hai saputo che è tornato, vero?»

Cruz annuì. «Fairhope è un buco.»

«Avete avuto modo di vedervi?» gli domandai. «Vi siete già fatti un giro sul viale dei ricordi?»

«Perché ti importa?»

Eravamo entrati nel parcheggio e lui stava cercando un posto libero sulla scia di una Buick guidata da una signora di novantadue anni.

«Perché siete migliori amici.»

Pappa e ciccia durante tutta l'adolescenza.

I prescelti della Fairhope High.

«Lo *eravamo*» mi corresse lui. «Ho intenzione di invitarlo a bere una birra. Sarà piacevole, mi è mancato.»

Certo che gli era mancato.

Erano un solo pallone gonfiato dislocato in due involucri diversi. Se a sedici anni fossi rimasta incinta di *suo* figlio, non avevo alcun dubbio che si sarebbe comportato esattamente come Rob.

Tutto a un tratto, mi ricordai per filo e per segno perché odiassi a morte Cruz Costello.

«Sai cosa c'è?» sospirai. «Che, *razzo*, non ce la posso fare. Non riesco a fare la carina con te.»

«Idem, ma è stato bello finché è durato.»

«Parla per te.» Cruz parcheggiò e io mi sganciai la cintura. «Quando sei con me, puoi anche smetterla di recitare la parte del gentiluomo. Io so qual è la verità.»

Ed è una verità che ti ha fatto rimediare un pugno in gola.

Cruz scese dalla macchina e buttò fuori una risatina incredula prima di andare ad aprire il bagagliaio della sua Audi. Tirò fuori la mia valigia fucsia e me la lanciò; fui costretta ad afferrarla al volo, barcollando all'indietro sui sandali alti che indossavo.

Ovviamente avrei dovuto portarmela da sola, perché lui era un VERO gentiluomo.

«Tennessee?»

«Che vuoi?»

«Ti consiglio caldamente di toglierti subito i tacchi.»

«E perché mai?»

«Perché stiamo per correre e la voglia di portare te *e* la tua valigia fino alla nave mi è passata più o meno cinque secondi fa.»

Mi bruciavano i piedi.

E non era tanto per dire: avevo corso scalza, quindi mi stavano davvero andando a fuoco.

Al momento erano grandi quanto i piatti del diner, e avevano assunto una bella sfumatura di rosso, con alcune strisce di pelle ormai morta che sembravano fette di bacon.

Davanti al banco del check-in, cominciai a dondolarmi spostando il peso del corpo da un piede all'altro in una partita in solitaria di *Il Pavimento è Lava*. La settimana prima, avevo completato tutte le procedure disponibili per il check-in online, avevo acquistato il pacchetto web e quello all-you-can-drink, e avevo controllato di aver inserito i dati della carta di credito corretta, per poi stampare e incollare le etichette sui bagagli in anticipo.

Contrariamente a quanto si affermava in giro, non ero poi *così* disorganizzata.

La signora-bigliettaia-receptionist (dopo la corsa verso i controlli di sicurezza, ero troppo stordita dal dolore per capire quale fosse la sua mansione precisa) ci restituì i passaporti, ci consegnò i tesserini identificativi appena stampati (ovviamente, la foto di Cruz sembrava perfetta per la copertina di una rivista, mentre io ero venuta con gli occhi chiusi) e ci offrì il pacchetto di benvenuto, pronunciando le classiche parole di rito come un automa.

«Vi ringraziamo per aver scelto una crociera Incanto degli Oceani! Ci auguriamo vivamente che il soggiorno sia di vostro gradimento. Buone vacanze!»

Cercammo di superare la fotografa di bordo, ma quella riuscì comunque a obbligarci a posare davanti a un finto sfondo della nave. Quando capì che ero fisicamente incapace di sorridere e ignorare il dolore, il suo sorriso si fece incerto.

Ci scattò le foto in silenzio, ci disse che sarebbero state disponibili per l'acquisto nella galleria (no, grazie) e ci lasciò andare.

Nonostante l'agonia, non mi ero mai sentita tanto felice in vita mia.

Ce l'avevamo fatta.

Eravamo *a bordo*, anche se al check-in avevamo dovuto fare una fila che sembrava snodarsi fino a New York (a quanto pareva non eravamo gli unici ritardatari, *ah!*). Avevamo consegnato anche i bagagli che avremmo ritrovato dopocena fuori dalle nostre cabine.

E ormai la fila era superata.

Finita.

Andata.

The end.

Eravamo liberi come il vento.

C'era sempre uno stupido senso di superiorità nel lasciarsi alle spalle una scia di gente stanca e stizzita che ancora aspettava in fila mentre tu eri già oltre la libertà del post-check-in, e in quell'istante io lo sentii tutto.

«Vuoi che ci sediamo da qualche parte, così puoi rimetterti i sandali prima di andare a cercare gli altri?» Cruz arricciò le sue folte sopracciglia: lo spirito cavalleresco aveva avuto (momentaneamente) la meglio sull'odio che provava nei miei confronti.

Scossi la testa. «Ormai rimetterli peggiorerebbe soltanto la situazione.»

«Ci sarebbe una soluzione temporanea» disse lui con espressione piatta.

Ah, già.

La cosa assurda che aveva detto quando eravamo ancora nel parcheggio.

«Se ti permetto di portarmi in braccio, mi appesterai con quella puzza di mascolinità tossica che ti porti dietro.»

«Come hai fatto a indovinare?» Sembrava sinceramente sorpreso ed esterrefatto. «È la mia acqua di colonia preferita.»

Quindi il dottor Costello sapeva scherzare.

Tanti auguri a me e ai dieci giorni che avrei trascorso in sua compagnia.

Dopo tre minuti passati a saltellare da un piede all'altro, tuttavia, mi resi conto che, più che punire lui, stavo punendo me stessa.

«E va bene» mi arresi e repressi l'impulso di ricordargli che era tutta colpa sua, visto che aveva scelto di parcheggiare così lontano dal porto. «Prendimi pure in braccio.»

«Sicura che sopravvivrai al mio fetore?»

«Tratterrò il respiro. Tu, però, tieni le mani a posto.»

«Ci proverò.»

«Invece di provarci, promettimelo.»

«Ti sembro davvero *così* disperato?»

Ci riflettei per qualche istante. In effetti, Cruz frequentava una delle donne più belle di Fairhope.

«Non particolarmente, ma quei baffi ti fanno sembrare un maniaco. La prudenza non è mai troppa.»

La facilità con cui mi sollevò fu tale da strapparmi un involontario mormorio sognante.

Agitai le braccia lungo i fianchi senza sapere dove metterle, perché agganciargliele al collo sarebbe stato un po' troppo da "donzella in difficoltà" per i miei gusti.

E tuttavia, la sensazione che provai quando Cruz mi trasportò come una novella sposa davanti a decine e decine di persone ancora impantanate in quella fila, che vedendoci erano tutte gridolini ed esclamazioni, che sorridevano e ci ammiravano apertamente, fu divina: praticamente, mi sentivo al limite dell'euforia.

Guarda quei due. Sono come Gisele e Tom Brady, solo che più sopportabili.

Lui ha la faccia di uno che le fa sempre sesso orale, stavano pensando con ogni probabilità. *E non soltanto nei finesettimana o dopo aver bevuto un po' troppo.*

Se solo avessero saputo che Cruz moriva dalla voglia di gettarmi in mare come un'àncora e restare a guardare mentre una banda di foche inferocite mi faceva a pezzi…

Una tizia diede di gomito al marito e gli domandò perché non potesse essere altrettanto romantico, mentre un altro tipo si infilò due dita in bocca e fischiò: «Oh sì, baby, è così che si rimorchia». Il che gli valse uno scappellotto dalla sua partner.

«A quanto pare, gli altri si sono riuniti intorno all'angolo bar dell'acquapark, sul ponte superiore» suggerii.

Cruz si avviò verso le scale, dato che se avessimo aspettato in fila per gli ascensori la crociera avrebbe fatto in tempo a giungere a destinazione. E io a quel punto decisi che lui era il mio mezzo di trasporto preferito per andare in giro.

E che aveva bicipiti *estremamente* possenti.

Comunque mi sforzai di non pensare a che altri tipi di *giri* avrebbe potuto farmi provare.

«Chiamali» mi ordinò.

Io però avevo già il telefono premuto sull'orecchio. «Quaggiù non c'è ricezione.»

«E quassù non si sente niente» disse Cruz quando raggiungemmo il ponte superiore e io riuscii finalmente a telefonare, ma solo per essere trasferita alla segreteria telefonica di Bear.

L'acquapark.

Bear non scherzava.

Quel posto era grande quanto una città.

«Grazie tante, Capitan Ovvio.»

«Non c'è di che, Scass-Woman.»

«Il senso dell'umorismo le dona parecchio, dottor Costello.»

«Dovresti vedere cosa c'è sotto.»

Era la prima volta che rasentavamo il flirt, eppure continuavamo a essere abbastanza velenosi da poter uccidere un branco di elefanti.

«Potrei prenderti in parola» biascicai sarcastica. «A Fairhope lo sanno tutti che la do via senza pensarci due volte.»

Cruz inchiodò all'improvviso, il mento piegato verso il basso, gli occhi blu sempre più cupi. Tutto a un tratto, ci stavamo fissando, i nasi a qualche centimetro di distanza l'uno dall'altro. Il rumore, gli strilli, le risate e i tuffi a bomba dei ragazzini cessarono di esistere.

Cruz Costello sembrava… *affamato.*

E non di cibo.

Il mio cuore capitombolò in una pozza calda e appiccicosa, e io trattenni l'impulso di leccarmi le labbra.

Per un attimo, pensai che mi avrebbe baciata. Mi strinse con forza contro i pettorali, muscoloso come un dio greco, e tutte le terminazioni nervose del mio corpo sfrigolarono.

Le mie viscere si tramutarono in un liquido denso e sciropposo e poi… poi mi ricordai chi era e cosa mi aveva fatto.

E che aveva una ragazza che detestavo (a volte. Solo nella mia testa).

Mi girai subito dall'altra parte e feci una gran scena controllandomi le unghie, lunghe cinque centimetri.

«Che cavolo ti prende, Costello?»

«Niente, Turner. Mi stavi guardando in modo strano, così ho controllato che non presentassi i chiari sintomi di un arresto cardiaco. A proposito, hai le pupille dilatate.»

«Come no. Ricordati che hai una ragazza.»

«In realtà non ce l'ho.»

Non avevo alcun diritto di provare la soddisfazione che provai nel sentirglielo dire.

Cruz riprese a camminare tenendomi in braccio, solo che aveva iniziato a strascicare i piedi. La stizza che provava si riverberò addirittura fin dentro la mia spina dorsale.

E non avevamo ancora trovato i nostri parenti. Il bar era affollato, rumoroso e pieno zeppo di gente, caratterizzata da vari livelli di nudità e ubriachezza.

La puzza di sudore, cloro e alcol a poco prezzo mi solleticò le narici. Cioè, il *paradiso*, proprio. Mi chiedevo com'era possibile che non l'avessero ancora imbottigliato per venderlo come profumo...

«*Ma nooooo*» dissi a scoppio ritardato, e mi misi una mano sul cuore con un gesto esagerato. «Eravate perfetti insieme, tu e lei! La Coppia Più Beige dell'Anno. Ma quindi io dovrei essere la tua prossima conquista? Il tuo chiodo scaccia chiodo?»

«Il chiodo scaccia chiodo non fa per me.»

Mi sbagliavo... o non l'aveva espressamente negato, però?

«Allora come mai mi guardavi come se volessi baciarmi? È perché mi rifiuto di cascarti ai piedi?» lo stuzzicai.

«Di solito preferisco che le donne con cui esco mi stiano ad altezza inguine. Se ce l'ho ai piedi, c'è qualcosa che non va.»

«Volgare, e anche sessista.»

«Naturale, ma non posso essere definito sessista se poi ricambio il favore. Cosa che, giusto perché tu lo sappia, non manco mai di fare. Comunque, hai detto che quando sono con te posso essere me stesso, giusto? Ecco, questo sono io, prendere o lasciare.»

«Preferisco lasciare» replicai con enfasi, il cuore che mi batteva a mille all'ora. Che cavolo stava succedendo?

Stavamo veramente parlando di sesso?

«Be', tesoro, tanto per cominciare non sono mai stato tuo. Ora, richiama i tuoi, io provo con mia madre.»

Mi mise giù, stufo delle mie risposte al vetriolo, e io intravidi per la prima volta l'oceano. E pensare che ci stavo proprio sopra. Era blu, sconfinato e ricco di promesse... Il che mi ricordava che di lì a qualche minuto non mi sarei più dovuta sorbire il tanto invadente Mr Borioso McMaschione.

Sarei stata troppo presa dalla mia famiglia, mio figlio e la mia abbronzatura.

Niente bomboniere, niente tavoli da servire. Le cose stavano finalmente, *finalmente* iniziando a girare per il verso giusto.

Chiamai mamma, poi papà, poi Bear. E mentre aspettavo che mio figlio rispondesse, sentii la voce della madre di Cruz che esplodeva dal suo telefono.

«Cruz? Amore mio, dove sei?»

«Sul ponte superiore, davanti al bar dell'acquapark. Vi stiamo cercando.»

Mi girai di scatto e vidi Cruz che faceva avanti e indietro videochattando con sua madre. Non ero l'unica a fissarlo. L'intera popolazione femminile della nave era impegnata a rifarsi gli occhi su quel manzo di prima scelta. Perfino alcuni uomini.

Un assurdo orgoglio mi riempì il petto. Insomma, che guardassero pure, tanto Cruz era con me. Subito dopo, tuttavia, mi sentii invadere dal terrore, perché non solo io e Cruz NON stavamo insieme, ma lui stava anche facendo del proprio meglio per starmi *alla larga*.

«Sì, siamo nella zona lounge subito dietro. Vedrai un magnifico lampadario realizzato con delle bottiglie vintage riciclate, una vera delizia. Io ho addosso un vestito color avorio e un cappello di paglia, mentre Donna si è messa... oh, non so *cosa* si sia messa, amore. Questa gente non sarebbe in grado di riconoscere una scelta di stile nemmeno se li prendesse a botte sul didietro.»

Ops. Ero quasi sicura che *quel* commento non avrebbe dovuto sfiorare le mie orecchie.

Non c'erano dubbi che io facessi parte di *questa gente*, ovvero della classe operaia di Fairhope a cui si stava riferendo.

Cruz, se non altro, ebbe la decenza di scoccarmi un'occhiata desolata prima di precipitarsi sul retro del bar dell'acquapark.

«Non vedo nessuna zona lounge. Siete sicuri di essere all'acquapark?»

«Siamo *accanto* all'acquapark.»

«Boh, non vedo lampadari. C'è solo un bar simile a un sottomarino giallo.»

Una sensazione di panico cominciò a ronzarmi nello stomaco. La sirena della nave iniziò a suonare, soffocando i battiti del mio cuore.

«Perché non ci incontriamo da un'altra parte? Ti aspetto accanto alla spa, sul ponte diciannove.»

«I ponti sono solo diciotto, mamma.»

«Sciocchezze, Cruzy. E io che pensavo che un laureato in medicina sapesse contare.»

Il panico nella mia pancia strisciò su, su, *su* verso lo sterno, e respirare divenne praticamente impossibile.

Cruz smise di camminare avanti e indietro e si sfregò stancamente il viso scuotendo la testa.

«C'è scritto sulla brochure, mamma. L'*Euforia* ha diciotto ponti. Leggi meglio.»

«L'*Estasi* ne ha diciannove. Controlla tu stesso… e mi spieghi perché stiamo avendo questa conversazione?»

Il panico si era ormai trasformato in un macigno e mi stava chiudendo la gola.

Non riuscivo a riprendere fiato.

La nausea mi travolse.

Razzo, razzo, razzo.

Cruz si girò lentamente verso di me, gli occhi profondi come l'oceano e infiammati da un'accusa. L'*Euforia* scelse quel preciso istante per salpare, mentre centinaia di passeggeri oziavano appoggiati alle balaustre, guardando la terraferma che si allontanava sempre di più.

«L'*Estasi*?» ripeté, e non per sua madre, ma a beneficio mio.

«Sì, amore. Perché? Aspetta un attimo, *tu* su che nave sei?» La domanda fu seguita da una risatina nervosa della serie *non-vorrai-dirmi-che*...

«Sull'*Euforia*» rispose lui senza giri di parole, continuando a fissarmi con quei suoi occhi sempre più roventi, cupi e minacciosi.

Voglio la mia mamma.

«E che *diamine* ci fai sull'*Euforia*?» tuonò sua madre.

Intorno a lei, i nostri parenti avevano cominciato a discutere animatamente. Frasi come "perché?" e "ci risiamo" e "è colpa di Nessy" fioccavano una dopo l'altra.

«Mi sembra un'ottima domanda, mamma. Che ne dici se ti richiamo quando avrò capito come rispondere?»

Detto ciò, interruppe la telefonata e si girò del tutto verso di me. L'unica cosa che mi consolava era che eravamo circondati da parecchia gente, ed era quindi improbabile che Cruz mi avrebbe gettata in mare.

Per il momento.

«L'*Euforia*» fu l'unica cosa che disse. Parlò con voce roca, sorda e talmente gelida da spedirmi un brivido lungo la schiena.

Mi morsi le labbra. «Mi ricordavo che si chiamava E-qualcosa.»

«Ti ricordavi.» Cruz venne verso di me, imperturbabile e al tempo stesso più impressionante di Michael Myers. «E non ti è venuto in mente di, oh, chessò, *ricontrollare*?»

Nel tentativo di sfuggire alla sua ira, arretrai fino a una rampa rialzata su cui si stava svolgendo un concorso di Miss Maglietta Bagnata.

Più che stupida, mi sentivo senza speranze, perché sapevo che in quel momento erano tutti impegnati a discutere su che razza di impiastro mi dimostrassi ogni volta. Di come fosse praticamente un miracolo che riuscissi a portare quotidianamente un vassoio o prendere l'ordinazione per un piatto di pancake.

«*Sono perfettamente in grado di comprare due biglietti per una crociera*» scimmiottò Cruz in un'ottima imitazione della mia voce e poi avanzò di un passo verso di me come un predatore in procinto di banchettare. «È quello che hai detto al diner. Avrei forse dovuto specificare che mi riferivo alla CROCIERA CON LE NOSTRE FAMIGLIE?»

«Mi… mi… mi…»

Ma le scuse mi morirono in bocca.

Non c'erano giustificazioni che tenessero.

Quando avevo prenotato i biglietti ero ubriaca e scombussolata per il ritorno di Rob, e avevo commesso un errore. Avevo confuso l'*Euforia* con l'*Estasi*, e ricordavo anche come mai: quando i miei mi avevano detto che i Costello ci avrebbero portati in crociera, mi ero subito messa a studiare le varie navi.

L'*Euforia* era stata da subito la mia preferita perché aveva ottime recensioni e mi era sembrata la più bella. Non che mi servisse a qualcosa, dato che avrei dovuto condividerla con un tizio che moriva dalla voglia di affogarmi.

«Posso riavere indietro il Cruz falso e gentile?»

Lui mi venne vicino finché, con un sussulto, mi resi conto di poter sentire il suo odore. Un profumo inebriante di sandalo e cuoio su un uomo pieno di soldi, nonché l'odore forte e muschiato di virilità pura.

Il suo corpo era sodo, immenso, premuto contro il mio e percorso dall'urgenza di frantumare qualcosa. Preferibilmente le mie ossa.

Io avevo la schiena incollata alla rampa rialzata. Dietro di me, le donne in gara ridacchiavano e commentavano l'una la maglietta bagnata dell'altra. Non c'erano vie di fuga.

«No» bisbigliò Cruz. Il suo respiro che sapeva di menta si infranse sulla mia acconciatura simile a una torta a tre strati. Chiusi gli occhi. Forse, se non lo avessi guardato, sarebbe scomparso. «Il Cruz gentile per te è morto, Turner. Cristo santo. Non riesco a credere che tu sia veramente… così… *stupida*, cazzo!»

Di tutte le cattiverie che mi ero sentita dire nel corso degli anni, ero sinceramente convinta che quella fosse la peggiore.

Prima di tutto perché era stato Cruz a dirmela, un uomo notoriamente incapace di fare del male a una mosca, anche se quella mosca ero io, e che aveva specificamente dedicato la propria vita e la propria carriera alla cura del prossimo.

In secondo luogo, perché mi era impossibile non crederci.

Ero *davvero* una stupida.

Distolsi lo sguardo e mi sforzai di non piangere, sapendo benissimo che avevamo attirato una piccola folla di curiosi. La mia bravura nello scoppiare in lacrime senza alcun preavviso era leggendaria, e alla veneranda età di ventinove anni era ormai sulla buona strada per trasformarsi in un bell'ostacolo. Tentai di mantenere un tono pacato. «Credo sia meglio se andiamo ognuno in camera propria a riordinare le idee. Poi, quando ti sarai calmato, ne riparleremo.»

«Ah sì?» domandò lui.

«Sì.»

«Tennessee, guardami.»

Chiamai a raccolta fino all'ultima briciola di coraggio che mi restava, quindi rialzai lo sguardo dalle assi del ponte. Cruz mi mise i tesserini identificativi sotto al naso.

«Noti niente di strano?»

Chiusi e riaprii gli occhi. L'adrenalina che mi scorreva nelle vene era tale da impedirmi di far caso a qualsiasi cosa.

Il che, naturalmente, mi faceva sentire ancora più stupida.

Riuscivo praticamente ad ascoltare i suoi pensieri.

Non sa leggere. Pazzesco. Mio fratello sta per sposare la sorella di un'analfabeta.

«Che problema c'è?» sbuffai esasperata.

«Quante stanze vedi?»

«Una.»

«E noi quanti siamo?»

«Due.»

«Brava ragazza. Adesso fai due conti.»

Abbassai la testa per la vergogna. Quanto ero ubriaca, di preciso, quando avevo prenotato i biglietti?

Se tanto mi dava tanto, ubriaca fradicia.

Impossibilitata a trattenere ancora le lacrime, dal momento che non volevo farmi vedere da Cruz in quello stato, gli diedi uno spintone sul petto, feci dietrofront e tagliai la corda, lasciandolo lì impalato in mezzo a uno stuolo di donne, in bikini e magliette bagnate, e uomini che urlavano loro di scendere dal palco per farsi dare un bacetto.

Vagabondai per la nave senza alcuna meta; i piedi bruciavano ancora, ma ormai ero così intontita che non sentivo nemmeno più dolore. Bear provò a richiamarmi, ma io silenziai il telefono e me lo infilai in tasca.

Non potevo affrontare mio figlio col viso rigato di lacrime dopo aver combinato l'ennesimo pasticcio. A essere sincera, non avevo proprio il coraggio di guardarlo in faccia dopo lo stupido errore che avevo commesso.

Provarono a chiamarmi anche mamma, papà e Trinity, ma non mi andava di parlare con nessuno.

Quindi continuai a girare e girare per la nave.

Questa disperazione, questo mio sentirmi *piccolissima*, sembrava il sintomo di un problema più grande.

Il sintomo di qualcosa che riguardava la mia intera esistenza.

6

Roba da pazzi.

Tennessee era una mina vagante vestita di abiti succinti.

Non avrei mai dovuto lasciarle il compito di occuparsi dei biglietti. Stavamo parlando di una ragazza tristemente nota per essersi fatta mettere incinta sotto le gradinate del campo da football della Fairhope High; io, da bravo amico qual ero all'epoca, avevo fatto da palo per lei e Rob.

Ricordavo quella scena fin troppo chiaramente: Cara Loughlin che mi lisciava il pelo provando a chiedermi di invitarla al ballo con lunghi giri di parole mentre io non riuscivo a smettere di pensare a Rob che si stava prendendo la verginità di Tennessee Turner a pochi metri di distanza da noi.

Avevo sentito i grugniti animaleschi di lui, quasi fosse impegnato a lottare contro un maiale piuttosto che a fare l'amore con la sua fidanzatina delle superiori, e un sospiro sommesso di lei.

Quattro mesi dopo, Tennessee aveva lasciato la scuola e iniziato a indossare abiti larghi, e il motivo era stato chiaro subito a tutti.

Non aveva aiutato il fatto che Rob l'avesse lasciata e che, in un momento d'ebbrezza post-ballo, mentre eravamo a sbronzarci nel gazebo accanto alla biblioteca, si fosse arrampicato sul tetto bianco del chiosco per urlare: «*Sono stato in Tennessee ed è stato pazzesco!*».

Insomma, stavamo parlando della stessa donna che, quando le chiedevano cosa ci fosse di buono da Jerry & Figli, rispondeva: «I bagni. A volte. Se li puliscono».

Era *quella* la donna a cui avevo affidato il compito di comprare i biglietti anche per me.

La colpa era soltanto mia.

Anziché pensare a un piano B, andai a cercare la nostra cabina, che si rivelò piuttosto spaziosa per una nave da crociera (una magra consolazione), ma decisamente troppo piccola per tenermi alla larga da una donna con un ego grande quanto il Mississippi.

Poi tirai fuori il giubbotto di salvataggio e mi avviai verso l'esercitazione di sicurezza.

Chiunque fosse stato in crociera sapeva che vi erano più probabilità di diventare il primo unicorno astronauta della storia che di risparmiarsi l'esercitazione di sicurezza. Gli annunci erano talmente assordanti da far resuscitare anche i morti, e non smettevano di chiamare il tuo numero di stanza e di renderti la vita un inferno finché non ti decidevi a partecipare all'esercitazione obbligatoria.

Uno dei membri dell'equipaggio mi controllò il tesserino, verificò la mia identità e mi indicò un angolo della sala in cui solitamente si tenevano le serate di stand-up comedy.

Mentre aspettavo di sorbirmi la solita pappardella di mezz'ora sulle misure di sicurezza, cercai di ripensare a com'era stato possibile che Tennessee Turner fosse diventata l'unica (e sola) nemica che avessi a Fairhope.

Non c'erano dubbi sul perché io la detestassi, nonostante le mie ragioni potessero essere considerate un tantino ingiuste nei suoi confronti, ma non avevo la più pallida idea del perché *lei* detestasse *me.*

Sapevo soltanto che mi odiava a morte. Era una dei pochissimi, tra i residenti di Fairhope, ad aver scelto un medico curante che non fossi io, nella più lontana Wilmington.

Conclusa l'esercitazione di sicurezza, mi fermai al banco informazioni, che ormai la gente aveva smesso di prendere d'assalto, per chiedere se ci fosse la possibilità di scendere sull'isola più vicina così da salire a bordo dell'*Estasi*.

«Be'...» La responsabile, nella sua divisa ultra-inamidata, mi sorrise timidamente. «Il problema non è scendere dall'*Euforia*, ma trovare una cabina libera sull'*Estasi*. Senza contare che le navi dovrebbero trovarsi contemporaneamente sulla stessa isola, il che sarà possibile soltanto il quarto giorno, meteo permettendo.»

«E se ci fosse un'emergenza?»

«A bordo abbiamo un ambulatorio completamente equipaggiato e una piattaforma di atterraggio per elicotteri in caso di bisogno. Perché non mi spiega la situazione? Così posso provare ad aiutarla» mi esortò.

Lo farei, ma non ce l'ho tanto chiara neanche io.

«Per caso avete delle cabine libere?» domandai con un sospiro. «Pagherò qualsiasi cifra.»

Qualsiasi.

Il leasing sulla mia Audi Q8 sarebbe scaduto a brevissimo e stavo pensando di sostituirla con una Land Rover Sport, ma al diavolo tutto: stare alla larga da Tennessee era la priorità assoluta.

«No, mi dispiace.»

«Anche a me» borbottai.

Le lasciai comunque il mio contatto e il numero di stanza, chiedendole di avvertirmi quando o comunque se si fosse presentata la possibilità di fuggire da quel pigiama party a tradimento con la maggiore delle sorelle Turner. Probabilmente ripetei alla responsabile "i soldi non sono un problema" almeno tre o quattro volte, cosa che mi fece sentire come un viscido pappone di Los Angeles, ma a mali *molto* estremi, estremi rimedi.

Una volta terminato lì, andai a esplorare i ponti più popolari per familiarizzare con l'ambiente che mi circondava. In quanto a navi da crociera, l'*Euforia* era probabilmente la migliore su cui mi fossi mai imbarcato.

C'erano una decina di ristoranti, saloni di bellezza, due acquapark, due casinò, un campo da tennis, un centro commerciale, biblioteche, bar, un cinema, una pista di pattinaggio sul ghiaccio, un teatro, un sottomarino e una montagna russa.

Stavo cominciando a sbollire la rabbia, e inconsciamente (ma forse nemmeno tanto), avevo preso a prestare attenzione ai paraggi per trovare una qualsiasi traccia di Tennessee. Ero ancora troppo incazzato per mandarle un messaggio, visto che ci aveva messi tutti e due nella merda e non avrei smesso di farglielo presente tanto presto, ma era anche vero che, quando ci eravamo separati, mi era sembrata sinceramente turbata; mi faceva strano vederla sfoggiare espressioni che non fossero di assoluta e fiera cocciutaggine. In più, immaginavo che stesse dando di matto all'idea di trovarsi lontana da suo figlio. Non si erano mai separati da quando era nato. Non doveva essere stato facile, per lei, rendersi conto di essere salita sulla nave sbagliata.

Sotto sotto, mi piaceva il suo spirito combattivo.

Il modo in cui si prendeva gioco di Fairhope, il fatto che non si arrendesse, che non se ne andasse e non si affannasse a convincere tutto e tutti di non essere la persona che pensavano fosse.

Per quanto ne sapevo, Fairhope era stata ingiusta con lei: Tennessee aveva commesso un errore di cui si era accollata il cento percento delle responsabilità, ma per il quale le avevano affibbiato anche il cento percento delle colpe.

Sì, era vero, faticava a concentrarsi e ogni tanto sbagliava a prendere le ordinazioni al diner, ma secondo me era solo questione di distrazione o leggerezza nello svolgere alcune delle mansioni di un lavoro obiettivamente di merda, non di stupidità. Quando parlavi con lei, ti rendevi subito conto che Tennessee era tante cose, ma di certo non un'idiota.

La trovai tre ore dopo, esattamente dove mi ero aspettato di trovarla: al bar, a mettere in mostra le gambe abbronzate e i denti bianchissimi. Del resto, la receptionist al check-in aveva caricato poco prima il pacchetto all-you-can-drink sui nostri tesserini.

E naturalmente, siccome Tennessee era pur sempre Tennessee, lei ne aveva già approfittato, tanto che al momento stava sorseggiando un cocktail bianco, con una ciliegina candita che le dondolava dalle labbra piene. Indossava ancora la divisa del diner e stava chiacchierando con un signore sulla sessantina.

Anche da lontano, si vedeva benissimo che stava flirtando spudoratamente. Il signore era in bermuda e camicia hawaiana, e la guardava con un sorrisetto brillo che non lasciava alcun dubbio su cosa gli sarebbe piaciuto farle.

Tennessee stava probabilmente puntando al suo portafogli. In città girava voce che si fosse fatta mettere incinta da Rob al preciso scopo di incastrarlo. Considerata la sua reputazione, l'alternativa, e cioè che fosse sinceramente interessata a darsi alla pazza gioia con Mr. Paperone in Crociera, non avrebbe dovuto sorprendermi, eppure ero sinceramente stupito.

In ogni caso, quando la vidi profondersi in risolini e moine come se fosse tutto a posto, la rabbia mi ruggì nelle vene.

La raggiunsi pestando i piedi, e mi stampai in faccia il mio miglior sorriso da dottore-di-fiducia prima di farle risalire una mano sulla schiena e tuffare le dita fra i suoi capelli biondi pieni di lacca.

Se non avessi temuto di compromettere per sempre la mia facoltà di avere figli, le avrei anche schioccato un bacio sulla tempia.

Tennessee si girò verso di me in modo quasi violento, ristabilendo subito le distanze. Quando mi guardò, il sorriso le morì sulle labbra, e dovevo proprio ammetterlo: la cosa che mi mandava ancora più in bestia era che, nonostante fossi il beniamino di Fairhope, Tennessee era praticamente allergica alla mia presenza.

«Tesoro.»

Le sistemai una ciocca di capelli dietro l'orecchio e mi resi conto con una certa meraviglia che ogni singola parte del suo corpo era piccola e graziosa, malgrado facesse di tutto per assomigliare a una versione drag queen di Christina Aguilera.

Aveva le labbra carnose e naturalmente imbronciate, gli occhi a metà fra il verde e il nocciola, e un nasino a patata che implorava di essere pizzicato.

«Mi scusi, buonuomo, per caso ci conosciamo?» mi domandò lei con freddezza.

Mi guardò come se mi fossi sottoposto a un trapianto di personalità, incapace di spiegarsi da dove mi fosse uscita tutta quella spensieratezza. Il suo ospite spostò lo sguardo dall'uno all'altra, per poi girarsi leggermente sullo sgabello per squadrarmi meglio.

«Molto divertente, signora Würstel.» Mi infilai fra Tennessee e lo sconosciuto per posare un gomito sul bancone e dare a lui le spalle. Non avevo problemi a essere maleducato, lì: non mi conosceva nessuno all'infuori di Tennessee, e a Fairhope nessuno avrebbe mai dato credito alle sue parole se lo avesse raccontato. «Ti ho cercata dappertutto.»

«E lei sarebbe… il signor Würstel?» chiese il turista dietro di me.

«L'unico e inimitabile» confermai.

«Quindi è tuo marito?» La domanda, stavolta, era diretta a lei.

«Proprio io» dissi, nello stesso istante in cui Tennessee precisava: «No, mio cugino».

Arretrai di un passo per permettere loro di guardarsi in faccia. Per la prima volta, dacché ero salito su quella nave infernale, cominciavo a provare qualcosa di lontanamente simile al divertimento.

Tennessee era rossa come un peperone. Il vecchiaccio, invece, era sbiancato, eppure gli bastò un'altra occhiata ai polpacci torniti di lei per convincersi a tirare indietro le spalle e tornare all'attacco.

«Sei sposata con tuo cugino?» le domandò lentamente, quasi stesse decidendo se quello fosse un valido motivo per troncare subito ogni rapporto.

Tennessee mi puntò gli occhi addosso e mi inchiodò con uno sguardo che pareva promettere una morta lenta e dolorosa a base di organi riproduttori, inedia e soffocamento.

«Stiamo divorziando.» Tennessee cominciò a giocherellare con uno dei suoi orecchini di plastica, atteggiandosi a civetta come al suo solito.

Io le cinsi le spalle con un braccio e mi girai di scatto verso lo sconosciuto.

«In realtà *stavamo* divorziando, ma abbiamo deciso di fare un ultimo tentativo. Ecco perché siamo qui, in crociera. È la nostra seconda luna di miele o-la-va-o-la-spacca.»

«Dove siete andati in viaggio di nozze?» L'uomo fece saettare lo sguardo fra noi due; cominciava naturalmente a insospettirsi.

«A Parigi» disse Tennessee, mentre io rispondevo: «Alle Fiji».

Il tipo bevve un lento sorso della sua birra e aspettò che io e la mia consorte ci mettessimo d'accordo.

Benché non me ne fregasse un accidente dell'idea che quello sconosciuto si sarebbe fatto sul mio conto (mi trovavo finalmente in un territorio inesplorato, dove avrei potuto rilassarmi ed essere un po' meno perfetto), era chiaro che per Tennessee, perlomeno a giudicare dalle contorsioni e dalle varie sfumature di rosso che stava assumendo il suo viso, era difficile giustificare la mia esistenza.

«È che siamo andati a Parigi per il fine settimana, ma poi lui ha insistito per andare alle Fiji e, visto che alla fine la spunta *sempre* lui, abbiamo cambiato meta. È per questo che stiamo divorziando, perché o si fa come vuole il signor Würstel o tanti saluti. È l'idolo del nostro paesino, non so se mi spiego.»

L'uomo annuì con l'aria di chi la sapeva lunga e infilò una mano nella ciotola dei piselli tostati al wasabi per poi ficcarsene una manciata in bocca.

«Ci sono già passato. Due divorzi alle spalle e tre figli da due mogli. Il secondo divorzio mi ha mandato definitivamente sotto un treno. Mi ha ricordato che non può andarti sempre bene.»

«Esatto!» Tennessee batté le mani, estasiata di aver trovato un alleato. «Non auguro disgrazie a molta gente, ma spero che il mio futuro ex-marito capisca che anche lui è un comune mortale.»

«Tesoro, dubito che tu gli abbia raccontato tutta la storia.» Le tolsi il braccio dalle spalle e afferrai il misterioso cocktail bianco che aveva tra le mani per prenderne un sorso. Sapeva di cocco, marshmallow abbrustoliti e gin. «Raccontagli il *vero* motivo del nostro dramma coniugale alle Fiji.»

Tennessee aprì la bocca per fermarmi, ma io ero già partito in quarta, spronato da rabbia, sete di vendetta e qualcos'altro a cui non avrei saputo dare un nome, ma che mi faceva ribollire il sangue nelle vene.

«Com'è che ha detto di chiamarsi?» domandai a Mr. Paperone in Crociera.

«Brendan.»

«Bene, Brendan, pensi: ero appena arrivato alle Fiji, fresco di nozze, pazzo di gioia e perdutamente innamorato di mia… *cugina.*»

Stavolta le diedi *davvero* un bacio sulla testa. La sentii irrigidirsi al mio fianco, e persino i suoi capelli avvamparono per l'imbarazzo.

Per tutta risposta, con la scusa di cingermi la vita con un braccio, Tennessee mi conficcò le unghie negli addominali senza troppe cerimonie.

Ignorai il dolore e continuai: «Volevo farle una sorpresa e regalarle una collana di perle nere. E dove trovarle se non alle Fiji, *dicobeneodicogiusto*?».

«Non vado matta per le perle» intervenne Tennessee guardandosi platealmente quelle sue orride unghie lunghissime. «Sono praticamente le vesciche delle ostriche. Lo sapevate? Le ostriche le producono per alleviare il dolore che provano quando le impurità rimangono incastrate nel loro corpo.»

«Abbia pazienza» mi rivolsi al nostro ascoltatore con un sorriso raggiante mentre massaggiavo una spalla a Tennessee. «Mia moglie è stata cresciuta dai lupi, le conversazioni amene non sono il suo forte. Comunque, mi aveva detto che mi avrebbe aspettato in albergo. E io sul momento non sono stato a pensarci più di tanto.»

«Avresti dovuto» obiettò Tennessee con fermezza. «Avevo già provato a scappare cinque o sei volte.»

La ignorai, ridacchiando e scuotendo la testa, come se quello non fosse nient'altro che uno dei nostri consueti battibecchi.

«Come dicevo, sono andato a comprarle una magnifica collana di perle nere come il suo cuore. Poi sono salito in camera nostra e, udite udite… non era sola.»

Tennessee alzò gli occhi al cielo e, quando fu sicura di avermi dissanguato abbastanza sotto la camicia, incrociò le braccia enfatizzando la scollatura generosa.

«Era il tizio della manutenzione. Il mio maritino aveva intasato il bagno dopo essersi abbuffato di frutti di mare la sera prima.»

Io però tirai dritto per la mia strada: mi sentivo spericolato, pazzo e *completamente* fuori parte per la prima volta in tantissimi anni.

«Tesoro, non so cosa ti abbia raccontato lui, ma l'ho sorpreso a fare cose che non avevano niente a che fare con lo stasare il bagno, ma tutto a che vedere con l'*intasarti* qualcos'altro.»

Al caro vecchio Brendan andò di traverso la birra finché non tossì e sputacchiò una poltiglia di schiuma e piselli al wasabi. Il barman intervenne subito, offrendoci tre bicchieroni d'acqua. Brendan tracannò il suo in due secondi netti.

«Quindi l'hai tradito?» le chiese indicandomi col pollice mentre le riservava un'espressione micidiale.

Lei scrollò le spalle, incurante. «Mi aveva tradita prima lui. Con mia sorella.»

«Può anche darsi, ma sei stata tu a portare un terzo incomodo nel nostro matrimonio.»

Tennessee girò di scatto la testa e mi lanciò uno sguardo omicida. «Sei stato *tu* a dire che volevi fare una cosa a tre!» esclamò, conficcandomi un dito nel petto.

«Mi riferivo alla gonorrea.»

«*Bene.*» Brendan si rimise in piedi e si tastò le tasche per essere sicuro di avere ancora portafogli, telefono e dignità. «Credo che mi ritirerò in camera mia. È chiaro che avete parecchie questioni da risolvere e, se devo essere sincero, si sta facendo tardi e ieri sera ho mangiato un po' pesante. È stato un piacere conoscervi, signore e signora... *Würstel.*»

Il cognome venne pronunciato con una smorfia.

Lo salutai con un sorriso. «Senz'altro. Magari ci facciamo una partitina a golf prima o poi.»

«Ah, non saprei. Il golf non fa per me.»

Aveva già raggiunto l'altro lato del bar. E tanti saluti a quel depravato.

Cinsi Tennessee con un braccio e serrai la presa con un sorriso sempre più smagliante.

«Puoi dirgli addio, ormai, *cuginetta*.»

«Giuro che ti ammazzo» borbottò lei.

«Oh, tesoro, non se ti ammazzo prima io.»

7

Tennessee

Per la cronaca, non ero andata al bar per abbordare Brendan.

In teoria non dovevo nemmeno *esserci*, al bar.

Mi ero a malapena ripresa dall'ennesimo fiume di lacrime, e ancora singhiozzante e persa nei miei pensieri stavo andando a farmi una passeggiata, quando avevo notato che dall'altra parte del ponte, all'angolo bar, c'era un solo barman in servizio.

Aveva l'aria affannata, poco più di ventitré anni e la camicia decorata da enormi pezze di sudore sotto le ascelle.

Aiutare gli altri mi aveva sempre dato uno scopo, donato un senso di pace. In quel momento, vedere che c'era qualcuno probabilmente più in difficoltà di me mi dava la possibilità di aiutare, se non me stessa, perlomeno il prossimo. Oltretutto, non era che avessi di meglio da fare mentre Cruz Costello se ne andava in giro a raccontare al mondo intero quanto io fossi idiota.

E poi avevo *ancora* addosso la divisa del diner e sembravo già una cameriera.

Se non era destino quello, non sapevo proprio cos'altro avrebbe potuto esserlo.

C'era mancato poco che il barman, Stevie, mi baciasse, tanta era stata la sua gratitudine. A quanto pareva, entrambe le ragazze che avrebbero dovuto essere di turno insieme a lui si erano ammalate, e lui stava aspettando che i loro rimpiazzi finissero di prepararsi.

Gli avevo dato una mano per una ventina di minuti, poi erano arrivati due barman esperti a salvare la situazione. C'ero rimasta quasi male nel vederli arrivare, dato che mi stavo intascando mance molto generose ed ero finalmente riuscita a distrarmi da quel calvario *Euforia* vs *Estasi*.

Avevo persino preso mentalmente in considerazione l'idea di provare a cercare lavoro su una nave da crociera, magari prima che Bear andasse al college, così da potermi… be', permettere di mandarcelo.

Che cavolo, volevate mettere fare lo stesso lavoro ma in un posto in cui nessuno mi odiava? Cos'avevo da perdere?

Per ringraziarmi, Stevie aveva cominciato a servirmi tutta una serie di cocktail elaborati, di quelli che toccava pagarsi di tasca propria perché non erano inclusi nel pacchetto all-you-can-drink.

Di lì a poco, mi ero vista costretta a offrirli alle persone che mi stavano intorno per scongiurare il coma etilico. E una di quelle, un certo Brendan McGinn della Louisiana, aveva deciso di attaccare bottone.

Stava andando tutto a gonfie vele, e avevo anche cominciato a tranquillizzarmi un po', finché Cruz non era arrivato come un ciclone facendo passare la nostra come una coppia di viscidi depravati.

La parte peggiore era che il suo atteggiamento mi aveva colta completamente alla sprovvista.

Cruz non si era mai comportato in questo modo. Né nel presente né ai tempi delle superiori, e nemmeno quando eravamo due poppanti col moccio al naso all'asilo nido, che diamine.

Se fossimo stati entro i confini di Fairhope, non avevo alcun dubbio che Cruz non ci avrebbe mai messi in un simile imbarazzo. Ma da quando ci eravamo allontani da casa, e dalla Carolina del Nord, pareva che tutto fosse diventato legittimo.

Mi ero trasformata nel suo personalissimo parco divertimenti, pensato appositamente per umiliare me e intrattenere lui.

Cruz era intoccabile, praticamente un re, e non sbagliava mai, eppure per i dieci giorni che ci aspettavano aveva deciso di diventare qualunque cosa solleticasse la sua immaginazione.

Ossia, il mio aguzzino.

Tornammo in camera insieme, dato che io non sapevo come arrivarci, facendo del nostro meglio per non scannarci a vicenda.

«Era proprio necessario?» sibilai mentre mi trascinavo verso l'ascensore.

Pessima idea.

I miei piedi non si erano ancora ripresi dal round di *Il Pavimento è Lava* di qualche ora prima. Non invidiavo il povero addetto alle pulizie che quella notte avrebbe dovuto grattare via metà della mia pelle morta dal pavimento del ponte.

«Per niente, ma è stato spassosissimo.»

«Vorrei che la gente di Fairhope ti avesse visto in azione mentre parlavi di adulterio e incesto.»

«Non dimenticare la gonorrea» puntualizzò con disinvoltura.

«Seriamente, però, com'è possibile che non si accorgano di quanto sei falso?» domandai mentre si aprivano le porte dell'ascensore.

Entrammo insieme ad altre tre persone che non avevamo notato fino a quell'istante, le quali, però, avevano decisamente notato noi e ci fissavano senza nascondere la loro curiosità.

Cruz non sembrava preoccupato di essere finito al centro delle attenzioni sbagliate, e anzi, la scintilla nei suoi occhi diceva che non si era mai sentito tanto a proprio agio in vita sua.

«Be', da una parte, la gente non è molto perspicace e raggirarla è un gioco da ragazzi. Dall'altra, riservo questo lato della mia personalità esclusivamente a lei, signora Würstel.»

«Dovrei registrarti» borbottai.

«E io dovrei farti causa.»

«Ah sì?» sbottai. «E per cosa di preciso?»

«Per avermi tirato un pugno in gola e aver mandato all'aria l'unica vacanza che farò quest'anno. Scegli tu.»

«Gli hai dato un cazzotto in gola?» mi domandò una ragazzina con i capelli viola e il piercing al naso. Subito dopo si girò verso di me e agitò il pugno per congratularsi. «Che figata.»

Mi piegai verso di lei e portai una mano accanto alla bocca come per confidarle un segreto.

«È andato giù come un sacco di patate. È stato meraviglioso.»

Scoppiarono tutti a ridere.

Quando le porte tornarono ad aprirsi, Cruz uscì dall'ascensore e io lo seguii lungo lo stretto corridoio rivestito di una moquette blu tempestata di orme dorate. Ogni stanza aveva una soglia di mogano massiccio e nell'aria aleggiavano l'odore di agrumi e prodotti per la pulizia. Cruz aprì la nostra camera strisciando la tessera magnetica nella serratura. Nonostante la sua profonda antipatia nei miei riguardi, non mi sfuggì il modo in cui tenne aperta la porta per farmi entrare per prima.

Cavaliere fino al midollo.

«La doccia è mia.» Mi trascinai nella stanza e mi buttai sull'unico letto queen-size a disposizione, respirando l'odore delle lenzuola ancora fresche di bucato.

Cruz lanciò la tessera magnetica sulla scrivania e si appoggiò a una strisciolina di muro priva di qualsiasi decorazione. La cabina era la metà di una camera d'albergo dell'Holiday Inn, benché impeccabilmente arredata ed estremamente pulita.

In ogni caso, non avevo la più pallida idea di come sarei sopravvissuta dieci giorni rinchiusa lì dentro insieme a Cruz Costello.

«Vai pure» disse. «Ne hai più bisogno di me.»

«Stai dicendo che puzzo?»

«Sto dicendo che ogni secondo passato lontano da te è un sogno.»

«Dovresti scrivere canzoni d'amore» suggerii con un sorriso raggiante. «Sei proprio un romanticone.»

«Ti hanno spiegato che cos'è il sarcasmo, vero?» Cruz sferrò il suo colpo basso e si accigliò con aria scettica.

Decisa a mettere in salvo ciò che restava di quella vacanza, rinunciai a discutere e andai a prendere un cambio di vestiti.

Entrata nel minuscolo bagnetto, aprii subito entrambi i rubinetti e la doccia per ottenere il massimo della privacy e feci quello che dovevo fare. Così, circondata dai comfort del mio bagno, mi riservai il diritto di sganciare un paio di graziosissimi peti senza il cruccio di dover essere giudicata per questo.

Me la presi comoda. Mi feci la doccia e lo shampoo, mi lavai i denti e mi spalmai tutta una serie di creme omaggio prima di indossare il cambio di vestiti che avevo avuto il buonsenso di mettere in borsa, sapendo che le valigie non ci sarebbero state riconsegnate prima di cena. (E va bene, era stato Cruz a ricordarmi di prendere il vestito dalla valigia facendo un commento velenoso sul tipo d'abbigliamento più appropriato per la cena.)

Mi feci anche la messa in piega. Ero tentata di raccogliere i capelli e spruzzarci sopra una quantità industriale di lacca, ma mi ricordai che non ero più a Fairhope. Potevo essere un'altra persona, forse addirittura la vera me e non quella che la gente pensava che io fossi.

«D'accordo, Perfettino DePerfettinis, la doccia è tutta tua» annunciai, uscendo dal bagno con rinnovata energia.

Cruz, però, se n'era andato.

Lo trovai in sala ristorante mezz'ora dopo.

Feci il mio ingresso con un rossetto rosso degno di Anna Nicole Smith e un vestitino nero attillato che non lasciava molto spazio all'immaginazione.

Per l'appunto, il tavolo che ci era stato assegnato godeva di vista sull'oceano (ed ero sicura non fosse stata la fortuna a metterci il suo zampino). Cruz stava cenando in compagnia di una direttrice di crociera, il cui unico compito era risplendere e farsi bella per convincere i passeggeri che si stavano divertendo talmente tanto da voler prenotare subito un'altra vacanza a bordo delle loro navi.

Si era seduta al mio posto e non faceva altro che ridacchiare e sistemarsi i capelli dietro le orecchie.

Che orrore.

Non lo sapeva che io e Cruz eravamo sposati per finta?

Ridussi gli occhi a due fessure per capire se fosse un appuntamento galante o meno. La direttrice era la classica donna attraente verso cui orbitavano tutti gli uomini come Cruz: castana, minuta, magra, sicura di sé e vestita con noncuranza e raffinatezza insieme.

Il problema era che risultava estremamente complicato capire se un uomo avesse intenzione di portarsi a letto una donna quando l'unica cosa che faceva era chiederle di passargli il burro.

Vidi anche Brendan McGinn, seduto da solo a un tavolo per due, che mangiava un hamburger dal menù per bambini. Anche Brendan si accorse di noi e, quando vide Cruz in compagnia della direttrice, mi scoccò un'occhiata scandalizzata.

Marciai verso il mio nuovo amico, mi accomodai sulla sedia libera e, richiamata l'attenzione del cameriere, ordinai la stessa cosa che aveva preso lui. Poi ci mettemmo a chiacchierare.

«Hai un marito proprio niente male» sbottò Brendan.

«Te l'ho detto che è un dottore?» mi pavoneggiai.

Ero quasi del tutto certa che sarebbe stata l'unica volta in tutta la mia vita in cui avrei potuto vantarmi di essere sposata con un medico. O sposata *e basta*, se per questo.

«E anche tuo cugino.»

Gli feci cenno di lasciar perdere, senza capire perché stessi assecondando le stupidaggini del dottor Costello.

«Cruz è stato adottato. Sua madre era un'artista circense che ha continuato a esibirsi nei suoi numeri assurdi anche durante la gravidanza. Cruz è venuto fuori con diversi problemi. Non ti sei accorto che ha la testa a melanzana?»

«Be', ora che me lo fai notare...» Brendan lasciò la frase in sospeso e osservò Cruz con aria sospettosa.

Santo cielo, che soddisfazione.

Annuii.

«Che altri problemi ha?» domandò Brendan.

«Non dovrei dirtelo.»

«Dai, su. Sono bravo a tenere i segreti.»

Ero sicura non fosse bravo neanche a tenersi il telefono al sicuro in tasca per tutto il giorno, figuriamoci un segreto, ma lo scopo era proprio quello, no?

«Ha... uhm, be', tempo fa hanno anche pubblicato alcuni articoli su di lui.» Mi schiarii la gola e abbassai la voce. «Ha due peni.»

«*COSA*?»

Ripetei la bugia, con una strana sensazione che mi sfarfallava nel petto. Vendicarsi di Cruz era divertentissimo.

«Ora mi è tutto chiaro» disse Brendan. «È tutta una questione di sesso.»

«Che intendi?» domandai incupita.

«Fra di voi c'è passione. Anche quando litigate, si capisce subito che la vostra vita sessuale va alla grande.»

Mi augurai che Brendan non servisse il paese lavorando per l'FBI o la CIA, perché se davvero pensava che il nostro fosse un giochetto sessuale era tragicamente fuori strada.

«Già, peccato abbia intenzione di concludere la serata rotolandosi fra le lenzuola con la bella direttrice del ponte lido» borbottai amareggiata.

Brendan annuì, il che mi fece pensare che probabilmente aveva deciso di prenderci così come eravamo anziché farsi troppe domande al riguardo.

La cena fu piacevole e i drink che ne seguirono ancora di più. Quando mi girai per controllare se Cruz avesse finito o meno con la direttrice, scoprii che eravamo solo all'inizio della serata. Perché li avevano raggiunti parecchie altre persone, (colleghi di lei, a giudicare dalle uniformi) e si erano messi tutti a bere in compagnia.

A bere e a lanciarmi sporadiche occhiate, come se anche *lui* fosse impegnato a diffondere bugie sul mio conto.

Mi sentii folgorare da una scossa improvvisa, come un terremoto.

Cruz era lì a darsi alla pazza gioia senza la sua famiglia, libero di essere chiunque volesse, mentre io non solo ero lontana da Bear per la prima volta in vita mia, ma probabilmente non l'avrei neanche rivisto per altri dieci giorni.

Da quando era nato, io e mio figlio non ci eravamo mai separati per più di dodici ore.

Era una situazione senza precedenti.

Il dolore per la sua mancanza mi rosicchiò dall'interno come un rapace.

Senza pensarci due volte, e prima che il raziocinio avesse la meglio sulla mia compassione, salutai Brendan dandogli un bacio sulla guancia e tornai in camera. Quando arrivai, trovai le nostre valigie davanti alla porta.

I nostri erano gli unici bagagli rimasti in corridoio, affiancati ma comunque distanti, come due innamorati che avevano bisticciato.

Decisi di metterli entrambi in camera, più che altro perché non volevo che Cruz mi desse la colpa nel caso in cui avessero osato rubargli un inestimabile calzino di Hermès, il filo interdentale d'argento o qualsiasi cosa indegna in cui avesse fatto confluire i suoi stipendi.

Serrai la porta, mi ci appoggiai con la schiena e chiusi gli occhi.

Quando li riaprii, notai una sedia imbottita; era infilata sotto a uno scrittoio sovrastato dalla specchiera. La presi e la misi davanti alla porta in modo che lo schienale bloccasse la maniglia.

Poi indossai il pigiama e mi infilai sotto le coperte.

Ero troppo stanca per rimanere sveglia ad aspettare di scoprire come avrebbe reagito Cruz nel ritrovarsi temporaneamente privato della sua cabina.

Il problema non si poneva proprio.

Cruz tuttavia mi tirò giù dal letto all'una di notte, prendendo a pugni la porta come un pazzo.

«Tennessee Turner. Apri subito questa maledetta porta.»

Mi misi seduta e trattenni il respiro. Fissai la porta come se Cruz fosse stato sul punto di trasformarsi in Hulk e sfondarla.

Non mi stavo comportando così per cattiveria.

Solo che non volevo dividere il letto con Cruz Costello.

Non mi fidavo di lui.

Senza contare che non avevo mai condiviso il letto con nessuno in vita mia. Persino la mia verginità se n'era andata su un pezzo di prato infestato dalle erbacce, sotto le gradinate della scuola.

Soprattutto, essendo io la sgualdrina prediletta di Fairhope, temevo che Cruz ci avrebbe provato, e non mi fidavo abbastanza di me stessa da essere sicura che l'avrei respinto come sarebbe dovuto naturalmente accadere.

«So che sei sveglia» disse lui a denti stretti dall'altra parte della porta.

«Va bene» risposi con disinvoltura. «E allora?»

«Non intendo dormire qua fuori.»

«Sicuro?» domandai sbadigliando.

«Dio santissimo, Tennessee.»

«Non pronunciare il nome di Dio invano. Lui non c'entra niente.»

«Me la pagherai cara.»

«Posso ripagarti con il tuo stesso consiglio? Perché al momento sei *tu* che devi imparare a comportarti meglio.»

Posai la testa sulla mia montagna di cuscini e sorrisi.

«Be', signor Würstel, se non altro stanotte non correrà il rischio di prendere la gonorrea.»

8

Tennessee

«Poteva capitare a chiunque» disse Bear con una categorica scrollata di spalle.

Era passato un giorno dall'imbarco, e stavamo parlando per l'ennesima volta su FaceTime del catastrofico Crociera-gate.

Con il telefono tenuto a mezz'aria, svolazzavo per la stanza nel mio bikini rosa shocking abbinato a un copricostume di perline che sarebbe stato facilissimo trovare nel reparto più piccante di Victoria's Secret, *non* in una spiaggia.

Mi spostai in bagno per ricoprirmi di trucco.

«No che non poteva. E comunque non è capitato a chiunque, è capitato a *me*.» Mi imbronciai davanti allo specchio.

«Proprio non capisco perché ci hai fatto fare una figuraccia del genere.» Mia madre, naturalmente.

Fece capolino alle spalle di Bear, subito seguita da mio padre, che mi rivolse un sorriso tirato salutandomi con un: «Ciao, Nessy».

«Spero che tu ti stia comportando bene col dottor Costello, pasticcino» si raccomandò mamma a mo' d'avvertimento. «È un tipo in gamba, non meritava di rimanere invischiato in questa storia.»

Lo stesso tipo in gamba che ieri sera ha raccontato a mezzo mondo che sono sua cugina e che ci scambiamo malattie veneree a vicenda, per poi provarci con chiunque indossasse una gonna, avrei voluto urlare.

Invece, mi imposi di ricordare che stavo parlando con la mia famiglia sfruttando il costosissimo pacchetto web pagato dal suddetto zoticone, quindi alla fine il karma una specie di punizione gliel'aveva già rifilata.

«Ma certo, sa già che sono dispiaciutissima.» *Spero non mi si allunghi il naso.* «Dov'è Trinity?»

Mamma si girò di lato e fece una smorfia.

Oh, che meraviglia.

Quindi mia sorella era lì accanto a loro e si rifiutava di parlarmi. *Di nuovo.*

Non avevo ben chiaro cosa fosse successo fra me e lei.

Eravamo sempre state vicine, anche dopo che ero rimasta incinta diventando la vergogna della famiglia, ma negli ultimi mesi Trinity si era fatta sempre più distante, fredda e quasi severa.

Non aveva alcun senso.

Era sempre stata pronta ad aggredire chiunque osasse spargere cattiverie sul mio conto.

Mi difendeva con le unghie e con i denti, si lamentava di come la gente me ne dicesse di cotte e di crude ignorando al contempo le malefatte di Rob. C'era addirittura chi diceva di *capirlo* per aver scelto di non rovinarsi la vita restando a Fairhope.

Io e Trinity non avevamo litigato, né era successo niente che giustificasse quella lontananza così repentina. Anche se io una mezza idea sulle ragioni della sua reticenza me l'ero fatta.

Il dottor Costello senior e sua moglie Catherine erano senz'altro i più onorevoli cittadini di Fairhope. E se a Trinity non era mai importato un fico secco di quello che dicevano di me i suoi compagni di classe, l'opinione di Catherine e Andrew era tutto un altro paio di maniche.

Non voleva che io facessi passi falsi con i Costello, in modo da garantirsi un futuro roseo come membro della loro famiglia.

Ecco perché dovevo fare uno sforzo col dottor Satana. Se non per me, almeno per mia sorella.

«Capito.» Strinsi le labbra per passarci sopra un rossetto scarlatto. «Non vuole parlarmi, non importa.»

«Non è che non ti voglio parlare.» Il viso di Trinity comparve nell'inquadratura del telefono; nonostante le guance chiazzate di rosso, era pallida e preoccupata, e se gli occhi non facevano cilecca, si era vestita come una suora di clausura nella speranza di far colpo sui suoi futuri suoceri. «È solo che… Gesù santo, Nessy. Catherine è già peggio di un dito nel…»

«*Cubo*» concluse Bear al suo posto.

Sapeva che detestavo le parolacce.

«Giusto» convenne Trinity. «E adesso se ne va in giro a sparlare di noi alle nostre spalle. Oh, Nessy, è tremenda.»

Il fatto che avesse deciso di rivolgermi la parola mi tolse un peso dal petto. Possibile che il suo atteggiamento fosse unicamente dovuto allo stress per il matrimonio?

«Senti, mi dispiace. È stato un errore in buona fede. Wyatt che dice?»

Applicai una terza passata di mascara, in attesa di sentire un colpo alla porta e ritrovarmi davanti a un Cruz tutto sgualcito. La mattinata era stata fino a quel momento meravigliosamente Costello-free, ma temevo che non sarebbe durata ancora per molto.

«Niente» rispose Trinity con un sospiro. «I suoi genitori sono i suoi idoli, non se li metterà mai contro.»

«Un ottimo partito.»

«Non fare l'insolente con me, Nessy. Non ne hai alcun diritto, dopo le scelte che hai fatto nella tua vita.»

Ahia.

«Tieni duro, okay? Sistemerò ogni cosa quando li rivedo. Chiederò mille volte scusa, lo giuro.»

Dopo aver riagganciato ed essermi truccata troppo pesantemente (non avevo bisogno di un appuntamento settimanale dall'analista per sapere che era un'armatura appositamente pensata per proteggermi dalla società) lasciai la stanza facendo dondolare la mia borsetta di finta pelliccia.

Avevo più o meno la stessa eleganza di una macchia di ketchup su un crop top senza spalline, e mi andava benissimo così.

Dopotutto, nessuno avrebbe potuto accusarmi di essere su una crociera diretta alle Bahamas con l'intento di accalappiare un membro della famiglia reale britannica.

In sala colazione non c'era traccia di Cruz, dettaglio che contribuì notevolmente al mio spasmodico bisogno di risolvere il disastro che avevo combinato fra le nostre famiglie.

Lo scorsi più tardi quando passai davanti alle vetrate di una biblioteca affacciata sull'oceano, diretta in piscina; era seduto in disparte, fresco come una rosa e vestito da capo a piedi come il manichino che avevo visto nella vetrina di Prada durante la passeggiata del giorno prima. Bermuda neri, una maglietta blu notte e il suo solito orologio pacchiano.

Era *ovvio* che avesse trascorso la notte insieme alla direttrice di crociera. Il che voleva dire che tra i due, se c'era qualcuno che spargeva malattie veneree, era proprio quel *petardo*.

Mi feci l'appunto mentale di tenermi alla larga dalle parti basse di Gabriella Holland, quando fosse giunto il giorno della prova d'abito per le damigelle.

Cruz stava bevendo un espresso e leggendo il giornale tramite un iPad assicurato al tavolo con un filo metallico.

Mi calmai con un paio di respiri, aprii la porta a vetri della biblioteca e lo raggiunsi a passo disinvolto, fermandomi poi proprio davanti a lui.

Un sottofondo di musica ambient pervadeva la sala, piena zeppa di uomini sopra i cinquantacinque anni. Mi domandai in che punto della nottata Cruz fosse passato da casanova col didietro di marmo a pensionato della Florida.

«Sapevi che leggere regolarmente il giornale danneggia il cuore quasi quanto il fumo?» esordii tutto d'un fiato, perché sparare cavolate era sempre più semplice che scusarsi.

Cruz fece scorrere un dito sullo schermo per girare pagina senza alzare lo sguardo dall'iPad.

«Non lo sapevo perché non è vero. Cita la fonte.»

«L'ultimo numero di *Southern Belle*.»

«Perdona il mio scetticismo. Questa sarebbe la tua idea di scuse?»

Le sue parole si propagarono dentro di me. Mannaggia, aveva proprio una bella voce profonda.

«Se ti chiedo scusa, devi scusarti anche tu.»

Cruz alzò lo sguardo e si spaparanzò sulla morbida poltrona reclinabile su cui era seduto. Una zaffata del suo profumo di legno mi invase le narici, provocandomi un formicolio dall'ombelico in giù.

«Per cosa?»

«Per aver detto a Brendan che siamo cugini, sposati e contagiosi. Precisamente in quest'ordine.»

«E va bene» concesse lui, cogliendomi alla sprovvista. «Prima tu.»

Chiusi gli occhi.

Non avevo più quattro anni.

Allora perché scusarmi era così difficile?

C'è in gioco la felicità di tua sorella. Non è il momento di fare l'orgogliosa.

«Scusa se ho sbagliato a prenotare i biglietti. Giuro, *giuro* che non l'ho fatto apposta.»

«In tal caso, ti chiedo scusa per averti messa in imbarazzo davanti al tuo amichetto, ma mi riservo il diritto di rifarlo se provocato, perché non mi sono mai divertito tanto in vita mia.» Indicò la sedia accanto alla sua. «Caffè?»

«Sì, per favore.» Mi sedetti, malgrado un leggero disagio.

Se proprio dovevo essere sincera, non ero abituata a essere servita; ero sempre io a servire gli altri. Ciononostante, una delle cameriere della caffetteria attigua venne a prendere la mia ordinazione, che consisteva in un caffelatte e un dolcetto dal nome francese che non fui in grado di pronunciare, e infatti mi limitai a indicarlo sul menù.

Mi resi conto all'improvviso che avrei dovuto pagarli di tasca mia e mi odiai per non essermi limitata alla colazione inclusa nel pacchetto che avevano servito poco prima, ma anche per l'orgoglio che mi impediva di sgattaiolare al buffet aperto ventiquattro ore su ventiquattro sul ponte lido.

Per fortuna avevo in borsa le mance del giorno prima, e non sarei stata costretta a includere la spesa nel mio foglio Excel mensile. Potevo ancora farcela a comprare il videogioco per Bear a fine mese. Forse.

«Insomma, serata fortunata?» non potei fare a meno di chiedergli.

«Se con *serata fortunata* ti riferisci al fatto che non l'ho dovuta passare con te, allora sì.»

«L'hai passata con qualcun altro?» domandai con noncuranza.

«Sì.»

Okay, *non* avrei dovuto rimanerci male. Di certo non fino al punto in cui invece mi aveva pungolata. Ero intrappolata in un groviglio di tentacoli di gelosia che minacciavano di soffocarmi.

«Bene. È una delle nostre parti?»

«Boh.» Cruz riprese a sfogliare l'iPad. «È *una* che fa la commessa da Prada, ha cinquant'anni e mi ha segretamente affittato la sua cuccetta sul ponte dell'equipaggio; ha deciso di passare la notte insieme al tuo Brendan, ottenendo così un margine di profitto del cento percento.»

Oh, *razzo.*

Il dottor Costello era pieno di risorse.

Cruz parve scambiare la mia sorpresa per qualcos'altro, perché aggiunse con voce lenta e roca: «Mi dispiace che non abbia funzionato fra te e il tuo rubacuori. A meno che tu non sia disposta a reggere il moccolo a Bonnie e Brendan».

«Bonnie è tutta sua.»

«Da quello che mi ha riferito quando è venuta a riprendersi il badge stamattina, Brendan sa che ho due peni.»

Sentii che stavo diventando sempre più rossa, ma evitai di commentare.

Cruz mi lanciò un sorrisetto pieno di condiscendenza. «In realtà ne ho uno solo, però considerate le sue dimensioni, capisco perché ti sei confusa. Mi fa piacere che tu mi abbia guardato con così tanta attenzione.»

«Come mai hai detto che non eri solo, allora? Non eri con lei.»

«Solo per vedere che faccia avresti fatto. Detesti vedermi vincere.»

«Vero.» Sospirai. «Ed è un vero schifo, perché sei il dottor Cruz Costello e ce l'hai sempre vinta tu.»

«Non sempre.»

Visto che la conversazione era arrivata a un punto morto, sentii il bisogno di rimediare in qualche modo.

«Devo dire che hai trovato un modo molto fantasioso per portarmi via un potenziale *sugar daddy* prima ancora che potessi provarci con lui.»

La cameriera tornò col mio caffelatte e il mio pasticcino, per poi precipitarsi al tavolo accanto, dove nessuno stava parlando di peni e *sugar daddies*. O forse sì?

Azzannai il mio pasticcino burroso e lo buttai giù con un sorso di latte caldo.

Decisamente meglio di un orgasmo. O così mi dissi, visto che nel mio futuro, di orgasmi, non c'era nemmeno l'ombra. Non ero brava a darmi piacere da sola e mi scordavo sempre di mettere in carica il vibratore… considerato peraltro che potevo usarlo soltanto quando Bear non era a casa.

Chiunque avesse un figlio adolescente sapeva benissimo di non dover lasciare niente in bella vista. E mio figlio finiva sempre per dover cercare *qualcosa* in camera mia, che fosse un caricabatterie, una pila, un elastico o qualche spicciolo.

«Non ti serve uno *sugar daddy*.»

Me lo stavo inventando o Cruz Costello sembrava improvvisamente irritato a morte?

«Perché no?» domandai svenevole.

«Se ti impegnassi un minimo, potresti trovarti un marito vero.»

«Ah.» Presi un altro sorso di caffelatte. «Non a Fairhope.»

«Fossi in te non ne sarei tanto sicura.» Mi rivolse il suo sguardo altezzoso, quello che serviva a ricordarmi che era di gran lunga migliore di me.

«Che hai sentito dire?» Piegai la testa di lato, tutto a un tratto molto incuriosita. «Ti riferisci a Tim Grylls? Perché capisci bene che se lo sposassi e costringessi mio figlio a diventare Bear Grylls, non vivrei con la coscienza a posto.»

Cruz scosse la testa e mi fissò con un misto di fastidio e repulsione.

«Non ho sentito niente di specifico. Sto solo dicendo che se ti ci mettessi un po' d'impegno, indossando anche qualche vestito in più, scopriresti che la gente non è poi così allergica a te come credi.»

«Pensavo che gli uomini andassero matti per i capelli cotonati, le tette grosse e i vestitini succinti.»

«Non al tipo d'uomo a cui dovresti ambire.»

«E a che tipo d'uomo dovrei ambire?» La conversazione aveva preso un'altra china inaspettata. «Uno come *te*?»

«Per esempio.» Bevve un sorso di caffè e accavallò le gambe come George Clooney nella pubblicità di una compagnia aerea privata o roba simile. «Perché? Sarebbe davvero così terribile finire con uno come me?»

No, è che uno come te non mi guarderebbe neanche fra un milione di anni.

«Sì» risposi bruscamente, perché il fastidio di vedermi respinta mi pizzicava l'anima ancor prima che Cruz potesse scaricarmi. «Sarebbe terribile.»

Cruz snudò i denti in una smorfia che avrebbe dovuto essere un sorriso, ma che riuscì soltanto a inquietarmi e gelarmi il sangue nelle vene. Si alzò in piedi, posò l'iPad e consegnò il suo tesserino magnetico alla cameriera per pagare al posto mio.

Se pensava che avrei fatto la superiore, chiedendo che ognuno pagasse la propria parte, si sbagliava di grosso.

«Per essere sicuri che questa crociera non si concluda con uno di noi due che viene accusato di omicidio, propongo di tenerci alla larga l'uno dall'altra e di ritrovarci in camera ogni sera» suggerì.

«Va bene.»

«Camera dove dormiremo nello *stesso* letto, perché non intendo né dormire sul pavimento né permettere a Bonnie di prosciugarmi il conto in banca.»

«Mi sembra giusto» dissi in tono piatto. «Ma costruiremo un muro di cuscini.»

«Ancora meglio.»

«Bene. Benissimo. Siamo d'accordo.»

«Ah, e Tennessee?»

«Sì?»

«La prossima volta che provi a chiudermi fuori dalla mia stanza, pagata con i soldi dei *miei* genitori, ti imbratto di sangue e ti getto in mare come esca per gli squali. Mi sono spiegato?»

A giudicare dall'oscurità che scintillava nei suoi occhi blu come l'oceano, non stava del tutto scherzando.

Eppure… non potei fare a meno di provocarlo.

Ormai era diventato un gioco.

Un gioco che non ero abbastanza matura da fermare.

«E il sangue di chi sarebbe?»

Due ore dopo, mi ritrovai in quello che si *presumeva* fosse il mio habitat naturale: a bordo piscina, sul ponte superiore, ad abbronzarmi le chiappe.

Dopo aver parlato con i miei genitori ed essermi assicurata che Bear si stesse divertendo (a quanto pareva si era infilato nella sala giochi alle dieci di quel mattino e aveva persino trovato un amico, un altro adolescente che-puzzava-come-un-caprone di nome Landon), mi appropriai di una sdraio, presi il romanzo che qualcuno aveva dimenticato, ordinai un cocktail alla frutta e mi dedicai a un'attività che ignoravo da quando avevo sedici anni: il *relax*.

Niente straordinari al diner, niente pulizie, lavatrici o bucato da stendere, niente Bear da aiutare con i compiti a casa o Trinity con i preparativi del matrimonio. Niente adolescenti per cui piegarmi a novanta, nessun bisogno di affrontare l'ira dei miei ex compagni di classe che mi guardavano dall'alto in basso con le loro fedi e i loro mutui da pagare.

Persino il romanzo non era affatto male, per essere un libro trovato per caso con tanto di bollino scontato e una macchia bianca dall'aria sospetta.

La giornata si stava rivelando troppo bella per essere vera, motivo per cui ero certa che la situazione fosse sul punto di precipitare. Perché c'era da scommetterci che se l'*Euforia* non avesse fatto la fine del *Titanic* entro sera, allora ci sarebbe stata un'epidemia di diarrea.

Dopo aver pranzato con una bella insalata a base di frutta fresca e secca, io e la mia pancia piena tornammo alla sdraio. Mi misi a leggere a pancia in giù, e avevo appena girato pagina quando vidi un'ombra sovrastarmi e poi spostarsi sulla destra, per accomodarsi sulla sdraio accanto alla mia nonostante la fila fosse completamente vuota.

All'inferno c'era un girone speciale per chi era solito prendere posto accanto a qualcuno anche quando tutto il resto dei posti era libero. E io mi auguravo con tutta me stessa che il suddetto girone fosse pieno zeppo di gente che puzzava di sudore, perché persone così non si meritavano niente di meno.

«Ma ciao, bel faccino.»

Dubitai vivamente che fosse stato il mio *bel faccino* a farlo avvicinare.

Alzai lo sguardo e mi riparai dal sole con una mano. Il ragazzo che mi ritrovai davanti sembrava il classico tipo da confraternita a malapena ventenne; aveva un cappellino da baseball messo al contrario, il costume hawaiano e la scritta *Un Fratello è per sempre... le fighe no* tatuata sul petto, che ero pronta a scommettere fosse opera dei suoi compagni di confraternita.

«Mi chiamo Dale.»

Ovviamente. Ero anche pronta a scommettere che durante le ecografie, l'unica cosa visibile nell'utero di sua madre era stato un cartello con su scritto *deficiente*.

«Nessy.»

«Che nome simpatico. Sei di queste parti?»

Di che parti parlava?

Il bel mezzo del mar dei Caraibi?

«Senti, mi fa piacere che tu mi abbia guardato il sedere e non mi abbia preso per una madre single esaurita di ventinove anni con uno stipendio da fame, ma è esattamente ciò che sono. Quindi mettiamo da parte i convenevoli e permettimi di consigliarti un salto all'acquapark, dall'altra parte del ponte. Lì ci sono un sacco di ragazze della tua età.»

Forse ero stata troppo schietta, ma le mamme single in difficoltà non potevano permettersi il lusso di fare le sceme con dei playboy in erba.

«Non mi importa se hai ventinove anni.» Si stava rigirando un bastoncino da cocktail in bocca.

«Be', a me sì.» Posai la testa sulla sdraio e mi voltai dall'altra parte, decretando la fine della conversazione. Non ero contraria a uscire con gli uomini, ma se proprio avessi dovuto porre fine a uno sciopero-dei-maschi che andava avanti da tredici anni, non l'avrei fatto di certo per quel Dale, uno convinto che tatuarsi una scritta così volgare, persino per i *miei* standard, fosse una buona idea.

«L'età è solo un numero.»

«Che interpretazione romantica.»

Porca cerbottana, ma voleva andarsene o no?

«Oh, non sono mica romantico. Cerco solo cose senza impegno, zuccherino.»

«Grazie per la precisazione. Stavo giusto scegliendo il diamante per il mio anello di fidanzamento.»

Ancora un po' e mi avrebbe costretta a tagliare la corda.

Non potevo permettermi di attaccare briga con nessuno. I Costello mi stavano già col fiato sul collo così, in attesa che sferrassi il colpo di grazia alla mia reputazione per correre a supplicare Wyatt di rompere il fidanzamento con mia sorella. E il loro informatore, Cruz, si trovava a bordo di quella stessa nave.

Nossignore. Stavo camminando sul filo del rasoio.

O meglio: barcollando.

«Accidenti, dammi almeno una chance. Non te ne pentirai.»

Dale il Deficiente mi posò una mano sul gomito e strinse la presa. Mi ritrassi come una furia, nemmeno mi avesse ustionata. Forse era un'esagerazione, ma odiavo essere toccata dai maschi.

Forse perché l'ultimo uomo che l'aveva fatto mi aveva lasciata nella condizione più vulnerabile in cui fossi mai stata. O forse perché a Fairhope capitava spessissimo che la gente attirasse la mia attenzione pizzicandomi i fianchi o posandomi una mano sulle reni, fin troppo vicino al sedere, per ordinare da mangiare.

«Non mi toccare!»

Non avevo pianificato di pronunciare le parole piagnucolando, ma fu così che mi uscirono.

«Tesoro» disse una voce roca e familiare dall'accento marcato. Una voce che non poteva appartenere a un comune mortale. Mi sbocciò la pelle d'oca dappertutto e mi si rizzarono i capelli sulla nuca nonostante il sole accecante. «Eccoti, scusa il ritardo. Dopo il corso di kickboxing ho deciso di seguire anche quello di jujitsu avanzato.»

Prima che avessi il tempo di capire cosa stesse succedendo, la mano di Dale il Deficiente sparì dal mio gomito, fisicamente allontanata da quella molto più grande di un altro uomo.

Cruz si accomodò sul bordo della mia sdraio, facendola inclinare di lato. Era a torso nudo e indossava un cappellino da baseball nel modo *corretto,* da adulto.

Ero contenta di avere gli occhiali da sole, perché così potevo ammirarlo senza dargli la soddisfazione di sapere che lo stavo osservando.

Il suo petto era talmente muscoloso da far venire l'acquolina in bocca, la sua pelle liscia e dorata. Aveva le braccia massicce, percorse da vene che serpeggiavano giù fino agli avambracci. Una strisciolina di peli biondi gli partiva da sotto l'ombelico e spariva da qualche parte sotto i pantaloncini.

E io morivo dalla voglia di tracciare quella stradina sottile sottile con la lingua.

Devo assolutamente ricordarmi di mettere in carica il vibratore quando torno a casa.

Cruz strofinò una mela rossa e lucida sulla stoffa del suo costume prima di darle un bel morso.

Dal momento che ero stata travolta da un desiderio inaspettato per il dottor Costello, nonché da un'inspiegabile voglia di prendere il posto di quella mela, girai la testa dall'altra parte e decisi di ignorarli tutti e due.

«È tua moglie?» borbottò Dale il Deficiente.

«L'unica e sola» confermò Cruz. «La fortunata signora Würstel.»

«*Würstel*» ripeté DD con uno sbuffo degno di *Beavis and Butthead*.

«C'è qualche problema?» domandò Cruz.

«No, no. Cognome fantastico. Origini tedesche, giusto?»

Seguì una pausa. Cruz prese la crema solare posata accanto a me, se ne spruzzò una generosa quantità sulla mano e cominciò a spalmarmela sulla schiena.

Santissimi numi, se è piacevole.

«Devi proteggerti dal sole» mi rimproverò con la mela ancora intrappolata fra i denti. «L'unico che ha il permesso di arrossarti il didietro sono io.»

Oh. Mio. Zio.

Le sue mani erano forti e ferme, le sue dita lunghe, e io mi convinsi che l'unico motivo per cui glielo stavo lasciando fare era solo perché non potevo permettermi l'ennesima lite con un Costello.

Non perché mi stesse risvegliando tutta una serie di sensazioni nella metà inferiore del corpo o perché, nell'istante in cui la sua pelle aveva sfiorato la mia, mi ero resa conto che la mia schiena aveva bisogno di un bel massaggio da circa dieci anni.

«Sei ancora qui» disse Cruz con noncuranza, rivolto a Dale il Deficiente. «È perché *vuoi* che ti prenda a pugni in faccia o stai solo aspettando che mi dimentichi che ci stavi provando con mia moglie e vada a prendermi una birra?»

«Uhm. Già. Cioè no, sto solo...» Il giovane Dale scattò in piedi e si guardò intorno con l'aria di chi aveva dimenticato qualcosa. Forse la sua dignità. «Mi scusi. È polpa mia... volevo dire colpa! Colpa mia.»

«Levati di torno, e va' a dire ai tuoi amici che è impegnata. Non voglio vedervi ronzare intorno alla mia signora.»

Cruz si esibì flettendo i muscoli e offrendo a Dale un posto in prima fila al festival del bicipite.

Io dovevo ammettere di essere molto colpita.

Sapevo che Cruz andava regolarmente a correre e che si era assunto il compito di allenare la squadra di baseball della scuola elementare di Fairhope (cosa che, se proprio dovevo essere onesta, trovavo un tantino inquietante, considerato che non aveva figli che la frequentassero), ma non avevo idea che fosse *così* muscoloso.

Era notevolmente più alto di Dale e lo superava di dieci chili di muscoli.

«Va bene, okay, mi sembra giusto.»

Appena Dale se ne fu andato, Cruz mi tolse le mani di dosso alla velocità della luce e si spostò sulla sdraio accanto alla mia. Sentii subito la mancanza di quel contatto, ma dato che il deficiente se n'era andato potevo consolarmi con la prospettiva di poter rimanere sotto al sole per un altro paio d'ore e schiacciare un pisolino prima di cena.

«Prego» disse Cruz in risposta al mio ringraziamento inesistente.

Posai la guancia sulla sdraio e lo osservai attraverso gli occhiali da sole.

«Ti piace proprio fare l'eroe, eh?» Quando si trattava di lui, la mia meschinità diventava praticamente terminale.

«Perché non dovrebbe?»

Puntellò le mani su ciascun lato della sdraio, i bicipiti contratti, gli addominali in bella mostra e la mela mangiata fino al torsolo. L'aveva divorata.

Chissà se divora le mele come divora le fig…

«Gli eroi sono creature banali» mi sentii esclamare con veemenza. «Personalmente, io nei film mi invaghisco sempre dei cattivi.»

«Questo spiegherebbe un paio di cose della tua vita.»

«Ehi.» Inarcai un sopracciglio. «Stai dicendo che il tuo migliore amico è cattivo?»

Considerato che Rob era tornato in paese, ero sicura che lui e Cruz avrebbero presto riallacciato i rapporti.

«No, sto dicendo che sei una donna priva di scrupoli.»

Scoppiai in una risata gutturale prima di girarmi sulla schiena e accavallare le gambe. Notai che nemmeno San Cruz era capace di scollare gli occhi dai miei seni, tanto generosi da costringere le spalline del mio bikini a fare gli straordinari.

«Niente male questa tregua.»

«Che posso dire? Tiri fuori il peggio di me» ribatté lui scuotendo la testa.

«Allora perché mi hai salvato da Mr. Deficiente?»

«Solo una persona può darti il tormento durante questa crociera, e quella persona sono io.»

Ci rimuginai sopra.

Da un lato apprezzavo il fatto che, nonostante i nostri bisticci, Cruz Costello fosse veramente innocuo; cioè, sapevo che non mi avrebbe mai trattata né con crudeltà né con cattiveria. Non ne era capace.

Era veramente una brava persona e non avrebbe mai fatto niente per il puro gusto di vessarmi. Mi avrebbe sempre protetta dai Dale del mondo.

Dall'altro, però, era consapevole che era proprio quel suo aspetto inoffensivo a renderlo così pericoloso. Amarlo sarebbe stato fin troppo facile e io… be', io non potevo innamorarmi. Non potevo permettermi una distrazione simile.

Già mi tenevo a galla per puro miracolo.

E lui stava con Gabby. O forse no? Perché aveva dovuto alludere alla loro rottura?

«Senti, dobbiamo sforzarci di essere cordiali l'uno con l'altra. Trinity e Wyatt ci tengono» gli dissi quando mi resi conto che eravamo rimasti in silenzio per più di un minuto.

«Ma io *sono* cordiale.»

«Puoi almeno fingere che io non ti faccia orrore?» insistei.

«Posso provarci.»

«Ottimo. Anche perché a Fairhope, avere la tua approvazione è come essere assolti dal papa in persona. Già che ci siamo, i miei occhi sono qua sopra.» Visto che il dottor Costello non riusciva a smettere di guardarmi la scollatura, gli feci notare dov'era il mio viso.

Cruz arrossì sugli zigomi e si girò subito verso la piscina.

«Hai gli occhiali da sole» spiegò.

«E tu guarda da un'altra parte.»

«Infatti.»

«Non sono finte, sai» dissi, arricciando il naso.

Era una delle tante voci che circolavano sul mio conto. In molti credevano che per il mio diciottesimo compleanno mi fossi regalata un nuovo paio di tette per provare a incastrare un marito pieno di soldi disposto ad accettare un bambino di due anni come parte del pacchetto. In realtà, dopo essersi prestati a essere il buffet all-you-can-eat di Bear per due anni (il latte in polvere costava un occhio della testa), i miei seni non erano più tornati come quelli di una volta.

«Non ci ho mai creduto.»

«Allora perché mi fissavi?» lo sfidai.

«Perché io sono un uomo dal sangue caldo e tu...» Si zittì senza finire la frase.

«Io, cosa?» lo pressai in modo quasi convulso.

Fino a un secondo prima, non avrei mai creduto possibile che Cruz mi trovasse più attraente di una sputacchiera.

«Niente.»

Mi tolsi gli occhiali da sole e spostai le gambe sulla sdraio per mettermi seduta. Il mio sorriso da sgualdrina era scarlatto e in bella mostra.

«Cos'è che sono, Cruz?»

«Sexy» rispose lui in tono aspro, la voce cupa, misurata e piena di tutte le cose che avrebbe voluto farmi. «Estremamente sexy.»

«Dici davvero?»

«Ora però sei solo a caccia di complimenti.»

«Assecondami» insistei imbronciata.

«Perché?»

Cruz si sfregò la curva del naso, che era leggermente arrossata in confronto al resto dell'abbronzatura.

Ah!

Quindi Cruz Costello non si abbronzava in modo perfettamente uniforme... Era un difetto insignificante, che tuttavia mi rallegrò più di quanto avrebbe dovuto.

«Perché abbiamo altri otto giorni da passare insieme in una cabina grande quanto un francobollo e devo sapere cosa aspettarmi.»

«Tanta solitudine e zero coccoline.»

«Hai detto coccoline.» Avrei potuto o non avrei potuto aver ridacchiato.

«Senti chi parla, quella che dice *conchiglione*. Me ne vado.»

Solo che non si rimise in piedi, e io sospettavo anche di sapere il perché. Abbassai lo sguardo verso il suo inguine.

Cruz si riaccomodò sulla sdraio e accavallò le gambe.

Misi il broncio e finsi di non essermene accorta. «Non sono alla tua altezza, giusto?»

«Dici un sacco di fesserie, Tennessee Lilybeth Turner. Non mi vorresti neanche se fossi l'ultimo uomo sulla faccia della Terra.»

Si ricordava il mio secondo nome.

Sentii uno sfarfallio in corrispondenza dell'ombelico.

«E come mai, secondo te?»

«Perché detesti gli uomini.» I suoi baffi ebbero un fremito. «Tutti, nessuno escluso. Ti spaventiamo. Lo sai, vero, che anche Bear lo diventerà prima o poi?»

Sì, e preferirei non pensarci.

Seguì un momento di silenzio. Non mi scomodai a smentire la sua analisi, non sarebbe servito a niente.

Ci rimettemmo comodi e guardammo la gente che nuotava in piscina e le coppiette che si sbaciucchiavano o schizzavano a vicenda.

«A che stai pensando?» mi domandò dopo qualche minuto.

«Perché me lo chiedi?»

«Perché pensi sempre a cose assurde. Come la storia delle perle che sono le vesciche delle ostriche.»

«Quello è un dato di fatto, dottor Costello.»

«Okay.» Si abbassò il cappellino sugli occhi come un cowboy e un sorriso gli tese le labbra sotto quei baffi perfetti. «Però assecondami.»

Mi accigliai. «Sto pensando che in quell'acqua finiscono ogni giorno una valanga di germi e genitali seminudi. Non farei il bagno nella piscina di una nave da crociera neanche morta.»

Cruz scoppiò a ridere.

«E *tu* a che cosa stai pensando?» rilanciai.

«Che sei diversa da come pensavo» disse. «Molto diversa.»

«Se lo dici tu» lo liquidai. Da come l'aveva detta non sembrava una cosa negativa, ma ero abbastanza orgogliosa da non voler essere sorpresa a estorcergli complimenti per due volte nel giro di dieci minuti.

«Ti va di cenare insieme a me? Come *amici*» chiese.

«Offri tu.»

«È gratis.»

Sospirai. «Anche da bere?»

«Temo di sì.»

Vidi passare una donna vestita in modo elegante.

«Allora che ne dici di un bel vestito di Prada? Mi piacerebbe moltissimo fare la mantenuta, fosse anche solo per un giorno.»

«Assolutamente no.»

«Uffa.» Alzai gli occhi al cielo. «Lei è un marito di *melma*, signor Würstel.»

«E tu hai una strana avversione per le parolacce.»

Si rimise in piedi per allungarmi una mano e io l'accettai.

E fu in quel momento che iniziarono i guai.

9

Cruz

Se questa crociera mi aveva insegnato qualcosa di nuovo rispetto a quanto appreso nella facoltà di Medicina, oltre al fatto che Tennessee Turner non aveva alcun futuro nel business delle agenzie di viaggio, era che le erezioni lunghe tre ore erano, a quanto pareva, possibili anche senza l'aiuto di farmaci contro la disfunzione erettile.

E okay, cinque ore.

Okay, *sei*, ma più realisticamente cinque e mezzo.

Senza. Nessuna. Tregua.

All'inizio l'avevo vista sul lettino dall'altra parte della piscina, intenta ad abbronzarsi il culo con un microscopico bikini rosa su quel fisico da top model.

Nei paraggi non c'era stato uomo che non se la fosse mangiata con gli occhi, almeno finché ogni donna dotata d'amor proprio non aveva trascinato via il proprio compagno, lasciando così Tennessee completamente sola e facile preda di chiunque.

Ero rimasto a guardarla a distanza di sicurezza, con la maggior parte del flusso sanguigno concentrata fra le gambe, e mi ero domandato per l'ennesima volta perché fosse tanto difficile evitarla su una nave da crociera grande quanto Long Island.

Avevo deciso di rimettermi in pari con alcune riviste mediche, ma l'unica cosa che avevo imparato quel pomeriggio era che Tennessee Turner era bellissima da qualsiasi lato la si fosse guardata.

Fidatevi, avevo controllato.

Poi uno stronzetto tatuato le si era avvicinato per provarci.

E io ne avevo approfittato per studiare attentamente la reazione di Tennessee. In paese si diceva fosse una donna facile, ma io adottavo una politica zero-stronzate, preferendo credere solo ai miei occhi.

Ciò che avevo notato nel corso degli anni era che Tennessee non solo respingeva sistematicamente le avances, ma non era nemmeno stata mai vista in compagnia di un uomo dai tempi di Robert Gussman.

E a giudicare dal linguaggio del suo corpo, non aveva affatto apprezzato le attenzioni del suo nuovo ammiratore. Mi ero comunque sforzato di non impicciarmi finché il coglione non le aveva posato una mano sul gomito.

A quel punto l'avevo raggiunta, e lo avevo fatto in un nanosecondo, costringendo lui a smammare e me a parlare con lei, per quanto incredibile.

Perché avevo scoperto che Tennessee Turner sapeva essere di ottima compagnia. Quantomeno non mi lisciava le penne, né mi trattava come se fossi capace di camminare sull'acqua (però non dubitavo che mi avrebbe gettato volentieri in mare solo per esserne sicura).

Era l'unica a Fairhope in grado di andare oltre la mia maschera scintillante, e sarei stato curioso di scoprire che cosa vedesse quando mi guardava.

Ci avviammo verso la nostra stanza. Mi offrii di portarle la borsa di paglia, contento di avere qualcosa con cui nascondere la mia erezione infernale, mentre Tennessee blaterava allegramente della strategia che avremmo dovuto adottare al buffet della cena.

Sembrava aver scambiato la crociera per una guerra, e la cosa la mandava davvero su di giri.

«L'angolo del pollo e della carne è sempre preso d'assalto. Ieri sera ho notato che ci sono delle file interminabili. Secondo me dovresti rimanere lì per prendere una porzione doppia ciascuno mentre io mi occupo della pasta e delle insalate. A meno che tu non preferisca un contorno di patate, però. Io… non saprei. Da quando ho cominciato a lavorare da Jerry non riesco più a guardare le patate con gli stessi occhi. Coulter ne ha combinate di cotte e di crude nel corso degli anni.»

«Tanto per la cronaca, mangio al diner ogni settimana.»

Tennessee mi liquidò con un gesto della mano, cosa che trovai stranamente affascinante. Persino le sue dita erano sexy.

«Niente di troppo malsano. E poi tu ordini sempre l'hamburger con contorno di insalata.»

«Buono a sapersi.»

Uscimmo dall'ascensore e svoltammo nel corridoio che conduceva alla nostra cabina. In lontananza, vidi due donne nell'uniforme dell'equipaggio che discutevano animatamente con una coppia di mezza età.

«Si può sapere perché non ti sei mai cercata un altro lavoro?» tornai a chiedere a Tennessee.

«Non sono molto sveglia.»

«Lo sono in pochi.»

Farle notare che era in gamba, o perlomeno più brillante ed eloquente di qualunque altra persona conoscessi, sarebbe stato interpretato come un tentativo di leccarle il culo.

Oltretutto, se le avessi detto che la consideravo un essere umano dotato di mille sfaccettature, avevo l'impressione che non mi avrebbe mai creduto, a prescindere dal fervore con cui avessi perorato la mia causa.

«Fairhope è un buco, non ci sono molte opportunità di lavoro.»

«Ogni tanto ne spunta fuori qualcuna.»

«Suvvia, Cruz. L'apprezzo, dico davvero, ma alla gente non piaccio, e convincermi a fare un tentativo sarebbe crudele.»

Stavo cominciando a spazientirmi, ma non capivo se a causa sua o del paesino in cui vivevamo, o magari di tutti e due.

«È la storia dell'uovo e della gallina, Turner. Nessuno sa dire cosa sia venuto prima. Tu non ti sforzi minimamente, è ovvio che la gente finisca subito per pensare male.»

«Be', allora lasciali fare.»

Più ci avvicinavamo alla coppia e ai membri dell'equipaggio, più le loro voci si alzavano. La signora di mezz'età piangeva lanciandosi teatralmente contro la parete, mentre il marito la consolava accarezzandole la schiena con aria impotente.

«Non avrei mai pensato che potesse succedere in un posto come questo. Dovreste vergognarvi! È totalmente inaccettabile, e ci tengo a informarvi che ho già preso contatti con un legale.»

«Signora, possiamo garantirle che andremo fino in fondo a questa faccenda. Sono sicura che troveremo una spiegazione.»

«Non c'è alcuna spiegazione!» strillò la donna alzando le braccia al cielo. Era una donnona con i capelli rosso fuoco e gioielli parecchio ingombranti. «C'erano quindicimila dollari di gioielli in quella valigia! Come vi è saltato in testa di abbandonarla nel corridoio?»

Le due responsabili si scambiarono un'occhiata disperata, mentre la signora ricominciava a singhiozzare nascondendo il viso contro la spalla del marito.

«Be', signora, sono cose che non capitano spesso. Se c'è stato un errore...»

Io e Tennessee ci guardammo con aria accigliata, poi ci fermammo davanti alla porta della nostra stanza, situata sul lato opposto rispetto a quella dei due coniugi. Sfoggiammo un sorriso affabile e strusciammo il tesserino magnetico nella serratura.

«Forse ce l'hanno loro» disse la donna tirando su col naso.

Tutto a un tratto, Tennessee si paralizzò e mi afferrò il polso come una bambina piccola.

«Signora, non possiamo chiedere ai signori di mostrarci la loro stanza.»

«Sì, la bionda me la ricordo eccome. Ieri non faceva altro che bighellonare davanti alla nostra cabina con l'aria di chi non porta altro che guai e perdizione.» La voce della donna divenne più squillante, più sfacciata.

Mi girai per scoccarle un'occhiata gelida.

«Be', si dà il caso che la bionda abbia una stanza tutta sua.»

«Stento a crederci.» La donna percorse Tennessee da capo a piedi con uno sguardo carico di biasimo. «Ma immagino che dopotutto stia dicendo la verità, vero? Il che mi porta a chiedermi cosa questo dica di lei...» insinuò, girandosi verso di me con aria d'accusa.

«Che ho buongusto.» E sfoderai un sorriso disinvolto.

Il marito sghignazzò e la moglie gli tirò una gomitata.

«I gusti sono soggettivi» sbuffò. «E in ogni caso, ora come ora la mia prima indiziata è lei. Sembra un tipo poco raccomandabile, una poco di buono, e l'ho vista ciondolare nel corridoio. Adesso fateci vedere la vostra stanza, tanto è già aperta.»

Aveva ragione. Avevo appena socchiuso la porta.

«No!» urlò Tennessee, diventando paonazza.

Non avrebbe potuto apparire più sospetta neanche se l'avesse fatto apposta, ma dubitavo che avesse realmente rubato qualcosa. Quella mattina, dopo la nostra conversazione in biblioteca, ero passato in camera e mi era sembrato tutto perfettamente in ordine.

Tennessee aveva portato dentro le nostre valigie, ma non c'era nessuna traccia di un terzo bagaglio.

«Non potete entrare in camera nostra» protestò Tennessee con voce strozzata. «Non potete perquisirmi solo perché le sembra che io abbia l'aria sospetta! Siamo in America!»

Una delle due responsabili, una donna nera, le scoccò un'occhiataccia come a dire *ma dove vivi?*, aggiudicandosi dieci punti per il sarcasmo e altri dieci per il tempismo.

Il problema era che la gente pensava male di Tennessee ovunque andassimo, e la cosa cominciava a darmi sui nervi.

Sì, era vero che si truccava in modo eccessivo, che indossava vestiti succinti e si pettinava come una sirena degli anni Sessanta, ma era una sua scelta e non meritava di essere criticata per un motivo del genere.

Non capivo cosa la spingesse a rovinarsi ricoprendosi di trucco e pizzi, ma nessuno aveva comunque il diritto di definirla apertamente una puttana.

Cambiando argomento, la mia erezione si era ridotta a una mezz'asta, a dire tanto. Il che era un'ottima notizia per la mia vescica, che ormai conteneva all'incirca quattro litri di urina.

«Non abbiamo niente da nascondere» ribadii con un sorriso cortese.

«Fantastico!» La donna alzò le braccia. «In tal caso, mostrateci la stanza.»

«No!» insisté Tennessee.

«A dire la verità,» si intromise una delle responsabili, «è molto probabile che la direzione ci chieda comunque di bussare alle stanze vicine per controllare. Sarebbe meraviglioso se potessimo dare subito un'occhiata.»

«Nessun problema.» Aprii del tutto la porta e le invitai a entrare con un cenno del capo.

Non avevamo niente da nascondere. Eravamo innocenti e non volevo perdermi la faccia della signora quando fosse stata costretta a chiedere umilmente scusa a Tennessee.

La quale, si precipitò all'interno della nostra cabina subito dietro di me, respirando a fatica. La maleducata in lacrime ci seguì a ruota senza fare troppi complimenti.

«Eccola lì.» La donna cantò vittoria, puntando un dito sul mio bagaglio. Rossa e sudata in faccia, si lanciò sulla mia valigia blu navy neanche fosse stata la sua gemella separata alla nascita, quindi si piegò per abbracciarla. «Questa è mia. Sapevo che l'aveva rubata lei, lo sapevo. Che ti avevo detto, Fred? Ho un *sesto senso* per queste cose.»

«Signora,» ringhiai, «l'unica cosa che sento io, invece, è che dovrebbe farsi controllare la vista. Quella è la *mia* valigia, e le sarei grato se la smettesse di strusciarcisi sopra.»

«Non provi a proteggerla.»

La signora non solo mi guardò snudando i denti, ma stava anche trascinando la valigia ancora sigillata fuori dalla *mia* stanza.

Le sbarrai la strada. Nel frattempo, Tennessee se ne stava in un angolo, tremante, a godersi un piacevole e rilassante esaurimento nervoso per una persona. Non avrei mai immaginato fosse tanto sensibile, tantomeno che avesse una passione sfrenata per le truffe. La signora doveva aver toccato un nervo parecchio scoperto.

«*Si fermi*» tuonai comunque, la mascella che fremeva per l'irritazione. Era la prima volta in vita mia che non mi comportavo come un perfetto gentiluomo con una donna, e mi parve più liberatorio che allarmante.

Gli occhi della nostra vicina si infiammarono. «Me ne vado con la mia valigia.»

«Non è sua. La mia compagna le ha già detto di non averla rubata.»

«Non mi interessa cosa dice la sua *puttana*» pronunciò molto lentamente la donna per ottenere il massimo effetto. «Me la porto via. E francamente, la prossima volta che decide di portarsi una prostituta in crociera, si procuri almeno un'escort di lusso. Si sta solo rendendo ridicolo andandosene in giro insieme a lei, come se non lo sapessimo tutti che cos'è. Ora, se vuole scusarmi, me ne *vado*.»

«Vogliamo litigarcela a suon di schiaffoni?» le domandai, alzando un sopracciglio.

Poco mancò che svenisse.

«Vi meritate a vicenda» sbottò poi.

«Magari.»

Farle perdere le staffe era divertente, e poi non potevo permetterle di andarsene senza prima aver trovato il modo di consolare Tennessee per il malinteso.

A un certo punto di tutta quella baraonda, il marito, quel povero Fred, ebbe il buonsenso di strapparle la valigia di mano e aprirla, rivelando una collezione di abiti floreali, tacchi alti e gioielli che ero sicuro di non essermi portato in crociera.

Fred si piegò sulle ginocchia e sventolò una manciata di diamanti con aria trionfale.

«Visto? È sua. C'è scritto proprio qui, sull'etichetta. Ramona Warren, mia moglie.»

Per un istante, rimasi totalmente senza parole. Forse perché non mi ero mai trovato in una situazione del genere prima di allora.

Non ero mai stato accusato di aver fatto qualcosa di sbagliato, né ero mai stato pizzicato con le mani nel sacco (all'infuori di quella volta che effettivamente mi avevano beccato a frugare *sotto* la maglietta di Felicia Ralph al terzo anno di college).

Razionalmente, capii subito che c'era un discreto margine d'errore: le valigie erano entrambe blu. A prima vista, persino io l'avevo scambiata per la mia.

Ed era anche vero che avrei senz'altro dovuto aprirla e controllarne il contenuto, e lo avrei fatto se me ne fosse stata data l'occasione… occasione che era sfumata quando Tennessee mi aveva chiuso fuori dalla cabina la sera prima.

Tuttavia, c'erano altri dettagli da tenere in considerazione. Per esempio: chi diavolo si dimenticava di controllare l'etichetta sulla valigia prima di portarsela in camera? Tennessee Turner, ecco chi.

Inoltre, come mai era andata nel panico all'idea che frugassero nella nostra stanza *prima* di scoprire che la valigia era della signora? Cos'aveva da nascondere? Da quel che vedevo, nella stanza non c'erano né sex toys né escrementi umani in bella vista che potessero trasformare una perquisizione sommaria in un supplizio.

Mi girai a guardarla. Tennessee distolse lo sguardo verso il blu dell'oceano oltre la finestra, il mento alzato e gli occhi simili a cristalli scintillanti.

Era sull'orlo delle lacrime.

Tornai sui signori Warren.

«Vi chiedo scusa.»

Le responsabili si lanciarono in una tiritera a proposito di buoni cocktail omaggio e un nuovo piano fedeltà che avrebbe permesso ai signori Warren di soggiornare in una camera di qualità superiore qualora avessero scelto di ripetere la crociera.

«Scommetto che adesso si sente parecchio stupido, eh, signor Pezzo Grosso?» L'adorabile signora Warren mi superò e, pestando i piedi sulla moquette con un ghigno perfido, mi urtò di proposito la spalla con un braccio.

«L'unica cosa che sento è una sincera compassione per la mia compagna, che ha commesso un errore e l'ha pagato caro ritrovandosi davanti la sua faccia ingrugnita» ribadii pacato.

La signora Warren sbuffò, già fuori dalla porta. «La tenga al guinzaglio, carino.»

«Che magnifica immagine. Ci farò un pensierino, nel caso fosse d'accordo anche lei.» Ottenni l'effetto desiderato, perché la signora Warren sbiancò fino a raggiungere un pallore solitamente riservato alle pareti di un ospedale psichiatrico. «Scusate, ma questo non significa forse che la *mia* valigia ce l'ha lei?» domandai, da stronzo pragmatico qual ero.

«Abbiamo un paio di valigie nell'ufficio degli oggetti smarriti. Andiamo subito a controllare» si offrì una delle responsabili.

Subito dopo, io e Tennessee rimanemmo soli.

Io, lei e l'elefante nella stanza.

«Non l'ho fatto apposta» disse Tennessee tutto d'un fiato prima ancora che avessi il tempo di girarmi a guardarla. Cosa che si rivelò essere un'impresa, dato che cominciavo a crederla capace di aver rubato una valigia.

Riuscivo a malapena a guardarla in faccia, tanto ero arrabbiato.

Naturalmente c'era il novantanove percento di possibilità che si fosse trattato di un errore fatto in buona fede, anche perché Tennessee ne combinava a bizzeffe, ma quell'uno percento di margine mi irritava.

Dopotutto, quella ragazza si era già dimostrata attaccata ai soldi, e non era passato molto da quando mi aveva chiesto di comprarle un vestito. Possibile fosse preoccupata all'idea di apparire fuori posto? E se la realtà fosse stata che aveva pensato di rubare giusto un paio di cose prima di restituire la valigia alla legittima proprietaria?

«Ti credo» dissi, perché era la cosa giusta da dire.

«No, non è vero.» Tennessee si buttò sul letto con un sospiro pesante, nonostante fosse ricoperta di crema solare, sudore e un'intera giornata passata sotto al sole. «Te lo leggo in faccia. Pensi che l'abbia fatto di proposito.»

«No.»

Forse.

Tennessee soffocò un gemito nel cuscino. «Hai fatto una faccia insopportabile.»

«Mi sembra che tu abbia quasi sempre voglia di prenderla a pugni.»

«Pensavo che quella valigia fosse tua, lo giuro. Erano le uniche valigie rimaste in corridoio, qualcuno deve aver preso la tua. L'ho dato per scontato, devi credermi.»

«Ti credo» ribadii, e siccome volevo porre fine a quella conversazione imbarazzante, aggiunsi: «E poi sei *Casinessy*. Sono cose che ti capitano in continuazione».

Tennessee rialzò lo sguardo dal cuscino e io capii immediatamente di aver detto una cazzata. Sembrava talmente demoralizzata, talmente triste, che mi venne voglia di... voglia di...

Non ti azzardare a finire la frase, dottor Costello. Nemmeno nella tua testa. Tennessee non è un tuo problema. Tennessee non vuole *essere un tuo problema.*

«Tennessee...» dissi allora.

«La doccia la faccio prima io» mi interruppe lei. Si scollò dal letto e si avviò verso il bagno. «Vedi di nascondere tutti gli oggetti di valore prima che abbia finito. Con le mie mani lunghe, non si può mai sapere.»

Mentre Tennessee era sotto la doccia (perché apriva sempre tutti e tre i rubinetti insieme? Non c'erano modi più pratici per affogarsi durante una crociera?), un responsabile passò dalla nostra stanza per riportarmi la valigia, spiegando di averla trovata fra gli oggetti smarriti.

Dopo avergli lasciato una lauta mancia, portai il bagaglio in camera e decisi che, nonostante il margine di incertezza che mi restava, alimentato dalla pessima e generalmente ingiustificata reputazione di Tennessee a Fairhope, le avrei concesso il beneficio del dubbio.

Del resto fino a quel momento era stata una bella giornata, *bella* nel senso che nessuno dei due aveva minacciato di fare fisicamente del male all'altro, e non mi andava di rovinarla (anche se, ripensandoci, l'avevo minacciata di farle il bagno nel suo stesso sangue e gettarla in pasto agli squali se avesse di nuovo osato chiudermi fuori dalla camera).

Quando riemerse dal bagno, Tennessee sembrava appena uscita da un catalogo di Victoria's Secret. La signora Warren si sbagliava di grosso: se la mia compagna di stanza fosse stata una prostituta, mi sarebbe costata almeno duemila dollari a notte.

Indossava un vestitino di pizzo nero che le fasciava le curve, chiuso da un fiocco di raso rosa incrociato diagonalmente sulla schiena. La sua acconciatura alla Marilyn Monroe era impeccabile, e aveva un paio di tacchi talmente alti da permetterle di avvistare l'Empire State Building nelle giornate di sole.

Era ancora struccata, e fui costretto ad ammettere che vederla al naturale mi procurò la stessa stretta allo stomaco di un ragazzino che trovava per la prima volta la scorta di *Playboy* di suo padre.

Tennessee lanciò un'occhiata alla mia valigia senza dire niente, quindi mi superò per raggiungere il comodino che supponevo avesse reclamato per sé, tirando fuori una trousse dal cassetto.

«L'hanno trovata» dissi, riferendomi alla valigia.

Tennessee aprì la trousse e arrossì sotto l'intensità del mio sguardo. «Oh, bene, meglio così. E se ti radessi regolarmente anche là sotto, magari la prossima volta potresti anche ritrovare il tuo pene.»

Eravamo di nuovo nemici.

«Ho detto che ti credo.»

«Solo che io *non* credo che tu mi creda» ribatté lei. «Comunque, non fa niente. Tanto non mi sembrava fossi disposto a fare la fila all'angolo della carne.»

Quindi la cena era saltata?

Stava facendo una stronzata, ma non l'avrei pregata di ripensarci. Non solo non avevo mai rincorso una donna in vita mia, ma neanche intendevo iniziare con la signorina Muso Lungo.

Tirai fuori un cambio di vestiti puliti e arrancai fino alla doccia. Che razza di acqua bollente aveva usato? Sembrava di stare in una sauna.

Quando uscii, Tennessee era distesa sul letto, il *nostro* letto, e chiacchierava con la sua famiglia su FaceTime. Un sorriso allegro le deturpava il viso: si vedeva lontano un miglio che era falso.

Avrei voluto dirle un milione di cose diverse. Fra cui porgerle le mie scuse per essermi comportato come una testa di cazzo. Però mi squillò il cellulare prima che ne avessi il tempo. Era Wyatt, mio fratello.

Risposi.

«Ehi.»

«Come va da quelle parti?» Sembrava che Wyatt stesse mangiando qualcosa di croccante. «La bellona ti sta dando problemi? Sei in camera con lei, giusto?»

Digrignai i denti. Detestavo il modo in cui Wyatt si riferiva a Tennessee, anche se non usava un frasario poi tanto diverso da quello adottato da chiunque in città.

Avevo silenziosamente accettato le loro offese per anni, perché non erano rivolte a me o ai miei cari, ma la realtà dei fatti era che Tennessee era un essere umano, e nessun essere umano meritava di subire un trattamento simile. Era un'adulta, ma quel dato di fatto non li giustificava.

Le lanciai un'occhiata dalla mia postazione accanto alla specchiera, il telefono incollato all'orecchio affinché non riuscisse a sentire niente. Ancora distesa sul letto, sembrava in tutto e per tutto una squillo.

Perché non si vestiva come una persona normale?

Senza tutta quella roba in faccia, avrebbe avuto la fila di pretendenti. Ero sicuro fosse convinta che i pregiudizi nei suoi confronti fossero dovuti a Bear.

In realtà, da quello che avevo sentito dire, suo figlio era un gran bravo ragazzo. Non si metteva mai nei guai e non era mai finito nel mio studio medico per una contusione o una frattura inspiegabili.

Ne era passata di acqua (e di scandali) sotto i ponti del nostro paesino, da quando era nato. L'intervento di chirurgia plastica della signora Kimbrough andato storto, Meghan Harris e John Smith che avevano lasciato i rispettivi coniugi per mettersi insieme... senza contare che eravamo tutti abbastanza sicuri che l'ultimo arrivato in paese fosse nel programma protezione testimoni.

Il vero motivo per cui la gente la guardava dall'alto in basso era che Tennessee aggiungeva benzina sul fuoco e una valanga di eyeliner a tutte le cattiverie che venivano dette sul suo conto.

«È tutto a posto» tagliai corto. «Sta cercando di non dare nell'occhio.»

Come non dà nell'occhio il monte Everest, se vogliamo essere precisi.

«Pensi di dargliela, una botta?» Wyatt fece scrocchiare qualcos'altro. Nachos? Tacos? L'arida pa... no, personalità della sua fidanzata?

Mi schiacciai le mani sugli occhi. «Sarebbe troppo complicato.»

«Stavo giusto per dirti di usare un doppio preservativo. Non voglio complicazioni, soprattutto col matrimonio alle porte. Mamma e papà sono già abbastanza tesi.»

«Secondo te?»

Cominciai a frugare fra le cianfrusaglie che Tennessee aveva sparpagliato sulla specchiera, e non erano poche. Aveva lasciato il segno per tutta la stanza: lacca, collant, accessori di plastica a buon mercato, carte del chewing gum.

Casinessy di nome e di fatto.

«Vogliono essere sicuri che non finisca in divorzio anche stavolta» disse Wyatt a mezza bocca.

Mio fratello lavorava come ingegnere in un'azienda di Winston-Salem, e a Fairhope era considerato un ottimo partito. O perlomeno lo era stato prima di sposarsi con Valerie, la sua prima moglie.

L'aveva conosciuta in un bar in cui le cameriere lavoravano con le tette di fuori (parole di mio fratello, non mie) e aveva ben pensato di portarsela a casa e fare di lei una donna onesta.

Tre anni, la dipendenza di Valerie dalla cocaina e un conto in banca in rosso più tardi, Wyatt era tornato single, ma anche piuttosto determinato a stare attento e tenersi alla larga da tutto ciò che fosse travolgente o elettrizzante.

Voleva la donna più noiosa che il mondo avesse da offrire, una donna docile che non dovesse essere costantemente sorvegliata, intrattenuta e rabbonita. Trinity Turner, dolce e dimessa come dimostrava di essere, era l'equivalente umano del colore beige.

«Dubito che divorzierete» risposi io, annusando l'erogatore della lacca. Puzzava di incendio imminente e Yankee Candle.

«Grazie per la fiducia» replicò Wyatt ridacchiando. «Comunque mamma sta rischiando l'infarto al pensiero che Casinessy riesca a sedurti.»

«Non è il mio tipo.»

«Se parliamo di una botta e via, è il tipo di tutti. Ma nel tempo?» Wyatt fece schioccare la lingua. «Neanche per sogno.»

Mio fratello sapeva talmente poco di me e della mia vita che a volte mi sembrava quasi di parlare con un perfetto sconosciuto.

«C'è qualcos'altro che posso fare per te, fratellone?» Mi ero stufato di sparlare di Tennessee.

«No, niente. Ti resta solo da scrivere il discorso del testimone, sai che voglio leggerlo prima di darti l'okay.»

«Nessun problema.»

«Ah..., Cruz?»

«Uhm?»

«Se ti capitasse di farle una foto mentre dorme nuda... be', hai il mio numero.»

Interruppi la telefonata, cogliendo gli ultimi strascichi della conversazione fra Tennessee e sua sorella Trinity.

«Nessy, non volevo dirti niente con Bear presente, ma Rob continua a telefonare. Dice che non gli rispondi.»

Tennessee si morse il labbro inferiore prima di lasciarlo andare piano piano.

«Lo so, ma è perché non ho ancora detto a Bear che è tornato. Non sa niente.»

«Invece sì» disse Trinity desolata. «Non so come, ma Rob si è procurato il suo numero. E visto che tuo figlio sta razziando il pacchetto web dei Costello…»

Mi faceva piacere che certe abitudini dei Turner fossero di famiglia, per esempio la loro tendenza ad appropriarsi della connessione internet altrui.

«No!» esclamò Tennessee, scattando a sedere sul letto. «Mi prendi in giro? Quel *conchiglione*! Non posso crederci.»

E *io* non potevo credere di averle appena sentito usare la parola *conchiglione*. Di proposito.

Ma quanti anni aveva, tre?

E come mai non si faceva alcun problema a conciarsi come una prostituta, se poi in altri contesti dava l'impressione di essere una santarellina?

«Già» annuì Trinity accalorata. «Ma te lo dico subito, c'ero anch'io quando l'ha chiamato, e Bear non era affatto contento che Rob avesse agito alle tue spalle. Gli ha detto, e cito: "Non voglio vederti, e non per quello che hai fatto a me, visto che neanche ti conosco e non posso prenderla sul personale, ma per quello che hai fatto a mamma". Ha detto proprio così, che non riusciva nemmeno a immaginare di poterti tradire in quel modo. Poi ha riagganciato, è stato pazzesco.»

Mi sarei aspettato di vedere Tennessee esultare, e invece si incupì, cosa che mi sorprese.

«Non sarebbe un tradimento. Voglio che abbia una figura paterna nella sua vita.» Tennessee continuò a mordicchiarsi le labbra piene, dimentica della mia presenza. «Quello che detesto è solo che Rob non mi abbia detto niente. Dimostra che non è cambiato affatto.»

«Be', è *vero* che l'hai ignorato per due settimane» obiettò Trinity.

«Lui mi ha ignorata per tredici anni!»

«Vero. Che testa di *razzo*.»

I problemi fra i Turner e il vocabolario erano tanti e tali che non avrei saputo neanche da dove cominciare.

«Puoi farmi un favore?» domandò Tennessee. «Devo assicurarmi che la situazione non ci sfugga di mano. Puoi chiedere a Bear di darti il suo telefono così che Rob non possa contattarlo? Voglio dirgliene quattro, e non mi va che Bear si senta sotto pressione.»

«Non credo che gli farà piacere essere punito per le malefatte di Rob» la mise in guardia Trinity.

«Nemmeno io. Digli che gli comprerò il videogame che vuole. *E* che lo porterò al suo fast food preferito di Salem.»

«Va bene. Prenditi cura di te, Nessy.»

«Anche tu.»

Riagganciarono.

Tennessee continuò a ignorarmi e a tamburellare le dita sul ginocchio con aria preoccupata. Fu allora che compresi quanto volesse bene a suo figlio e quanto fosse protettiva nei suoi confronti: era pazza di lui.

«Vuoi che ci parli io?» mi offrii. Lei si girò di scatto verso di me, quasi si fosse appena ricordata della mia presenza. «Con Rob» puntualizzai. «Non con Bear.»

Del resto non conoscevo suo figlio, non era un mio paziente (sua madre lo portava da un medico fuori Fairhope…), e nel corso degli anni l'avevo visto solo sporadicamente, cosa che mi andava più che bene, considerate le circostanze.

«So gestire la mia *melma* da sola.»

«Sentirti usare la parola *melma* in questo contesto mi fa pensare il contrario. Sto solo cercando di aiutarti.»

«Aiutami stando il più lontano possibile.»

Ecco che ricominciavamo. Mi morsi l'interno della guancia e usai ogni briciolo di pazienza che mi rimaneva per non risponderle a tono.

«Non è con me che ce l'hai, quindi ti consiglio di fare un respiro profondo.»

«Tu e lui siete uguali» sbottò, inchiodandomi con lo sguardo.

«Perché? Solo perché eravamo amici alle superiori?»

«Perché siete della stessa pasta, lo stesso tipo di *conchiglione* privilegiato.»

«Se io sono uno stereotipo, quello che è successo oggi ha dimostrato che vale lo stesso per te.» Sfoderai un sorriso perfido.

«Io sarò anche una donna facile, dottor Costello, ma stai pur certo che non smetterò mai di complicarti la vita.» Si rimise in piedi e prese la borsa. «Vedi di rimanere sul tuo lato della nave almeno per oggi.»

Dopodiché, mi sbatté la porta in faccia.

Be', è andata alla grande.

10

Trascorsi la cena leggendo tutti i messaggi di Gabriella. Mi aveva mandato alcune foto delle sue bocce (e non era un eufemismo, dato che stava per lanciare una nuova linea di borracce per donne che volevano darsi al fitness) e di lei con dei nuovi capi di lingerie ricevuti in omaggio in cambio di promozione sul suo blog.

Le risposi… in modo stringato, ma risposi.

Ignorarla per tutti e dieci i giorni della crociera non avrebbe avuto alcun senso. Non sarebbe stato solo crudele, ma anche inutile.

In fin dei conti, non avevo chissà quanta gente con cui parlare, soprattutto considerato che la mia compagna di viaggio mi odiava a morte e un numero sempre più nutrito di persone erano convinte che avessi due peni e fossi sposato con una ladra-prostituta che mi aveva trasmesso la gonorrea. (Alla cena a buffet, avevo notato Brendan e i coniugi Warren seduti allo stesso tavolo.)

Di Tennessee non c'era neanche l'ombra, ma conoscendola aveva approfittato della cena gratis e si era tenuta in disparte.

Generalmente, quando andavo in crociera, mi studiavo l'itinerario e programmavo giorni e serate con largo anticipo. Stavolta però non lo avrei fatto, e poi ero troppo distratto per essere il solito Cruz, calcolato e preciso. Terminata la cena, decisi di improvvisare e vagabondai senza una meta precisa.

Mi ritrovai nella sala giochi.

Negli ultimi sette anni, durante le crociere che avevo fatto con i miei (e spesso con la fidanzata di turno) non avevo mai avuto l'opportunità di visitarne una.

Era un passatempo considerato infantile, e io ero ormai in un'altra fase della mia vita. Una fase in cui giocavo a golf e a tennis con mio padre o andavo in biblioteca per discutere di politica mondiale e mercato azionario con Wyatt e i suoi amici stempiati.

Chissà quando mi sarebbe ricapitata l'occasione di godermi uno svago del genere senza rischiare di essere disturbato e osservato dalle persone che mi conoscevano.

L'età media dei presenti era di quindici anni, e solo perché i miei trentuno l'avevano alzata dai dodici iniziali. A quanto pareva, la maggior parte dei passeggeri preferiva l'altra sala giochi della nave, dove venivano servite anche bevande alcoliche. Tutte le persone che mi circondavano erano più basse di me di almeno due teste, con magliette multicolori, capelli ingellati e una quantità spropositata di acqua di colonia e profumo.

Iniziai da *NASCAR Racing*, passai a *Donkey Kong* e poi mi cimentai con *Galaxian*. Trascorsi così circa un'ora prima di accorgermi che la sala si stava inspiegabilmente svuotando.

O, per essere più precisi, che si stavano spostando tutti nella stessa direzione, accalcandosi in gruppetti da quattro o cinque persone intorno alla postazione di hockey da tavolo.

Da esperto qual ero, mi avvicinai per capire a cosa fosse dovuto tutto quel trambusto.

Avrei dovuto capirlo subito che l'unica persona in grado di attirare l'attenzione di ogni singolo maschio sulla nave poteva essere solo Tennessee Turner.

Era piegata su un lato del tavolo, i seni che le strabordavano dal vestitino di pizzo come le bibite alla spina servite in un cinema di manica larga.

La vidi mentre impediva al disco di entrare in porta tenendo ferma la manopola con un solo dito, premuto sul pomello, quasi non potesse scomodarsi a impugnare il manico per bene.

Sbirciai il suo avversario, un tipo che sembrava andare per i trenta, curato e di bell'aspetto, e realmente concentrato sulla partita piuttosto che sulle bocce di lei (e quello sì che *era* un eufemismo).

Il mio cuore cominciò a battere più forte. Lo ignorai, per quanto strano, attribuendo la colpa di quella reazione al pensiero dei dieci giorni che avrei dovuto trascorrere in mezzo al mare in compagnia della scema-barra-sgualdrina del villaggio.

E loro continuarono a giocare per altri dieci minuti. Tennessee finì per stracciare il poveretto, il quale, dopo essere stato rimpiazzato da un altro bamboccio più giovane, sparì per tornare qualche minuto più tardi con un cocktail per la signora. E con "la signora" intendevo l'attuale flagello della mia esistenza.

Tennessee asfaltò anche il bamboccio numero due, nonché la ragazza che prese il suo posto e l'uomo di mezz'età che seguì subito dopo (che poi altri non era che il padre di uno dei presenti, tirato in ballo nella speranza di ribaltare la situazione).

Fu allora che ricordai che durante la nostra adolescenza Tennessee era indiscutibilmente un asso dell'hockey da tavolo. Anzi, a Fairhope c'era un'unica persona che non era mai riuscita a battere.

Me.

Pur avendo entrambi deciso di evitarci per tutta la sera, non potevo rinunciare a una sfida quando se ne presentava l'occasione. Così, quando la gente continuò ad accalcarsi nella speranza di poter giocare contro Tennessee, mi feci avanti anch'io e la fronteggiai dall'altro lato del tavolo, posando tre bigliettoni da cento dollari al centro.

«Ti va di rendere le cose interessanti?»

«Senti chi parla, l'uomo più noioso del pianeta.» Si soffiò sulle unghie come fossero state in fiamme, un sorrisetto sarcastico sulle labbra. «Che proponi?»

«Scommetto che riesco a vincere la prossima partita anche con un braccio dietro la schiena.»

Il pubblico smise di respirare.

Tennessee raddrizzò la schiena e mi rivolse il suo sguardo professionale, quello che ero abituato a vedere da Jerry & Figli. Non l'avrei mai detto a nessuno, ma ero contento ogni volta che era lei a servire il mio tavolo. Ogni briciolo della sua attenzione era più che gradito.

Tennessee inarcò un sopracciglio. «Signor Würstel, mi sorprende.»

«Perché mai, signora Würstel?»

«Mi sembrava di averti chiesto di lasciarmi in pace.»

«Questo era prima che scoprissi che potevi diventare l'attrazione principale della sala giochi.» Ci tenni ad abbassare lo sguardo sulla sua scollatura per farle capire che non mi riferivo soltanto al suo talento nell'hockey da tavolo.

Lei mi lanciò un sorrisetto da gattina sexy. Desiderarla mi ammazzava, ma ancor di più non poterla avere, nemmeno con tutti i vantaggi che la vita mi aveva fornito e che avrebbero dovuto agevolarmi per farla mia.

Ero quello con i soldi, la reputazione impeccabile e un harem di pretendenti, eppure non riuscivo a strapparle più di un'alzata di spalle.

«Dolcezza, pensavo avessimo appurato che non sei in grado di tenermi testa.»

Un sommesso coro di fischi si levò dalla folla sempre più nutrita che si stava formando intorno a noi. Che cavolo, sembrava che metà dei passeggeri fosse accorsa lì a guardarci. Aspettai che il terrore di essere beccato in una situazione meno che dignitosa arrivasse a contorcermi le budella, ma non accadde niente del genere.

Non mi ero mai sentito tanto vivo in vita mia.

«Mettimi alla prova» la sfidai strascicando le parole.

«Facciamo mille dollari anziché trecento.» Indicò i soldi in mezzo al tavolo con un cenno del mento.

«E che succederà quando perderai?»

«Non perderò.»

«E *se* perderai?» mi corressi. «Cosa metti in palio per me?»

«Scegli tu.»

«Allora facciamo che se vinco deciderò come dovrai vestirti per il resto della crociera. Ti porterò a fare shopping e dovrai indossare gli abiti che voglio io. Ti vestirò...» e qui feci una pausa strategica, «e *svestirò* a mio piacimento.»

La folla gridò in preda all'*euforia* (termine non casuale, naturalmente). La loro reattività mi colse alla sprovvista, almeno finché non ricordai che in effetti io e lei eravamo sposati per finta...

I vispi occhi nocciola di Tennessee, con quella stessa, bellissima sfumatura simile al midollo di un albero, si infiammarono per un istante, prima che l'ennesimo ghigno arricciasse le sue labbra rosso fuoco.

«Per quanto mi riguarda, puoi anche chiedermi di andare in giro nuda finché non torniamo sulla terraferma. Non me ne importa niente di quello che vuoi, tanto non vincerai.»

«Affare fatto?» domandai inarcando un sopracciglio.

Lei mi rivolse un rapido cenno d'assenso.

La folla esultò.

Raccolsi i soldi per rimetterli in tasca e allungai una mano per suggellare l'accordo. Le sue dita erano fredde e sudaticce. Mi ritrassi, odiando l'effetto che una sua semplice stretta di mano riusciva ad avere su di me.

«Sette round, o comunque il primo che arriva a sette goal» stabilii le regole.

«Sì, caro mio, so come si gioca a hockey da tavolo.»

Tennessee si aggiudicò i primi due round in modo schiacciante, ma solo perché la lasciai vincere. Volevo indurla in un falso senso di sicurezza e convincerla di avere discrete probabilità di vittoria. Al terzo round, iniziai a fare sul serio. Quando eravamo ragazzi, io e Tennessee ci eravamo spesso ritrovati a competere al tavolo da hockey, nella sala giochi di Fairhope. Eravamo i più bravi, ecco tutto. Rob non si era mai reso conto delle occhiate che lanciavo alla sua ragazza mentre giocavamo, forse perché era troppo preso a farsi bello con le altre, sfoggiando il suo talento alla macchinetta pesca-pupazzi... Quello stronzo riusciva sempre a vincere il peluche. Aveva una tecnica segreta che si rifiutava di condividere.

Vinsi il terzo, quarto e quinto round, ma decisi di restare a vedere che aria tirasse per il sesto. Tennessee era brava, ma io lo ero di più, senza considerare che morivo dalla voglia di rivoluzionarle il guardaroba e riportarla a Fairhope come una donna rinnovata e rispettabile, così da potermene prendere il merito.

L'impeccabile dottor Costello ha cambiato look a Tennessee Turner e ora la sorella di sua cognata ha l'aria di una donna a cui affideremmo volentieri i nostri figli.

«Sei arrugginito» commentò Tennessee dall'altra parte del tavolo, mentre bloccava il disco che avevo lanciato verso di lei e lo rispediva indietro a tutta velocità.

Aveva il fiato corto.

«E tu sei troppo spavalda» la rimbeccai. Puntava a destabilizzare la mia aura di tranquillità, ma sarebbe rimasta delusa.

«Be', sai com'è, gli ultimi anni della mia vita sono stati una passeggiata di salute.» Soffiò per scostarsi dagli occhi un ciuffo di capelli sfuggito alla lacca. «Ovvio che ho abbassato la guardia.»

«Hai intenzione di lamentarti della tua vita tutte le volte che parleremo?» Spedii il disco verso di lei alla velocità della luce. «Perché se è così, non sono l'unico noioso.»

«Dovresti mostrarmi un po' di empatia in più, sai?» sbuffò lei. «Non abbiamo tutti una vita perfetta.»

Ho molto di più dell'empatia da offrirti, se solo ti decidessi a scendere dalla nuvoletta di vittimismo su cui ti ostini a restare.

«Ma non siete sposati?» domandò ad alta voce un ragazzino dall'aria perplessa, grattandosi un brufolo sulla guancia.

«La mia vita non è perfetta» replicai, intercettando il tiro di Tennessee. Porca miseria, se ci sapeva fare. Mi ero scordato quanto fosse divertente starle intorno quando eravamo liberi di… be', liberi di essere noi stessi.

«Lo è eccome» obiettò lei abbandonandosi a una risata roca e sexy. «Come mai hai scaricato la povera Gabriella? Il giro di prova non è stato di tuo gradimento?»

«Volevamo cose diverse» risposi, piatto.

«Perché, cos'è che vuoi?» domandò Tennessee nel tentativo di distrarmi e spedire il disco nella mia porta.

Te, pensai amareggiato. *Voglio te.*

Ma non avevo abbastanza alcol in circolo per dirlo ad alta voce, e non ero neanche sicurissimo che fosse davvero così. Insomma, sì, la volevo, ma nello stesso modo in cui volevo quattro girelle alla cannella. Qualcosa che ti faceva sentire bene sul momento, ma che avrebbe potuto ucciderti subito dopo.

«Non lo so.» Posai un fianco sul tavolo e mi finsi annoiato a morte. Già che c'ero, spedii il disco verso la sua porta e andai a segno con un colpo da maestro. Tennessee chinò la testa con un lamento e io continuai: «Ho sempre pensato che se avessi incontrato la persona giusta me ne sarei accorto. Quattro a due per me, a proposito».

Lei recuperò il disco e lo posizionò sul tavolo, lanciando un'offensiva degna di una donna posseduta dal demonio. «Cominci ad avere una certa età ormai.»

«Non hai quasi trent'anni anche tu?» le domandai con disinvoltura. «Lo sai che le gravidanze delle donne dai trentacinque anni in su sono definite geriatriche?»

«Ci sa proprio fare con le parole, eh, signor Würstel?»

Intorno a noi la gente ridacchiava. Non dovevo dimenticare che avevamo spettatori; mi aiutava a mantenere i battiti del cuore, e quell'affare nei miei pantaloni, sotto controllo.

Mi aggiudicai un altro round, per un totale di cinque a due per me, e non mi sentivo in vena di mostrarle alcuna benevolenza lasciandogliene vincere un altro.

«Mi hai sempre odiato» l'accusai. «Perché?»

«Non è vero» ribatté lei, spalancando poi la bocca per l'indignazione. «Sei *tu* che mi hai sempre guardata dall'alto in basso. Anche prima che iniziassi a uscire con Rob.»

«Cioè?»

«Ma chi è Rob?» domandò qualcuno.

Tennessee rimise il disco sul tavolo, lo lanciò verso di me e lo spedì dritto nella mia porta.

E bene, forse ero un tantino distratto.

«Cinque a tre per te» disse lei ammiccando. «E comunque, ti ho sentito una volta mentre gli dicevi che secondo te io e lui non avevamo niente in comune e che era meglio se non mi chiedeva di uscire. Gli hai detto che le ragazze come me richiedono un sacco di impegno.»

Non avevo alcuna intenzione di spiegarle che gli avevo detto così per puro tornaconto personale.

«Era vero.» Scrollai le spalle e riposizionai il disco per dare inizio a un altro round.

«Quando ho cominciato a uscire con Rob, non eri nemmeno in grado di guardarmi in faccia. Non sopportavi l'idea che lui non ti avesse dato retta, dico bene?»

Come no, proprio per questo. Certo.

«Avevo ragione, no?» Scagliai di nuovo il disco verso di lei.

«Immagino di sì, ma hai presente quella cosa che tutti considerano uno sbaglio?» Tennessee sostenne il mio sguardo, interrompendo il gioco per qualche secondo. «È la cosa migliore che mi sia mai capitata e non lo scambierei per niente al mondo.»

«Buon per te.»

Colpii il disco con la manopola e vinsi un altro round. «Sei a tre.»

Ancora un altro round e avrei potuto metterle un vestito sobrio e delle scarpe senza tacco addosso. Ero probabilmente l'unico uomo sulla faccia della Terra a voler vedere la donna che desiderava vestita come una bibliotecaria in pensione, e non per chissà quali strane fantasie sessuali.

«Come te la caverai con un vero paio di jeans? E non mi riferisco a quelli striminziti di Daisy Dukes. Non sarai mica allergica alla stoffa?» le domandai.

«Sono allergica alle stupidaggini, ecco perché mi fai venire l'orticaria.»

«Amo il nostro amore» cinguettai sarcastico.

Tennessee finse un conato di vomito, ma non si mosse di un millimetro.

«Non tirarti indietro» l'avvertii. «Una scommessa è una scommessa.»

Detto ciò, le sferrai il colpo di grazia. Raddrizzai la schiena e atteggiai le labbra in un sorrisetto insopportabilmente compiaciuto.

«Sette a tre.»

La folla intorno a noi esplose in fischi e applausi, inneggiando il mio nome. Tennessee rimase a bocca aperta, ma non proferì parola. Sembrava sinceramente sbigottita.

«Hai perso» continuai, mellifluo. «*Di nuovo*. Ormai dovrebbe averci fatto il callo, eh, signora Würstel?»

Accompagnai la battuta con un occhiolino pensato per darle la possibilità di rispondermi per le rime. Ero persino disposto a lasciarle l'ultima parola. Anziché cogliere la provocazione, però, Tennessee raddrizzò le spalle, arretrò di un passo, si congratulò per la vittoria con voce tremula e se la diede a gambe.

Quando tornai in camera dopo una capatina al bar, dove mi ero preso cura di due bicchieri di whiskey e un'emicrania, Tennessee non c'era. Erano le undici e mezza e, per quanto fossi tentato di andare a letto presto e lasciarla gironzolare per la nave tenendo il broncio come la pazza che *evidentemente* era, non ci riuscii.

Con un gemito lamentoso, lasciai la stanza e mi imbattei nei coniugi Warren che stavano rientrando dal casinò, sfarzosi e ingiustamente baciati dalla fortuna.

«Che fine ha fatto la sua mogliettina?» mi schernì la signora Warren, a tanto così dall'uscirsene con una pernacchia. Se le fosse venuto un infarto in quel preciso istante, le avrei lasciato tirare le cuoia con buona pace del giuramento di Ippocrate.

«È in camera nostra ad ammirare il suo viso perfetto e il suo fisico mozzafiato» ribattei, perché il rancore che nutrivo nei suoi confronti per il torto fatto a Tennessee era grande quanto l'isola di Cipro. «Stare con una donna di tale bellezza è una benedizione e una maledizione insieme.»

«Be', di fedi non ne ho viste.»

«Infatti. Abbiamo spedito il suo anello in Sud Africa per sostituire i diamanti con degli altri che fossero più nuovi. I cinquecentomila dollari meglio spesi della mia vita.»

«E il suo, di anello?» La signora Warren si piazzò le mani sui fianchi mentre Fred l'aspettava in camera tenendo la porta aperta.

«L'ho perso oggi al buffet mentre giocavamo a un gioco riservato agli adulti. Anzi, mi faccia sapere se dovesse trovarlo nel dessert di domani mattina, d'accordo?»

Dopodiché mi avviai verso gli ascensori.

Cercai Tennessee (praticamente) ovunque. A dirla tutta, non sapevo proprio dove sbattere la testa con lei. Un attimo prima era la cosetta petulante e rompipalle che negli ultimi anni, quasi quindici ormai, avevo imparato ad ammirare, temere e desiderare nel mio letto, e un attimo dopo diventava sensibile, timida e chiusa in sé stessa, quasi fosse tornata a essere la ragazza che usciva con Rob.

Sapevo che un uomo migliore di me, o che non avesse passato la vita con un'immaginaria corona d'oro in testa, si sarebbe semplicemente preso le responsabilità di ciò che era successo in passato e avrebbe chiarito ogni malinteso.

Crescendo, avevo sviluppato un vero e proprio debole per Nessy Turner. E come avrebbe mai potuto essere altrimenti? Nella mia mente avrebbe dovuto essere la *mia* fidanzatina delle superiori. Bella, gentile e dignitosa, una studentessa modello che faceva parte della squadra di dibattito (e su questo fronte, nessuna sorpresa).

E quando avevo scoperto che Rob si era invaghito di lei, non mi ero comportato come al mio solito facendomi da parte. Ce l'eravamo giocata a morra cinese (tre volte, per l'esattezza) e avevo vinto io.

Rob però era andato dritto per la sua strada e le aveva chiesto comunque di uscire, battendomi sul tempo e rivelandosi per la prima volta come l'amico di merda che era.

E dopo non c'era stato più niente da fare, perché Tennessee gli aveva detto di sì.

Gli. Aveva. Detto. Di. Sì.

Io non le piacevo, ed era stata una delusione talmente cocente da demolire il mio amor proprio e indurmi a detestarla per il resto delle superiori.

Naturalmente, col senno di poi, mi ero fatto due domande.

Su quello che sarebbe successo se le avessi chiesto di uscire per primo.

Mi avrebbe detto di sì?

Temevo di conoscere già la risposta.

Rob non le piaceva granché, eppure gli aveva dato comunque una possibilità. E lui l'aveva portata a prendere il gelato in paese; era scoppiato a ridere, negli spogliatoi, augurandosi con tutto sé stesso che Tennessee non scegliesse più di due gusti perché quella settimana non aveva il becco di un quattrino.

Fossi stato al suo posto, sapevo che non avrei mai creato le basi per la situazione in cui erano finiti. Non mi sarei mai preso la sua verginità come aveva fatto lui, senza protezione, all'aperto e sotto gli occhi di tutti.

E se anche l'avessi fatto per qualsiasi ragione (se fossimo stati ubriachi, o fatti, o semplicemente incoscienti per una notte) mi sarei preso le mie responsabilità e l'avrei sposata.

L'avrei sposata eccome.

Ma lei non ha scelto me.

Ecco, era quello il mio segreto.

Il mio segreto da due-whiskey-e-una-birra.

E avevo intenzione di portarmelo nella tomba.

La trovai su uno dei ponti, appoggiata alla ringhiera a guardare le onde nere che si infrangevano sull'immensa imbarcazione. I suoi capelli si erano arresi al vento e le ciocche biondo cenere le svolazzavano ormai intorno al viso.

Teneva le braccia strette intorno al corpo e mi dava la schiena.

Stavo fisicamente male nel vederla ridotta in quello stato. Vulnerabile e a disagio.

Non volevo spaventarla, però, quindi mi annunciai prima di avvicinarmi.

«Mi dispiace.»

Tennessee non si girò a guardarmi. Si limitò a scuotere la testa, un gesto talmente impercettibile da farmi venire il dubbio fosse stato intenzionale.

«Perché?»

«Perché sono un idiota.»

«Considerati perdonato. La maggior parte degli uomini lo è.»

«Questo non mi giustifica.»

L'affiancai alla ringhiera e vidi che aveva il viso bagnato di lacrime. Il mascara le era colato sulle guance in strisce simili a ragnatele, e aveva il naso gonfio e arrossato.

Non era bellissima, ma il petto mi si riempì di calore. Sembrava… *vera*. Senza tutti quei sorrisi di plastica o l'eyeliner a effetto.

«So che questa giornata ti ha messa a dura prova e…»

«Non ci provare» mi interruppe lei.

«A fare cosa?»

«La recita del buon samaritano. Adesso non potrei sopportarla.»

Strinsi le labbra. Aveva avuto una giornata infernale, durante la quale un coglione l'aveva toccata, una donna l'aveva accusata di essere una ladra (e una puttana), Rob (per motivi ancora tutti da chiarire) si era arrogato il diritto di scavalcarne l'autorità e parlare con il figlio per la prima volta in vita sua, e poi, ciliegina su una torta di merda, io l'avevo battuta dicendole che ormai avrebbe dovuto essere abituata a perdere.

Che classe, Costello.

«Tanto per la cronaca, non penso che tu sia una perdente» le dissi in tono sommesso.

«Perché no?» Si girò verso di me, il trucco sfatto e incrostato dalle lacrime ormai asciutte. «Avevi ragione, hai centrato perfettamente il punto. Io *sono* una perdente. E ti dirò di più, non riesco nemmeno a ricordare quand'è stata l'ultima volta che ho vinto qualcosa. *Qualsiasi cosa.* Sono la vergogna della mia famiglia e, quando sarà grande, finirò per mettere in imbarazzo anche mio figlio, che si renderà conto di che razza di disastro io sia. Non ho un lavoro vero, né prospettive né speranze in vista. E hai ragione anche a dire che mi brucia. Sono un'idiota, un fiasco totale e...»

La baciai fino a toglierle il respiro.

L'attirai fra le mie braccia per difenderla dal mondo, dal vento, da *sé stessa*, e feci ciò che avrei dovuto fare tanti anni prima: posai le labbra sulle sue e pregai ogni santo esistente di non essere respinto.

Aveva le labbra fredde e il naso *congelato*, ma non mi importava: Tennessee non mi spinse via. Profumava di cocco e marshmallow, come il cocktail che aveva bevuto, ma anche della ragazza delle superiori che sbirciavo sempre da sotto la visiera del cappellino da baseball quando nessuno prestava attenzione.

Avrei voluto dischiudere le labbra, tirare fuori la lingua e assaporarla meglio, assaporarla *tutta*, ma temevo che si sarebbe tirata indietro.

Tennessee era volubile e circospetta in tutto e per tutto, come un gatto randagio con i nervi a fior di pelle. Quando si trattava di uomini, era capace di darsela a gambe in un batter d'occhio.

Così, anziché afferrarla per il sedere come sognavo di fare da quando avevo sedici anni, o infilarle un ginocchio fra le gambe e invitarla a cavalcarlo fino a Orgasmopolis, mi feci delicatamente strada dalla sua bocca al suo collo con una scia di piccoli morsi, strusciandole il naso sull'orecchio e leccandole la porzione di pelle dietro il lobo prima di soffiarci sopra per strapparle un brivido.

Sembrava piacerle, e aggrappandosi con le dita alla mia camicia prese a oscillare verso di me. C'era qualcosa di innocente, di casto quasi, in quel contatto, qualcosa che mi provocò un afflusso di desiderio nel sangue mandandomi in tilt.

Il mio uccello era talmente duro da rischiare di strapparmi i pantaloni, se non fossi stato attento. Mi spostai dal suo collo all'orecchio, poi alla guancia, dalla punta del naso all'attaccatura dei capelli, tempestandola di tanti piccoli baci a fior di labbra che servirono soltanto a farmi struggere ancora di più di desiderio.

Era strano, lo so.

Più intimo che passionale.

Ma avevo l'impressione che fosse esattamente ciò di cui Tennessee aveva bisogno e, dopo tutti quegli anni, pensavo fosse meglio averla stando alle sue regole piuttosto che non averla affatto.

«Dammi retta, bello. Quei due hanno la relazione più disfunzionale che abbia mai visto. Lo sai che lui l'ha tradita con sua sorella, che ha due peni, e che lei gli ha attaccato la gonorrea? Lui l'ha anche strozzata con una collana di perle nere e le ha fatto venire le vesciche.»

Ci scostammo contemporaneamente per risalire alla fonte di quelle assurdità. Rialzammo entrambi lo sguardo e vedemmo Brendan che ci guardava bevendo birra insieme a un amico nel dehors di uno dei bar della nave.

Il suo compare si accigliò.

«Aspetta un attimo. Sua sorella ha due peni?»

«No, è lui che ha due peni e l'ha tradita con sua sorella. Ma l'ha tradito anche lei. Per prima, mi pare» chiarì Brendan.

«E tu lo sapevi che lei è una ladra? Ramona sostiene che lui, invece, è un mafioso. Diamanti di sangue e roba simile, traffici in tutto il Sud Africa.»

Io e Tennessee scoppiamo a ridere senza smettere di tenerci stretti l'uno all'altra.

«Visto? Sono senza vergogna, te l'ho detto. La relazione più disfunzionale che esista» ribadì Brendan.

«Su questo non hai tutti i torti, Brendan.» Tennessee si cinse il busto con le braccia e si avviò verso gli ascensori trascinandomi con sé. «Ma non è carino parlare alle spalle della gente.»

«Eri proprio lì a due passi, zuccherino» ribatté Brendan con la sua pronuncia strascicata del Sud.

«Ci hai interrotti sul più bello» mi intromisi, indicando lei con un dito mentre il mio uccello annuiva nei pantaloni.

«Ormai è andata. Sono appena tornata in me.»

«Mannaggia» borbottai e la seguii come un cagnolino innamorato.

Entrati in ascensore, stavo per girarmi verso di lei e lasciare che fosse la mia lingua a convincerla, quando un'altra coppia si unì a noi all'ultimo secondo.

Mannaggia anche a loro.

Il silenzio riempì la cabina mentre l'uomo al mio fianco faceva scivolare una mano sul didietro della compagna.

Perlomeno uno di noi due non sarebbe rimasto a bocca asciutta.

Arrivati al nostro piano, lasciai che Tennessee uscisse per prima e, quando ci avviammo verso la nostra stanza, le posai una mano alla base della schiena. Ero appena stato promosso da conoscente a qualcuno che poteva permettersi di toccarla di tanto in tanto, e non intendevo rinunciare ai miei nuovi privilegi.

«Puoi togliere la mano e piantarla di recitare quando vuoi, tanto qua non c'è nessuno» disse Tennessee mentre provava a sistemarsi i capelli pettinandoli all'indietro.

«Non sto recitando. O voler passare del tempo con te è un reato?»

«Dipende dallo stato in cui ti trovi. Per quel che ne so, la prostituzione è legale soltanto nel Nevada.»

«Smettila subito.»

Mi augurai vivamente che ai coniugi Warren non venisse la brillante idea di uscire per uno spuntino di mezzanotte, perché se fossero saltati fuori facendo qualcosa in grado di turbare Tennessee, li avrei strozzati.

«Fammi indovinare: vuoi passare del tempo con me *senza* vestiti.»

«I vestiti vanno bene, ma non quelli che indossi di solito» le risposi con un sorriso.

«Molto divertente. Pensavo fossero le donne a voler cambiare gli uomini, non viceversa.»

«Non voglio cambiarti. Voglio solo aiutarti a essere la versione migliore di te stessa.»

Ottimo.

Adesso parlavo come il suo consulente scolastico. O il suo pappone.

In ogni caso, ero stato troppo condiscendente. Aprii la porta e la richiusi dietro di noi. Tennessee sfilò verso il bagno, il sedere che oscillava da una parte all'altra. La gattina sexy era tornata.

Stare dietro agli stati d'animo e alle personalità di questa donna era semplicemente impossibile.

«Nessuno ha chiesto il tuo aiuto, dottor Costello. Vatti a cercare qualcun altro con cui giocare a Capitan Redimi-Sgualdrine.»

Mi sbatté la porta del bagno in faccia.

«Non uscirò finché non te ne andrai a letto. La nostra piccola sbandata non avrà alcun seguito» annunciò, una volta al sicuro.

Posai la fronte sulla porta. «Cosa ti fa pensare che sia stata una sbandata?»

Ero patetico persino, e soprattutto, ai miei stessi occhi.

Perché mi scomodavo tanto?

A casa avrei potuto avere tutte le donne che volevo.

«Le relazioni senza impegno non fanno per me» disse Tennessee dall'altra parte della porta. «Sarà anche sorprendente, e per qualcuno perfino all'antica, ma io sono fatta così.»

«Non deve per forza essere una cosa senza impegno» replicai d'impulso. «A meno che la storia della gonorrea non fosse vera.»

«Purché non venga a saperlo nessuno, dico bene?»

Grugnii. Non aveva tutti i torti. Non che mi vergognassi, ma…

«Neanche i tuoi approverebbero» obiettai.

«No» convenne lei. «Il che mi riporta a quello che ho già detto: niente coccoline. Non mi va di essere il tuo sporco segretuccio.»

«Sei davvero esasperante» la accusai premendo un pugno sulla porta.

«E tu dovresti abituarti a sentirti dire di no ogni tanto» ribatté lei impassibile.

Si lavò i denti per poi struccarsi con quell'aggeggio elettrico per la pulizia del viso, ne sentii i rumori.

«Ah, e un'altra cosa» aggiunse, consapevole che ero ancora là fuori ad aspettare che mi graziasse della sua presenza. «Quando uscirò, sarà meglio che ci sia un muro di cuscini a dividere il letto.»

«Col cavolo, tesoro.» Mi allontanai e incenerii la porta con lo sguardo, neanche mi avesse mancato personalmente di rispetto. «Se vuoi un muro, dovrai costruirtelo da sola.»

Detto ciò, mi avvicinai al letto per afferrare l'asciugamano, ripiegato a forma di cigno accanto all'itinerario per il giorno dopo, e lo gettai nella spazzatura insieme ai petali di rosa.

Questa sera la signora Würstel non si meritava un bel niente.

11

Tennessee

Quando riaprii gli occhi, l'indomani mattina, vidi la schiena scolpita e piena di irritanti muscoli di Cruz che… Un momento, che cavolo stava facendo?

«Cruz?» lo chiamai con un singhiozzo mentre riattivavo gli arti per mettermi seduta.

Non solo i cuscini ammonticchiati in mezzo al letto mi premevano sulla spina dorsale, ma avevo anche rinunciato a metterne uno sotto la testa pur di avere a disposizione la barriera di cui avevo sentito la necessità, e alla fine mi era venuto il mal di schiena.

«Sì, tesoro?»

Cruz mi guardò da sopra la spalla e mi lanciò un affascinante sorrisetto sotto i baffi senza smettere di infilare i miei vestiti nei sacchi della spazzatura. La cosa peggiore che aveva fatto era convincermi che fosse capace di trattarmi con gentilezza. Una cattiveria bella e buona.

«Che stai facendo?»

«Esattamente quello che sembra.»

«Spiegamelo a parole. Sono le sei del mattino.»

«Un quarto alle nove. E sto buttando via i tuoi vestiti.»

«*Perché*?» domandai, raddrizzando subito la schiena. Per quanto fossero orrendi, non potevo permettermi di sostituirli tutti. Cruz non lo sapeva che chi non era ricco quanto lui custodiva gelosamente anche i suoi averi più insignificanti?

Lui però non si fermò, e continuò a svuotare il mio lato dell'armadio con nonchalance.

«Perché abbiamo fatto una scommessa e mi hai promesso che potevo rivoluzionarti il guardaroba. E visto che porterai a casa con te i vestiti nuovi, non ti resterà spazio per questi. Un vero peccato, ma così è la vita.»

Sapevo cosa stava cercando di fare, e non mi piaceva per niente. Voleva aiutarmi a vestirmi come una persona per bene per essere accettata dalla gente di Fairhope.

Ebbene, nonostante i miei rancori, io non *volevo* essere accettata. Mi piaceva essere un pugno in un occhio, un'erbaccia in un giardino di rose altrimenti pittoresco, per ricordare a tutti che il nostro paesino non era chissà cosa.

«Lascia in pace i miei vestiti.»

«Una scommessa è una scommessa.»

«Ne onorerò i termini, ma voglio tenermi i vestiti.»

«Perché?»

«Perché non puoi cambiarmi. Sono quello che sono, e se non ti sta bene puoi tranquillamente seguire l'esempio degli altri abitanti di Fairhope e fingere che io non esista.»

O passare all'offensiva e darti alle molestie sessuali.

Che sembrava essere l'andazzo generale.

«Il punto è proprio questo: tu non sei così.» Cruz si girò a guardarmi con aria di rimprovero. I suoi occhi sarebbero stati capaci di liquefare mutande, così come Uri Geller piegava cucchiaini. «Sei la persona più simile alla Vergine Maria che io abbia mai baciato, eppure te ne vai in giro atteggiandoti a mangiauomini. Hai un pulsante per l'autodistruzione enorme, rosso e scintillante, e io lo voglio rompere. Ieri sera hai perso, e io detesto chi non sa perdere. Ora alza il culo e diamoci una mossa. Prima la colazione, poi shopping al duty-free.»

Se non fossi stata io il bersaglio dei suoi ordini, avrei quasi apprezzato la sua indole autoritaria. Mi trastullai per un attimo con la possibilità di disobbedire e scatenare l'ennesima discussione, ma se proprio dovevo essere sincera, dopo la giornataccia appena trascorsa non avevo più la forza di combattere.

Ero sinceramente preoccupata dalla faccenda di Rob, e il bacio con Cruz non migliorava affatto le cose. Un po' come la frangia che mi ero fatta in quarta elementare: non sarebbe mai dovuto accadere e avrei fatto di tutto perché non si ripetesse mai più.

La sera prima mi ero accorta che Cruz aveva bevuto, avevo sentito il sapore del whiskey sulle sue labbra, e mi ero detta che avevamo semplicemente commesso entrambi un errore. Però cavolo se le sue argomentazioni per convincermi a passare la notte insieme erano state convincenti!

«E va bene. Fammi chiamare Bear per chiedergli come sta, poi possiamo andare.»

La mia arrendevolezza sembrò coglierlo impreparato. I suoi occhi mi inseguirono per la stanza con aria sospettosa, quasi fosse convinto che stessi meditando la fuga.

C'era qualcosa di letale in quello sguardo blu e nella sua mascella decisa. Mi domandai se fossi l'unica ad aver notato quel lato di lui, quello che non era sempre galante e cortese.

«Perché Bear?» mi domandò di punto in bianco quando uscii dal bagno; avevo indossato un paio di pantaloncini di jeans e un top rosa che mi lasciava scoperta la pancia.

Che strano, neanche a Rob era mai venuto in mente di chiedermelo.

«Oh, non saprei.» Mi piazzai davanti allo specchio, lungo l'ingresso, per applicare una seconda passata di rossetto. «Forse perché in questi ultimi sette anni mi sono affezionata a lui e mi piacerebbe sapere se ha dormito bene, se ha fatto colazione e via dicendo.»

Cruz si appoggiò con una spalla alla parete, una sneaker all'ultima moda abbandonata sulla mia valigia e lo sguardo fisso su di me.

«No. Perché l'hai chiamato così?»

«Prometti di non ridere.» Ero veramente sul punto di dirglielo? Le nostre famiglie sarebbero presto diventate una sola, quindi prima o poi sarebbe venuto a saperlo comunque.

«Considerate le cose che ti escono di bocca senza filtri, non me la sento di giurarti qualcosa.»

«Va bene.» Infilai il rossetto nella borsetta di finta pelliccia. «L'ho chiamato Bear come Bear Rinehart, il frontman dei Needtobreathe.»

«Il gruppo rock cristiano?»

«Proprio loro» confermai e aspettai il colpo di grazia.

«Ma Bear non è il suo soprannome? Il suo vero nome è William, o una cosa simile.»

«Secondo te io all'epoca lo sapevo? Non potevo neanche permettermi quei libri di nomi super chic che di solito la gente si compra prima di partorire, e non mi è venuto in mente niente di più particolare, tipo Axel o Cosmo.»

Restai a guardarlo e aspettai che scoppiasse a ridere (anche perché in effetti mi ero sentita *veramente* stupida quando l'avevo scoperto) ma con mia grande sorpresa Cruz liquidò la faccenda con un'alzata di spalle prima di venirmi incontro e aprirmi la porta.

«Allora?» Inarcai le sopracciglia. «Tutto qua?»

«Mi hai dato una spiegazione soddisfacente. Quindi sì, tutto qua.»

«Secondo te è un nome strano?»

«Non l'avrei mai scelto per mio figlio, questo no. D'altronde, non sono stato io a spingere un essere umano di tre chili fuori da un orifizio dopo otto ore di contrazioni e nove mesi di acidità di stomaco, quindi non credo di essere la persona più adatta a cui chiedere.»

«Ottima risposta. E le ore erano dieci, non otto.»

«Santo cielo, non mi stupisce che tu ti sia rivolta a Gesù.»

Dopo aver chiamato Bear per assicurarmi che stesse bene (lui e Landon avevano in programma di andare a pattinare sul ghiaccio), raggiungemmo il buffet della colazione. Cruz optò per una spremuta d'arancia fresca, chiare d'uovo e frutta, mentre io preferii tutto il resto che una colazione continentale aveva da offrire.

Non andavo in vacanza dall'estate dei miei quindici anni e, ormai rassegnata all'idea di non potermi godere il viaggio in compagnia di mio figlio, volevo sfruttare al massimo l'occasione prima di tornare a casa.

Cruz non fece commenti sulla quantità di cibo che stavo ingurgitando a una velocità degna del Guinness dei Primati, e io conservai la mia dignità non offrendo delucidazioni sulle mie manie da scoiattolo.

Quando però tornai al tavolo con la settima portata, ovvero del gelato con gocce di cioccolato come dessert, e ci misi il sale, Cruz non riuscì più a trattenersi.

«Metti il *sale* nel gelato?» Lasciò cadere il giornale e mi guardò storto.

«Ne amplifica la dolcezza.»

«La pazzia amplifica la tua sensualità.»

«Cruz!» lo rimproverai. «Ma che ti sei bevuto? Non è da te non odiarmi.»

«Non ti ho mai odiata, scema che non sei altro.»

C'era un non sapevo cosa di cauto e vulnerabile nel modo in cui mi guardava, qualcosa di totalmente insolito. Decisi tuttavia di fare finta di niente perché… be', perché ero un disastro che non sapeva niente in fatto di uomini, pertanto non volevo commettere errori.

Cruz poteva pure essere innocuo, ma non significava che mi sentissi al sicuro.

Dopo colazione, ci spostammo al centro commerciale, o all'arena, o qualunque fosse il nome di quell'inferno. Duty-free o meno, niente rientrava nella fascia di prezzo che preferivo pagare di solito.

Anzi, dovevo riformulare: avrei preferito non pagare proprio *niente* per quegli obbrobri che chiamavo vestiti, motivo per cui finivo spesso in diversi negozi dell'usato dove pareva che la maggior parte degli abiti fosse appartenuta a donne dedite al mestiere più antico del mondo.

Non era che non ci fossero anche abiti più pratici a disposizione sui banchi, anzi, non avevo che l'imbarazzo della scelta tra i cardigan castigati, senz'altro appartenuti a simpaticissime nonnine sullo stile della signora Underwood, ma sentivo probabilmente il bisogno di scegliere uno stile ben definito… e la scelta era ricaduta su quello da prostituta.

«Ci tengo a dirti che l'idea che tu spenda soldi per me mi mette estremamente a disagio» mentii spudoratamente.

Cruz era ricco sfondato e veniva da una famiglia dell'alta borghesia, e se c'era una reazione che non mi suscitava era proprio il senso di colpa.

«Ci tengo a dirti che non me ne potrebbe importare di meno» ribatté lui impassibile.

Mi trascinò da Ann Taylor, ma non riuscì a convincermi a provare un bel niente, perché non ne volevo proprio sapere di conciarmi come Margaret Thatcher che annunciava l'imminente guerra delle Falkland all'Inghilterra intera.

E incontrò le stesse difficoltà da Gap, dove i vestiti erano notevolmente più giovanili, ma al tempo stesso ancora più insignificanti.

«Sarò seducente quanto una dichiarazione dei redditi» commentai, la voce strozzata.

«Be',» insisté Cruz, «in un modo o nell'altro, stasera sembrerai la mia mogliettina che adora farlo alla missionaria.»

La situazione migliorò quando entrammo da Anthropologie, dove l'abbigliamento era coloratissimo e pieno di personalità, un po' come i look sfoggiati dalle progenie di Hollywood quando uscivano a prendersi un caffè con l'intento di fare colpo sui paparazzi.

Scelsi tre vestiti lunghi alla caviglia, di fantasie e modelli diversi, ognuno più costoso del mio affitto mensile, poi restai a studiare la faccia da poker di Cruz mentre brandiva la carta di credito per pagarli.

Mi venne il dubbio che stesse eseguendo gli ordini di Wyatt, o persino di Catherine Costello, per provare a trasformarmi in una versione più digeribile di me stessa.

Insomma, quella giornata aveva tutti i presupposti per provocarmi l'orticaria, però decisi di adeguarmi comunque. Purtroppo, avendo *effettivamente* perso la scommessa, non avevo alcuna voce in capitolo.

Dovevo anche tenere in considerazione l'ira funesta di Trinity e dei miei genitori, e il fatto che Bear meritava di avere una madre che non sembrasse una prostituta.

Oltretutto dovevo ammettere, almeno a me stessa, che i vestiti di Anthropologie mi piacevano davvero, *davvero* tanto.

«Credo di cominciare a capire che cosa ti piaccia» disse Cruz mentre uscivamo dal negozio, che tanto per la cronaca profumava di macchina nuova fiammante e bagno di lusso.

Lo ignorai. Mi sembrava di essere Julia Roberts in *Pretty Woman* già così, non mi serviva sentirmi dire che avrei dovuto riscoprire me stessa e diventare una persona nuova.

In seguito facemmo tappa da Free People, dove scelsi alcune paia di pantaloni e un assortimento di magliette e giacche casual. Da lì ci spostammo in una piccola boutique bohémien dai prezzi non esorbitanti e Cruz mi comprò due paia di sandali, entrambi ortopedici anche se sorprendentemente non orribili, e una borsetta che non aveva affatto l'aria di essere uno scoiattolo multicolore.

Non lo ringraziai nemmeno una volta, stando ben attenta a ricordargli che era stata un'idea sua, non mia.

Intorno alle due del pomeriggio, quando ero ormai pronta per pranzare (o meglio, pericolosamente vicina a sbranarmi un braccio da sola), Cruz si fermò davanti a Prada.

Mi invitò a entrare con un cenno del mento. «Prima le signore.»

«Ti sei bevuto il cervello?» Lo guardai torva. «Non ti darò *seriamente* il permesso di comprarmi qualcosa là dentro.»

Sì, il giorno prima gliel'avevo chiesto scherzando, ma avevo anche fatto una battuta sul mio sogno di diventare la madre dei figli di Benicio del Toro, calcolando che il mio utero aveva definitivamente chiuso i battenti.

«È solo un outlet.»

«È *scandaloso*» replicai. «Non mi interessa quanti soldi hai, spendere cinquecento dollari per un foulard è una follia.»

«La qualità si paga.»

«Dillo alle mie scarpe di Kmart. Più di tre anni di onorato servizio e nessuna lamentela, neanche quando faccio gli straordinari.» Strano che i miei piedi non avessero ancora tentato di prendermi a schiaffi per quella bugia.

«Di regola evito di parlare con gli oggetti inanimati. Mi spieghi perché ti interessa? Sono soldi miei e posso usarli come mi pare.»

«Perché spenderli per una semisconosciuta che non ti sta nemmeno molto simpatica?»

«Una semisconosciuta non molto simpatica con cui sto per imparentarmi. Oltretutto, le mie mance lasciano parecchio a desiderare.»

Stavamo bloccando l'ingresso di Prada, ma non creavamo nemmeno alcun disagio, visto che nessun altro sembrava tanto incosciente da voler entrare.

C'era perfino una guardia all'ingresso. Una *guardia*, che cavolo. Mi veniva voglia di vomitare. Non sarei mai e poi mai entrata in un negozio in cui alcune persone avrebbero potuto non sentirsi le benvenute.

Persone come mia madre.

O come me, del resto.

«Uffa, non me lo ricordare» lo schernii, determinata a ribellarmi. «Non mi va di essere associata a te, rischi di rovinarmi la reputazione.»

«La tua reputazione è già nella fogna» mi ricordò lui con gentilezza.

«Sì, be', magari incrocerà il tuo modo di baciare, visto che anche lui sembra diretto da quelle parti. Si può sapere che cavolo ti è saltato in testa ieri sera?»

Classica ostilità.

Ero la maestra dei diversivi.

«Ti è piaciuto» rispose lui pacato.

«Invece no.»

«Invece sì.»

Santo cielo, mi era piaciuto davvero.

Non solo mi era piaciuto, ma il fatto che era stato dolce e intimo, piuttosto che osceno e sensuale, mi aveva totalmente destabilizzata. Mi pulsavano ancora le labbra. Quelle di sopra e quelle di sotto.

Promemoria mentale numero centosessanta: Carica. Il. Vibratore.

E già che c'eravamo, per quale *razzo* di motivo Cruz era dappertutto? Non avevo la minima privacy, su quella nave, tanto che non avrei nemmeno potuto tornare a familiarizzare con la mia libido in letargo e toccarmi (stile Beyoncé in *Drunk in Love*) se avessi voluto.

«Mi porti a mangiare, dottor Costello.» Mi riavviai i capelli con un gesto teatrale e parlai con un accento inglese rubato ai Bridgerton. «Sono oltremodo affamata e non intendo continuare a discutere di quel bacio tanto scellerato quanto inaspettato.»

«Perché parli come se avessi ingoiato un vocabolario?»

Scoppiamo tutti e due a ridere, poi scuotemmo la testa e ci sforzammo di distogliere lo sguardo l'uno dall'altra.

Ci fermammo a un chiosco che offriva hot dog e provammo alcune delle loro salsicce in vendita. Fu un pranzo veloce, durante il quale non volò neanche una battuta a sfondo sessuale. Una piacevole sorpresa, avendo appurato che nessuno dei due si vergognava di fare battute sui würstel.

Terminato di mangiare riprendemmo a fare shopping, poi rientrammo in camera con l'intenzione di farci una doccia, prepararci per andare a cena sul presto e fare una capatina al casinò. Io non c'ero mai stata e secondo Cruz era un crimine.

La signora Warren, senza Fred, ci attendeva davanti alla stanza con un'espressione estremamente compiaciuta e un cocktail variopinto pieno di ombrellini.

«Vi stavo giusto aspettando» ci accolse, sorridendo con la cannuccia in bocca. Era la copia sputata di Ursula, la strega del mare della Disney.

«Mi lasci indovinare: ha perso i suoi plug anali e ha pensato di venire subito a controllare che non li avessimo rubati noi» borbottai e strinsi istintivamente la presa sulla borsa.

Cruz si girò per lanciarmi subito un'occhiata divertita e omicida insieme.

Melma.

Avevo dimenticato che non ero sola e non potevo essere maleducata come al mio solito.

«Plug-cosa?» Ramona si portò una mano all'orecchio.

Scossi la testa. «Lasci stare. Qual buon vento la porta qui, signora Warren, oltre al motivo più ovvio, ossia arricchire la mia vita con altri momenti felici e inestimabili ricordi?»

Ci fermammo davanti alla porta della nostra stanza, in cui la signora Warren ci stava impedendo di entrare sostandoci davanti con le braccia incrociate sul petto ampio. Il giorno prima, quando aveva preteso di entrare in camera nostra, ero andata nel panico.

Innanzitutto perché sapevo perfettamente di che razza di sviste fossi capace, e poi perché mi ero ricordata che, in effetti, avevo trovato le valigie piuttosto distanti l'una dall'altra.

E sapevo anche (e a ragion veduta) che *se* avessi effettivamente commesso un errore, nessuno avrebbe mai creduto alla mia buona fede. Quando i ragazzini potevano fotografarti *e* palparti il posteriore indisturbati, sapevi benissimo che il mondo non era giusto, né tantomeno dalla tua parte.

«Ci tenevo a informarvi che tutti i passeggeri della nave sanno che hai tentato di rubarmi i gioielli. Ho pensato di fare un favore a tutti e metterli in guardia.»

«Okay. Facciamo pure finta che me ne importi qualcosa. Adesso si sposti.»

«Dovrebbe importartene eccome.»

Ramona spostò lo sguardo da me a Cruz, il sorriso sempre più largo.

Ma che *razzo*, era proprio maligna.

Non capivo cosa spingesse la gente a voler ferire gli altri. Secondo me, se davvero odiavi visceralmente qualcuno, aveva più senso evitare quella persona a ogni costo e fingere che non esistesse.

Sforzarsi di infliggere sofferenza agli altri dimostrava una cosa soltanto: che soffrivi *tu* per primo.

«Già, dovrebbe proprio importarvene, perché uno dei passeggeri della nave sa chi è veramente uno di voi due.»

Sentii un tuffo al cuore.

Diceva sul serio? Possibile che essere diventata mamma a sedici anni fosse una notizia degna di nota anche fuori dai confini del nostro paesino?

«Sì, dottor Sottuttoio, ha capito bene.» Quindi i riflettori della vergogna non erano puntati su di me, una volta tanto, perché la signora Warren stava guardando Cruz. «Pare che a bordo ci sia un suo vecchio compagno di università, ed è insieme a sua moglie. Sa già che è venuto in crociera con una squillo, o qualunque sia il suo rapporto con questa qui. Non è sua moglie, non ci crederà stupidi fino a questo punto, spero. Nessun uomo sano di mente sposerebbe mai una pezzente del genere.»

«Provi a insultarla un'altra volta in mia presenza e mi assicurerò che venga interrogata dalla sicurezza per tutta la notte dopo aver sporto denuncia. Ci sta perseguitando e non intendo tollerarlo.» Cruz pronunciò ogni parola come fossero dei proiettili, colpo su colpo, gelido e padrone di sé.

«Ma che tenerezza, si è affezionato, non è così? Per questa donna lei è soltanto un pollo da spennare.»

«Mi sta sbarrando la strada, signora Warren. Si sposti o la sposterò io personalmente. E le do un avvertimento da amico: non userò le buone maniere.»

Soddisfatta di aver messo a segno un colpo da maestra, la signora Warren si avviò lungo il corridoio in direzione degli ascensori. Io aprii la porta e aspettai che Cruz entrasse.

«Dammi retta, sono solo chiacchiere. E poi chi ci dice che questo compagno di università conosca qualcuno di Fairhope a cui raccontarlo? Sono tutte stupidaggini» dissi. «Oltretutto, perché dovrebbe importare a qualcuno?»

Detestavo dovermi scusare per la mia esistenza, ma dovevo ammettere di essere lontana anni luce dal tipo di donna che Cruz frequentava normalmente. Non ero una morettina minuta con una laurea artistica in studi di umanistica o dance management.

Però era anche vero che ero entrata in possesso di un abito da trecento dollari, un abito che appariva volutamente stropicciato, il che mi avvicinava a lui senz'altro più di prima.

Cruz gironzolava per la stanza con aria distaccata e apatica. Capivo perché, lo capivo eccome. Fino a quel momento era stato tutto rose e fiori.

Del resto ci eravamo dati un falso cognome, Würstel, e ci eravamo spacciati per una coppia sposata con una vita sessuale a dir poco spericolata.

Sulla nave non ci conosceva nessuno e le nostre sceneggiate non erano state nient'altro che un innocuo divertimento. Con quella notizia, invece, la realtà cominciava a insinuarsi nella bolla che Cruz aveva pensato impossibile da scoppiare. Non era abituato a essere niente di meno che perfetto, e io gli stavo mettendo i bastoni fra le ruote, e alla grande anche. Era l'ennesimo promemoria del fatto che là fuori, nel mondo reale, le nostre vite erano incompatibili, che sarebbero state sempre in contrasto.

«Non fa niente» disse lentamente Cruz alla fine. «Vai pure a farti la doccia.»

«Parlerò con la signora Warren, le spiegherò tutto.» Lo seguii per la cabina, sentendo improvvisamente il bisogno di chiedergli scusa.

Lui si girò di scatto verso di me. «*Non ci provare.*»

«Perché no?»

«Perché è una iena e non voglio assecondare i suoi deliri di onnipotenza. E poi hai ragione tu, per quanto ne sappiamo questa persona non conosce nessuno che faccia parte della mia vita. Mi sono tenuto in contatto con pochi compagni, e so per certo che nessuno di loro è in crociera con noi.»

«E comunque,» aggiunsi per dargli manforte, nonostante mi sentissi morire, «se anche ti conoscesse, che differenza vuoi che faccia? Le nostre famiglie sanno che siamo in crociera insieme, e quella che è stata accusata di essere una ladra e una prostituta sono io. Tu sei soltanto il disgraziato costretto a condividere la stanza con me.»

«Vero.» Cruz si sfregò il mento e ci rimuginò sopra.

Caspita.

E con mia grande sorpresa… ahia.

Cruz non voleva in alcun modo che la gente di Fairhope scoprisse che fra me e lui c'era un qualsiasi tipo di legame.

«Vedi?» Indicai la stanza. «Questo è esattamente il motivo per cui non dovremmo più baciarci. Ti vergogni di me.»

«Non è vero.»

Ma non aveva parlato con la furia letale e la sincerità che ci metteva di solito, e nemmeno aggiunse altro.

Demoralizzata, mi feci la doccia e uscii dal bagno indossando l'accappatoio messo a disposizione dei clienti, così lasciai il posto a Cruz.

Indossai uno degli abiti che mi aveva comprato in mattinata, che era nero e lungo fino al ginocchio, molto scenografico, con una scollatura a cuore e ruches di raso sull'orlo; completai la mise con un paio di sandali color cammello.

Anziché pettinarmi i capelli in un'acconciatura che fosse visibile anche da Marte, li tenni sciolti e naturalmente mossi, lasciando che mi scendessero oltre le scapole.

Poi, sempre allo scopo di allentare la tensione, perché mi sentivo sinceramente in colpa per quello che era successo, optai per un trucco leggero; mi sentivo determinata a non metterlo in imbarazzo con la mia presenza: non volevo dare ancora più nell'occhio di quanto non avessi fatto fino ad allora.

Mascara, lucidalabbra, un po' di blush. Niente ombretto, contouring o bronzer usato come arma di distruzione di massa.

Una volta finito, mi guardai nello specchio all'ingresso e faticai a riconoscermi. Sembravo un'adulta, un'adulta graziosa. Con un lavoro decente nel campo delle assicurazioni o delle attrezzature mediche. Magari persino un'insegnante. Eppure, in qualche modo, sembravo anche più giovane.

Con un fremito, spostai la punta delle dita dal costato alle labbra.
Stavo bene.
Mi sentivo bene.
Il che era pericoloso.
La speranza era *molto* pericolosa.
«Sei e sempre sarai la ragazza più bella di Fairhope.»
Mi lasciai scappare un rantolo sorpreso e mi girai.
Cruz era appoggiato allo stipite della porta, le mani infilate nelle tasche dei jeans e uno sguardo spudoratamente famelico puntato su di me.
C'era qualcosa di incredibilmente sexy in lui, con quei capelli biondo scuro pettinati all'indietro, i baffi perfettamente curati e il fisico scolpito.
Si era messo una camicia blu navy, jeans di marca e un paio di quei mocassini a punta che facevano sembrare gli uomini ancora più ricchi di quanto già non fossero. Sapeva di legno, terra e pulito, e il suo profumo mi solleticò le narici anche dall'altra parte della stanza.
Gli scoccai un sorrisetto malizioso. «Attento a non farti sentire da Gabriella Holland.»
O Fiona Sandford.
O Mariah Navarro.
O Alyssa Williams.
Buffo che fossi io quella con la reputazione da sgualdrina, quando era lui a essere andato a letto con mezza Fairhope. Due pesi e due misure, come al solito.
A volte essere donna faceva veramente schifo.
«Credo che Gabriella lo sappia. È per questo che le stai antipatica.»
Il mio cuore si esibì in una brusca capriola. Pareva solo a me che avesse appena rotto le sue alleanze per schierarsi con il Team Nessy?
Probabilmente mi sbagliavo, ma sognare non era illegale.
«Mi stai spezzando il cuore, Cruz. Speravo diventasse la mia migliore amica.»
«Tu non hai amici.»

«Perché sono un peso.»

«Perché sei troppo bella e nessuna donna sana di mente vorrebbe mai stare al tuo fianco. Posso offrirti la cena, adesso?»

Mi riavviai i capelli, che erano molto più leggeri senza i consueti due chili di lacca che ci spruzzavo sopra.

«La cena è gratis.»

«Da bere, allora.»

«Abbiamo il pacchetto all-you-can-drink.»

Il suo sorriso si allargò. «Allora temo di poterti offrire soltanto la mia compagnia.»

«Non è granché, ma me la farò bastare.»

12

Tennessee

Nella mia vita, essere sulla bocca di tutti e avere una pessima nomea equivalevano a un martedì come tanti, ma visto che Cruz era abituato a essere l'idolo delle masse, quando arrivammo al tavolo che ci era stato assegnato per cena mi sforzai di comportarmi come pensavo avrebbe voluto lui.

Tenni la schiena dritta e l'espressione composta, e risi *sommessamente* solo nei momenti opportuni.

Ero più che determinata a non metterlo in imbarazzo per il resto del viaggio.

Onestamente lo facevo più per ingraziarmi la mia famiglia che per fare colpo su Cruz, anche se dovevo ammettere che i duemila dollari e l'attenzione che mi aveva dedicato durante tutta la giornata me lo rendevano molto più simpatico di prima.

«Com'è il tuo *shima aji*?» mi domandò con voce tesa, sbirciandomi di sfuggita.

Minuscolo, avrei voluto rispondere.

Avevamo rinunciato sia al buffet all-you-can-eat sia alla sala da pranzo, e avevamo optato per la cena esclusiva, dove servivano solo cibo in miniatura. Era più ricco un piatto di Jerry & Figli *dopo* che il cliente aveva finito di mangiare.

«Squisito, grazie.» Mi tamponai gli angoli della bocca col tovagliolo senza alcun motivo. «E la tua quaglia?»

«Buona.» Mi studiò con uno sguardo scettico; sapeva benissimo che stavo mentendo. «Ti va di fare a metà con la degustazione di dolci?»

Mi domandai cosa avrebbe risposto una ragazza come Gabriella a una domanda del genere. A Cruz piacevano così, giusto?

Le donne con cui si mostrava *volontariamente* in giro.

«Grazie, ma non assumo zuccheri dopo le sei» mormorai.

«Ma se ieri sera ti sei mangiata un intero pacchetto di Oreo! *A letto.* E stamattina ti ho sorpresa a raccoglierne pure le briciole.»

Mi sentii arrossire. «Sto cercando di darmi una regolata. Devo tenere d'occhio la linea.»

«La tua linea è perfetta.»

«È un parere medico o personale?»

«È un maledetto dato di fatto che vorrei non fosse vero, perché mi tormenta da quando giocavo a football alle superiori e tu venivi a vedere le partite per guardare Rob. Mi dici che ti prende?»

Wow. Wow. Wow.

Aveva sganciato una bomba, ma l'aveva fatto con un sorrisetto quasi beffardo e una disinvoltura tale da indurmi a lasciar cadere l'argomento.

Non potevo né permettermi di discutere con lui in pubblico né baciarlo un'altra volta.

Non stasera comunque.

«Mi sto sforzando di non crearti problemi.»

«Trasformandoti nella donna più noiosa sulla faccia della Terra?»

«Comportandomi come una donna con cui ti faresti vedere in giro senza problemi» sbottai, con il naso e gli occhi che bruciavano in modo insopportabile, tanto ero mortificata.

Non mi sarei messa a piangere per niente al mondo, ma sforzarmi di compiacere un uomo che non era né Bear né mio padre mi faceva sentire parecchio strana. Andava contro i miei princìpi religiosi o qualcosa del genere.

Cruz grugnì e richiamò la cameriera.

«L'unica cosa che non mi piace di te è che ti diverti a interpretare il ruolo che ti ha affibbiato la gente. Il resto della tua personalità è divertente. So come gestire la pazzia, è una lingua in cui sono molto fluente.»

La cameriera ci raggiunse con un vassoio nero stretto al petto, guardando Cruz neanche fosse *lui* la degustazione dei dolci.

«Le dispiacerebbe portare a mia moglie uno di quei cocktail al cocco che le piacciono tanto?»

«Il margarita Natale-Sottosopra?» domandò lei raggiante.

«Con extra marshmallow» sussurrai. Che cavolo, era buonissimo. «E un whiskey per lui, per favore. Non mi va di ubriacarmi da sola.»

«Qualche preferenza?»

Cruz le disse qual era il suo preferito, perché era ovvio che ne avesse uno, e un attimo dopo mi ritrovai a godere del mio nettare alcolico.

«Puoi anche smetterla con la storia del matrimonio, sai? Mi sa che ormai lo sanno tutti che non siamo veramente sposati.»

«Mi piace tenere la gente sulle spine» rispose lui con uno sguardo enigmatico. «Ho una confessione da fare.»

«Mi farà venire voglia di prenderti a pugni?» domandai.

«Molto probabile.»

«Allora aspettiamo di tornare in camera, per favore. Sto facendo del mio meglio per non metterti in imbarazzo.»

«Bevi, Tennessee. Da sobria e servizievole diventi intrattabile.»

«Perché mi chiami così?» Feci diligentemente buon uso della mia cannuccia. «Tennessee, intendo. Gli altri mi chiamano tutti Casinessy.»

Cruz scrollò le spalle. «Non penso che tu sia così terribile. E poi Nessy mi fa pensare al mostro di Loch Ness e, a dirla tutta, credo che tu stia infangando la sua reputazione.»

Tracannai il cocktail in un batter d'occhio e ne ordinai un altro per accompagnare la degustazione di dolci su cui, tanto per la cronaca, mi buttai a capofitto senza dare a Cruz neanche la più vaga possibilità di assaggiarne anche solo una briciola.

«Dove la metti tutta la roba che mangi?» finì per chiedermi lui, gli occhi sgranati e pieni di stupore.

Mi accarezzai la pancia piatta. «Metabolismo veloce.»

Ops.

Era un modo come un altro per dire che facevo tanta cacca, vero? Dopo essermi scolata due cocktail la cautela non era più quella di prima, ma decisi di chiudere un occhio perché la serata era ancora piacevole.

«Mi ricordo che alle superiori mangiavi una ciambella tutte le mattine. Staccavi gli zuccherini uno alla volta e li sgranocchiavi con calma.»

Abitudine, quella, che non mi aveva mai fatta ingrassare e che mia madre aveva preso come un'offesa personale. Il mio fisico asciutto era una benedizione genetica da parte di papà.

Trinity, invece, aveva preso da lei. Quelle due non smettevano mai di iniziare o abbandonare diete. La dieta di Weight Watchers, quella povera di carboidrati, la chetogenica, la mediterranea, quella degli omogeneizzati. La peggiore, però, era la mangia-tappandoti-il-naso: lo scopo era non sentire il profumo del cibo. Purtroppo, significava anche non respirare, cosa che minava notevolmente i loro sforzi per uscirne indenni.

In ogni caso, tornando in argomento, mi sorprendeva che Cruz mi avesse degnata della sua attenzione. Ero cresciuta pensando che ignorasse la mia esistenza al di là del mio ruolo come fastidiosa fidanzatina di Rob. E forse neanche di quello.

Inarcai un sopracciglio. «Sembri avere parecchi ricordi di me alle superiori.»

«Ho un'ottima memoria.»

«O un'ottima propensione allo stalking.»

«Ah, sei tornata. Più morbida del ferro spinato e altrettanto delicata.»

«Comincio a pensare che tu ti stia divertendo» osservai, gli occhi ridotti a due fessure.

«Infatti. Mi metti in difficoltà, e non lo fa mai nessuno.»

«Che vitaccia.» Mi portai il dorso della mano sulla fronte come una duchessa vittoriana in preda all'indignazione.

Lui si piegò in avanti e posò i gomiti sul tavolo. Nonostante fosse un gesto insignificante, l'idea che persino l'Onnipotente dottor

Cruz Costello avesse ancora qualcosa da imparare su come si stava a tavola mi riempì inaspettatamente di gioia.

«Allora, cosa vuoi che ti insegni per la nostra prima lezione?» mi domandò.

«Come convincere un intero paese che sei un dono di Dio nonostante sia chiaro come il sole che sei soltanto un Signor Qualunque con un paio di baffi favolosi?»

«Intendevo al casinò.»

Ma il suo sorriso continuava ad allargarsi, e a un certo punto le mie gambe si dischiusero involontariamente sotto al tavolo. Mi leccai le labbra, il pensiero che correva alla spruzzata di peli biondi che gli ricopriva il petto.

Quella del giorno prima in piscina era stata la prima volta da quando avevo sedici anni che mi era venuta voglia di saltare addosso a qualcuno. Negli ultimi anni, la mia sensualità era caduta in un letargo talmente profondo che non mi ero resa conto di averla finché non si era disseppellita da chissà dove.

«Oh, non saprei. Penso che mi cimenterò con le slot machine.»

Traduzione: non potevo permettermi nient'altro.

Cruz scosse la testa. «E dai, Tennessee, sei più tosta di così.»

«Può darsi, ma sono anche al verde.»

«I soldi te li do io.»

«Ne hai già spesi anche troppi.»

«Non direi. Il nocciolo della questione è che voglio godermi la crociera, e se per farlo dovrò mettere mano al portafoglio, non mi farò alcun problema. Non lo dico per te, Tennessee, lo dico per me. Se vuoi essere davvero come Gabriella Holland, permettimi di viziarti.»

«Non voglio essere come Gabriella Holland» lo corressi. «E non voglio la tua carità.»

«Si chiama carità, secondo te?» Sbuffò. «Tesoro, se non mi piacesse la tua compagnia, ti mollerei qui su due piedi e andrei a cercare qualcun altro con cui spassarmela.»

Se questa non era una critica travestita da elogio, io ero il presidente degli Stati Uniti.

«Non ti aspetti che ti ripaghi in natura, vero?» domandai, per poi piegare la testa di lato.

«Me l'aspetto? No. Ci spero? Sempre.»

Ci rimuginai sopra.

Era vero che impedivo agli uomini di viziarmi. Anzi, impedivo agli uomini di farmi qualsiasi cosa. Nel corso degli anni, i pochi che non si erano mostrati interessati soltanto a rotolarsi fra le lenzuola e si erano invece presi la briga, come si soleva dire, di corteggiarmi erano stati comunque trattati con freddezza.

Avevo buttato nella spazzatura i fiori di Tim Grylls sotto ai suoi occhi, donato in beneficenza i regali che mi aveva mandato Roy McCarthy e rifiutato su due piedi un posto come segretaria di Eamon Levy alla sua officina, nonostante gli ottimi vantaggi e l'assicurazione medica, solo perché sapevo che prima o poi mi avrebbe chiesto di uscire.

Forse però quella era la soluzione perfetta: giocare al matrimonio con un uomo che non avrei mai potuto avere nella vita reale, sfruttare la nostra piccola avventura per rimettermi in pista e fare un po' di pratica.

«E va bene, insegnatemi i vostri segreti, maestro Costello.»

«Pensavo non me l'avrebbe mai chiesto, signorina Turner.»

La prima volta che entrai in un casinò, mi rimasero subito impresse un paio di cose.

Tanto per cominciare, *non* era un posto adatto a chi soffriva di epilessia.

I colori accesi, le luci abbaglianti, il costante *ding ding ding* che risuonava nelle orecchie e il buio degli spazi conferivano all'ambiente l'aspetto di ciò che avrebbe sperimentato Alice se fosse arrivata nel Paese delle Meraviglie sotto effetto di acidi e qualche tequila di troppo.

Sembrava la versione per adulti della sala giochi, ma ripugnante anziché divertente. In confronto alla divisa che indossavano lì le cameriere, impegnate a passare fra i tavoli servendo da bere a donne e uomini sudaticci, la mia sembrava essere uscita da un convento.

Cruz aveva ragione a dire che le slot machine erano potenzialmente una pessima idea. Le uniche persone che ci giocavano andavano dai settantacinque anni in su, e sembrava fosse tutta questione di fortuna... una cosa che, come sapevo bene, non mi aveva mai arriso in vita mia.

Inoltre, per me era importante avere il controllo della situazione, quantomeno l'illusione di averlo.

I miei occhi vagarono subito verso le roulette e i tavoli del blackjack, che avevano un non sapevo che di inquietante. Era una sorta di campo magnetico, che rendeva le persone vigili e nervose ogni volta che i mazzieri facevano scivolare le carte sul tavolo.

Cruz mi sfiorò il braccio col suo, e io sentii l'ennesimo brivido propagarsi lungo la mia spina dorsale. Dovevo stare attenta, le mie inibizioni stavano già cominciando a dare segni di cedimento.

Si fermò al mio fianco e seguì la direzione del mio sguardo.

«Credo che il blackjack potrebbe piacerti.»

«Perché?» domandai.

«Regole flessibili, basso margine della casa, ritmi alti. Sei un tipo che va dritto al sodo, ti piacerà.»

«Non so giocare.»

«Io sono qui proprio per questo.»

Mi prese a braccetto e mi trascinò verso uno dei tavoli di velluto verde cosparsi di carte e fiche. Il croupier distribuì le carte ai giocatori e poi ci lanciò un rapido sorriso. Io seguii con attenzione le mani di tutti mentre le labbra di Cruz mi sfioravano affettuosamente l'orecchio.

Il desiderio mi si insinuò sottopelle, nelle vene, dentro le ossa. Tutto a un tratto, l'unica cosa che volevo era schiacciarmi su di lui e berlo a piccoli sorsi come avrei fatto con uno champagne pregiato. Il mio vulcano interno stava minacciando nuovamente di risvegliarsi.

«Ecco come funziona: lo scopo di ogni giocatore è battere il mazziere, quindi non si gioca l'uno contro l'altro, ma contro il signore là dietro. Per batterlo, devi ottenere un punteggio che si avvicini il più possibile a ventuno, ma senza superarlo.»

Dal momento che avevo zero interesse per il gioco e ogni intenzione di avere il suo corpo maggiormente premuto contro il mio, i miei capezzoli scattarono sull'attenti nell'istante in cui sentii la sua voce roca.

I brevi baci della sera precedente mi avevano tolto il respiro, ma in quel momento, mezza ubriaca e assolutamente eccitata oltre ogni dire, volevo che Cruz Costello fosse *tutto* mio.

«Sta a te decidere se il tuo asso vale uno o undici punti. Le figure valgono dieci, tutte le altre mantengono il loro valore nominale. Fin qui ci siamo?»

«Ci sono.»

Non avevo sentito *niente* di quello che aveva detto.

Qualcosa a proposito di un *capitale*, mi pareva. Registrai soltanto il suo odore, il modo in cui le sue labbra strusciavano sulla curva del mio orecchio, il peso del suo braccio contro il mio.

Cruz continuò a spiegarmi le puntate, le modalità secondo cui i mazzi venivano mischiati e tagliati e le carte distribuite; poi passò alla divisione, al raddoppio e a come vincere con due sole carte.

Riuscii a tagliare fuori ogni singola informazione rilevante grazie alla nocciolina che avevo al posto del cervello e mi concentrai piuttosto sul ritmo dei miei respiri mentre mi chiedevo cosa sarebbe successo se mi fossi strusciata su di lui.

Promemoria per me: mai pensare dopo aver bevuto. Non ti riesce.

Cruz giocò un paio di mani e, con grande pazienza, ripeté via via tutte le regole che mi aveva già spiegato, nonostante stesse dando fastidio agli uomini presenti e divertendo le signore che li accompagnavano.

Io annuivo con veemenza, continuando però a richiamare le cameriere per ordinare un cocktail dietro l'altro ogni volta che Cruz si distraeva. Non mi ero mai ubriacata in pubblico, e anche da sola non ero mai andata oltre un paio di bicchieri.

Ero rimasta incinta prima di avere il piacere di sbronzarmi, e sbronzarmi *dopo* aver avuto un bambino mi era sempre apparso poco saggio, se non addirittura impossibile. Anche volendo, avevo smesso di andare a scuola e di frequentare i miei ex compagni di classe. E bere da sola durante l'allattamento? Neanche morta.

Ragion per cui, alla veneranda età di ventinove anni, potevo finalmente togliermi quella soddisfazione e darmi alla pazza gioia.

Cruz non si accorse di quanto stavo bevendo.

Era troppo preso in quel gioco di seduzione e a spiegarmi le regole per prestare attenzione. Senza contare che io ero bravissima a nascondere i cocktail sotto al tavolo e a berli di nascosto.

Tutto sommato, avevo ancora l'età mentale di un'adolescente.

Grandioso.

Quando arrivò il mio turno, dimostrai di avere altri talenti oltre a essere una terrorista della moda e una pessima cameriera, e gli feci perdere trecento bigliettoni nell'arco di tre partite consecutive.

Fu rapido e indolore, in virtù del fatto che non avevo idea di cosa stessi facendo ed ero poco reattiva quando il mazziere mi illustrava le opzioni. Cruz, però, aveva una notevole faccia da poker e sembrava vagamente divertito anziché turbato e pronto a uccidermi.

«Ti va di riprovare?»

Mi venne troppo vicino perché non cedessi alla tentazione di annusargli il petto. Il suo collo aveva un odore buonissimo. Quando pensai che Gabriella si era portata a letto tutto quel bendidio per mesi e mesi, venni temporaneamente accecata dalla rabbia.

«Sei impazzito?» gli domandai con un singhiozzo. «Sono una catastrofe nazionale.»

«Non esageriamo, al massimo direi un pericolo. E poi stai ancora imparando.»

«A tue spese.»

«Te l'ho già detto, è un problema mio, non tuo.»

«E ci sono problemi ben peggiori da avere, vero dottor Costello?» domandò una voce maschile alle mie spalle.

Mi girai per ritrovarmi davanti un uomo ben piantato, muscoloso come Robocop, con i capelli brizzolati tagliati corti e una camicia sul punto di scoppiare. Puzzava come un castoro affogato nell'acqua di colonia ed era in compagnia di una donna con i capelli ossigenati e un vestito rosso che metteva in risalto tutti i suoi punti di forza artificialmente valorizzabili.

I suoi capezzoli erano talmente visibili sotto al vestito da spingermi a domandarmi se non fosse una scelta di moda di qualche tipo. Sì, c'era l'aria condizionata, ma non faceva poi *così* freddo.

All'improvviso, però, mi rividi in quella sconosciuta. I vestiti succinti, la sensualità sfacciata. Era tutta una maschera, e mi mise a disagio.

«Dottor Wootton, ne è passato di tempo.»

Cruz gli strinse la mano. La tensione nell'aria si tagliava col coltello.

Di due cose ero certa: il dottor Wootton era il collega di cui ci aveva parlato la signora Warren, il passeggero che aveva riconosciuto Cruz, e *non* era rimasto in buoni rapporti con lui.

«Questa è mia moglie Jocelyn.»

«Piacere mio.» La donna gli offrì la mano per farsela baciare e Cruz, da intollerabile gentiluomo qual era, non la deluse.

«Amore, questo è il dottor Costello, il collega di cui ti parlavo ieri sera dopo che Ramona ci ha raccontato del... dell'*incidente.*»

Eccoci.

«Questo è Dalton» mi spiegò Cruz, ignorando la tiepida presentazione del dottor Wootton per posarmi una mano sulla spalla. «Abbiamo fatto l'università insieme. Dalton, Jocelyn, questa è la mia incantevole compagna per la serata, Tennessee.»

«Ah, compagna. È così che le chiamano oggigiorno?» scherzò il dottor Wootton.

«Tu come la chiameresti un'amica del tuo paese con cui esci a fare una bevuta?» gli domandò Cruz con disinvoltura.

«Ramona dice che...»

«Ramona è costantemente in cerca di uno scoop» lo interruppe Cruz. «Suvvia, Dalton, non pensavo che ti abbassassi ai pettegolezzi. Non siamo mica all'asilo.»

Jocelyn propose di bere qualcosa tutti insieme e, dato che entrambi i dottori erano troppo educati per farle notare che era una pessima idea, ci ritrovammo a sorseggiare i nostri drink.

Al bar non c'erano posti liberi, perciò avevamo scelto un tavolino rotondo con quattro sgabelli accanto alle roulette. Ero personalmente convinta che i capezzoli di Jocelyn meritassero un posto a sedere tutto per loro. Chissà se si era rifatta anche quelli...

Mi sedetti davanti a lei mentre Cruz fronteggiava Dalton.

Immaginavo non fosse il momento più opportuno per dire al mio compagno per la serata che, mentre lui giocava a blackjack, io mi ero scolata tre cocktail a sua insaputa ed ero in bilico sul confine del coma etilico.

Jocelyn non riusciva a smettere di spogliare Cruz con gli occhi, mentre lo sguardo di Dalton ce la stava mettendo tutta per *strombettarmi* senza pietà.

Possibile fossero scambisti?

Lungi da me giudicare, ma non mi sarei mai lasciata coinvolgere in una situazione del genere con una siffatta supercoppia capezzolare.

Avevo deciso di ordinare lo stesso vino di Jocelyn, mentre gli uomini avevano optato per continuare col whiskey. Mi rendevo conto che sarebbe stato il caso di smettere di bere, ma era davvero la mia prima, vera esperienza con l'alcol. Patetico, considerato che avevo quasi trent'anni, ma vero. E poi sembrava che questa fosse la crociera delle nuove esperienze.

«Dove lavori adesso?» domandò Cruz a Dalton, nel chiaro tentativo di dirottare la conversazione su argomenti meno spinosi.

«Faccio il chirurgo a Greenville, alla clinica di chirurgia plastica e ricostruttiva di Green View.»

Il che spiegava perché sua moglie contenesse plastica sufficiente a modellare una pattumiera industriale.

«Bene, era quello che volevi, no?»

«E tu che mi racconti? Ho sentito dire che alla fine hai rilevato la clinica del tuo vecchio...» Dalton pescò un cubetto di ghiaccio dal tumbler e se lo mise in bocca, frantumandolo con i denti. «Mi sembrava avessi cambiato idea, o sbaglio?»

Cruz si irrigidì. Il sorriso bonario era ancora al proprio posto, ma era cambiato qualcosa e per me era palese.

«Sono stato indeciso per un po', ma mi piace vivere a Fairhope.»

Dalton bevve un sorso di whiskey. In sottofondo si sentiva *The Gambler* di Kenny Rogers.

«Mi sembrava di aver capito che la clinica fosse legata a dei brutti ricordi.»

Non riuscii a trattenere un risolino tutt'altro che elegante.

«Brutti ricordi?» ripetei. «Cruz era e sempre sarà il faro nella notte di Fairhope. Mi sa che l'unico brutto ricordo della sua vita risale a quando è nato, e solo perché è il momento in cui la gente ha iniziato a cantare senza sosta le sue lodi e lui si è stufato di essere adorato.»

Dalton spostò lo sguardo su di me, prendendolo come un invito a rispondere direttamente ai miei seni.

«È quello che ho sentito dire anch'io. Ma Cruz mi aveva raccontato di un'ex e di una brutta situazione. L'ultima volta che ho parlato col signorino qui presente, stava cercando un tirocinio a Charlottesville. Non ci eravamo ancora laureati.»

«Ex?» Mi girai di scatto verso Cruz, accigliata. «Quale ex?»

Ai tempi delle superiori, Cruz si era frequentato con un paio di ragazze popolari, ma era troppo sveglio e troppo intoccabile per mettere su famiglia con una di loro. Del resto, i nostri compagni di scuola avevano la classica mentalità di provincia che garantiva rotture prive di drammi, i partiti disponibili erano talmente pochi che non potevi permetterti di non uscire con l'ex di un amico, o l'amico di un ex...

Anzi, ero sicurissima che quella mia e di Rob fosse stata l'unica storia travagliata della Fairhope High, risalente all'anno in cui si erano diplomati lui e Cruz.

Nota a margine: perché erano tutti sfocati? E perché mi sembrava di avere le gambe paralizzate da una sensazione di pesantezza che era al tempo stesso calda e piacevole? Era così che ci si sentiva a essere sbronzi? Non mi stupiva che gli alcolizzati fossero sempre di pessimo umore.

O che si ubriacassero in continuazione. Risi una volta sola.

Cruz mi sferrò un calcio sotto al tavolo per farmi stare zitta.

«Non conosci tutta la storia della mia vita, Turner.»

«No, ma so che non hai mai avuto né un'ex storica né brutti ricordi» replicai e accompagnai quell'affermazione con un singhiozzo.

Dalton e Jocelyn ci osservavano con dei larghi sorrisi.

«Chi vuole un po' di shottini?» mormorò poi lei fra mille moine.

Stavo per rispondere "Io no", quando Cruz disse fra i denti: «Ottima idea».

Oh, mamma.

Avrei finito per vomitare sui capezzoli appuntiti della moglie del suo amico, e a quel punto sì che Cruz sarebbe andato su tutte le furie.

Ci portarono un giro di tequila e ce la scolammo fino all'ultima goccia. Mentre Dalton e Cruz passavano alla birra e attaccavano a parlare di football, Jocelyn ordinò un po' di bollicine per "noi ragazze".

«Allora...» Mi passò lentamente in rassegna con lo sguardo. «Che ti sei rifatta?»

Nonostante fosse la verità, temevo che dicendole di non essere mai ricorsa al bisturi avrei fatto la figura della snob maleducata. Così mi indicai il mento, il naso e altri punti del corpo.

«Praticamente tutto. L'unica cosa vera che ho è il cuore, e mi hanno detto che non è un granché. E tu?»

Dal tremito che percorse la spalla del mio accompagnatore per la serata, che teneva premuta contro la mia, capii che mi aveva sentita e che la mia risposta l'aveva fatto morire dal ridere.

Le mie difese stavano crollando di schianto, e l'idea di darmi alla pazza gioia con Cruz Costello, *con* i vestiti addosso, mi affascinava sempre di più.

Perché, a pensarci bene, era il crimine perfetto.
Lui non voleva che si venisse a sapere.
Io non volevo che si venisse a sapere.
Io mi sentivo in vena di follie.
Lui era… un uomo.

Sapevamo entrambi che la crociera aveva una data di scadenza, e nessuno dei due aveva intenzione di portare avanti la cosa oltre il "qui e ora".

Oltretutto, io avevo già imparato la mia lezione un bel po' di anni prima: non l'avrei mai lasciato andare fino in fondo, non mi sarei fatta mettere incinta un'altra volta. Quindi, che problema c'era?

Cruz era un gentiluomo, non l'avrebbe mai spifferato a nessuno.

Con una mossa strategica, mi sfilai un sandalo e gli sfiorai l'interno della caviglia col piede in modo inequivocabile, mentre annuivo a qualsiasi cosa stesse dicendo Jocelyn.

«… per ridurmi la mandibola, ma gli ho detto: "Già che ci sei, fammi un ritocchino anche al naso, che ne dici, tesoruccio?" Naturalmente, non pensavo che l'avrebbe fatto *sul serio…*»

Nel frattempo, Cruz continuava a bere la sua birra ignorando le mie avances sotto copertura.

Fortunatamente, ero troppo ubriaca per offendermi. O per fare due più due.

Forse ero andata troppo per il sottile. Era impossibile che Cruz non ci stesse, perché il bacio della sera precedente aveva praticamente confermato la sua attrazione nei miei confronti. Per di più, in piscina aveva confessato di trovarmi sexy.

Nascosi una mano sotto al tavolo e gliela posai sul ginocchio.

Santo cielo, le sue cosce erano dure come il marmo.

«Chris Wade aveva all'attivo 1794 yard ricevute, e non c'era bisogno di strafare visto che correva totalmente smarcato» stava spiegando animatamente Dalton, mentre sua moglie continuava con la sua tiritera: «… la prossima volta voglio farmi le fossette. Penso che le chiederò per il nostro anniversario. Sette anni di matrimonio sono un traguardo importante, no?».

Visto che Cruz continuava a non capire, risalii con la mano lungo il suo ginocchio fino a sfiorargli l'interno coscia col mignolo. Mi augurai che il resto del suo corpo fosse duro quanto la sua gamba. Mi arrischiai a sbirciare la sua espressione di sottecchi.

Cruz era accigliato per qualsiasi cosa avesse detto Dalton e aggiunse: «Hanno anche una delle difese peggiori della NFL, quindi non vuol dire granché».

Quando arrivai praticamente a toccargli l'inguine col dito, Cruz fece finalmente, *finalmente,* sparire la mano sinistra sotto il tavolo. Anziché bloccare la mia, la posò sul bordo del mio vestito, nel punto in cui stoffa e pelle si incontravano.

Il contatto con la mia carne sensibile mi spedì una scarica di piacere lungo la spina dorsale.

Cruz mi spinse un cubetto di ghiaccio dietro al ginocchio.

Wow.

«Di squadre in campo ce ne sono due» borbottò sottovoce, fingendosi assorbito dalle chiacchiere sportive di Dalton.

«Che vinca il migliore» bisbigliai mentre rivolgevo un sorriso tirato in direzione di Jocelyn, che meditava di farsi rimuovere la pelle in accesso dalla vagina dopo aver dato alla luce il loro terzo e ultimo figlio, in programma per l'anno successivo.

Ero tristemente fin troppo informata sulle loro attività sessuali.

E sulla forma dei loro capezzoli.

«... forse è solo un diversivo per Roberts. Ma se andrà fino in fondo, penso che saremo messi bene» continuava a dire Cruz; la sua mano risalì l'interno della mia coscia portandosi dietro il cubetto di ghiaccio, il quale si stava letteralmente sciogliendo a contatto con la mia pelle rovente.

Il mio mignolo gli sfiorò il sesso da sopra i jeans.

Ce l'aveva duro, carico e pronto al lancio.

Mi restava soltanto capire fin dove fossi disposta a spingermi.

«Meglio aspettare che rischiare di cederlo per uno più scarso» rispose Cruz a un'osservazione di Dalton nello stesso istante in cui il suo uccello ricambiava la pressione del mio dito.

Finse di riaccomodarsi sullo sgabello e ne approfittò per spingere i fianchi contro la mia mano.

Oh, mammina santa.

Stava succedendo davvero.

Il cubetto di ghiaccio proseguì il suo viaggio fra le mie gambe, arrivando quasi a posarsi sulle mie mutande. Mi scappò un gemito sommesso. Con un vero tocco di classe, anziché spostarmi la biancheria intima di lato, Cruz mi stuzzicò premendo il cubetto direttamente sulla stoffa.

Fra le altre novità (correlate) di quel giorno c'era da annoverare il fatto che non avrei mai più avuto il coraggio di guardarlo negli occhi.

«Tennessee? Ci sei?» Jocelyn mi schioccò le dita davanti alla faccia.

Porca cerbottana, e ora? «Come?» Sperai non mi avesse appena chiesto se mi avrebbe fatto comodo un po' della sua pelle in eccesso per rifarmi il sedere…

«Ti ho chiesto se sai chi sia la misteriosa ex per cui Cruz non voleva più rimettere piede a Fairhope ai tempi dell'università.»

«Uhm.» Mi schiarii la voce e riaggiustai la mia posizione sullo sgabello per incrementare la pressione sul mio clitoride. «Non mi ricordo. L'ha mai descritta?»

«Non saprei. Tesoruccio, l'ha mai descritta?» domandò Jocelyn dando di gomito al marito.

Dalton fece saettare lo sguardo sulle mie ragazze (dio, era proprio senza ritegno) e scrollò le spalle.

«Non mi ricordo, e poi si parla di tanto tempo fa, e io e lui frequentavamo compagnie diverse. Fammici pensare…»

Cruz fece scivolare quel che rimaneva del cubetto di ghiaccio oltre il bordo delle mie mutande e lasciò che si sciogliesse contro il mio sesso, e porca mer…

«Mi pare avesse detto che era bionda. Occhi marroni? No, aspetta. Nocciola. Gambe chilometriche. L'aveva definita un essere umano spregevole, senza alcun tatto per gli affari di cuore. Aveva un nome strano» elencò Dalton. «Lessy? Noriana?»

Aspetta un attimo…

Cruz scelse proprio quel momento per togliersi la mia mano di dosso, alzarsi e finire quel che restava della sua birra.

«Va bene, amico, è stato un piacere rivederti. Il conto lo pago io. E salutami Joyce.»

«Ce l'hai proprio davanti» farfugliò Dalton. «Ed è…»

«Sì. Certo, hai ragione, è qui.» Cruz cominciò a farmi scendere dallo sgabello, senza nemmeno prendersi il disturbo di ascoltare il resto. «È stato un piacere conoscerti, Joyce. Sei assolutamente indimenticabile.»

Io, purtroppo, ero sbronza e impegnata a godermi la sensazione della puntina di ghiaccio che mi stuzzicava ancora il clitoride, ragion per cui incespicai come un cerbiatto in preda a una ridarella incontrollabile.

«Forza, tesoro, andiamo.»

Cruz mi prese per mano e uscì dal casinò praticamente di corsa, non prima di aver lanciato un mucchio di soldi verso il barman.

Cercai di stargli dietro, senza fiato. Mille pensieri mi frullavano nella testa, ma quello più urgente era…

«Si può sapere come mai hai detto ai tuoi compagni di università che stavamo insieme?»

Quella che aveva descritto ero io.

Lo sapevo.

Ed ero sicura che lo sapessero anche Dalton e Jocelyn, perché continuavano a guardarmi come un puzzle da risolvere. La donna dietro l'enigma.

Non era perché erano scambisti. O meglio, forse non era solo per quello… Insomma, mi avevano fissata cercando di collegare gli indizi, non i nostri genitali.

O forse entrambe le cose? *Razzo*, no.

E comunque io me ne stavo rendendo conto solo in quel momento.

«Non so di cosa tu stia parlando, ma è tutta la sera che mi provochi ed è arrivato il momento di andare al sodo. Da che parte sono gli ascensori?» borbottò Cruz. Scoppiettava come un fuoco d'artificio e guardava affannosamente di qua e di là, la mano aggrappata alla mia quasi temesse che stessi pianificando la fuga.

Incrociammo Brendan e un gruppetto di signori di mezz'età che sghignazzavano mentre se ne andavano al casinò, e tutti nella stessa uniforme composta da camicia hawaiana e pancetta alcolica.

«Guarda, guarda. Oggi fanno i piccioncini» fischiò Brendan superandoci. «Domani, chissà?»

«Dalton ha descritto me. Che cavolo significa?» insistei, mentre continuavo ad arrancare dietro Cruz nel tentativo di tenere il passo.

«Non sei l'unica bionda di Fairhope.»

«Occhi nocciola? Nome strano? Personalità discutibile?»

«Intendevo Taylor Cunningham.»

«Taylor non è un nome strano.»

Oltretutto non era nemmeno bionda, e aveva un carattere perfettamente amabile; decisi però di concedergli il beneficio del dubbio solo perché era chiara di capelli.

«Dici?» Svoltò bruscamente a destra dopo aver cercato gli ascensori sulla sinistra. «Secondo me è un nome da maschio, o quantomeno lo era una volta. Oggigiorno è tutto più fluido.»

Volevo che si fermasse.

Volevo che mi dicesse cosa *significava*.

Ma... siccome volevo ancora di più che si infilasse nelle mie mutande, rimandai la conversazione a un secondo momento.

«Dove diavolo sono quei *maledetti* ascensori?» domandò Cruz spazientito.

Era la prima volta che mi capitava di vederlo anche solo lontanamente scombussolato, di vedergli desiderare qualcosa senza che gli piovesse automaticamente dal cielo. E sapere che ero stata io a ridurlo in quello stato mi riempiva di gioia e orgoglio.

«Non saprei, ma c'è un ripostiglio trenta metri più avanti.»

«Ci accontenteremo.» Cruz si precipitò letteralmente in quella direzione. «Non posso rischiare che cambi di nuovo idea. Non c'è tempo.»

Un secondo dopo ci ritrovammo stipati in ripostiglio ricavato in un angolo del ponte, al riparo da occhi indiscreti, pieno zeppo di attrezzi, scope, scale, rotoli di carta igienica e detersivi.

Cruz chiuse a chiave la porta e mi ci spinse contro, le braccia posate ai lati alle mie spalle e gli occhi fissi su di me. Il suo respiro, dolce e inebriante, mi solleticò il viso e mi risvegliò dappertutto, facendomi venire la pelle d'oca.

«Non...» iniziai a dire, anche se non sapevo bene cosa, per colmare il silenzio intollerabile e carico di tensione che era venuto a crearsi, ma la sua bocca si schiantò sulla mia prima che potessi continuare.

«No, Turner, stavolta la tua insolenza non ti salverà.»

Quel bacio fu *completamente* diverso da quello del giorno prima.

In parole povere, Cruz Costello rischiò il tutto per tutto senza risparmiarsi minimamente.

Fu un bacio animalesco, osceno, brutale. Una risposta all'invito che gli avevo esteso poco prima, quando gli avevo sfiorato i bottoni dei jeans col mignolo.

Un'urgenza febbrile e viscerale mi fece girare la testa.

Cruz mi spinse contro la porta e mi afferrò dietro le cosce finché non gli cinsi la vita con le gambe, come nei film. Una scopa si schiantò accanto a noi, facendo precipitare un'intera fila di detersivi schierati sullo scaffale.

Tra i fumi dell'alcol e degli ormoni, nessuno dei due se ne curò.

Dischiusi le labbra e Cruz sibilò nella mia bocca, poi le nostre lingue presero a danzare insieme. Aveva un sapore buonissimo, di maschio, e ne volevo ancora di più. Lo volevo *tutto.* Non riuscivo a ricordare perché lo odiassi tanto.

Gli infilai le dita fra i capelli e l'attirai verso di me, piegando la testa di qua e di là in un susseguirsi di baci da angolazioni diverse, sempre più profondi, più rapidi, più appassionati.

Ci baciammo come due ragazzini, fra grugniti, strattoni, morsi e sospiri. Come se la fine del mondo fosse alle porte e dovessimo fare il pieno prima che fosse troppo tardi.

Anche quando chiusi gli occhi, i suoi baffi mi ricordarono che stavo baciando Cruz Costello, e bastò quel pensiero a farmi bagnare talmente tanto da indurmi a pensare che, una volta finito, avremmo dovuto fare buon uso del mocio che c'era nel ripostiglio.

«Tennessee Lilybeth Turner.» Il mio nome gli uscì di bocca in tono meravigliato, quasi non riuscisse a credere a ciò che stavamo facendo. «La ragazza più bella del mondo.»

Okay, quello mi sembrava un tantino eccessivo, ma lungi da me farglielo notare.

Mi afferrò i seni da sopra il vestito e chinò la testa, baciandoli e leccandoli attraverso la stoffa. Se li avesse tirati fuori prima di darsi alla pazza gioia non sarebbe stato altrettanto erotico.

Perché così facendo prolungava il piacere dell'attesa.

Lo guardai mentre mi palpava, leccava e succhiava i capezzoli gonfi e sensibili, che reclamavano molto di più, molto di meno e non-sapevo-bene-che-altro. Li sfregò con i denti e li strofinò in modo talmente delizioso, talmente piacevole, che pensai sarei esplosa da un momento all'altro.

«Quali sono gli ultimi pareri sulle donne che vengono troppo in fretta?» mormorai, dimenticandomi di tenere a bada l'ubriachezza, e piazzai le mani sul suo sedere sodo.

Per fortuna, Cruz era troppo impegnato a non perdere il controllo su sé stesso per accorgersene. Mi dava l'impressione di essere uno di quegli insopportabili galantuomini capaci di fermarsi immediatamente se si fosse reso conto di quanto fossi ubriaca.

Avevo. Bisogno. Di. Continuare.

Si inginocchiò ai miei piedi, tenendo quelle sue mani grandi e forti sulla mia vita mentre scendeva lungo il mio corpo con una scia di baci, e si spinse oltre la pancia, oltre l'ombelico… proseguendo più in basso.

«Non l'hai ancora capito?» sussurrò sulla stoffa del mio vestito. «Puoi fare quel che diavolo ti pare, e ai miei occhi rimarrai sempre perfetta.»

Wow.

Quella era a mani basse la cosa più sexy che mi avessero mai detto.

Ma bisognava ammettere che non voleva dire granché, considerato che la seconda classificata era: "Ehi, bambola, ti va di farmi vedere le tette?"

Lasciai che Cruz si posasse una delle mie gambe sulla spalla, per poi scostarmi le mutande e inalare il mio odore con un respiro lungo e profondo.

Ecco.

Non avevo mai fatto sesso orale, il mio repertorio sessuale non si era mai spinto tanto oltre, ma avevo visto abbastanza video porno per conoscere la teoria.

Tuttavia, dovevo ammettere che guardare il video amatoriale di una sconosciuta dalla faccia pixellata che se la faceva leccare e gemeva in una lingua molto più adatta ai Sims che alla vita reale, era molto meno imbarazzante di quello che stavo per fare io.

«Uhm. Vaaa… bene» ridacchiai.

Cruz si fermò all'istante, indubbiamente pronto a tirarsi indietro per chiedermi se fossi d'accordo con quello che stava facendo. E io lo ero eccome. Non ero solo d'accordo, ma anche morbosamente curiosa. Lo strattonai di nuovo verso il punto del mio corpo in cui lo volevo di più e riportai la sua bellissima faccia fra le mie cosce.

«Cosa ti piace?» domandò, strusciando il naso dentro di me. Letteralmente *dentro* di me.

Perché, c'era un *menu*?

«Sorprendimi.»

Mi aprì usando le dita prima di leccarmi dal sedere fino al clitoride. Buttai fuori un sospiro soddisfatto e continuai a tenergli ferma la testa per impedirgli di muoversi anche solo di un millimetro.

Sotto il mio sguardo attento, iniziò a leccarmi là sotto e si crogiolò in ogni singola goccia della mia eccitazione. Gemette sommessamente e sfruttò il mio desiderio per bagnarmi e succhiarmi il clitoride.

Fu a quel punto che cominciai a temere che sarei svenuta. Il piacere era così intenso, così acuto, che ogni muscolo del mio corpo si contrasse in trepidante attesa di ciò che stava per venire (perdonate il doppio senso).

«Sei strettissima.» Cruz mi penetrò con l'indice e il medio senza smettere di prendersi cura del mio clitoride.

Beh, se non conti il giorno in cui è stato concepito Bear, praticamente sono ancora vergine!

Per fortuna, nonostante fossi ubriaca, i miei filtri base erano ancora in funzione.

Il piacere che provai non aveva niente a che fare con quello che mi procuravo da sola. Lo capii prima ancora di sentirlo.

Prima di tutto, perché non avevo più alcun controllo su gambe e braccia, che stavano subendo la stessa sorte di un frappuccino lasciato sotto al sole per mezza giornata.

Secondo poi, perché a un certo punto mi ritrovai a inarcarmi e scattare quasi fossi stata sul punto di catapultarmi direttamente in un altro continente.

Terzo, perché l'ondata di brividi che mi travolse mi trascinò via dal mondo esterno e, per un attimo, rimasi soltanto io che fluttuavo su una nuvoletta.

Orgasmo.

Della.

Vita.

La nuvoletta scomparve e mi riportò coi piedi per terra nell'istante in cui l'odore muschiato del mio sesso mi invase la bocca insieme all'ennesimo bacio di Cruz, che stava armeggiando con la sua cintura per liberare il suo pistolino.

Solo a quel punto lo allontanai scuotendo bruscamente la testa.

«No, non esiste. Non esiste proprio.»

«Perché no? Ti senti bene?»

Cruz era impalato davanti a me, col fiato corto e la mano ferma sulla fibbia della cintura. Il suo petto si alzava e abbassava al ritmo del suo cuore, e i suoi capelli erano un disastro… ma quella era stata opera mia. Adoravo che avesse le labbra gonfie e arrossate per avermi dato piacere.

Ma non al punto da volermi rovinare la vita e diventare ufficialmente lo zimbello di Fairhope. «Sto bene...»

«Sono pulito» disse indicandosi. «Faccio controlli ogni tre mesi.»

«Non prendo la pillola.»

«C'è sempre il salto della quaglia.»

Gli scoccai un'occhiata doppiamente disgustata e mi riabbassai il vestito. Difficile essere presa sul serio quando la mia vagina manteneva il contatto visivo con la sua erezione dentro ai jeans.

«Mi prendi in giro? È la prima lezione che ci hanno insegnato a educazione sessuale, e io l'ho ignorata. Spoiler: il salto della quaglia non è infallibile!»

«In realtà,» obiettò lui increspando le labbra in un sorrisetto diabolico, «se lo fai per bene ha un'efficacia del novantasei per cento. *Non* che l'abbia mai messo alla prova con qualcun altro, comunque.»

«Già, be', non lo metterai alla prova neanche con me.» Lo spinsi via un'altra volta, sentendomi improvvisamente sobria. «Io non faccio sesso, mio caro.»

«Intendi in generale o con me?»

«Dico in generale. Non posso correre rischi.»

Cruz si lasciò sfuggire una risata bassa e roca. «Mai.» Sfoderò un sorriso perfetto, i denti bianchi, dritti e scintillanti.

«*Mai.*»

«Ma è assurdo. Se fosse vero, vorrebbe dire che non hai più fatto sesso dopo aver avuto Bear!»

Incrociai le braccia sul petto, atteggiando la bocca in una smorfia eloquente.

Cruz sgranò gli occhi. «*No.*»

«Sì.»

«Tennessee, al... al giorno d'oggi ci sono un sacco di metodi per prevenire una gravidanza.»

«Infatti, e io uso quello più efficace di tutti. Anzi, l'unico con un'efficacia del cento percento, se escludiamo la Vergine Maria, e ci sono versioni molto discordanti su quello che le è successo. Io. Non. Faccio. Sesso. E specialmente, *specialmente,*» e a quel punto sciolsi le braccia per puntare un dito verso il soffitto e continuare la mia tirata moraleggiante, «con un uomo che ha già tentato di molestarmi in passato.»

«Molestarti? *Sei seria?*» sbottò lui, gli occhi infiammati dalla preoccupazione. «Ma se nemmeno un'ora fa ti stavi trastullando col mio uccello mentre parlavo dei Panther!»

«Mi riferivo a quella volta del pugno in gola. Non fingere di essertene dimenticato.»

«Pensavi che volessi molestarti?» A essere onesta, sembrava sinceramente inorridito.

Immagino sia ormai arrivato il momento di tornare a quel giorno. Ragazzi, agganciate le cinture.

13

Tennessee

Okay, a proposito di quella faccenda…

Qualche anno prima avevo praticamente tirato un pugno in gola all'idolo di Fairhope.

Io avevo ventiquattro anni, Cruz… quanti, ventisei? Era appena tornato dall'università.

L'episodio potrebbe essere raccontato in molti modi diversi, ma i fatti principali sono i seguenti:

Io avevo appena iniziato a lavorare da Jerry & Figli. Fino ad allora, ero stata costretta a fare le pulizie e falciare prati in lungo e in largo solo per pagare la retta scolastica di Bear, le sue lezioni di nuoto, il corso di judo e, insomma, mantenerlo in generale.

Cruz era nel fiore degli anni. Era talmente ambìto che i produttori di *The Bachelor* l'avevano addirittura chiamato per chiedergli di presentarsi a un provino. Non aveva ancora iniziato a lavorare, eppure si era appena comprato casa, una splendida villetta coloniale tinteggiata a calce, con sei colonne bianche, persiane nere e cespugli di rose all'ingresso. Sembrava la casa dei sogni di Barbie ed era appartenuta a un giocatore di baseball e a un'affascinante ex modella che poi si erano trasferiti in Florida per la pensione. Quando ero piccola, avevo sempre sognato di comprarla per me e per la mia famiglia con gli ipotetici soldi che avrei guadagnato diventando una famosa attrice di Hollywood (nonostante non avessi neanche un briciolo di talento nella recitazione e fossi quasi del tutto convinta che non ci sarei riuscita nemmeno volendo). Bene, insomma: alla fine se l'era aggiudicata quel *conchiglione*.

Era il Quattro luglio e Fairhope era in fermento. C'erano una parata, grigliate ovunque ti girassi e carrozze trainate da cavalli dirette verso il corso principale. I carri erano stati realizzati quella mattina stessa, e c'erano musica, pagliacci, fuochi d'artificio, gente con la faccia pitturata e altre cose che non c'entravano un tubo (storia vera: l'aspirante comico Charlie Spacey si era presentato con un tubo per lanciare una sorta di messaggio politico, ignorato da tutti, sull'ipocrisia della giornata).

Visto che Jerry & Figli era chiuso, avevo lasciato che i miei genitori portassero Bear a festeggiare in paese e me ne ero rimasta a casa in compagnia di una vaschetta di gelato del supermercato, una birra e la mia inesauribile fonte di autocommiserazione.

Era la prima volta che saltavo le celebrazioni del Quattro luglio. Le parate mi avevano sempre trasmesso un profondo senso di dolcezza e nostalgia, e non ero riuscita a farne a meno neanche all'apice del mio scandalo.

Però sapevo che ci sarebbe stato anche Cruz, e non me la sentivo proprio di affrontarlo. Era il costante promemoria del fatto che lui e Rob erano riusciti a farsi una vita mentre io ero costretta a fare sacrifici ingiusti e a pagare le conseguenze della mia incoscienza, malgrado mi fosse stato fatto dono del regalo più bello della mia vita.

Intorno alle nove di sera, poco prima che iniziassero i fuochi d'artificio, avevo sentito bussare alla porta. Stranita (Bear e i miei non sarebbero tornati prima delle dieci, mentre Trinity era uscita con le sue amiche e sarebbe rientrata solo l'indomani mattina), ero andata ad aprire.

«Spero non sia un serial killer» avevo borbottato prima di infilarmi le pantofole a scacchi di papà e aprire la porta.

E me l'ero ritrovato lì.

Cruz Costello.

Bellissimo, muscoloso, ambito e… *sbronzo*?

A ripensarci meglio, considerata l'alternativa, un serial killer non sarebbe stato poi *così* sgradito.

«Hai delle tette pazzesche» aveva detto Cruz col singhiozzo e gli occhi color cobalto che mi accarezzavano il petto.

Era estate, faceva un caldo infernale, e sotto la canottiera bianca non indossavo il reggiseno. Sarebbe stata una strana cosa da dire, ma l'ultima volta che ci eravamo visti non avevo ancora smesso di allattare. Per fortuna Bear era svezzato da un pezzo, i miei capezzoli non erano più due pizze formato-famiglia e le vene blu, spesse come salsicce, erano un ricordo ormai lontano.

Per un certo periodo mi era sembrato impossibile che qualcuno potesse interessarsi al buffet di Bear. Ogni volta che facevo una doccia calda per massaggiarmi i suddetti seni (perché avevo una valanga di dotti lattiferi), piangevo dal dolore e le mie tette piangevano insieme a me, secernendo latte giallognolo.

Essere genitori era una cosa davvero meravigliosa.

«Che posso fare per te, Costello?» gli avevo chiesto con un sospiro, desiderando soltanto che se ne andasse.

Faticavo a credere di aver avuto una cotta per lui prima che Rob mi chiedesse di uscire. Cruz era fastidiosamente perfetto, in modo a dir poco sgradevole. Come una di quelle torte di pasticceria talmente lisce e impeccabili che tagliarne una fetta ti sembrava quasi un dispiacere.

Anche se a volte mi capitava di volerlo fare a fette davvero.

«Puoi farmi entrare e shpiegarmi cosh'aveva Rob più di me.»

Oh, cavolo, era ubriaco fradicio.

«Tanto per cominciare, una buona padronanza del linguaggio» avevo replicato con aria impassibile.

Possibile che si fosse spinto fin davanti casa mia solo perché non sopportava l'idea che ai tempi della scuola non fossi crollata ai suoi piedi come le altre?

Alla faccia della fragilità dell'ego maschile.

Dietro di lui, intanto, imperversava la parata serale, fra canti e rulli di tamburo.

Cruz aveva fatto una smorfia disgustata. «Shi raccontava tutto, shai?»

«Che classe.»

Avevo alzato gli occhi al cielo, ma mi veniva da piangere. L'avevo già pagata cara per l'errore che avevo commesso, quindi rivangare il passato e sviscerare i dettagli più intimi mi sembrava una crudeltà inutile.

Per quante volte ancora avrei dovuto espiare i miei peccati?

Ormai facevo tutto nel modo giusto, quantomeno nel modo più giusto possibile, considerate le circostanze.

Cruz si era avvicinato di un passo. Sapeva di fuoco, ambra e sandalo, e al tempo stesso di legno e muschio. A quel punto mi ero costretta a ricordarmi che voleva la stessa cosa che avevano voluto tutti gli altri prima di lui, ossia portarmi a letto, perché sembrava fosse la cosa più semplice da fare a Fairhope.

«Stammi lontano» l'avevo messo in guardia tirandomi indietro.

«Prima dammi quello che voglio...»

«Quello che vuoi?» avevo domandato incredula.

«Shì, ciò che è shempre shtato mio.»

Avevo capito che stava per farsi di nuovo avanti, e il mio unico pensiero era andato all'impressione che avremmo dato a chiunque ci avesse notati.

Casinessy, la sgualdrina di paese, che invitava il nuovissimo dottore-barra-quarterback di Fairhope a casa sua mentre i genitori (e il figlio!) erano fuori.

Ovviamente per tutti sarei stata io a chiedergli, anzi a supplicarlo di entrare.

Sarebbe stata la parola del ragazzo d'oro contro quella di una spudorata.

Così gli avevo sferrato un pugno mirando alla guancia, ma Cruz era alto e le mie nocche avevano finito per entrare in rotta di collisione con il suo pomo d'Adamo.

Dovevo aver sottovalutato la mia forza, o forse Cruz era troppo ubriaco per sottomettersi alla legge di gravitazione universale, fatto sta che era crollato come un poppante mezzo addormentato, steso sul prato dei miei.

Si era lasciato sfuggire un gemito di dolore mentre la parata sfilava dietro di lui in un tripudio di trombe e percussioni, e io mi ero resa conto che avremmo attirato l'attenzione di tutti e che sarei stata spacciata.

«Chiudi il becco, Costello. Alzati e datti una sistemata» avevo sibilato, uscendo sul prato per farmi sentire.

Così facendo, naturalmente, avevo ottenuto soltanto il risultato di farlo gemere ancora più forte.

Senza contare che non capivo perché mi stessi scomodando tanto.

Avrei fatto meglio a prendere Bear, salire in macchina e trasferirmi in un altro stato. Fairhope non mi avrebbe mai lasciata in pace.

«L'ha aggredito!» aveva strillato la signora Underwood dall'altra parte della strada.

«Gli ha tirato un pugno sul collo!» aveva pigolato il signor Thomas.

La gente aveva cominciato a staccarsi dalla parata per sciamare verso il mio prato. E io mi ero fatta indietro con le guance in fiamme.

Cioè, era stato fantastico.

Ero riuscita a cacciarmi nei guai senza neanche uscire di casa. Ero veramente una causa persa.

I nuovi venuti avevano aiutato Cruz a rialzarsi e si erano sincerati delle sue condizioni. Io ero corsa dentro casa e avevo chiuso la porta sbirciando dallo spioncino, talmente mortificata da essere sicura che mi sarebbe esplosa la faccia.

«Ti senti bene?»

«Oh, tesoro, ma che ti ha fatto?»

«Mi dispiace tanto. È sempre stata una piantagrane!»

Cruz si era limitato ad annuire e a mettere il muso, ma con gli occhi fissi sulla porta, quasi se lo sentisse che ero ancora là dietro.

Ecco, ora siete a conoscenza del deplorevole incidente del pugno in gola.

Cruz se l'era totalmente andata a cercare.

Adesso passiamo oltre, per favore.

«Una possibilità.» Nel ripostiglio, Cruz si sfregò il mento volitivo ruvido di barba.

«Cosa?» domandai.

«Quello che meritavo, la cosa che ero venuto a chiederti quella sera, era una possibilità. La possibilità che hai dato a Rob e non a me. Né un bacio né qualsiasi cosa presupponesse andare oltre. Solo una possibilità.»

Per un attimo, fissai Cruz a bocca aperta. Pensavo fosse venuto a chiedermi di andare a letto con lui, non la possibilità di… chiedermi di andare a letto con lui?

Cruz abbassò lo sguardo e si grattò una guancia. «Non avevo brutte intenzioni. La verità è che ho sempre avuto una specie di cotta per te» continuò.

«Come, scusa?»

«Avevo in programma di dirtelo alla parata, una volta tornato a casa dall'università. Pensavo che ti avrei trovata lì, visto che non te ne perdevi mai una per niente al mondo. All'epoca non me ne importava un accidente della tua reputazione. Non potevo permettere che una manica di sconosciuti mi dicesse cosa potevo o non potevo fare della mia vita. Quindi ho aspettato che ti facessi vedere. Mi sono bevuto una birra, poi un'altra e un'altra ancora. La quarta mi ha dato il colpo di grazia, te lo dico subito, perché poi la situazione ha preso una brutta piega e sono passato agli shottini. Da lì non c'è voluto molto per presentarmi alla tua porta biascicando apprezzamenti offensivi, e sappiamo tutti e due com'è andata a finire. Ma l'idea iniziale era chiederti di uscire a cena con me. E volevo chiederti di uscire con me non perché volessi metterti in imbarazzo, ma perché ogni volta che avevo baciato una ragazza all'università avevo pensato: *chissà di che sanno le labbra di Tennessee*?»

E io che avevo sempre pensato che invece fosse venuto per ottenere l'unica cosa che Fairhope non gli aveva ancora offerto su un piatto d'argento, l'unica cosa su cui il suo migliore amico aveva messo le mani e lui no: me.

«Ma non mi hai detto niente del genere, solo che avevo delle tette pazzesche» l'accusai con le lacrime agli occhi.

Lui si morse l'interno della guancia. «Me lo rimangio.»

«Ah sì?»

«Non sono pazzesche, sono *perfette.*»

«Vuoi seriamente lasciarmi credere che volevi soltanto chiedermi di uscire?» sbottai, improvvisamente in preda alle emozioni, e non quelle positive.

Gli avrei detto di sì su due piedi, con buona pace della rabbia e del rancore che covavo ancora nei suoi confronti. Allora, però, perché ormai era impossibile, era passata troppa acqua sotto i ponti.

Tutte le donne con cui era uscito.

Tutte le dicerie circolate sul mio conto.

Tutti quegli anni.

All'epoca non me ne importava un accidente della tua reputazione.

Aveva parlato al passato.

Non al presente.

Frequentarci alla luce del sole non era più un'opzione.

«Non mi aspetto niente. La verità è questa, fanne ciò che vuoi.»

Benissimo.

Con quelle parole sì che scoppiai a piangere.

Il primo lacrimone bollente mi scivolò lungo la guancia, si fece strada fino all'angolo della mia bocca e il suo sapore salato mi esplose sulla lingua. Era un vero schifo perché, in un modo o nell'altro, ero riuscita a non scoppiare in lacrime neanche quando avevamo scoperto che avevo combinato un casino con i biglietti della crociera.

«Che bastardo» sibilai.

«Scusami.» Sembrava sinceramente dispiaciuto.

«Perché non ci hai più riprovato?»

«Scusa se vedermi aggredito fisicamente mi ha un tantino scoraggiato… Non che ricordi ogni cosa, comunque.»

«Ma non vuol dire niente!»

«No vuol dire no.»

«*No* può voler dire *forse* a seconda del contesto. Non sapevo cosa mi stessi offrendo, solo cosa sembrava volessi provare a prenderti. Quindi l'ex di cui hai parlato ai tuoi compagni di università…»

Cruz scosse la testa. «Non volevo tornare a Fairhope e vederti con Bear. Avevo avuto una cotta per te durante tutte le superiori, sarebbe stato intollerabile. Ma a un certo punto fra il pugno in gola e la mia terza relazione seria, i sentimenti che provavo per te si sono raffreddati e sono riuscito a superarti.»

«Buono a sapersi, grazie» borbottai mentre due lacrime si rincorrevano a vicenda lungo la mia guancia. «Adesso non potremo mai stare insieme. Tuo fratello sposerà mia sorella, e io sono stata la peccatrice di Sodoma e Gomorra per troppo tempo. Fairhope non mi permetterà mai di uscire con uno come te, tantomeno le nostre famiglie.»

E poi c'era anche l'altro motivo.

L'assoluta certezza che avevo di non meritarlo e di non voler mai più rifare sesso in vita mia. O di avere altri figli. Insomma, roba sempre molto divertente.

«Sono d'accordo con te» Cruz mosse cautamente un passo verso di me. «Ma abbiamo ancora la crociera, e credo che dovremmo sfruttarla fino in fondo.»

Serrò la presa sulle mie braccia e mi guardò dritto negli occhi. Non avrei dovuto prenderla nel verso sbagliato, soprattutto considerando che era esattamente ciò che speravo sarebbe successo quando ci eravamo rifugiati nel ripostiglio, ma quegli ultimi minuti avevano cambiato tutto.

Mi sembrava di essere la protagonista di una mia personalissima e malatissima versione di *Sliding Doors*. Solo che io non ero Gwyneth Paltrow e Cruz non era… be', non ricordavo chi fosse l'attore del film, il che voleva dire che di sicuro non era poi *così* sexy.

Mentre metabolizzavo le nuove rivelazioni, aggiunsi altri pezzi al puzzle che era Cruz Costello.

«Domanda» dissi e mi liberai dal suo abbraccio.

«Spara.»

«Perché Gabriella ha cominciato a odiarmi sempre di più quando avete iniziato a frequentarvi? Che cosa le hai raccontato?»

«Non le ho raccontato niente.» Pausa. «Ma una volta mi ha beccato sul tuo profilo Instagram.»

«Se non lo aggiorno neanche! Ci sono solo paesaggi, dolci e massime di John Lennon.»

«Sì, è abbastanza deprimente» convenne lui.

Rimanemmo impalati l'una davanti all'altro. Sembrava non ci fosse più nient'altro da dire.

Eppure, eravamo punto e a capo.

Cruz si passò una mano sul collo. «Non voglio fare lo stronzo, ma se non hai intenzione di fare niente per il mostro che ho nelle mutande, dimmelo chiaro e tondo così posso andare a dedicarmi a un cinque contro uno sotto la doccia.»

«Combatterai cinque tizi sotto la doccia?»

«Mi masturberò» rispose lui con voce piatta. «Devo fare qualcosa prima che mi esplodano le palle.»

«Giusto!» Mi feci da parte e arrossii. «Ovvio, ovvio. Non voglio trattenerti.»

«Mi sembra un po' tardi ormai.»

Qualche secondo dopo, fuggimmo entrambi dal ripostiglio.

14

Avevo sempre avuto un debole per Tennessee Turner.

Avevo capito che era speciale fin dal primo istante in cui l'avevo vista all'asilo nido, quando si era avvicinata sgambettando a un altro bimbo e gli aveva tirato uno scappellotto per portargli via il pupazzo.

E comunque, se proprio volevamo essere pignoli (e io non avevo *alcuna* intenzione di esserlo), quello che *avrebbe* dovuto chiederle di uscire fra me e Rob ero io. Come avevo già spiegato, ce l'eravamo giocata a morra cinese, e la mia carta aveva battuto il suo sasso.

Peccato che Rob avesse comunque distrutto le mie chance.

Se ne era sbattuto le palle dell'onore fra maschi e aveva chiesto alla sventola bionda di uscire con lui.

Mi ero incazzato? Eccome.

Gli avevo tirato un pugno in faccia? Anche.

Avevo detestato Tennessee per aver accettato di andare a prendere un gelato con lui giurando di ignorarne l'esistenza da allora in avanti? Invoco la facoltà di non rispondere.

Visto? Zero rancori.

Intanto, mentre io facevo la doccia, Tennessee era probabilmente impegnata a costruire un fortino di cuscini dietro cui barricarsi, e il mio uccello piangeva lacrime amare su tutte le piastrelle, tormentato dal ricordo del suo sapore.

Grazie a Dalton e alla sua boccaccia piena di denti finti.

Se non altro, e trovare un lato positivo in questa storia era davvero difficile, avevo avuto modo di chiarire le cose su quel fatidico

Quattro luglio, spiegarle che non ero andato da lei per portarmela a letto.

In base alla sua reazione, se all'epoca le avessi chiesto di uscire come un essere umano decente, Tennessee avrebbe risposto di sì. Pertanto ormai non riuscivo a smettere di pensare a un universo parallelo in cui io e Tennessee scopavamo come ricci tre volte al giorno.

Le avrei trovato un posto da segretaria nella mia clinica o qualcosa di simile. Saremmo andati a cena fuori, l'avrei portata con me agli eventi di gala e avremmo battibeccato durante tutto il tragitto.

Non riuscivo ancora a credere che Tennessee fosse praticamente vergine.

Aveva fatto sesso *una* sola volta in vita sua.

Cosa ancora più assurda, sapevo anche che non aveva mai provato il sesso orale, perché, prima di fare il colpaccio, Rob non aveva mai mancato di raccontarci per filo e per segno cosa combinassero. Era tutto un succhiare tette e fare ditalini, ma niente di più. E dovevo ammettere che quel dettaglio le conferiva il fascino di una terra inesplorata, selvaggia e sconosciuta, ancora in attesa di essere scoperta.

Purtroppo, Tennessee sembrava aver deciso di non lasciarmi avvicinare, e paradossalmente un attimo *dopo* aver scoperto che non avevo mai voluto molestarla.

Avevo sempre pensato di avere un'idea abbastanza chiara di ciò che volevano le donne, ma a quanto pareva mi ero sbagliato, perché non avevo la minima idea di quali fossero i bisogni e i desideri di Tennessee Turner.

Sapevo soltanto che se ciò che voleva era una relazione, i miei genitori si sarebbero suicidati e mio fratello mi avrebbe fatto fuori per poi fuggire con i soldi dell'eredità.

Quando ero tornato a casa appena fresco di laurea, a ventisei anni, avevo appena cominciato a vivere come un vero adulto e i miei erano talmente felici di riavermi a Fairhope che non avrebbero fiatato neanche se mi fossi fidanzato con un mulo: sarebbero stati disposti a tutto, pur di convincermi a restare.

Al contrario del momento presente, in cui mettevano ormai bocca su tutto.

Dopo aver rimandato il matrimonio per tutto quel tempo, si sarebbero accontentati soltanto di una Windsor.

E i miei non erano l'unico problema.

C'era anche il mio buon nome a cui pensare.

Mettermi con Tennessee avrebbe distrutto tutto ciò che avevo costruito da quando ero tornato. La mia reputazione, il mio tenore di vita, la mia clinica bene avviata e l'inesauribile fonte di torte fatte in casa provenienti da pazienti pieni di gratitudine.

... e allora perché non me ne frega un cazzo?

Chiusi il rubinetto, mi avvolsi un asciugamano intorno ai fianchi e uscii dal bagno. Tennessee era distesa sul letto con addosso una delle magliette che le avevo comprato quella mattina, struccata e pronta per essere divorata.

Mi osservò con aria assorta, giocherellando con una ciocca di capelli.

«Come ti senti?» domandò.

«Tengo duro.»

«Pensavo odiassi i doppi sensi.»

«Ho i miei momenti.» Andai ad aprire l'armadio che condividevamo per prendere un paio di boxer e notai che non c'era traccia di fortini e guanciali. «Ti avverto: dormo in mutande, se è un problema...»

«Non è un problema» si affrettò a dire lei, per poi diventare paonazza dappertutto. «Anzi...»

Mi girai in modo quasi violento per studiare la sua espressione.

«Sì?»

Disperazione ne abbiamo, stronzo?

«Mi chiedevo se...» Tennessee si tracciò un cerchio sulla coscia con un dito. «Se potessi insegnarmi a muovermi a letto con un uomo. Scusa se prima ho dato di matto, ma quando si tratta dell'altro sesso non so proprio da che parte rifarmi. So che non ci resta molto tempo, ma penso che tu abbia ragione. Visto che non potremo mai stare insieme e che finirà tutto non appena torneremo a casa, sarebbe bello sfruttare questa situazione fino in fondo.»

Mi infilai i boxer sotto l'asciugamano. Era una mossa ambiziosa, ma avevo visto diverse donne fare una cosa simile con reggiseno e maglietta.

«Nessuno dovrà venire a saperlo» la avvisai, stentoreo. Non solo mi sentivo stronzo, ma ero anche sicuro di aver parlato come tale.

Avevo diciassette anni quando Tennessee aveva iniziato a respingermi senza mezzi termini, e non ero disposto a rinunciare neanche a una virgola del mio scintillante tenore di vita solo per godermi un'avventura con lei.

«Lo so» rispose lei rimettendosi seduta. «Fidati, mia sorella e i miei genitori mi ucciderebbero cento volte di seguito se scoprissero che ti ho anche solo sfiorato un capello. E poi ho un sacco di traumi, non esiste che riesca a gestire una relazione. Non sei l'unico che ha qualcosa da perdere.»

«E poi c'è Rob» aggiunsi, prima di sbarazzarmi dell'asciugamano e avvicinarmi al letto, l'uccello ormai al sicuro dentro i boxer.

Non avrei mai permesso che Gussman venisse a scoprire dei decenni che avevo passato a struggermi per la sua ex. O che una piccola, meschina parte di me era contenta che si fosse levato dalle palle in quel modo, perché significava che lei non se lo sarebbe mai più ripreso.

Ma dal momento che era tornato, che cazzo di ripercussioni avrebbe avuto sulla nostra situazione?

«Già, bell'amico che sei.» Tennessee buttò fuori una risatina roca e sexy. «Non ti preoccupare, non direi mai al tuo amichetto che hai assaggiato la mercanzia.»

Pensava lo facessi per lealtà nei confronti di Rob. Be', dato che la vera motivazione, ossia il mio fragilissimo ego, non mi avrebbe fatto guadagnare punti, decisi di tenerla per me.

«Bene» dissi e mi infilai sotto le coperte.

Una nuova ondata di desiderio mi ruggì nelle vene nell'istante in cui il mio corpo trovò il suo. Struccata e senza lacca sembrava talmente giovane che non faticai a immaginarmi di nuovo adolescente accanto a lei.

Il mio uccello, che non avrebbe mai dovuto avere la faccia tosta di rizzarsi neanche dieci minuti dopo essere stato tirato sotto la doccia, la stava già pungolando sulla pancia, dondolando pigramente di qua e di là nella speranza di attirare la sua attenzione come un cucciolo esagitato.

«Porca *cerbottana*, quel coso è enorme.»

Tennessee mi sfiorò la cappella con la punta del dito, prima di tirare via la mano neanche avesse avuto paura di essere azzannata.

«Dico sul serio, potresti quasi mettergli un guinzaglio, a quel salsiccione, e portarlo a spasso in paese.»

«Non ti azzardare a fare un'altra battuta sui würstel» la misi in guardia mentre giocherellavo con l'orlo della sua maglietta per nessun motivo in particolare all'infuori di quello più ovvio: potevo farlo.

«Quel coso è dotato di volontà propria.» Inarcò un sopracciglio con aria interrogativa e abbassò lo sguardo sullo spazio che ci separava. «Posso toccarlo di nuovo?»

Puoi pure portartelo a casa, metterlo in un acquario e chiamarlo Sally, se ti rende felice.

«Assolutamente sì. Puoi anche accarezzarlo, stringerlo, leccarlo, succhiarlo o palparlo. Mordere non morde, ma ogni tanto sputa. Ti avverto, però, se si dovesse montare troppo la testa.»

Tennessee mi lanciò uno sguardo euforico, gli occhi accesi da una scintilla di divertimento. «Quello era un doppio senso, dottor Cruz. Ottimo lavoro.»

Si era rivolta a me con un tono da maestrina…

… e *io* mi ero appena incollato sulla faccia un sorriso da scolaretto ebete.

Le sue unghie lunghe e appuntite scesero dai miei addominali ai miei boxer e mi procurarono un piacevole formicolio su tutta la pelle. Insinuò la mano nell'apertura delle mutande e tirò fuori il mio uccello eretto come fosse stato un pollo pronto a diventare la sua cena.

Non volendo metterla in imbarazzo, evitai di fare commenti sulla sua scarsa destrezza.

Me l'accarezzò delicatamente, con un'espressione rapita.

Tennessee era bellissima e io non sapevo che cazzo fare di me stesso. Lasciarmi toccare da lei dopo aver passato anni e anni a fantasticarci sopra mi scatenava una strana sensazione nel petto.

«Ti piace?» sussurrò.

«Mi piaceva tre minuti fa, quando te ne stavi seduta sul letto e ti limitavi a esistere. Ora che mi stai toccando l'uccello, siamo entrati a passo di carica in piena zona estasi divina.»

La osservai attentamente.

Tennessee scostò le coperte per guardarmi meglio. Si rimise seduta senza smettere di toccarmi, con quei capelli biondi che le ricadevano sul viso come splendidi raggi di sole.

L'uccello che teneva nel pugno divenne sempre più grosso e pesante, e ormai aveva un battito cardiaco tutto suo, il bastardo.

«Ora te lo lecco.»

«*Ti prego*» dissi con voce rotta.

E nemmeno me ne importava.

Onestamente, le cose che sarei stato capace di fare pur di avere la sua bocca addosso mi preoccupavano. Se Tennessee me l'avesse chiesto, la signora Warren avrebbe rischiato di andare incontro a una morte rapida e violenta alla stregua di una pena capitale.

Ma tralasciando le leggi in vigore nel magnifico Stato di cui portava il nome, mi godetti il momento in cui le vidi chinare la testa per tenermi fermo l'uccello e provarne a leccare rapidamente la punta.

Vidi le stelle. La incoraggiai, accarezzandole i capelli con tutta la delicatezza umanamente possibile, e lei tornò ad abbassarsi per ruotare la lingua intorno alla cappella.

«Non mi riesce.» Alzò gli occhi verso di me e si morse le labbra.

«Tesoro, sarebbe perfetto anche se ci ballassi intorno per invocare la pioggia.»

«In teoria so cosa devo fare, ho visto diversi porno. Solo che... è enorme.»

«Non devi per forza prenderlo tutto. Stringi la base con la mano.»

Le presi un polso e lo guidai finché non chiuse il pugno nel punto indicato, proprio alla radice del mio uccello. Mi sembrava di essere tornato alle superiori e la cosa mi eccitava talmente tanto da farmi venire il sospetto di avere appena scoperto una mia nuova perversione.

Negli ultimi tempi, la mia vita sessuale era diventata una noia mortale in cui le Gabrielle e le Karen del mondo si confondevano in un vortice sfocato di aspiranti attrici porno decise a dimostrarmi di essere la prescelta, la donna di cui non avrei mai più potuto fare a meno.

Chi l'avrebbe mai detto, quindi, che la protagonista delle mie fantasie sessuali fosse una donna che non si spacciava per un'esperta? Una donna presa dal momento, completamente coinvolta per il puro piacere di esserlo anziché impegnata a recitare per eccitarmi.

Una boccata d'aria fresca.

Tennessee si chinò sul mio uccello e ne prese un po' in bocca. Lo succhiò ben bene prima di cimentarsi nel sesso orale muovendo la testa su e giù.

In quanto a pompini degni di quel nome, Tennessee aveva ancora molta strada da fare, eppure mi bastò guardarla per sentirmi catapultato verso il limite. Stavo per venire su un letto che non era il mio, con gli occhi fissi su Tennessee che me lo succhiava.

Non riuscivo a smettere di accarezzarle i capelli.

Il mio uccello ebbe uno spasmo nella sua bocca, ed era ormai sempre più chiaro che sarei venuto entro tre secondi netti.

«Tesoro, voglio far stare bene anche te». La mia voce uscì talmente roca che sembrava avessi ingoiato un pallone da football.

Tennessee rialzò lo sguardo, perplessa.

«Non ti sta piacendo, vero?»

«No, no, mi sta piacendo tantissimo.»

«Che problema c'è, allora?» Tennessee teneva ancora il mio uccello in mano, in ostaggio avrebbe detto qualcuno, e non era esattamente la situazione più ideale per intavolare una trattativa.

«No, niente. Continua pure.»
«No, dimmelo.»
«E va bene. Se non la smetti di succhiarmelo verrò su tutta la tua bella maglietta oversize, e visto che è nuova e che io non ho più tredici anni, preferirei farne a meno.»
«Oh.»
«Me l'hai chiesto tu.»
«Infatti. Quindi cos'altro possiamo fare? Ora che ho imparato a fare i pompini...»
In realtà non li sapeva fare, ma non sarei stato io a correggerla. Tanto per cominciare, sarebbe stato offensivo e demoralizzante. In secondo luogo, quello equivaleva a gettare le basi per chiunque mi avrebbe sostituito, in modo che dovesse affrontare una conversazione scomoda, se non addirittura un fiasco totale.
Speravo che Tennessee l'avrebbe mollato.
Anzi, speravo che lui sarebbe morto prima ancora di conoscerla.
Avevo chiaramente bisogno di farmi curare.
«Ci sono un sacco di cose che possiamo provare» sussurrai, e la sospinsi all'indietro fino a farle posare la testa sul cuscino.
Intrecciai le dita alle sue su ciascun lato e la immobilizzai sul letto, mentre le sfioravo il collo con le labbra.
«Potresti strappare di dosso qualcosa?» domandò Tennessee tutto d'un fiato, come una ragazzina che visitava per la prima volta un parco divertimenti. «Magari solo la maglietta? Puoi strappare quello che ti pare, onestamente. Sono sempre andata matta per la classica scena dei romanzi in cui il tizio strappa i vestiti della protagonista.»
«Dolcezza, sarò lieto di dare il mio contributo alla società strappandoti i vestiti a brandelli.»
Detto ciò, afferrai il colletto della maglietta che le avevo comprato quella mattina e la strappai con un unico strattone. I suoi seni, rotondi e perfetti, sobbalzarono sotto i miei occhi. Erano a pera, con i capezzoli rosa fenicottero.
Schiantai la bocca sulla sua, senza fiato.

Il mio cervello stentava ancora a credere che stesse succedendo davvero. Tennessee sospinse i fianchi verso di me con un gemito, e io spostai le labbra per baciarle le tette, leccarle i capezzoli e infilarle la lingua nell'ombelico.

«Che rabbia» si lamentò mentre sfregavo le guance barbute contro il suo interno coscia. «Avrei potuto godere di tutte queste cose, e senza fare sesso, finora. Che spreco.»

Le morsi una coscia e le strizzai una tetta a mo' d'avvertimento.

«Un partner non vale l'altro.»

«Ma va? Perché, pensi che negli otto mesi che siamo stati insieme io e Rob, lui sia mai stato all'altezza di quello che stiamo facendo adesso?» domandò con un risolino.

Le bastò nominare Rob perché la mia erezione venisse declassata portandosi a mezz'asta. Mi sentii raffreddare dappertutto, come se qualcuno mi avesse rovesciato una secchiata d'acqua gelida direttamente nello stomaco. Ignorai la sensazione, ma per la prima volta trovai Tennessee meno incantevole del solito.

Nominare un ex a letto era una mossa da stronzi, e poco importava quanto fosse inesperta. Non era un'idiota. Solo che era fin troppo abituata a mandare a rotoli le sue relazioni da dare fiato alla bocca senza pensare alle conseguenze.

Nominando Rob aveva ottenuto l'effetto desiderato: andai su tutte le furie e le strappai l'intimo dai fianchi senza fare attenzione che l'elastico non le sferzasse la pelle.

Tennessee brontolò, ma non mancò di inclinare subito i fianchi verso la mia bocca per inseguire la mia lingua.

Spinsi il palmo in mezzo alle sue gambe per costringerla a ritornare col culo sul letto e alzai lo sguardo per incrociare il suo.

«Qualche regola di base, Turner.»

Lei batté rapidamente le palpebre, in attesa.

«Mai nominare un ex in camera da letto. Non si fa.»

«Oh, certo. Ovvio. Scusami.»

«Se qualcosa dovesse superare il limite, basta una parola.»

«*Quale* parola?»

Avevo quasi dimenticato che non esisteva secchione in tutto l'universo che prendesse le cose più alla lettera di Tennessee, con il suo disturbo ADHD non diagnosticato, i doppi sensi e l'avversione per le parolacce. Ci pensai su per un momento.

«Banana.»

«Va bene.»

«Promettimi una cosa.»

Lei alzò gli occhi al cielo. «Tranquillo, non mi innamorerò di te.»

Sentii una stretta al petto, ma le lanciai comunque un sorrisetto estemporaneo.

«Molto simpatica, anche se quello che scegli di fare con la nostra attrazione reciproca non mi riguarda. Sei grande, ormai. No, volevo solo assicurarti che non ti farò rimanere incinta, quindi prometti di non preoccuparti. Voglio farti stare bene, lasciamelo fare.»

Tennessee esitò, accigliata.

«Non...»

Scossi il capo. «Io non sono Rob.»

«Hai *appena* detto che non si nominano gli ex in camera da letto.»

«Questo però viene prima di ogni regola. Io non sono lui e non ti metterò mai in una situazione del genere. Vale per te come vale per me, ma anche per un nostro ipotetico bambino. Puoi fidarti almeno di questo?»

Tennessee deglutì, gli occhi che sfrecciavano sui miei occhi, impazziti. Quando accadde, però, me ne resi conto: il momento in cui decise di fidarsi di me, di lasciarsi andare.

Il suo sguardo nocciola scintillò, mentre le tremavano le labbra.

«Va bene» disse roca. «Te lo prometto.»

«Brava ragazza.»

Poi le presi *tutta* la passera in bocca.

Lei si lasciò sfuggire un gemito e mi conficcò le unghie nel cranio, talmente a fondo che mi sembrava di sentirle scavare nel mio cervello.

La feci venire per prima, regalandole il secondo orgasmo della serata, sempre perché ero un gentiluomo, poi risalii lungo il suo corpo, disseminando la sua pelle di baci e morsi mentre la penetravo con un dito e le premevo addosso la mia erezione massiccia e bollente.

Le infilai di nuovo la lingua in bocca, e fu come se ogni centimetro della sua pelle si fosse messo a inseguire la mia.

«Ora prendo un preservativo, tesoro. Me lo metto, ma ti assicuro anche che uscirò prima di venire, okay? Farò tutte e due le cose. Te lo prometto.»

Le avrei promesso casa mia, col mutuo appena finito di pagare, se avesse accettato. Ecco perché ci tenevo a ribadire che sarei stato attentissimo.

Lei però scosse la testa senza smettere di baciarmi. «No, no. Qualsiasi cosa, ma non quello.»

Qualsiasi cosa?

Non ero così stronzo da suggerire il sesso anale, ma il pensiero mi passò per la testa.

«Tesoro...» Non era il sesso a spaventarla, ma il rischio di rimanere incinta. Solo che...

«Banana! Banana, banana, banana!»

Mi afferrò l'uccello premuto in mezzo a noi e lo strizzò alla base prima di muovere la mano su e giù per farmi venire. Avrei voluto fare un altro tentativo per convincerla, ma aveva usato la parola di sicurezza e, nonostante la mia vita attualmente dipendesse dal mio uccello, non ero un coglione. «In teoria, se usi la parola di sicurezza ti devi *fermare*.»

«Aspetta» mormorò lei. Continuò a toccarmi e a baciarmi in modo sciatto e sensuale. «Prima voglio farti venire.»

La cosa peggiore era che il mio cazzo, non esattamente noto per la sua furbizia, era totalmente d'accordo con lei. Scattò allegramente nella sua mano e sobbalzò a ognuna delle sue attente carezze.

Sentii le palle contrarsi e capii che stavo per venirle su tutto il petto. Così staccai la bocca dalla sua e abbassai lo sguardo fra di noi mentre Tennessee mi toccava, l'uccello puntato fra le sue tette.

Non volevo perdermi il momento.

«Così va bene?»

«Magari un po' più veloce.»

Mi accontentò.

Chiusi gli occhi e rovesciai la testa all'indietro.

«Più veloce?»

Andò ancora più veloce.

Ero nelle sue mani.

E io, quando si trattava di sesso, non mi mettevo mai nelle mani delle mie partner. Ero abituato alle classiche reginette di bellezza vecchio stampo che in camera da letto rispettavano i miei ordini. Seguivano diligentemente le istruzioni, puntavano sempre a strafare e non suggerivano mai niente che uscisse dagli schemi.

«Cazzo, tesoro, ci sono quasi.»

«Ottimo» sussurrò lei sotto di me, la punta delle sue tette che sobbalzava contro di me al ritmo dei suoi movimenti.

Fu allora che successe.

Il mio uccellò le cosparse il seno di candidi confetti per complimentarsi del raggiungimento dei suoi obiettivi. E fu senz'altro l'orgasmo migliore della mia vita… considerato che ne avevo avuti parecchi.

Crollando al suo fianco, l'attirai fra le mie braccia e la baciai sulla fronte.

«È stato pazzesco.»

Tennessee non disse niente per qualche minuto, limitandosi a stringermi a sua volta.

Dopo un po', il suo respiro divenne lento e lieve, segno che si era addormentata.

Fra le mie braccia.

Sarebbe stato quasi romantico, non fosse stato per il suo leggero russare.

O per il fatto che, nonostante il mio uccello fosse pienamente soddisfatto, qualcos'altro dentro di me non lo era per niente.

Non avevo mai dormito fino a tardi in vita mia.

Il mio fisico non era programmato per dormire oltre le sei e mezza del mattino.

Fin da piccolo, c'erano sempre stati la scuola, gli allenamenti di football, la messa domenicale, i lavoretti estivi, il volontariato... Insomma, cento e uno motivi per svegliarmi presto.

Quindi era scontato che l'unica volta che avrei dormito fino a tardi sarebbe finita in tragedia.

Le prime avvisaglie del disastro si manifestarono quando mi resi conto che in camera da letto c'era qualcuno che non era Tennessee, e che io ero disteso a pancia in giù col culo del tutto in bella vista.

«Salve, signora Costello! Abbiamo buone notizie per lei e suo marito.»

«Ah sì?» domandò Tennessee. «Cos'è successo? La signora Warren ha avuto un infarto?»

Girai lentamente la testa e mi coprii col lenzuolo. Non che non fossi fiero delle mie chiappe di marmo, ma metterle in mostra sarebbe stato da esibizionisti.

La responsabile si lasciò sfuggire una risatina stentata.

«No, la signora Warren sta bene. Suo marito aveva espresso il desiderio di lasciare la crociera in anticipo e trasferirsi dall'*Euforia* all'*Estasi*. Gli avevamo detto che probabilmente non sarebbe stato possibile. Be', siamo estremamente lieti di informarvi che invece lo è. Fra un paio d'ore attraccheremo a Green Turtle Cay, dove avrete la possibilità di cambiare nave. Mi sono presa la libertà di verificare con la plancia di comando dell'*Estasi*, e mi hanno confermato di potervi accogliere. Vi chiediamo solo di fare il check-out entro le undici per avere il tempo di preparare tutti i documenti necessari.»

Seguì un momento di silenzio, poi Tennessee si schiarì la gola.

E io mi sentii un completo imbecille.

Tennessee sapeva che avevo provato ad abbandonare la nave subito dopo aver scoperto che eravamo bloccati là sopra insieme, ma non avrebbe potuto esserci un tempismo peggiore di quello.

A dirla tutta, ormai non avevo neanche più *voglia* di riunirmi alle nostre famiglie.

Avevo finalmente Tennessee tutta per me, e la prospettiva di toccarci e leccarci i genitali a vicenda per altri sei giorni era molto più allettante che giocare a golf e bridge con Wyatt e papà.

«Grazie.» La mia cotta adolescenziale era impalata davanti alla responsabile, la schiena dritta come un fuso, vestita dei suoi vecchi vestiti appariscenti. «Lo apprezzo molto. Ci impegneremo a fare il check-out nei tempi previsti.»

Dopo aver chiuso la porta, Tennessee cominciò a preparare silenziosamente la valigia. Io mi girai sulla schiena e il mio cazzo rialzò subito la testa, pronto a familiarizzare di nuovo con lei.

Chiudi il becco, uccellaccio. Abbiamo ben altro a cui pensare.

«L'ho chiesto prima» dissi roco.

«Non mi interessa.» Prese a infilare i suoi vecchi vestiti in valigia senza accennare a prendere quelli che le avevo comprato io.

«Non pensavo che saremmo andati d'accordo. O che ti suscitassi qualcosa di diverso dal disgusto più totale.» Mi misi seduto e mi passai una mano fra i capelli.

«Il desiderio non è un buon motivo per rinunciare a passare del tempo in famiglia.» Tennessee scrollò le spalle nel tentativo di apparire imperturbata. «E poi non cambia nulla, fra sei giorni sarebbe finita comunque. Insomma, a chi vuoi che importi?»

A me.

Importava a me.

«Possiamo ignorare la conversazione appena avvenuta» suggerii. Mi riferivo a quella con la responsabile.

«Certo, oppure i giorni trascorsi finora» replicò lei, riferendosi invece alla conversazione che stavamo facendo in quel preciso istante.

Dopo la quale, in effetti, non ci dicemmo più nulla: completammo il check-out, scendemmo dall'*Euforia* e salimmo a bordo dell'*Estasi* senza una parola.

E che estasi…

Quella sera, io e Tennessee ci ritrovammo seduti a tavola con le nostre famiglie. Io ero su un lato della grande tavolata insieme a Wyatt, mamma e papà, mentre lei se ne stava dall'altro con i suoi genitori, Trinity e Bear.

Suo figlio somigliava talmente tanto a Rob che, a prima vista, ci ero rimasto di sasso. Era la copia sputata del mio ex migliore amico, fossette, capelli castani e tutto il resto.

Portava una camicia di jeans sopra a un paio di pantaloni neri, e aveva l'aspetto di un ragazzino di buona famiglia. Il mio stupore mi fece sentire in colpa.

Tennessee mi aveva detto che era lei a comprargli i vestiti e io sentii la rabbia travolgermi di punto in bianco. Come avevo fatto a non rendermene conto durante gli anni passati a ignorarla? Che Tennessee metteva suo figlio davanti a qualsiasi altra cosa? Che la sua priorità era dare lustro agli altri e mai a sé stessa?

«A che stai giocando ultimamente, ometto? A *Fortnite*?» gli domandò Wyatt.

«*Razzo*, no.» Bear scosse la testa, sgranocchiando l'estremità di una patatina fritta. «Preferisco i giochi con una trama, personaggi che crescono, cose così. *Fortnite* è tutto un correre in giro e sparare a caso. Mi ci vuole un contesto.»

«A che giochi allora?» mi intromisi. Prima di diventare medico ed eroe di paese a tempo pieno, ero un grande appassionato di videogiochi. «Visto che *Fortnite* non ti piace, intendo.»

Bear si girò a guardarmi per la prima volta. Mi domandai se fosse a conoscenza della profonda antipatia che sua madre nutriva nei miei confronti, o che perlomeno aveva mostrato fino a qualche giorno prima, ma a giudicare dalla sua espressione disinvolta avrei detto di no.

«*God of War*.»

«Non è quello con padre e figlio come protagonisti?» Wyatt si ficcò in bocca una costoletta intera e la divorò facendo schioccare le labbra.

«E quindi?» Bear si accigliò, sulla difensiva. «È bello lo stesso.»

«Se ti piace *God of War*, andrai matto per *Assassin's Creed*» commentai.

«Esatto.» Bear si illuminò, tornando a guardarmi. «Sto mettendo da parte i soldi per comprarlo.»

«Io ce l'ho.»

«Sei serio?»

Wyatt sembrò sollevato di poter tornare a parlare di football con papà. Io invece annuii al ragazzino, e a quanto pareva non mi vergognavo affatto di manipolare spudoratamente gli altri, perché aggiunsi: «Fammi un fischio quando ti va di giocarci. Ho una sala videogiochi con tutte le console possibili. E anche una postazione per l'hockey da tavolo».

Lanciai un'occhiata a Tennessee.

Lei allungò subito il collo e posò una mano sul braccio di Bear. «Amore, il dottor Costello lo dice solo per gentilezza.»

«Non è vero.» Mi infilai un bocconcino di pollo in bocca. «Se vuole venire a casa mia a giocare, per me non ci sono problemi. Ormai siamo praticamente imparentati.»

«Non ce n'è bisogno» ribadì lei con un falso sorriso di circostanza.

«Cerco solo di essere un bravo cognato» ricambiai e le mostrai i denti.

«Insomma, dottor Costello, si può sapere com'è riuscito a sopravvivere a Nessy per quattro giorni?» La signora Turner si abbandonò a un risolino e si girò sulla sedia per guardarmi. «Spero non le abbia dato troppi problemi.»

Attualmente, l'unico problema che mi stava creando Tennessee era la sua decisione di ricominciare a vestirsi come la protagonista di *Pretty Woman*, attirando l'attenzione di ogni singolo maschio presente nella sala da pranzo dell'*Estasi*.

«Siamo andati d'amore e d'accordo.» Scoccai un'occhiata alla mia cotta adolescenziale, sfidandola a contraddirmi.

«Eccome» confermò lei con un sorriso melenso.

«Be', mi scuso se dovesse averti causato qualche… disagio.» Trinity si sistemò sulla sedia, più insignificante di una macchia di vernice che si asciugava sul muro, nel suo abito nero da suora. Possibile fosse sempre stata così… Sì, a pensarci bene, lo era sempre stata.

La rabbia cominciò a scorrermi nelle vene.

Non mi piaceva il modo in cui i familiari di Tennessee continuavano a bistrattarla. O vederla ripiegarsi su sé stessa come una margherita appassita tutte le volte che aprivano bocca, nonostante i capelli gonfi, i colori sgargianti e il rossetto rosso fuoco.

«Nessun disagio.» Infilzai Trinity con un'occhiata tagliente e disinvolta.

E lei trasalì vistosamente. «Ma certo. Nessy è fantastica, la mia sorella preferita.» Scoppiò a ridere e posò il capo sulla spalla della sorella. «È anche l'unica che ho.»

Esilarante.

Avrebbe fatto bene a non lasciare il suo attuale posto di lavoro… calcolando che rischiava comunque di perderlo visto che il suo capo, cioè io, era pronto a farle pelo e contropelo.

Tennessee si irrigidì e distolse lo sguardo.

«Quindi è andato tutto bene?» chiese suo padre direttamente a lei, forse sospettando che la stessi coprendo. Sembrava quel genere d'uomo abituato a ripetere a pappagallo qualsiasi cosa dicesse la moglie.

Tennessee aveva ventinove anni, porca miseria. Che razza di stronzate erano quelle?

«Ve l'ha già detto Cruz, è andato tutto bene» biascicò lei con malcelata rabbia, poi rigirò il cibo nel piatto con la forchetta.

Notai che, a differenza degli altri adulti presenti, Tennessee non aveva bevuto vino. O meglio, nessuno gliel'aveva offerto, né i suoi parenti né i miei. Un altro indizio del fatto che, agli occhi della sua famiglia, Tennessee era ancora la ragazzina che si era cacciata nei guai.

«In ogni caso, dottor Costello, siamo *dispiaciutissimi* per l'inconveniente» riprese Donna Turner.

«Tennessee si è già scusata. E anche più di una volta.» Mi sporsi sulla sedia, la mascella contratta per l'irritazione. «Non c'è bisogno di farne una questione di stato.»

«Questo sì che è il mio Cruzy» cinguettò mia madre posandomi una mano sulla spalla. «Sempre pronto a perdonare il prossimo.»

E via così per tutta la cena.

Continuammo a parlare ciclicamente delle solite tre cose.

Il matrimonio di Wyatt e Trinity.

Quand'era che mi sarei deciso a chiedere la mano di Gabby.

E Casinessy che, *invece*, se proprio voleva sposarsi, avrebbe dovuto imparare ad accontentarsi e a dare una possibilità al povero Tim Grylls, malgrado la sua scarsa igiene personale, due ex mogli e un'attività in crisi.

Per tutto il tempo, l'unica cosa a cui riuscii a pensare era che la maggiore delle sorelle Turner sembrava distrutta. Così, quando gli altri si ritirarono nelle rispettive stanze (io e Tennessee avevamo una camera ciascuno), andai subito nella sua cabina per chiederle come stesse.

E poco importava se lei non voleva vedermi. Qualcuno doveva pur dimostrarle di non considerarla una fallita, perché non lo era. Tennessee era la migliore fra loro.

Alzai la mano per bussare, ma proprio in quell'istante la porta si aprì lasciando comparire sua madre. Nel vedermi, Donna Turner aggrottò le sopracciglia con aria sorpresa.

«Dottor Costello! Questa è la stanza di Nessy. Suppongo stia cercando quella di Trinity e Wyatt…»

«Suppone male.» Snudai i denti in quello che speravo fosse un sorriso. «Sono venuto a parlare con Tennessee.»

«Ma… come mai?» Sembrava sinceramente stupita.

«A cena mi è sembrata un po' taciturna. Volevo chiederle se fosse tutto a posto.»

Intravidi l'oggetto dei miei desideri nella stanza, alle spalle di sua madre.

Aveva le braccia strette intorno al corpo e lo sguardo puntato sulla finestra. La cabina faceva abbastanza schifo, non era né nuova né spaziosa come la mia.

«Oh, capisco. Stia attento, mi raccomando. Dubito che Gabriella sarebbe contenta di sapere che ha passato tutto questo tempo in compagnia di un'altra.»

Donna mi abbagliò con un sorriso raggiante prima di avviarsi lungo il corridoio e tornarsene in camera sua. La seguii con lo sguardo e mi ripetei che non avrei mai rinunciato alla mia reputazione immacolata e al potere che ne derivava solo per risolvere i problemi di qualcun altro.

Aprii la porta senza aspettare che Tennessee mi invitasse a entrare. Appoggiai la spalla alla parete e infilai le mani nelle tasche anteriori dei pantaloni.

«Mi spieghi che cazzo è successo a cena?»

«Che vuoi dire?» Tennessee continuava a darmi le spalle, la voce flebile e distratta come se si fosse mentalmente arresa.

«Ti hanno trattata come una bambina.»

«Forse mi vedono ancora così.»

«Be', forse devono darci un taglio. Il rispetto va preteso, nessuno te lo darà mai in cambio di niente.»

«Sei venuto qui per dirmi questo?»

Si girò verso di me, le braccia ancora strette intorno al corpo. Nonostante i suoi occhi fossero asciutti, erano anche spenti. La ragazza del diner che mi rispondeva per le rime settimana dopo settimana era scomparsa. Ma era lei che rivolevo indietro.

Non la sua ombra, quella che mi stava davanti in quel momento fingendo che fosse tutto a posto.

«O sei venuto a dirmi che Bear è un ragazzino fantastico e che ti farebbe molto piacere offrirgli i tuoi consigli, magari anche lasciarlo giocare con i tuoi videogiochi o qualsiasi *sbronzata* tu abbia detto prima? Perché non mi serve il tuo aiuto, Cruz.»

Buffo che con la sua famiglia non riuscisse mai a spiccicare una parola, mentre con me sembrasse sempre pronta a scassarmi le palle anche solo per aver fiatato in sua presenza.

«No, Bear ha già un padre che vuole far parte della sua vita. Io so solo che i videogiochi costano un occhio della testa.»

«Questo non spiega perché sei venuto in camera mia.»

«Per chiederti di venire a bere qualcosa con me. Adesso. Ne hai bisogno, e io pure. Tuo figlio è con i nonni. Torniamo a fare gli adulti, fosse anche solo per un paio d'ore.»

Fu tentata di dire di sì.

Lo capii quando alzò una mano per sfiorarsi la collana di plastica e sistemarsela meglio intorno al collo affusolato.

«Al bar, intendi? Gli altri potrebbero vederci.»

«Mi sforzerò di non venirti sulle tette, allora» replicai, serissimo.

Lei trattenne un sorriso. «Non credo sia una buona idea.»

«Venirti sulle tette? Sono d'accordo. Quantomeno in pubblico. Ma bere qualcosa insieme non dovrebbe essere un problema. E possiamo sempre tornare in camera mia e spassarcela.»

«No, non credo che dovremmo mostrarci insieme, punto e basta.»

«Essermi amica ti farà guadagnare un sacco di agganci a Fairhope. È un primo passo per guadagnarsi il rispetto degli altri.»

«Santo cielo, sei veramente un uomo per bene, non è così?» Tirò su col naso, esasperata.

«Se ti consola, gira voce che quelli come me arrivino sempre ultimi.»

«Ieri notte no, però.»

Touché.

15

Tennessee

«Bene, adesso conosci il mio oscuro segreto.»

Un paio di bevute dopo, in uno dei tanti bar dell'*Estasi*, mi sbarazzai delle mie inibizioni e rivelai la verità a Cruz, il quale aveva tutta l'aria di essere l'unico, oltre a Bear, a stare dalla mia parte.

«In realtà sono una brava persona, o perlomeno ci provo. Il giorno in cui sei venuto a prendermi per la crociera ho fatto tardi perché dovevo dare una mano a Trixie, la nuova cameriera. Non potevo lasciarla in quelle condizioni. Mentre suppongo che il tuo segreto sia che sai comportarti male.»

«Mica sempre.» Cruz prese un sorso di birra. Quella sera era particolarmente bello, forse perché sapevo cosa nascondeva sotto i vestiti. Tutti quei muscoli d'acciaio… «Ma non posso dire che sentirò la mancanza dei Warren o di Dalton e sua moglie che, a proposito, sembrava una candela sciolta con sopra una parrucca.»

«Una pessima parrucca» sghignazzai in risposta. «Devo confessarti una cosa.»

«Se stai per dirmi che ieri sera hai finto l'orgasmo, puoi farne a meno. Vado subito a buttarmi in mare.»

Scoppiai a ridere pur odiando che Cruz fosse così dannatamente irresistibile.

«La buona notizia è che… non ho fatto finta.»

«Quella cattiva è che stai mentendo?» Inarcò un sopracciglio.

«No, ma ero un tantino ubriaca. Mi ricordo ogni cosa, ma… era tutto un po' sfocato.»

Il sorriso gli si spense sulle labbra e io mi sentii travolgere dal senso di colpa. A un certo punto, non sapevo bene quando, avevo cominciato a tenere in considerazione le sue opinioni e ciò che desiderava dalla vita.

Non volevo deluderlo pur sapendo di non essere in grado di dargli ciò che chiaramente meritava.

«Sul serio?» domandò. «Ma se non ti ho vista bere più di un paio di cocktail!»

«Perché ne ho bevuti altri al tavolo da blackjack, quando eri distratto» gli spiegai imbarazzata.

Lui si sfregò la mascella, rimuginandoci su. «Dovrei sentirmi uno stronzo per essermi approfittato di te? Perché un po' mi ci sento.»

«Mi prendi per il *cubo*? Ti ho praticamente sbranato sotto gli occhi del tuo vecchio compagno di università. Solo che non volevo... insomma, dirti una bugia. O mentire per omissione, o quel che è.»

«La prossima volta mi assicurerò che tu sia sobria e presente.»

Non ci sarà una prossima volta.

«Sì, invece.»

Oh, melma. L'avevo detto ad alta voce?

«Eh, già. E hai detto ad alta voce anche *questo*.»

Presi il mio cocktail alla frutta dalla superficie appiccicosa del bancone e me lo portai alle labbra per berne un sorso. «Avevamo detto niente coccoline dopo la crociera.»

«Esatto. Ma tecnicamente siamo ancora in viaggio.»

«Insieme ai nostri parenti.»

«Per fortuna però abbiamo ognuno la propria stanza e l'età giusta per dare il nostro consenso, nel caso in cui la tua famiglia ti avesse veramente convinta di essere ancora una bambina.»

«È troppo rischioso.»

«Dimmi che non mi vuoi» mi sfidò, improvvisamente serio e risoluto.

«Se i nostri genitori lo scoprissero, sarei spacciata. E non...»

«Sei un'adulta in grado di prendere le proprie decisioni. Dimmi che non mi vuoi, Tennessee.»

«E non pensare che ti darò magicamente il permesso di mettermi dentro quel coso e farmi rimanere incinta per sbaglio...»

«Non mi stai ascoltando. Ti ho chiesto una cosa molto semplice: dimmi che non mi vuoi.»

«Non posso!» Alzai le braccia in un gesto esasperato. «Cristo santo, non posso dirtelo perché non sarebbe vero.»

«Allora lascia che ti aiuti. Lascia che mi metta al tuo servizio, che ti dia una mano a superare il disagio di andare a letto con un uomo. Siamo l'accoppiata perfetta. Sarà una cosa passeggera, effimera, fantastica. Piantala di lasciare che siano gli altri a decidere per te. Riprendi il controllo della tua vita, te lo sei guadagnato.»

Più tardi, Cruz mi riaccompagnò, solo che quando raggiungemmo la porta della mia stanza tirò dritto, guidandomi lungo la moquette oro e bordeaux del corridoio.

Non gli chiesi dove fossimo diretti.

Già lo sapevo.

E mi stava bene. Cruz aveva ragione. Era arrivato il momento di liberare la mia sensualità, e quale luogo migliore di una nave chiamata *Estasi* per cominciare?

Questa volta, quando mi spogliò, non ci scambiammo né battute né frecciatine. Mi sfilò i vestiti in modo lento e meticoloso, senza mai togliermi gli occhi di dosso, ma con le mani che tremavano leggermente.

Mi baciò le spalle nude, i seni, poi toccò ai palmi delle mie mani (leccò lo spazio fra le dita, e io sentii la sua lingua bollente che ci si insinuava nel mezzo) e quando arrivò fra le mie gambe, assaporò ogni centimetro della mia pelle, succhiando, mordendo.

Mi ritrovai distesa sul suo letto completamente nuda, sentendomi preziosa e potente mentre lui si muoveva intorno al materasso come una tigre in gabbia per guardarmi da ogni angolazione possibile. Aprì il portafoglio abbandonato sul comodino e ne tirò fuori un preservativo.

«Ti saresti comunque portato a letto qualcuno, non è vero?» mormorai, occhieggiandolo attraverso le ciglia.

«Nessuna sarebbe stata memorabile anche solo la metà di te.»

«Mi sembra impossibile che lo stiamo facendo sul serio.»

«Mi sembra impossibile che abbiamo aspettato così tanto» rispose lui.

Poi indossò il preservativo e, quando si fece avanti per entrarmi dentro, trassi un respiro affannoso e pieno d'ansia.

Mi baciò le palpebre, la fronte, una guancia.

«Mi dispiace che ti sia dovuta sorbire un sacco di cazzate, ma ti prometto che fra di noi non succederà mai niente che tu non voglia.»

Purtroppo sapevo già che stava mentendo, perché il mio cuore faceva le capriole ogni volta che Cruz mi guardava e io avevo già deciso che non mi sarei mai permessa di averlo.

Ero troppo spaventata. Troppo fragile.

Mi penetrò senza mai smettere di baciarmi. All'inizio sentii un male del diavolo, quindi chiusi gli occhi e mi aggrappai a lui come se ne andasse della mia vita. Avrei dovuto sentirmi patetica (insomma, ero una mamma single di ventinove anni praticamente vergine), eppure Cruz mi fece sentire bellissima, unica e preziosa.

Quando cominciò a muoversi dentro di me, il mio cuore si lanciò in una serie di pericolose evoluzioni, sprizzando gioia e apprensione, e pensai che c'era la possibilità dell'ottantatré percento che stessi avendo un infarto.

Ormai ci pensavo solo di rado, ma quello che era successo con Rob mi aveva veramente incasinato il cervello. Ogni volta che chiudevo gli occhi, i flashback mi lampeggiavano dietro le palpebre.

Rob che mi infilava una mano nelle mutande e ridacchiava con la voce roca mentre Cruz ci faceva da palo.

Rob che me lo infilava dentro mentre io tenevo gli occhi chiusi e mi sforzavo di pensare a cose piacevoli, perché ero la sua ragazza e volevo tenermelo, e Molly Hough mi aveva detto che lui mi avrebbe scaricata se non gliel'avessi data prima che partisse per il college.

Rob che mi diceva che sarebbe andato tutto bene. Che nessuna rimaneva incinta la sua prima volta. E comunque mi erano appena finite le mestruazioni, giusto?

Rob che scuoteva la testa quando ero finalmente riuscita a beccarlo davanti a casa sua, praticamente isterica e fuori di me.

«Senti, Nessy, non ho niente contro di te. È che sono troppo giovane, capisci? Fai quello che devi fare, ma lasciami fuori da questa storia.»

Le lacrime cominciarono a rigarmi le guance.

Temevo che Cruz si sarebbe fermato, ma non lo fece.

Le baciò a una a una, e se continuò a scivolare dentro e fuori di me non fu per inseguire il proprio piacere, ma perché se ci fossimo fermati mi sarei sentita una fallita totale e non avrei più avuto il coraggio di guardare negli occhi né lui né tantomeno me stessa.

«Mi dispiace.» Mi baciò sul naso e gli credetti.

«Tantissimo.» Mi baciò la mandibola.

«Da morire.»

Passati i primi minuti, tuttavia, la cosa diventò alquanto piacevole. Non *follemente* piacevole, quello no. Preferivo ancora di gran lunga che Cruz Costello mi leccasse dappertutto piuttosto che correre il serio rischio di mettermi incinta.

A ogni modo, non potevo che dargli una A per l'impegno e una B+ per il modo in cui mi stava facendo sentire. Piena, stordita e soddisfatta.

Non venni, però ci mancò poco.

Lui invece sì e, come aveva promesso, nell'istante in cui si rese conto che i suoi ragazzi erano pronti a risalire la corrente, lo tirò fuori, si diede un paio di strattoni e venne col preservativo ancora addosso.

Dopo ci limitammo a fissare il soffitto in silenzio, il suo braccio sotto le mie spalle. In TV stavano trasmettendo *Io e Annie,* ma il volume era stato azzerato e io non sapevo se piangere o trovare una scusa per litigare. Non feci né l'una né l'altra cosa.

Invece, tirai i peli biondi che gli si arricciavano sul petto e mormorai nella sua ascella: «Posso rimanere qui stanotte?».

Lui mi posò un bacio fra i capelli senza rispondere.

E io lo presi per un sì.

16

Tennessee

Contro ogni pronostico, i sei giorni che seguirono furono un sogno, pieni di innumerevoli ore passate con Bear durante il giorno e di situazioni roventi in compagnia di Cruz ogni notte.

Le nostre famiglie fecero parecchie cose insieme, ma io riuscii a evitarmele quasi tutte con la scusa che non ero io quella che i Costello avevano realmente bisogno di conoscere, e poi avevo un figlio adolescente che non trovava il bridge e il golf particolarmente interessanti.

(Era una bugia. O meglio, era vero che a Bear il golf e il bridge non piacevano. Ma era anche vero che passava la maggior parte del suo tempo insieme al suo amico Landon, lasciandomi alla mia abbronzatura e ai libri che si era portata dietro Trinity.)

Bear condivideva ancora la stanza con mammina e papino, io avevo una cabina tutta per me, eppure continuavo a fare in modo che le notti di fuoco insieme a Cruz avessero luogo in camera sua.

Giocava un ruolo fondamentale il fatto che le nostre famiglie credessero ciecamente alla virtù (e alla salute mentale) di Cruz, e che quindi non mi avrebbe mai toccata nemmeno con un dito, motivo per cui nessuno avrebbe mai indovinato quanto tempo passassimo insieme davvero. Soprattutto perché erano ancora tutti convinti che lui e l'impeccabile Gabby stessero insieme. Non sospettarono niente nemmeno quando divenne ormai lampante che nessuno di noi due andava mai a bere con gli altri dopo cena.

In realtà, avevo il sospetto che Catherine avesse intuito *qualcosa*.

E in effetti una sera mi fermò, dopocena, e mi domandò con nonchalance se conoscessi Gabriella, che definì la sua futura nuora, nonostante qualsiasi persona sana di mente si sarebbe resa conto che il nome Gabriella Costello contenesse decisamente troppe elle.

«È la damigella d'onore di mia sorella» risposi, asciutta, prima di bere un sorso di tè freddo.

«Strano che Trinity non abbia scelto te.»

Scrollai le spalle. «È libera di decidere come meglio crede. In ogni caso, sono quasi sicura che Cruz e Gabriella si siano lasciati.»

Glielo dissi per farle capire che non mi sentivo minacciata, nonostante non fosse affatto vero. E non perché mi fossi messa in testa di avere un futuro con Cruz.

«Sono sicura che si rimetteranno insieme. Lui le vuole molto bene.»

«Sono certa sia così, signora Costello.»

Avrei voluto dirle che non era vero, che ero io quella a cui Cruz voleva bene. Che in un altro mondo, in un'altra epoca, avremmo potuto essere una coppia.

Se non gli avessi tirato un pugno in gola.

Se non fossi uscita col suo migliore amico anche se in realtà spasimavo per lui, proprio come il resto della popolazione femminile di Fairhope.

Ero proprio uno stereotipo ambulante. Amare Cruz Costello era come avere in camera un poster di Brad Pitt o Tom Cruise negli anni Novanta.

Nonostante non mi fossi portata dietro i vestiti che mi aveva regalato Cruz e mi ostinassi a indossare i miei, mi diedi una regolata per il bene di Bear, e concessi un po' di respiro sia ai miei capelli, rinunciando alla lacca, che alle mie unghie, lasciando perdere lo smalto.

Ovviamente mamma e papà continuavano a trattarmi come al solito e Trinity era una vera seccatura, sempre impegnata a correre dietro a Catherine Costello per lisciarle le penne e profondersi in mille complimenti, che fosse per le scarpe o qualche caftano che aveva indossato.

Cionostante mi divertii. E quando la crociera volse al termine, una grossa fetta della mia felicità rimase a bordo dell'*Estasi*.

Appena rimettemmo piede su terraferma e cemento, le due famiglie entrarono in modalità logistica.

«Gioia, Wyatt e Trinity prendono un'auto a noleggio. Possono riaccompagnarvi loro a casa. Non ti dispiace, vero, Wyatt?» Papà si girò a guardarlo.

Wyatt, che aveva un broncio pestifero al limite dell'infantile e un bel viso, ma neanche un briciolo del fascino e del carisma di suo fratello, calciò un sassolino nel parcheggio. «Mi toccherà allungare un po' la strada, ma per Bear e mia cognata questo e altro.»

Eh già, in quanto a charme gli mancava senz'altro qualcosa.

«Li riporto a casa io» si offrì Cruz.

«Oh, Cruzy, non ce n'è bisogno» intervenne Catherine posandogli una mano sul braccio. «Ci pensiamo noi. Immagino tu voglia passare alla clinica prima di tornare a casa.»

«Il multitasking è la mia specialità» replicò lui, e nel vederlo venirci incontro il mio cuore sobbalzò come un pesciolino fuori dalla boccia.

Ogni volta che si dimostrava carino e gentile con me davanti agli altri, le farfalle mi sconquassavano lo stomaco. Non capivo come mai, considerato che Cruz era carino e gentile con *chiunque*.

Ma forse era *proprio* perché era carino e gentile con chiunque.

In ogni caso, prese la mia valigia e la portò verso la sua Audi.

La signora Costello si lasciò sfuggire un *nooooooo* al rallentatore.

«Io davanti!» esclamò Bear col pugno alzato.

Cruz ridacchiò. «Magari la prossima volta, figliolo.»

Figliolo.

Bastò il pensiero che qualcuno potesse riferirsi al mio ragazzone in quei termini per farmi venire voglia di piangere. D'altro canto, quando ero con Cruz mi ritrovavo sull'orlo delle lacrime per qualsiasi cosa.

Meglio così, mi dissi. *Significa che non ti piace davvero. Non si è mai sentito di una storia d'amore che inizia con un "lei non riusciva a smettere di frignare ogni volta che si ritrovavano nella stessa stanza..."*

«Gentile da parte tua.» Gli rivolsi un sorriso cordiale, come se non avessimo passato l'ultima settimana a farci non meno di tre giri a notte sulla faccia e i genitali dell'altro.

Non riuscivo a ringraziarlo.

Non capivo come mai.

Sapevo soltanto che per me era essenziale passare per una donna che non aveva bisogno di lui e che non nutriva chissà quale interesse nei suoi confronti. Niente a che vedere con le fanatiche appiccicose con cui Cruz aveva generalmente a che fare.

Il viaggio di ritorno verso il nostro bungalow passò piacevolmente, con Cruz e Bear che discutevano di videogiochi e io che ammiravo il paesaggio fuori dal finestrino, cercando in ogni modo di non fingere che fossimo una piccola famigliola felice.

Dopo anni passati a proibirmi di sognare a occhi aperti, iniziare a farlo in questo momento, e per di più con una persona che era a portata di mano e al tempo stesso lontana anni luce, rischiava di diventare una ricetta infallibile per un esaurimento nervoso.

Dovevo salvaguardare la mia vita.

Il mio cuore.

Soprattutto le mie mutande.

Basta figli, Tennessee Turner. L'idea è quella di lasciare Fairhope tra un paio d'anni, non di metterci radici ancora più profonde.

Quando ci fermammo davanti al bungalow sgangherato che era casa nostra, Cruz spense il motore e si girò verso Bear.

«Ti spiace se scambio qualche parola in privato con tua madre?»

«Non la tratterai male, vero?» replicò lui che si bloccò con la mano sulla maniglia dello sportello posteriore. Altalenò lo sguardo fra me e Cruz, più che pronto a difendermi.

Mi si strinse il cuore.

«Parola di scout» gli assicurò Cruz alzando due dita.

Apprezzavo che non si riferisse a Bear chiamandolo *ciccio* o *ometto* come faceva invece Wyatt in quel modo condiscendente che mi dava ai nervi.

Cruz gli offrì il pugno e Bear annuì prima di colpirlo col proprio.

«Dicevi davvero quando mi hai invitato a giocare a casa tua?» gli domandò un'altra volta mio figlio con aria scettica.

«*Eccome*, e ordineremo pure la pizza. Scrivimi e ti faccio sapere quando sono libero.»

Quella conversazione non avrebbe mai dovuto liquefarmi le mutande, ma è proprio quello che successe.

«Ti raggiungo subito, Bear-Bear.»

«Okay, ma'.»

Lo osservai mentre scendeva dall'auto e ci girava intorno per recuperare le nostre valigie dal bagagliaio.

Cruz si voltò verso di me. «Mi piacerebbe vederti questo fine settimana.»

«Ci vediamo tutte le settimane.»

Mantieni la calma. Mantieni la calma.

«Non fare la finta tonta.»

«Non sto facendo la finta tonta, cerco solo di essere pragmatica. Non avevamo stabilito che non vuoi che infanghi la tua reputazione? E che io vorrei evitare di mettere a dura prova la pazienza della mia famiglia?»

Cruz aprì la bocca per rispondere, ma qualcuno bussò al mio finestrino facendomi trasalire. Abbassai il vetro e mi ritrovai a fissare il cipiglio furioso di Bear.

Non l'avevo mai visto tanto arrabbiato, di solito era il ragazzino più tranquillo del mondo.

«Che succede?»

«È qui.»

«Chi?»

Bear indicò la porta d'ingresso con un cenno del mento.

Mi girai di scatto in quella direzione e vidi Rob seduto sui gradini della nostra veranda. Quando capì che ci eravamo accorti di lui, si rimise in piedi e ci rivolse un saluto goffo e impacciato.

Stava leggermente meglio dell'ultima volta che lo avevo visto, ormai tre settimane prima. Non aveva più il gesso, era rasato di fresco e indossava un abito elegante.

«Cruz?» Rob si illuminò, e per un attimo parve dimenticarsi di essersi presentato a casa nostra per la famiglia che si era lasciato alle spalle. «Oh, merda, non ci credo. Costello?»

«Rob!» Cruz sfoderò un sorriso virile e affascinante degno del modello di una pubblicità di dopobarba, e scese dalla macchina per raggiungerlo.

I due si esibirono nel classico saluto abbraccio-e-pacca-sulla-schiena, ridendo e girandosi intorno. Più parlavano e più sembravano regredire all'adolescenza. Non sapevo cosa mi fossi aspettata di preciso, ma di certo *non* una scena del genere.

Durante la crociera, Cruz non aveva mai parlato di Rob, né con affetto né in qualsiasi altro modo. Dopo un po' avevo semplicemente dato per scontato che si fosse schierato dalla mia parte.

«Ma che tenerezza, zio Cruz e lo stalker sono amici per la pelle.» Bear mi riscosse dai miei pensieri e mi aprì lo sportello per aiutarmi a scendere.

Avevo il mal di mare. Non riuscivo a credere che Cruz gli avesse riservato un benvenuto tanto caloroso dopo tutto quello che avevamo condiviso negli ultimi dieci giorni.

«Non chiamarlo così, per favore. Non è tuo zio.»

«Non ci sono questioni più importanti su cui concentrarsi?» ribatté lui, immusonito, e trascinò le nostre valigie verso l'ingresso.

«Quando arriviamo, lascia parlare me» gli ordinai.

«Perché? Si è comportato male anche con me… o l'hai dimenticato?»

«Fidati, me lo ricordo bene, ma questa è una faccenda che richiede finezza.»

«Mamma, tu e la finezza vivete su due pianeti diversi.»

Ancor prima di raggiungere la porta di casa, fianco a fianco con Bear, sentii lo stomaco pesante come se fosse stato riempito di sassi.

Quando Rob posò per la prima volta lo sguardo su Bear, che era la sua copia sputata di quando aveva tredici anni, barcollò all'indietro per la sorpresa. Come se la faccia di suo figlio l'avesse in un certo senso ferito.

«Santiddio.» Si coprì la bocca con la mano, gli occhi come due scintillanti lune verdi.

«Eh, già.» Bear pronunciò la *gi* con particolare enfasi, ignorando bellamente la mia richiesta di non dire niente. «Si chiama genetica, *papà*. Cerca su internet.»

«Bear, scusa se ti ho telefonato. È solo che...» Rob si stava sforzando di trovare le parole giuste.

Come no, tanti auguri.

Bear buttò fuori una risata metallica. «Perché piuttosto non mi chiedi scusa per i tredici anni in cui non ti sei fatto vedere, genio? A mai più rivederci. *Mamma*, sono in casa se hai bisogno di me.»

Dopodiché mi baciò sulla guancia, aprì la porta a zanzariera ed entrò in casa come una furia portandosi dietro le nostre valigie.

Non gli avevo mai voluto tanto bene in vita mia.

Mi voltai verso Rob con uno sguardo torvo. «Non riesco a credere che tu l'abbia chiamato.»

Anzi, in realtà ci riuscivo eccome. Che altro potevo aspettarmi da uno stro... *finaccio* egoista e narcisista come lui?

«Non mi hai lasciato altra scelta» disse Rob con voce remissiva e le spalle afflosciate. «Non hai mai risposto alle mie telefonate.»

«Dovrei farti causa.» Denunciarlo, strangolarlo, spararargli... era uguale.

«Ho il diritto di vederlo» mi ricordò lui con giudizio. Cruz, nel frattempo, era rimasto impalato accanto a lui come una pianta bella e inutile. «Com'è andata la crociera?» tornò alla carica Rob con il tentativo di svicolare.

Benissimo, mi sono fatta il tuo migliore amico.

«Non sono affari tuoi» risposi a denti stretti. «E questa è l'ultima volta che ti presenti a casa mia senza avvisare. Ci siamo capiti, Gussman?»

«Mentre non c'eri ti ho dato una sistemata al prato. E ti ho anche firmato un assegno. D'ora in avanti pagherò gli alimenti che vi devo, ecco qua.» Si infilò una mano in tasca e ne tirò fuori un pezzo di carta stropicciato.

Lo presi e lo strappai davanti ai suoi occhi prima di lanciarne i pezzi per aria come coriandoli. Non era soddisfacente come sembrava nei film, considerato che i soldi mi servivano *davvero* e che alla fine mi sarebbe pure toccato raccogliere le cartacce.

«Eccome se mi pagherai gli alimenti, ma andremo per vie ufficiali e sarà il tribunale a stabilire quanto mi devi. Non fingiamo che tu mi stia facendo chissà quale favore.» Poi, siccome odiavo che Cruz avesse assistito alla scena, mi girai verso di lui. «Allora? Lo spettacolo è finito. Grazie per il passaggio. Che ne dice di proseguire per lo studio medico, dottor Costello?»

Si incupì. Sapevo di essere stata gratuitamente insolente, ma non mi avevano lasciato altra scelta.

Non potevo tradire alcuna debolezza, e non ero pronta a mettere in mostra il nostro… qualunque fosse il legame che avevamo o avremmo avuto in futuro. Non prima di averne avuto io stessa un'idea più chiara.

«Ci si vede, Rob.» Cruz diede una pacca sulla spalla del mio ex ragazzo e scese dalla veranda fingendo che io non esistessi.

Io e il mio ex rimanemmo soli.

«Non mi arrenderò, Nessy.»

Provai l'impulso di prendere fisicamente le distanze da quel soprannome, di agguantarlo come un oggetto inanimato e scagliarglielo addosso.

«Nessuno te l'ha chiesto, e il mio nome è Tennessee.»

O quantomeno avrei voluto che lo fosse.

Mi piaceva il modo in cui lo pronunciava Cruz.

«In ogni caso, dammi il tempo di parlargli, ma non provare mai più a scavalcarmi. Dico sul serio, Rob. Hai combinato un pasticcio e adesso ti toccherà sottostare alle nostre regole.»

«Mi sembra giusto» annuì lui. «Scusami di nuovo. È stata una serataccia. Non sapevo che sareste andati in crociera, l'ho scoperto soltanto a cose fatte. Pensavo che… che fossi scappata per portarmelo via.»

Mi inalberai. «Non lo farei mai.»

A meno che non avessi vinto alla lotteria, ma non c'era alcun bisogno che Rob lo sapesse. E dovevo ammettere che la sua conclusione poteva anche essere considerata in un certo senso... okay, totalmente legittima.

«Sì, ora lo so. Mia madre poi mi ha raccontato tutto della crociera e della liaison tra le vostre famiglie. Comunque Bear è un bel ragazzino, assomiglia a me quando avevo la sua età.»

«Sei veramente arrogante se pensi di essere stato almeno una volta nella vita bello e innocente quanto lui.»

«E dai, sai che è così.»

Poco importava quanto volessi aver *voglia* di pugnalare Rob a morte, perché non era semplice: non solo mi aveva fatto il regalo più bello della mia vita, ovvero mio figlio, ma sembrava anche sinceramente impaziente di conoscerlo meglio.

Aveva anche dato una sistemata al giardino... dimostrandosi disposto a impegnarsi ben oltre un semplice assegno.

Oltretutto, non potevo permettere che i miei trascorsi compromettessero la possibilità per Bear di conoscere la sua famiglia, magari persino i suoi nonni paterni, e col tempo allargare il cerchio delle persone che gli volevano bene.

«Fammi parlare con lui. Proverò a farlo abituare all'idea di darti la possibilità di entrare in confidenza. Ma ti avverto, Rob, non intendo fargli pressioni. Se dovesse rifiutarsi, ti toccherà lasciargli i suoi spazi finché non cambierà idea.» Alzai un dito a mo' d'avvertimento.

Rob annuì. «Posso fargli un regalo? Vuole qualcosa in particolare?»

Pensai ad *Assassin's Creed*, ma scossi il capo.

«Non riuscirai a corromperlo.»

«È un bravo ragazzo.»

«Sì, e non grazie a te, quindi non gonfiare troppo il petto.»

«Posso chiederti una cosa che non c'entra niente?» Rob si grattò la mandibola, un gesto che mi riportò alla mente mille ricordi piacevoli, il che mi diede il voltastomaco.

Mi domandai in quanti fossero al corrente del suo ritorno e chi sarebbe stata la donna che avrebbe scelto di frequentare una volta che si fosse sistemato.

«No» risposi, piatta. «Bear è l'unico argomento che abbiamo in comune.»

Rob però tirò dritto comunque.

«C'è qualcosa fra te e Costello?»

Scoppiai a ridere, scossi la testa, girai sui tacchi e gli sbattei la porta in faccia.

Magari.

La sera, io e Bear ci spaparanzammo sul divano a guardare un reality show in cui alcune celebrità venivano abbandonate su un'isola, erano costrette a mangiare vermi e riso crudo e a bere acqua piovana pur di sopravvivere, il tutto mentre litigavano a proposito di temi esistenziali come le extension per capelli o chi fra loro avesse veramente le protesi al sedere.

«Che ne dici di dare a tuo padre la possibilità di spiegarsi?» gli domandai distrattamente mentre gli passavo i popcorn appena fatti.

Bear vi affondò una mano e se ne riempì la bocca.

«Dico che non succederà mai.»

«*Mai* è una parola grossa.»

«E anche accurata.»

Ci riflettei per qualche istante. Ero combattuta.

Una parte di me voleva proteggere Bear a ogni costo per fare in modo che non rimanesse deluso se di lì a qualche mese, o qualche anno, Rob avesse deciso di prendere baracca e burattini e levarsi di torno. Dopotutto le sue scelte di vita passate non lasciavano ben sperare.

D'altro canto, non sopportavo l'idea di impedire a mio figlio di avere un punto di riferimento maschile nella sua vita, che per giunta era suo padre. Non volevo privarlo di niente. Meritava di avere due genitori che gli volevano bene, e Rob sosteneva di essere cambiato.

«Sai,» iniziai a dire schiacciando un popcorn fra le dita, «quando ho conosciuto tuo padre erano tutti convinti che sarebbe diventato un giocatore di football professionista. Era un tifoso sfegatato dei Panthers, aveva persino un pallone autografato da tutti i giocatori, dal primo all'ultimo. Lo teneva in un punto fresco e asciutto del garage per evitare che gli autografi sbiadissero. Una volta mi ha detto che l'avrebbe regalato a suo figlio e io ho pensato che fosse un pensiero molto dolce.»

Bear mi guardò neanche avessi appena fatto pipì nella ciotola dei popcorn, poi alzò gli occhi al cielo.

«Il football nemmeno mi piace.» Aprii la bocca per ribattere, ma lui balzò in piedi e scosse la testa senza darmene il tempo. «E non mi piacciono neanche gli imbecilli, quindi non è messo troppo bene. Se lasci che la gente ti metta i piedi in testa, gli dai il potere di farti del male. La buona notizia è che il dottor Costello la passerà liscia anche se sono amici, ma solo perché muoio dalla voglia di giocare ad *Assassin's Creed*. Buonanotte, mamma.»

17

Tennessee

La mattina seguente, mentre ero al lavoro da Jerry & Figli per il turno della mattina, inviai un messaggio a Rob per dirgli che Bear aveva chiesto più tempo.

Rob: Grazie per avermi avvertito. Mi terrai aggiornato?
Io: Sì.
Rob: Ieri, comunque, ho incontrato tuo padre in centro. Aveva una gomma a terra. Gli ho dato una mano a cambiarla.
Io: Sono sorpresa che non ti abbia ucciso.
Rob: Voleva farlo. Il fatto che avessimo un pubblico è stato d'aiuto, suppongo.
Io: Peccato.
Rob: Cosa risponderesti se ti chiedessi di cenare con me?
Io: Ti direi che hai decisamente iniziato a delirare e che probabilmente faresti meglio a lasciar perdere le droghe.
Rob: Ricevuto. Magari ci riprovo la prossima settimana.

Poi pensai a Cruz, ma… be', con lui era tutta un'altra storia.

Non gli dovevo nulla, non avevo alcun tipo di responsabilità nei suoi confronti, né avevamo questioni in sospeso da risolvere.

Aveva provato a chiamarmi, quella mattina, ma avevo dirottato la sua telefonata direttamente alla segreteria telefonica, sperando con tutte le mie forze che non decidesse di passare alla tavola calda.

Del resto avevamo concordato di comune accordo di lasciarci alle spalle quanto accaduto in crociera, una volta tornati in città, quindi non aveva senso prolungare l'inevitabile.

Tre giorni dopo, appena ebbi terminato quello che era apparso come un infinito turno di lavoro contraddistinto da gente che mi aveva guardata dall'alto in basso e intoppi di vario genere, come la cliente che mi aveva accusata di aver trascritto i dati della sua carta di credito quando era arrivato il momento di pagare (cosa che non avevo fatto) o come Coulter che all'improvviso aveva deciso di smettere di preparare piatti che prevedessero l'utilizzo della cipolla perché lo faceva piangere, mi precipitai nel negozio di abiti da sposa per assistere Trinity nella scelta del vestito.

Feci irruzione là dentro nel bel mezzo della prova, e trovai mia madre seduta in fondo al negozio, su un divanetto color crema imbottito, che piangeva a dirotto; accanto a lei, Gabriella sorseggiava champagne dalla sua flûte con un'espressione inacidita e un abito rosa acceso.

Trinity invece era in piedi su un piano rialzato, fasciata dal suo abito da sposa: un impeccabile corsetto di pizzo con uno strascico a cappella e una cintura tempestata di diamanti.

La osservai mentre, con la faccia imbronciata davanti al suo riflesso, si lamentava con l'impiegata del salone perché la cerniera scavava nell'inesistente strato di grasso che aveva sui fianchi.

«Con questo vestito non posso permettermi di bere nemmeno un goccio d'acqua. Lo sapevo che la crociera era una pessima idea. Non avrei mai dovuto mettere piede in quel bar accettando la formula "all-you-can-drink". Oh, ciao, Nessy.»

Mi aveva scorto attraverso lo specchio a tutta parete che aveva di fronte. Fu solo allora che le altre due ospiti girarono la testa per guardarmi.

«Ciao, tesoro» mi salutò mia madre dandomi una breve occhiata mentre si asciugava le lacrime. «Hai visto quanto è bella tua sorella?»

Gabriella non disse nulla. Così mi accucciai sul parquet davanti a loro e battei le mani.

«Trinity, hai un aspetto divino.»

«Sono d'accordo con te sulla cerniera. Dovresti farlo allargare un po'. O magari, invece, scegliere un piano alimentare drastico. Che so, magari la dieta Atkins?» mormorò Gabriella puntando gli occhi sul telefono, poi cominciò a scorrere le varie foto di Instagram mettendo i suoi like con un'espressione truce.

«Non ha più niente da buttare giù» intervenni io, poi presi posto sul divanetto.

«C'è sempre un chilo da perdere qua e là» replicò mia madre con una certa bramosia, accarezzandosi una pancia che era geneticamente un po' più larga di quanto avrebbe voluto.

L'impiegata del negozio colse l'occasione per scusarsi e andare a prendere il suo kit da cucito, quindi uscì di corsa dalla stanza. Trinity diede le spalle allo specchio, scese dall'alzata e si avvicinò ai divanetti.

«Stavo giusto raccontando a Gabriella della crociera. È stata davvero sfarzosa, non credi?»

«Già. Molto elegante.» Cercavo di non attirare troppo l'attenzione su di me, visto che io e la sua damigella non eravamo esattamente amiche per la pelle.

«Sì, lo so.» Gabriella ravviò i capelli scuri con un colpetto per poi prendere un sorso di champagne. «Cruz mi ha raccontato tutto.»

Si erano parlati dopo il nostro ritorno?

Non credevo avessero motivo di farlo, visto che si erano lasciati.

D'altra parte, non lo avrei nemmeno mai creduto capace di dimostrarsi tanto felice di rivedere Rob, e invece lo aveva salutato con tutti i crismi, e proprio sulla mia veranda.

«Vi parlate ancora?» cinguettò Trinity illuminandosi. «Questo è un buon segno.»

Provai l'impulso di strangolare mia sorella, ma poi mi ricordai che non sapeva niente di me e Cruz.

Gabriella posò lo champagne su un tavolo lì accanto e allungò le sue belle gambe. «Oh, sì. Ci stiamo riavvicinando. Lentamente.

Credo che la notizia del tuo matrimonio con Wyatt ci abbia un po' spaventati entrambi. Ci siamo sentiti parecchio sotto pressione, capisci? E con il fatto che ho questa nuova attività...»

«La tua nuova attività?» Le parole mi volarono via di bocca prima ancora che potessi fermarle. E lei si pavoneggiò. «Il mio blog. Sta davvero decollando.»

Sembrava proprio Insta-grandioso.

Gabriella riprese a parlare: «È che credo che Cruz abbia capito che sono quella giusta per lui, quindi è... non so, direi *ansioso*, forse?».

La parola che stai cercando è "disinteressato", *tesoro.*

«Oh, ha perfettamente senso» convenne con lei Trinity. «E lo vedo il modo in cui ti guarda. Si preoccupa molto per te.»

Mi veniva da vomitare.

«Cruz ti ha detto niente della sua rottura con Gabriella?» se ne uscì mia madre girandosi a guardarmi, ignara della bomba che aveva appena sganciato nella stanza. «Sembrate essere diventati molto amici, negli ultimi tempi. Non mi ero proprio accorta foste tanto intimi finché non siete saliti sulla nave giusta.»

Gli sguardi di Trinity e Gabriella sfrecciarono così velocemente verso di me che mi stupii di non vedere i loro occhi rotolare fuori dalle loro orbite. Così, sotto i loro sguardi di fuoco che stavano scavando un tunnel nella mia carne nel tentativo di raggiungere gli organi interni, presi una brochure da sposa e iniziai a sfogliarla cercando di non arrossire.

«Potrebbe aver detto qualcosa» mormorai, ma solo perché volevo che si sapesse, nel caso si fosse sparsa la voce che io e Cruz avevamo avuto un'avventura, che all'epoca era single.

Quella di essere una rovinafamiglie era forse l'*unica* cosa di cui non ero stata mai accusata. *Ancora.*

«Poverino, doveva proprio essere fuori di sé» commentò Trinity portandosi una mano al cuore.

Oh, in realtà se l'è cavata. Soprattutto quando la mia bocca ha avvolto il suo pene e lui ha cominciato a dirmi che ero la ragazza più bella della città... città in cui risiedete anche voi.

La commessa tornò nella stanza con il suo kit da cucito e un gran sorriso sulle labbra.

«Signorina Turner, la prego di tornare sul palco. Prenderò le sue nuove misure per sistemare la cerniera.»

Trinity fece come le era stato chiesto. Gabriella, dal canto suo, continuò a osservarmi, gli occhi stretti e minacciosi, e io finsi di studiare un articolo sul giornale da sposa che parlava dei segni di frenata sugli abiti.

«A proposito...» riprese Trinity sollevando la treccia bionda in modo che la commessa potesse far passare il metro da sarta intorno alla sua vita. «Ci sono novità da Rob?»

«Ci stava aspettando fuori casa quando siamo tornati dalla crociera. Bear era davvero arrabbiato. E quando ne abbiamo parlato, più tardi, mi ha dato l'impressione di non essere affatto pronto a conoscerlo davvero e a dargli una possibilità.»

«Ma non è una scelta sua, no?» intervenne mia madre che iniziò a tamponarsi il naso con un fazzoletto stropicciato. «È solo un bambino. E dovrebbe fare ciò che sua madre reputa meglio per lui. Dovresti dirgli che Rob è suo padre e che deve ingoiare il rospo.»

Quelle parole mi spinsero a prestarle più attenzione.

Così mi voltai a fissarla, indignata.

«Scusa, come hai detto? Cioè, ti aspetti davvero che io getti dalla finestra la fiducia e il legame che ho costruito con mio figlio per placare e assecondare i capricci di un uomo che fino a un mese fa o giù di lì faceva finta che neanche esistessimo? Questo sa tanto di rinculo!» Omisi intenzionalmente la parola con la f, ma la rima era evidente, e il sottinteso anche.

«Mi aspetto che tu faccia la cosa più sensata permettendo a quell'uomo di darti una mano» replicò lei, sprezzante, squadrando le spalle.

«Ce la siamo sempre cavata alla grande senza di lui. Bear lo incontrerà quando sarà pronto, non un momento prima.»

«Ti stai intestardendo» sentenziò.

E tu mi stai giudicando.

Poi strinse le labbra in una linea dura. «Prendi i suoi soldi.»

E tu togli il naso dagli affari miei.

Ma non potevo dirglielo.

Non avevo abbastanza coraggio per farlo.

«Ascolta, Nessy, penso sinceramente che sia cambiato. Voglio dire, si sta impegnando molto. Ha iniziato a lavorare con suo padre, senza contare tutto il resto...» intervenne Trinity quasi cinguettando mentre continuava imperterrita a guardarsi allo specchio. «Wyatt mi ha detto che i genitori lo hanno invitato a casa loro, ieri. Hanno cenato insieme, pare si siano proprio divertiti. C'erano tutti i Costello al completo.»

«Sì. Cruz me lo ha raccontato. Ne abbiamo parlato» aggiunse in automatico Gabriella, lasciando a intendere per l'ennesima volta quanto il suo rapporto con il più piccolo dei Costello fosse tornato idilliaco.

Perché non gli pisci pure sulla gamba, tesoro?

Se c'era una cosa che mi infastidiva più di mia madre che mi imponeva di pungolare Bear affinché incontrasse Robert, era il fatto che Cruz sembrava essere tornato a rivestire i panni del migliore amico con il mio ex. Mi sentivo così stupida a esserci cascata in crociera.

Probabilmente la sera precedente, una birra tira l'altra, quei due si erano pure confrontati su di me.

«Sentite, non sto dicendo che Rob non debba vedere Bear o che non possa vivere in questa città. Dico solo che stiamo affrontando la cosa un giorno alla volta e che dobbiamo abituarci ad averlo di nuovo intorno. Tutto qui.»

Dopo che Trinity ebbe terminato con le nuove misure, uscimmo dal negozio immergendoci nella luminosa giornata estiva che ci attendeva. Gabriella baciò mia sorella su entrambe le guance senza tuttavia sfiorarle la pelle, poi strinse a sé mia madre.

Subito dopo, mamma prese sottobraccio mia sorella e fece per guidarla verso la macchina. Trinity però le mise una mano sul gomito.

«Puoi andare a prendere la macchina, intanto? Dovrei parlare un attimo con Nessy.»

Oh, oh.

Non si preannunciava niente di buono. Ogni volta che mia sorella esprimeva il desiderio di parlarmi a quattrocchi era perché voleva rimproverarmi. Il più delle volte, a causa delle mie maniere e della mia reputazione. L'ultima volta aveva cercato di costringermi a scusarmi con Tim Grylls per non essere uscita con lui.

Rimasi accanto a lei come una bambina in punizione, o come una vecchia racchia che aspettava il verdetto sul proprio aspetto dopo essere stata tirata a lucido.

Quando mamma si fu allontanata, Trinity si girò verso di me con un sorriso educato sulle labbra. Come se non fossimo due sorelle unite da un legame indissolubile, ma delle estranee che avevano occupato per caso la stessa casa per ventitré anni prima che io me ne andassi.

«Nessy, sai quanto io ti voglia bene.»

«Sento che sta arrivando un ma.» Incrociai le braccia, mettendomi già sulla difensiva.

Trinity sospirò, giocherellando con la chiusura della sua borsa Gucci, quella che Wyatt le aveva regalato a Natale. «Ma non ho potuto fare a meno di notare che ti sei letteralmente buttata addosso a Cruz mentre eravamo in vacanza. Onestamente, è stato un po' imbarazzante da guardare. Gabriella è la mia migliore amica e la mia damigella d'onore. So che non ho il diritto di chiederti una cosa del genere, ma potresti provare a... farti da parte? Per me? Non posso sopportare il pensiero di vederti soffrire quando verrai rifiutata, capisci?»

Avrei voluto gettare la testa all'indietro e ridere fino alle lacrime. Invece la fissai con una calma che avrei osato definire mortale.

«Non mi sono buttata sul dottor Costello.»

«Devi promettermi che non renderai la situazione complicata. Ti voglio così tanto bene...» Ed ecco di nuovo quella coltre di fumo che mi gettava davanti agli occhi ogni volta che diceva qualcosa di offensivo. «Ma tu sei Casinessy, e molte persone a Fairhope definiscono quello tra me e Wyatt il matrimonio dell'anno. La gente finalmente vede *me*, per una volta. Ti prego, non rovinare tutto. Per favore. Credo di aver fatto dei passi avanti anche con Catherine, capisci?»

Ero contenta di essere così brava a nascondere i miei sentimenti, perché ogni singola parte di me avrebbe voluto vomitare sulle sue scarpe eleganti. Invece le feci uno dei miei famosi bronci, scrollando le spalle per lasciare che i suoi commenti mi scivolassero addosso.

Alcuni operai edili ci passarono accanto proprio in quel momento, e camminando verso una paninoteca mi fischiarono dietro.

«Ehilà, Casinessy. Non sai quanto mi piacerebbe portarti a fare un giro.»

Per tutta risposta, Trinity arricciò il naso, disgustata.

«Non c'è nulla di cui dovresti preoccuparti, sorellina. Mi tengo bene alla larga da Mister Pantaloni Sciccosi. Gabriella può tenerselo.» E visto che ero stanca di essere la prostituta che non riusciva a conquistare mai un uomo, aggiunsi: «E poi Rob vorrebbe un'altra possibilità. Non lo so. Forse gliela darò. Nonostante tutti i suoi difetti, è ancora piuttosto sexy».

«Oh, Nessy, ho sentito dire che è ancora bellissimo! Una mia amica l'ha visto in una steakhouse fuori città e ha detto che è davvero da sogno. Dovresti assolutamente provarci.»

Sembrava così sollevata, così felice di condividere un pettegolezzo tanto normale tra sorelle che non riguardava noi, che per un attimo mi sentii quasi tentata di darle retta.

D'accordo, no, non era vero, ma comunque…

Trinity mi gettò le braccia al collo, stringendomi in un abbraccio entusiasta.

«Pensa a che storia sarebbe. Robert Gussman che torna dopo tutti questi anni e riesce a riavere indietro la sua famiglia! È praticamente una favola.»

Robert Gussman non aveva mai avuto una *sua* famiglia, ma non era il momento di correggerla.

«Già.» Sorrisi e le diedi una pacca sulla schiena. «Sarebbe una bella storia.»
«Resta semplicemente lontana da Cruz. Non abbiamo bisogno di questo tipo di drammi.»
«Certo.»

18

Tennessee

La mia promessa di stare lontano da Cruz Costello durò all'incirca ventotto minuti.

Per essere precisi ventisette minuti e quindici secondi, se avessi tenuto davvero il conto… ma non lo avevo mica fatto.

Comunque non fu colpa mia, perché appena varcai la porta di casa, e intendevo la *mia,* lui era lì, appollaiato sul divano accanto a Bear; avevano entrambi i joystick in mano e fissavano la TV con gli occhi spalancati, urlandosi contro l'un l'altro sia indicazioni che atrocità irripetibili, e tutto a un volume degno del Madison Square Garden.

«Prendilo. *Pren. Di. Lo.* Puoi farcela, hai le carte giuste. Ti copro le spalle, amico. Mira al cuore» urlò Bear praticamente ringhiando mentre dava di gomito a Cruz. «Lo sai dov'è il cuore, no?»

«Certo, idiota, sono un medico.»

«Be', menomale che mamma mi porta dal dottor Finch fuori città, perché la tua laurea dirà pure cuore, ma la tua mira dice gamba.»

«Sto cercando di farmi largo per raggiungere il centro, ma quel bastardo continua a lanciarmi bombe Spike a tutto spiano.»

«Amico!» gridò poi Bear che premeva con forza i tasti del joystick. «Parli con uno che è *davvero* un bastardo.»

A quelle parole mi si strinse la gola, per l'orrore, la vergogna e... sì, c'era anche del senso di colpa, come se avessi avuto una scelta in merito. Fino a quel momento avevo cercato in tutti i modi di proteggere Bear da quel termine, avevo fatto del mio meglio per assicurarmi che non si sentisse mai inferiore a...

Cruz roteò gli occhi, continuando a fissare il televisore mentre muoveva il joystick da una parte all'altra. «Se cerchi compassione bussi alla porta sbagliata. Ecco. L'ho fatto fuori, *NOOB*. Ora lasciami tornare indietro per cercare qualche pozione di vita prima di tirarci le cazzo di cuoia.»

Fu quell'ultima frase a farmi finalmente uscire dalla strana nebbia che sembrava avermi avvolta sulla soglia. «Linguaggio!» esclamai praticamente con un ringhio e sbattei la borsa sulla credenza vicino alla porta. «In questa casa non si lanciano Bombe *C*.»

«Chiedo perdono» mormorò Cruz, gli occhi ancora incollati alla TV. Poi rivolse a Bear un sorrisetto di sbieco. «Tua madre è carina.»

«Smettila, amico» lo redarguì mio figlio, colpendolo sul braccio con il joystick. Cruz ridacchiò. «Rivincita un c… espolo.»

«Che ci fai qui?» domandai, poi camminai in avanti e mi posizionai davanti al televisore così da bloccare la loro visuale; oltre lo schermo, alcuni personaggi incappucciati dall'aspetto medievale correvano in un labirinto oscuro sotto a una pioggia di bombe incendiarie, e loro presero a gridarmi contro perché ero d'intralcio.

«Be', io ci vivo» replicò Bear alzando le braccia in segno di resa, come se non fosse stato lui a far entrare Cruz in casa nostra.

«E io gli ho dato un passaggio perché mentre tornavo dal lavoro l'ho visto che camminava lungo la strada con uno skateboard rotto sotto il braccio.»

«Esatto» annuì Bear che mi guardò con un'espressione innocente. «È andata proprio così, sì.»

«E come siete passati dalla situazione in cui il dottor Costello ti dava un passaggio fino a casa a quella in cui il dottor Costello se ne sta seduto sul nostro divano per darti una mano a pugnalare a morte un mostro sanguinolento?»

Oltretutto non avevo dei soldi extra per un nuovo skateboard. Cavolo, avrei dovuto chiedere un prestito?

Mi girai per spegnere la TV, consapevole che gli occhi di Cruz erano probabilmente puntati sul mio sedere. Ero ancora arrabbiata con lui per essersi visto con Rob, per aver chiamato Gabriella e, francamente, per aver semplicemente monopolizzato l'ossigeno su un pianeta in cui le nostre risorse stavano lentamente ma inesorabilmente diminuendo.

Promemoria per me: fare una donazione a un'associazione ambientalista quando e se mi rimetterò in sesto dopo aver ripagato il mio debito.

«Bear ha detto che aveva fame, così mi sono offerto di preparargli la cena.» Cruz sorrise in modo accattivante, per niente scoraggiato dalla mia accoglienza tutt'altro che entusiasta.

«Ti do una buona notizia: Bear non ha più tre anni da un pezzo, il che vuol dire che può prepararsi da mangiare da solo.»

«Ma è meglio quando sono gli altri a cucinare per te» mi fece notare mio figlio.

«Il che mi ricorda,» intervenne Cruz alzandosi in piedi dopo aver gettato il joystick sul divano, «che devo controllare il sugo per la pasta e le crocchette di pollo. Torno subito.»

«Vengo con te» mi offrii volontaria.

Avevamo bisogno di scambiare una parola… o sette.

Una volta in cucina, mi chiusi alle spalle la porta quasi inesistente, tanto era sottile, e puntai lo sguardo su di lui cercando di ignorare il profumo appetitoso che proveniva dalla pentola sul fuoco.

«Che *diamine* fai, Cruz?»

«Non hai risposto a nessuna delle mie telefonate» mi spiegò con disinvoltura. Immerse un polpastrello nel sugo e se lo infilò in bocca, e dopo aver mescolato il contenuto della pentola, si diresse verso la credenza con una familiarità che avrei dovuto detestare.

«Perché avevamo detto che avremmo messo un punto a quanto accaduto tra noi, dopo la crociera.»

«Ecco, a questo proposito… Ho cambiato idea. Non voglio finire un bel niente.» Si muoveva nella mia cucina come se ne fosse il padrone. Aggiunse la pasta al sugo, poi riprese a mescolare tutto.

«Purtroppo per te, bisogna essere in due per ballare il tango.»

«Non ballerò mai il tango con te, tesoro. Sei una delle persone più goffe che abbia mai incontrato.»

«È un modo di dire. Non voglio stare con te.»

«Questa è una bugia bella e buona, e per scelta di vita io non accetto mai menzogne di alcun tipo. Dammi un motivo per cui non dovremmo continuare a dormire insieme. Che sia buono, però» mi avvertì. Si avvicinò al forno per controllare le crocchette di pollo.

«Te ne darò una manciata, giusto perché sono una persona generosa. Primo: sei il migliore amico del mio ex, con il quale peraltro potrei a breve avere una disputa legale per la custodia di nostro figlio.»

Cruz agitò la mano nella mia direzione e tirò fuori dal forno la placca con le crocchette di pollo fumanti. «Definire Rob qualcosa leggermente più intimo di un conoscente, per me, sarebbe già di per sé una forzatura. Siamo stati a cena insieme perché l'ha invitato mia madre. Non ho alcuna intenzione di frequentarlo, e comunque non si arriverà mai a una disputa legale, perché Rob sa che tutti in città lo ucciderebbero se combinasse una cazzata.»

Sbuffai. «Sì, certo, perché io sono il *tesoruccio* intoccabile di Fairhope.»

«No, ma sei tu quella che è rimasta e ha sopportato la situazione. La gente ti è leale, anche se non ti sceglierebbero mai come cittadina dell'anno. Dimmi il prossimo motivo, avanti.»

Mi abbandonai a un rapido sospiro. Davvero poteva essere così semplice? «Gabriella. Sei ancora in contatto con lei.»

«Chiama ogni tre per due. Cosa dovrei fare, attaccarle il telefono in faccia? E comunque, qual è il problema?»

«È convinta che stiate tornando insieme.»

«E io sono convinto che le spiagge per nudisti dovrebbero consentire l'accesso solo alle persone sexy. Che importa di cosa pensa lei? Non significa che diventerà realtà. *Iiil prossimo*!»

«Tua madre comincia a sospettare che andiamo a letto insieme» mi affrettai a fargli notare, perché nel frattempo lui aveva apparecchiato per tre, allineando i piatti sul nostro tavolo da pranzo rotondo e scheggiato. Si stava autoinvitando. «Lo ha insinuato quando eravamo in crociera.»

«Anche se non saresti la sua prima scelta come nuora, non sono affari di mia madre con chi vado a letto o con chi scelgo di vivere il resto della mia vita. Non stressare quella tua bella testolina con cose che non hanno nulla a che fare con te. Ora che è tutto risolto...»

«Aspetta, ne ho ancora!»

Cruz mi afferrò per la vita, mi sollevò e mi tolse con facilità dal punto in cui mi trovavo per posizionarmi vicino al bancone, poi aprì il frigorifero e ne estrasse una bottiglia di Diet Coke. Aveva messo anche tre bicchieri sul tavolo.

«Ti ascolto.»

«Trinity mi ha espressamente chiesto di non dare inizio a nessuna relazione con te. Non vuole che nulla interferisca con il suo matrimonio.»

Le mie parole lo fecero bloccare a metà di un movimento. Si girò lentamente, la mascella di nuovo tesa, e mi guardò con lo sguardo assottigliato degno di un falco.

«Mi stai dicendo che ora le nostre vite sono gestite da una venticinquenne svampita che non sa nemmeno riconoscere un coglione di classe A quando le chiede di sposarlo?»

Aveva ragione, ma non era così semplice. Trinity era mia sorella. Non potevo mettermi contro tutta la famiglia per un'avventura.

Deglutii a fatica.

Cruz posò la Coca sul tavolo e mi venne incontro con decisione e sicurezza. Ero pienamente consapevole che Bear avrebbe potuto irrompere in cucina da un momento all'altro, e il rischio di essere scoperta mi fece schizzare il cuore in gola. C'era di più, però: Cruz mi era mancato.

Mi sentivo formicolare ovunque al pensiero di sentire le sue mani addosso. Di nuovo. O di avvertire il suo corpo grande e forte premuto contro il mio.

Appoggiò i palmi sul bancone con me nel mezzo e mi intrappolò, le labbra a pochi centimetri dalle mie.

«Sono davvero stufo di sentirmi dire quello che dovrei o non dovrei fare. Come dovrei o non dovrei comportarmi. Io voglio te, e tu vuoi me, e, per quanto mi riguarda, questo è più che sufficiente. Mi sono spiegato?»

Non avrei mai pensato di essere una di quelle donne a cui piaceva il maschio alfa possessivo, quello alla Io-Tarzan-Tu-Jane. Ma in quel momento, con la sua erezione che premeva contro il mio ventre e i suoi occhi assimilabili al velluto liquido, così blu che avrei potuto annegarci dentro, ero ben cosciente che ero a un passo dall'ingropparmi la sua coscia: la possibilità che finissi per farlo era davvero altissima. Alla fine inclinai il mento verso l'alto e spostai le labbra sulle sue.

«A patto che tu tenga la bocca chiusa e non lo dica a nessuno, potrei valutare di tenerti come intrattenimento temporaneo» mormorai.

Sì, insomma, perché no? Cioè, dovevo ammetterlo. Non mi sarei mai ricordata di caricare il vibratore.

«Definisci temporaneo» mi domandò tra le labbra, una sensazione divina.

«Qualche settimana.»

«No. Dobbiamo definire i dettagli.»

«Mi sa che non hai capito il senso dell'intrattenimento temporaneo.»

In realtà, non riuscivo proprio a concepire l'idea di uscire con qualcuno, per non parlare di un certo uomo che poteva spezzarmi in cento modi diversi senza nemmeno toccarmi.

«Il tuo intrattenimento temporaneo si fermerà anche per il dopo cena. E ti vuole in pizzo nero non appena il ragazzino di là si sarà addormentato.»

«Non ho del pizzo nero.»

«Allora non indossare nulla, è ancora meglio.» Mi strappò un bacio veloce e si staccò da me appena in tempo. Bear entrò, trascinando le scarpe da ginnastica sul pavimento prima di prendere posto sulla sua solita sedia, al tavolo da pranzo, del tutto ignaro.

«Pasta e crocchette di pollo. Fantastico!»

«Ti sei lavato le mani, giovanotto?» gli chiesi nel modo più compassato possibile.

«Sissignora.»

La cena si rivelò sorprendentemente priva di stress. Cruz e Bear non fecero altro che scambiarsi suggerimenti per muoversi meglio nel loro videogioco, escogitando nuove strategie per uccidere il boss finale con cui avrebbero dovuto scontrarsi.

A serata inoltrata, mio figlio prese a parlare del suo imminente viaggio in città con mammina, in programma per quel fine settimana.

Cruz mi sbirciò di nascosto. «Per quanto tempo starai via?»

«Non lo so. Tipo sei o sette ore, credo» rispose Bear alzando le spalle.

«Interessante.»

Gli diedi un calcio sotto il tavolo. Con forza. Lui ridacchiò in risposta, evidentemente del tutto indifferente al mio panico.

«Hai intenzione di chiedere a mia madre di uscire o qualcosa del genere?» domandò allora Bear, il suo sguardo che altalenava tra me e Cruz, più incuriosito che infastidito, a giudicare dalla sua espressione.

Quasi mi strozzai mentre bevevo la mia Diet Coke, e se ne sputai una buona quantità sulla tovaglia, un'altra generosa dose mi uscì fuori direttamente dalle narici.

Cruz tuttavia sembrava perfettamente a proprio agio, e studiò Bear con una certa disinvoltura. «Sono ancora indeciso. Tu che ne pensi?»

Mio figlio usò la forchetta e il cucchiaio per arrotolare tutta la pasta che riusciva a mettere in bocca, poi la portò alle labbra. Il cibo, dovevo ammetterlo, era commestibile, il che era stupefacente visto che Cruz era un maschio single e considerato dai più come il più grande dono di Dio. Non aveva alcuna necessità di essere bravo tanto in cucina *quanto* a letto.

«Devo rifletterci su. Se vi frequentate e poi vi lasciate, non potremo più giocare ai videogiochi.»

«Ma se usciamo insieme e finiamo per sposarci, avrai una sala giochi tutta tua.»

Per poco non sputai un polmone per l'agitazione. Era una cosa crudele. Un uomo come Cruz non avrebbe mai sposato una donna come me. Bear si trovò costretto a darmi dei colpetti sulla schiena, convinto che qualcosa mi fosse rimasto incastrato da qualche parte tra la gola e la trachea.

«Non si sposerà proprio nessuno!» gracchiai con tutta la voce che riuscii a tirare fuori.

«Ma zia Trinity lo farà» obiettò mio figlio per poi voltarsi verso Cruz. «Comunque sì, puoi chiederle di uscire se in palio c'è la tua sala giochi.»

«Non è così che funziona. In ogni caso, se mai decidessimo di uscire, tua madre vorrebbe che tu mantenessi il segreto. Si vergogna di me.»

«E perché?» chiese subito Bear che inclinò il capo di lato per guardarmi con un'aria del tutto accusatoria.

Tergiversai e mi infilai in bocca una crocchetta di pollo, il che mi fece guadagnare un'ustione di terzo grado sulla lingua.

«Non ha nulla a che fare con la vergogna. Non siamo compatibili, ecco qual è il punto. E la gente potrebbe avere qualcosa da dire.»

«La gente ha sempre qualcosa da dire, e su qualsiasi cosa» sbottò Bear. «E quindi?»

Cruz gli offrì il pugno in maniera cameratesca, e io mi ritrovai a essere ufficialmente il nemico di turno. Non potevo credere che per formare una coalizione con mio figlio a Cruz fosse stato sufficiente giocare con lui a un videogioco gettando nel mix qualche crocchetta da microonde. E il finale qual era? Che ero stata venduta per un matrimonio!

Dopo che Bear se ne fu andato a letto, Cruz versò del vino scadente in un paio di bicchieri.

Rimanemmo in salotto a perdere tempo in modo da darne a sufficienza a mio figlio per addormentarsi.

Guardammo il telegiornale senza seguirlo davvero, seduti sul bordo delle nostre poltrone nell'attesa spasmodica che Bear precipitasse nel mondo dei sogni.

A differenza degli altri tredicenni che avevano l'abitudine di starsene svegli tutta la notte e poi faticare a svegliarsi per andare a scuola il giorno seguente, Bear cadeva proprio in catalessi dormendo da subito come un ghiro.

Avrebbe potuto continuare a dormire anche se fosse scoppiata la terza guerra mondiale. Sospettavo che avesse qualcosa a che vedere con i suoi ritmi diurni serrati, che normalmente comprendevano un sacco di spostamenti con lo skateboard da un posto all'altro, la scuola, i compiti e l'aiuto quotidiano a mio padre con alcuni dei suoi lavori manuali.

«Pensi che sia crollato?» mi domandò Cruz lanciando un'occhiata all'orologio, che segnava le undici.

«È molto probabile, ma fammi comunque controllare.»

Mi alzai e mi incamminai verso la stanza di Bear, e sentii Cruz muoversi alle mie spalle. Raggiunsi lo stretto corridoio che affacciava sulle nostre stanze, e spinsi la porta di Bear fino ad aprirla; la stanza era accogliente, ed era piena zeppa di poster di Zelda, Halo, Tony Hawk e Rodney Mullen.

Mio figlio russava, sdraiato di traverso e con tutta la parte superiore del corpo fuori dal letto. Resistetti all'impulso di spostarlo in una posizione normale.

«Dorme proprio alla grande» sussurrai a Cruz.

Dopodiché ci dirigemmo in punta di piedi verso la mia stanza e chiudemmo la porta. Appena fummo soli, circondati dal silenzio della notte, dal mio letto matrimoniale e da nient'altro, tornai a sentirmi in imbarazzo.

Decisi di spostarmi verso il vecchio armadio senza ante, poi mi tolsi gli orecchini da quattro soldi che portavo ai lobi.

«Non dire più cose del genere. Sul fatto di sposarmi, intendo. Non è gentile nei confronti di Bear. Potrebbe cominciare a pensare che tu sia serio. È un bambino. Prende le cose che sente alla lettera.»

«Tu sei un'adulta, eppure prendi comunque tutto ciò che viene detto alla lettera» replicò Cruz mentre iniziava a sbottonarsi la camicia nera che indossava. «E in ogni caso non stavo scherzando. Mi rifiuto di lasciare alla gente la possibilità di fottermi se in cambio non ho un orgasmo. E mi riservo il diritto di fare tutto quello che voglio a te e *con* te.»

«E quando l'avresti deciso?» chiesi, offesa.

«Non lo so». Scrollò le spalle. «Credo sia accaduto questa settimana, tra il momento in cui mi sono ritrovato ad accettare il numero di telefono di una donna che sapevo non avrei richiamato e quello in cui ho sentito dei pettegolezzi secondo cui vendevi erba alla Fairhope High per pagarti il botox: deve essere stato allora che ho capito che ero completamente indifferente a quello che avrebbero detto sul mio conto se fossi uscito con te.»

Erano cavolate, e lo sapevamo entrambi. Aveva troppo da perdere.

Anche se così non fosse stato, comunque, uscire con lui non valeva l'ira della mia famiglia e degli abitanti della città. Aprii la bocca per replicare, ma lui mi zittì con un bacio rovente, intriso di dolci ricordi, di fame e del sapore della pasta che aveva preparato.

Allora gli morsi il labbro inferiore e cercai di aprirgli i pantaloni, armeggiando senza successo con i bottoni e le cerniere.

«Cosa ti sei messo addosso, una maledetta cintura di castità?»

Lui ridacchiò sommessamente pur continuando a baciarmi, poi mi tirò giù le spalline dell'uniforme per potermela togliere più facilmente.

«Ho ancora tutti i vestiti che ti ho comprato a casa» mi disse mentre sbottonava la parte anteriore della divisa. Le sue dita affondarono in profondità nella mia pelle, lasciandovi dei segni.

«Bruciali.» Gli mordicchiai il collo ruvido di barba prima di infilargli una mano nei pantaloni e stringere sfacciatamente nel pugno la sua erezione già poderosa.

La sentii contrarsi, quasi fosse felice di salutarmi.

Ciao anche a te, bellezza.

«Solo se vieni e mi dai una mano» mi sfidò Cruz.

«Oh, ma io ho tutte le intenzioni di venire.»

Stranamente, al pensiero di quei vestiti non mi sentivo più preda di quell'orrore ostinato e impellente che mi prendeva sempre alla gola. Anzi, avevo finito per apprezzare quei capi ridicolmente costosi, così come alcuni dei ricordi che vi erano collegati.

Soprattutto gli abiti fluttuanti in stile bohémien, che mi facevano assomigliare a una delle gemelle Olsen quando portavano fuori la spazzatura. Mi mancavano (i vestiti, non le Olsen. Cioè, per carità, erano state fantastiche in *Gli amici di papà*, ma non ero mai riuscita ad appassionarmi davvero ai loro nuovi film).

Comunque, appena un minuto più tardi mi ritrovai supina nel mio letto, intenta a osservare Cruz che indossava il preservativo. Lui roteò un attimo con i fianchi, poi scivolò dentro di me con un unico e dolorosamente lento movimento, sorridendomi.

Ondeggiò con le anche e raccolse i miei capelli nel pugno per poi tirarli, in modo da costringermi ad allungare il collo e guardarlo negli occhi. Osservai il suo viso, quegli zigomi perfetti, e pensai che fosse tutto troppo per me.

Gemetti ad alta voce, senza curarmi del fatto che non fossimo affatto soli sotto quel tetto.

«Mi è mancato tutto questo.» Il mio respiro era affannoso, la mia voce roca. «Mi sei mancato *tu*.»

Mi dispiaceva ammetterlo, ma in quel momento Trinity non facevo proprio parte del mio universo. E nemmeno Wyatt, Gabriella, Catherine Costello, i miei genitori e l'intero Stato della Carolina del Nord.

C'era solo Cruz e il modo in cui mi faceva sentire.

«Credo che tu abbia appena trovato il mio punto G» ammisi, prima di afferrargli il viso con entrambi i palmi.

«Intendi dire questo?» Si tirò su e poi di nuovo giù in profondità dentro di me. Emise una specie di rombo roco che sembrò sgorgare direttamente dal suo petto.

«Sì-sì-sì.»

«Tanto per essere chiari e non sbagliare, vuoi dire questo punto qua, giusto?» domandò ancora, ripetendo il movimento.

«Ohhhh.»

«Proprio questo, no?»

Ero così vicino al limite che non sapevo cosa fare.

E per fortuna non dovetti fare proprio niente. Perché fu Cruz a occuparsi di tutto.

Cominciò a martellarmi con forza, velocemente, entrandomi dentro ancora e ancora fino a creare un attrito delizioso. Sentii l'orgasmo che montava e risaliva come una spirale, invadendomi come un'edera rampicante per circondare e incatenare ogni piccolo angolo del mio corpo.

Fu così intenso… così meraviglioso, che non riuscivo a smettere di ansimare. Ogni parte di me implorava di essere liberata.

«Cruz. Cruz.»

Mi baciò rudemente, mi infilò la lingua in gola per costringermi a stare zitta.

«Shhh. Se sveglierai quel ragazzino io non potrò più mettere piede nel Tennessee.»

A quelle parole mi venne così tanto da ridere che mi sentii pervadere da uno strano mix composto da felicità e desiderio spasmodico.

Un minuto dopo, in ogni caso, mi ritrovai a cavalcare l'onda più intensa che avessi mai sperimentato in tutta la mia vita, seguendo una serie di orgasmi a catena che parevano infiniti.

E punto. No, punto e virgola. Anzi, punto esclamativo.

Non appena Cruz si accorse che stavo venendo, mi girò a pancia in giù come se fossi stata più leggera di una piuma e mi penetrò da dietro.

Allargai le cosce per aiutarlo e mi sistemai in equilibrio sulle ginocchia, ma lui mi spinse di nuovo verso il basso, un po' più rudemente di quanto avrebbe dovuto fare il tuo medico di fiducia.

«Gambe chiuse e culo in giù, tesoro. Così c'è più attrito.»

«Hai un lato sporcaccione. Mi piace.»

«Bene, perché ci sono molte cose sporche che voglio condividere con te.»

Aveva ragione. Era molto più eccitante in quel modo che nella classica posizione a quattro zampe che avevo visto nei porno (d'accordo, togliamoci subito il pensiero: avevo guardato un *sacco* di porno prima di fare sesso con Cruz).

Era intenso, ruvido e passionale. Mi sembrava quasi mi stesse dando fuoco. E in un attimo fui attraversata da un altro orgasmo.

Anche Cruz venne. Stavolta dentro di me.

Quando si allontanò, mi baciò la tempia e disse: «No, non sei incinta».

Trasalii appena. «Ormai mi conosci abbastanza bene.»

Cruz mi sfiorò la pelle con le labbra, proprio all'attaccatura dei capelli, riflettendo su quanto avevo appena detto. «È così, ti conosco davvero, giusto?»

«Fin dall'asilo.»

«Dal nido» mi corresse.

«Oddio…» gemetti. «Siamo proprio vecchi.»

«Meglio che restare giovani per sempre. Non è poi così allettante come dicono.»

«Cos'è successo oggi? Per davvero, intendo» gli chiesi mentre affondavo il viso tra i peli del suo petto duro e vi insinuavo anche le dita. «Bear ha davvero rotto il suo skate?»

Perché in quel caso *io* avrei dovuto rompere qualche salvadanaio per comprargliene uno nuovo. Era il suo mezzo di trasporto preferito.

«Sì.»

Ci fu un breve momento di silenzio.

«Incoraggiato da me, suppongo.» Si sollevò appena e si appoggiò su un gomito. Mi studiò con quel suo sguardo sicuro e tranquillo capace di farmi sentire come un seme che grazie al sole cresceva fino a diventare un fiore.

«Mi avete ingannata.»

Il suo petto rimbombò con una risatina che mi fece vibrare l'orecchio. «Ci serviva una buona scusa.»

«Avreste potuto trovarne una un po' più *economica*» protestai.

«È solo una piccola scheggia. Ha detto che suo nonno può riattaccare tutto con la sua supercolla. In caso contrario, gli darò il mio vecchio skate, dovrei ancora averlo da qualche parte nel mio scantinato. Non mi arrischierei mai a usarlo di nuovo. Ma ai ragazzini di oggi piacciono un sacco le cose vecchie come quella.»

«Cerca di lasciare qualche briciola a Rob in modo che abbia almeno una chance di guadagnarsi l'affetto del figlio» ridacchiai; ero davvero meravigliata di quanto Cruz e Bear se la intendessero.

Le mie parole però lo fecero irrigidire.

Arricciai il naso e mi sforzai di non apparire imbarazzata. Che cavolo di cosa strana mi era saltato in mente di dire all'uomo che avevo giurato di ignorare (a mia sorella) e che al momento se ne stava sdraiato nel mio letto?

Ero proprio un fenomeno.

«Ci andrò con i piedi di piombo» replicò alla fine.

Sapevo che si riferiva a Rob, ma avrei desiderato ricevere quello stesso tipo di pietà anche io.

19

Cruz

«Eccolo qui, l'uomo del momento, il beniamino della città.» La signora Underwood, che doveva avere all'incirca mille anni, mi venne incontro barcollando; io avevo appena chiuso la clinica.

Mi fermai e provai nel frattempo l'impulso di prendermi a pugni in faccia per aver dimenticato di controllare fuori prima di uscire. C'era sempre qualcuno che passava di lì e voleva un favore. Un passaggio, una rapida diagnosi medica, qualche consiglio di vita.

«Ho sentito che stai curando la moglie incinta di Beau Duggar in nero perché non hanno l'assicurazione. È gentile da parte tua» disse, e mentre agitava il bastone da passeggio nella mia direzione, fece sfoggio della sua dentiera bianca e accecante.

«Grazie, signora.»

Dopodiché, visto che ormai ce l'avevo nel sangue ed ero profondamente e acutamente attaccato al ruolo che quella città aveva designato per me, mi costrinsi ad aggiungere: «Posso accompagnarla da qualche parte, signora Underwood? A casa, magari?».

«Oh!» esclamò lei con una mano al petto. «Sei sicuro?»

No.

«Assolutamente sì.»

«Che gentile sei stato a offrirti. Ci credi che in realtà stavo giusto andando da tua madre? Stiamo organizzando il prossimo pranzo.»

«Sarà un piacere portarla fin lì.»

E sarebbe stato anche un inferno.

Mia madre viveva dall'altra parte della città, il che significava un viaggio più lungo e nella direzione opposta alla mia destinazione originale, in presenza oltretutto della persona più pettegola di Fairhope. Ma non potevo più tirarmi indietro, no?

«Sei adorabile. Mi ha detto che la aiuterai con la disposizione dei posti alla cena di prova della prossima settimana. Devi essere contentissimo all'idea di vedere Wyatt che si sposa di nuovo.»

«Scoppio di felicità.»

«E tu sarai il prossimo?»

«Sfortunatamente per la futura signora Costello, sì» scherzai.

«Oh, andiamo. Tutte vorrebbero averti accanto, Cruzy.»

A quanto pareva, tutte tranne la cameriera più chiacchierata e gloriosamente scandalosa di Fairhope.

Dopo aver accompagnato la signora Underwood e averla scortata a braccetto fin davanti la porta di casa di mia madre, tornai in città con l'intenzione di scattare alcune foto promozionali per il programma di sensibilizzazione al benessere a cui avrei partecipato.

Avrei corso una maratona insieme ad altre persone interessate come me a raccogliere fondi per una associazione che si occupava di aiutare i bambini affetti da obesità.

Una volta terminata quell'incombenza, controllai l'orologio per valutare la possibilità di passare da Tennessee alla tavola calda.

Avevo circa tre minuti, poi sarei dovuto tornare a casa e prepararmi per l'addio al celibato di Wyatt.

Le mie docce, i miei spuntini, le mie pause caffè: era tutto cronometrato alla perfezione per garantirmi la massima efficienza temporale.

Stavo per aprire la porta di Jerry & Figli, con gli occhi già puntati su Tennessee attraverso la vetrata, quando una piccola figura che puzzava letteralmente di fiori mi bloccò la strada.

«Dottor Costello! Che piacere vederla. Speravo di incontrarla, a dire il vero.»

La signora Holland mi si parò davanti con un cardigan pastello, dei jeans firmati e una borsa Chanel. I capelli scuri erano tagliati in un carré rigoroso, e il suo sguardo mi scrutava accorto e freddo. Era lampante la somiglianza tra lei e Gabriella, perché proprio come sua figlia quella donna sembrava perennemente in ordine e affamata.

«Signora» la salutai pazientemente. Le sorrisi e completai il gesto con un breve bacio sulla guancia. «Come si sente oggi?»

Traduzione: a meno che non stia per morire e abbia bisogno di assistenza medica, si allontani da questa porta e mi lasci libero di salutare la mia ragazza.

Ma potevo davvero considerare Tennessee la mia ragazza? Probabilmente no.

Anzi, ero fermamente convinto che mi avrebbe colpito con un oggetto appuntito se mi fossi azzardato a parlare di lei con quei termini in pubblico. Però nella mia testa potevo chiamarla come mi pareva.

«Sto bene, grazie. E lei?»

Lanciai un'occhiata alle sue spalle, verso Tennessee; stava servendo un tavolo di adolescenti spocchiosi che fingevano di far cadere degli utensili così da poter sbirciare sotto la sua gonna. Ridevano quando lei si chinava, e per una volta prestai davvero attenzione a *loro*, non a lei.

Mi si gelò il sangue. Come osavano?

«Bene. Bene» risposi distrattamente.

La madre di Gabriella girò la testa per capire chi avesse catturato il mio sguardo, e non appena ebbe saziato la sua curiosità mi trafisse con un'occhiata.

«Mia figlia mi ha spiegato che vi siete presi una pausa.»

«Abbiamo deciso di smettere di frequentarci, esatto.»

«Be', è un vero peccato. Ascolti, so come ci si sente. Il padre di Gabriella era esattamente come lei. Davvero popolare e richiesto. Bello, ricco, educato. Ha avuto problemi a sistemarsi, a trovare pace con una sola persona. E comprendo il fascino e l'attrazione che certe donne possano esercitare sugli uomini.» Nel dirlo, la sua voce diventò più acuta, quasi stridula. Sapevamo entrambi a chi si stesse riferendo. «Ma, caro, Gabriella pensa ancora molto a lei, e io sono qui per farglielo presente. Si sarà anche divertito in crociera, ma ora può lasciarsi tutto alle spalle. A volte un uomo ha bisogno di sfogarsi prima di andare avanti. Del resto, meglio farlo ora che dopo il matrimonio.»

Provai l'istinto di dirle che sua figlia non avrebbe potuto competere nemmeno con il mignolo di Tennessee Turner.

Gabriella era assimilabile a un bel regalo legato con un nastro, mentre Tennessee era come una tumultuosa bomba a orologeria inscatolata in una trappola costruita con l'esplosivo, eppure… era lei quella che desideravo.

Tuttavia, io ero sempre io, il ragazzo d'oro della città, così mi limitai a inclinare il capo in avanti per mostrare un'umiltà che non provavo affatto.

«Mi dispiace molto, signora Holland, ma ora devo proprio scappare.»

Prima che potessi fuggire via, lei mi afferrò l'avambraccio con le sue dita ossute e affondò con forza nella mia pelle per impedirmi di muovermi.

«Ho sentito che riceverà una specie di premio in ambito medico. È così?»

«Sì. L'AAFP. È un riconoscimento da parte dell'Accademia americana dei medici di famiglia.»

A quel punto la signora Holland mi prese per il colletto e mi si avvicinò tanto da portarsi a un soffio dal mio viso, il sorriso ormai un lontano ricordo.

«Mi stia bene a sentire, dottor Costello. Mia figlia è intelligente, bella e guadagna abbastanza. È il miglior partito in questa città dimenticata da Dio. È disposta a compiere davvero molti sacrifici per fare sì che la vostra storia decolli. Mi infastidirebbe davvero se lei, dottore, sprecasse l'occasione per prolungare a oltranza quella che è semplicemente l'avventura di una notte. Per non parlare del fatto che la gente comincerebbe a parlare, e non vorrei che ciò accadesse.»

Non avevo idea di come la signora Holland fosse giunta alla conclusione che io e Tennessee stessimo insieme, ma chiederglielo sarebbe stato un modo per confermare la nostra relazione, cosa che la mia riluttante ragazza non voleva e di cui io francamente non avevo bisogno.

Così, invece di soddisfare la mia curiosità decisi di compiere un passo indietro.

«Signora, ho il massimo rispetto per sua figlia, però sono giunto a un punto della mia vita in cui devo riflettere a lungo sulla mia prossima mossa, e non sarebbe giusto nei suoi confronti se la prendessi in giro.»

Quando riuscii a liberarmi dei suoi artigli ormai ammorbiditi (o per meglio dire ritratti), scoprii che ero già in ritardo di circa dieci minuti sulla mia tabella di marcia. Lanciai un'altra occhiata alla tavola calda con un certo fastidio. Tennessee stava allontanando un camionista di passaggio che sembrava voler flirtare insistentemente con lei.

La verità era che in quel momento non mi sentivo affatto potente. Anzi, mi sentivo proprio un debole. Ero costretto a lasciare che gli abitanti della città trattassero Tennessee come meglio credevano. Frenato da Tennessee stessa, che non voleva che io dichiarassi apertamente che era mia per proteggerla come avevo sempre desiderato fare.

E alla fine, rispondere alla signora Underwood, o alla signora Holland, o semplicemente pretendere di ottenere quello che cazzo desideravo dalla mia ragazza era fuori questione.

Ero troppo bravo.

Troppo *per bene.*

Scossi la testa e me ne andai a casa.

Era passata un'ora e io mi sentivo come se fossi piombato all'inferno.

Più precisamente ero nella Mercedes di mio fratello, sulla strada per Winston-Salem, dove avremmo festeggiato il suo addio al celibato. Ero io il guidatore designato per la serata, perché era ovvio che il dottor Cruz Costello (come potete bene immaginare) si sarebbe offerto volontario per restare sobrio e riportare tutti a casa.

Di per sé, non era un dispiacere. Avevo comunque in programma di ridurre i consumi di alcol per mantenere quel corpo da corridore agile che mi ritrovavo.

Il problema era che Wyatt aveva invitato *Rob*. Una mossa davvero imperdonabile.

Una vera e propria stupidaggine.

Era già abbastanza grave che poche sere prima avessi dovuto sopportare la presenza di quell'idiota a cena, con mia madre che gli faceva mille moine e additava Tennessee come l'imbarazzo di Fairhope, ma ora avrei dovuto trascorrere tutta la sera con lui, Tim Grylls e Kyle, uno degli inutili figli a cui l'insegna di Jerry & Figli era stata dedicata.

«Per quale motivo il tuo primo matrimonio è finito?» chiese Rob a mio fratello. Era seduto nel sedile del passeggero ed era intento a stappare una birra. Sembrava molto meno affranto in confronto al giorno in cui l'avevo trovato sulla veranda della sua ex ragazza.

«Era una cocainomane e mi ha prosciugato il conto, anche se, cavolo, aveva un gran bel culo. E i tuoi?» ricambiò Wyatt prima di aspirare dalla sua sigaretta elettronica.

«Il primo è andato in frantumi perché Julianna era una maledetta *stronza*» rispose Rob subito dopo aver bevuto un sorso di birra. Emise persino un verso che era una sorta di mix tra un singhiozzo e uno sbuffo, il che non gli fece guadagnare punti. «Era una cazzo di vacca lunatica, e si lamentava sempre quando dovevamo traslocare per via del mio lavoro: che colpa ne avevo io se dovevo spostarmi da una scuola all'altra per fare l'allenatore? Mentre Dani... eh, lei era un vero tesoro.»

E buttò giù il resto della birra.

«Allora cos'è successo?» si intromise Kyle. Era seduto accanto a lui e si stava rollando una canna.

«Ha scoperto che avevo un figlio.»

«Donne» sospirò Wyatt, prima di prendere un altro tiro dal suo Vape. «Sono sempre così melodrammatiche.» Si misero tutti a ridere.

«Aveva organizzato un viaggio a Fairhope per farmi una sorpresa di compleanno; voleva riportarmi nella mia città natale, in modo che potessi andare a trovare i miei genitori. Ho dovuto spiegarle perché non potevo tornare» riprese a raccontare Rob con voce lamentosa.

«Le avevi tenuto nascosto di avere avuto un figlio con Tennessee?» gli domandai.

Era la prima volta che parlavo da quando ci eravamo seduti in auto, quindi si voltarono tutti verso di me per assicurarsi di aver sentito bene.

L'abitacolo fu avvolto dal silenzio prima che Rob si decidesse a rispondere.

«Non ne vado esattamente fiero, amico.»

«Sì, ma sembra che tu sia tornato a casa solo perché ogni altro piano è fallito» replicai bruscamente.

Rob si scurì in volto e mise da parte la lattina di birra ormai vuota. «Sono tornato perché era il momento di fare l'uomo. Ho commesso un errore. Ora ne pago le conseguenze.»

«È tutta acqua passata» minimizzò Wyatt che agitò una mano nel tentativo di rasserenare l'atmosfera. «Sei tornato, va tutto bene.»

«Sentite, so di aver combinato un gran casino con lei. Con Nessy, intendo.»

Anche con Julianna e Dani, Signor Io-Scopo-Forte.

«Cercherai di riconquistarla?» domandò Kyle, e leccò la carta del suo spinello da una parte all'altra.

Tim stava sonnecchiando seduto tra Kyle e Rob. Era completamente andato. Del resto, era quello che succedeva se dovevi mantenere tre lavori per pagare gli alimenti a due donne diverse.

«Cazzo, certo che sì» rispose Rob ridacchiando. «Nessy ha ancora un corpo da urlo e una boccaccia impertinente, senza contare che è la madre di mio figlio. E poi c'è anche il bonus: è in grado di sostentarsi da sola, il che non guasta vista la mia situazione finanziaria. Se non mi ha spillato soldi fino ad ora, non credo che lo farà più.» Fece una risatina e scosse la testa. «Anche se ero serio quando mi sono offerto di aiutarla. Inizierò a pensare io alle spese di Bear, e nel frattempo farò la parte del martire per qualche altro mese… Insomma, spero di tornare nel suo letto, almeno per un po'. Pensate che mi rivorrà?»

«Certo» annuì Wyatt.

«Forse» replicò Kyle scuotendo la testa.

Io sbuffai, poi dissi: «Guarda che non è né stupida né disperata».

«Cos'hai detto?» mi chiese Rob mettendomi una mano sulla spalla.

Me lo scrollai di dosso. «Niente.»

Passarono altri venti minuti, poi entrammo in un pub lussuoso.

Ci era stato riservato un separé con delle panche in vinile nero. Dagli altoparlanti veniva diffusa della musica country, e sulle pareti erano affisse delle enormi TV a schermo piatto sintonizzate su diverse partite di football; c'erano persone che si strusciavano tra loro a pochi metri di distanza dal bancone del bar, il quale comunicava con quella che sembrava una sorta di sala da ballo.

Avevo l'acuta sensazione di essere l'unico adulto responsabile in quel posto, il cui quoziente intellettivo medio si aggirava intorno a quello di un panino mezzo mangiato.

Wyatt era mio fratello e amarlo faceva parte del pacchetto, ma non ero mai riuscito a capire le sue decisioni.

Come quella di aver voluto invitare uno dei *miei* ex migliori amici al suo addio al celibato.

Le cameriere indossavano un'uniforme ancora più succinta di quella che portava Tennessee alla tavola calda. Servivano il cibo in perizoma nero, reggiseno coordinato e cravatta di seta bianca. Iniziammo con un giro di drink e alcuni shottini di tequila, poi ordinammo da mangiare e altri shottini ancora.

I miei compagni iniziarono a scolarsi tutto l'alcol presente a tavola come se avessero appena preso parte a una gara, e io li osservai pregando di non ritrovarmi con del vomito nella Mercedes durante il lungo viaggio di ritorno. L'auto non era mia, ma il mal di testa che mi sarebbe venuto nel pulirla sì.

Sette shot e quattro birre più tardi, mio fratello e i suoi amici si stavano pericolosamente inoltrando nel territorio del disastro, sottobraccio a un bel coma etilico. Mancava ancora un mezzo passetto e avrebbero finito per farsi dei terribili tatuaggi di coppia di cui si sarebbero di certo pentiti il giorno seguente.

Wyatt, Kyle e Tim (che a dire il vero sembrava visibilmente più sveglio dopo aver bevuto quella quantità astronomica di shottini) trascinarono i loro culi da uomini di mezz'età sulla pista da ballo, poi iniziarono a strusciarsi a qualsiasi collegiale lì presente al ritmo di Sam Hunt e Blake Shelton.

Rob rimase indietro. E non ci voleva un genio per capire che aveva un conto in sospeso con me. Studiai il mio bicchiere d'acqua come se fosse stata la cosa più interessante dell'universo, chiedendomi se avrei potuto affogarcelo dentro ficcandoci la sua testa.

«Quindi» disse.

«Allora.»

«Pensavo che dopo aver scoperto che ero in città avresti alzato il telefono per farmi una chiamata.» Si abbandonò con la schiena alla spalliera in vinile e mi sbirciò dal bordo del suo bicchiere pieno di whisky.

«Potrei risponderti che pensavo lo avresti fatto tu.» La mia voce era controllata, perfino morbida. «Non sono stato io a sparire per tredici anni.»

«Quando ci siamo rincontrati eri da Nessy, non sembravi molto felice di vedermi» insistette. Posò il suo whisky sul tavolo e si sporse con tutto il corpo nella mia direzione. «Cosa sta succedendo tra te e la mia ex, Cruz?»

Impiegai ogni briciolo di forza per non rivelargli la verità.

Ovvero che scopavamo, che ridevamo, scherzavamo e imparavamo a conoscerci.

Ovvero che negli ultimi tempi Tennessee aveva smesso di spruzzarsi quella roba sui capelli che li faceva diventare di plastica, così come aveva smesso di dipingersi le unghie in tutti quei modi strani. Stava lentamente iniziando a capire che le persone avrebbero potuto vederla per quello che era, se solo avesse dato loro la possibilità di farlo.

Come nelle parole di Cobain: "Preferisco essere odiato per quello che sono che amato per quello che non sono."

Tennessee aveva finalmente deciso di essere se stessa, senza alcuna vergogna. Rispettandosi per ciò che era. Senza fare ammenda, senza cercare di placare le persone in città.

Io avrei tanto voluto dire a Rob che ero più che pronto a raccogliere i pezzi che si era lasciato dietro andandosene, e che per me lui non meritava affatto una possibilità con lei, neanche mezza, ma sfortunatamente Tennessee doveva sopportare la sua esistenza per il bene di Bear. E sapevo che lei non mi avrebbe mai perdonato se avessi raccontato la verità al suo ex ragazzo.

Così bevvi un sorso d'acqua, poi risposi: «Non sono sicuro che siano affari tuoi».

«Sono il suo ex.»

«Sei uno che da ragazzino se l'è scopata senza pensare di tirarlo fuori in tempo. Se vuoi sapere qualcosa sulla vita di Tennessee chiedilo a lei, non a me.» Sbattei il bicchiere sul tavolo.

«Non credere che abbia dimenticato di come le morivi dietro.» Aveva l'aria arrabbiata, ora, ma sembrava più meditabondo e quasi costipato. Avevo l'impressione volesse apparire minaccioso.

Gli rivolsi un sorriso di sbieco. «Sei ubriaco.»

«Forse, ma ho comunque ragione, no? Devo competere con te? Mi devi almeno un po' di sincerità.»

«In realtà, Rob, non ti devo un cazzo di niente quando si tratta di Tennessee Turner. Se la memoria non mi inganna, e succede raramente, ero *io* quello che avrebbe dovuto chiederle di uscire, tanti anni fa. Ero stato *io* a vincere.»

Stavo davvero tirando in ballo quella sfida preadolescenziale di morra cinese come se avesse contato qualcosa?

Insomma, mentre Wyatt, Kyle e Tim bevevano i loro shottini direttamente dalle tette delle cameriere per poi ululare al soffitto, Rob e io ci eravamo impelagati in un confronto che sarebbe risultato piuttosto teso se solo lui fosse stato in grado di superare i fumi dell'alcol e mettermi a fuoco correttamente.

«Pensi ancora a quella cazzata? Sul serio?» Gli era caduta la mascella. «Lei voleva *me.*»

«E tu l'hai *lasciata*, cazzo.»

«Non conosci tutta la storia.»

Rob tornò con la schiena contro la spalliera e mi fissò con uno sguardo così carico di odio che mi chiesi se l'avessi mai conosciuto per davvero. Del resto, stavo minacciando il suo piano attentamente studiato per fare di Nessy la moglie numero tre.

Non era preparato all'eventualità che qualcuno di noi avrebbe potuto ostacolarlo.

Doveva essersi convinto che sarebbe tornato da Bear e Tennessee come il padre e il marito che non avevano mai avuto. Dalla sua famiglia in attesa, quella che si era tenuto da parte nel caso in cui tutto il resto fosse fallito.

Doveva aver pensato che Tennessee, la nullità di Fairhope, sarebbe stata così felice e grata del suo ritorno che lo avrebbe accolto di nuovo mandando all'aria il proprio orgoglio o quel minimo di amor proprio. Come se non avesse mai meritato uomo migliore di lui... cazzo, in realtà di tutti noi.

«Illuminami, allora.»

Scorsi Wyatt che nel frattempo aveva infilato la lingua nella bocca di una donna che ero certo non fosse la sua futura moglie. Mi sarei sentito peggio per Trinity se non avesse trattato con tutta quella condiscendenza la sorella maggiore, quasi come se lei avesse già capito tutto della vita.

Rob gonfiò le guance e buttò fuori il fiato, quindi scivolò sulla panca e si alzò. Cominciò a camminare avanti e indietro.

«Ero troppo giovane. *Davvero* troppo giovane.»

«Anche lei lo era.»

«Sì, Cruz, ma io le avevo chiesto di abortire quel *coso.*»

Vidi rosso. Tutto. Rosso. Non riuscivo a visualizzare nulla che non fosse il sangue che desideravo estrarre da quel bastardo, per il modo in cui aveva appena definito *Bear,* un cazzo di ragazzo spettacolare che non aveva mai avuto alcuna voce in capitolo sul suo concepimento. Lo aveva appena chiamato "coso".

«Quel *coso* ha un nome, adesso. E anche una personalità. Tipo che sa scegliere cosa gli piace e cosa non gli piace. E comunque sia, stava crescendo dentro di *lei.* Tenerlo era un suo diritto.»

«Se fossi rimasto, non avrei mai avuto la possibilità di aspirare a diventare qualsiasi cosa volessi. E io volevo di più per me stesso.»

«Be', sono contento che tu abbia deciso di darmi la tua versione della storia, soprattutto alla luce di tanta abnegazione e tanto stoicismo dimostrati in questi lunghi anni. Credimi, sto davvero iniziando a fare il tifo per te in questo viaggio dell'eroe alla scoperta di chi è davvero» replicai con sarcasmo. «E ora cosa farai, hai intenzione di attraversare l'Europa con lo zaino in spalla per ritrovare te stesso?»

«Stava decidendo lei per entrambi. Non era giusto» insistette Rob. Si passò le dita tra i capelli, poi vi si aggrappò e scosse la testa.

«La correttezza è volata via dalla finestra nel momento in cui le hai voltato le spalle, bastardo.»

Rob prese il suo bicchiere, lo svuotò in un sorso solo e alla fine lo sbatté sul tavolo con un ghigno.

Alzò lo sguardo e mi fulminò con un'espressione vuota, fredda. «Sei ancora innamorato di lei.»

E tu continui a non esserlo.

Perché se l'avesse davvero amata non si sarebbe comportato come aveva fatto in passato. O in quel momento. «Ricordatelo sempre, Cruz. Anche se te la sei portata a letto, lei è e sarà sempre l'avanzo che ho lasciato io. Ci sono entrato per primo là dentro. L'ho assaggiata io per primo. Io…»

Io non gli diedi modo di finire la frase.

Lo gettai a terra e gli sferrai il primo pugno, dritto sul naso. Rob si rialzò e indietreggiò goffamente, poi, cercando a tentoni di reggersi in piedi, afferrò il bordo di uno dei tavoli circostanti, anche se sotto il suo palmo finirono pure i capelli di qualcuno. Quel qualcuno gli schiaffeggiò via la mano per liberarsi. E lui a quel punto mi rivolse un sorriso intriso di sangue: probabilmente dovevo avergli rotto qualcosa colpendolo.

Blake Shelton stava cantando che doveva essere stato Dio a mandargli quella persona, chissà chi, e io pensai che stavo giustappunto per rispedirgliene indietro un'altra, all'Onnipotente, un altro suo figlio: Robert Gussman.

Il mio ex migliore amico mi si gettò addosso di peso, tutto accucciato nel tentativo, probabilmente, di colpirmi allo stomaco. Ma io ero più veloce, e pure più sobrio, quindi mi bastò scartare di lato per mandarlo a schiantarsi contro il nostro separé ormai vuoto.

Rob prese a gemere per il dolore, poi la musica venne abbassata e la gente alle nostre spalle accorse per sedare la rissa.

Incurante, lo afferrai per il colletto, lo sollevai e lo strattonai finché i suoi occhi non trovarono i miei.

«Non.»

E gli sferrai un pugno in faccia.

«Osare.»

Un altro pugno, nello stomaco.

«Mai più.»

Gli diedi un calcio nelle palle.

«Definirla un avanzo.»

Pugno.

Pugno.

Pugno.

Il suo viso era ormai completamente ricoperto di sangue, eppure riuscì comunque a tirarmi un gancio dritto nell'occhio cogliendomi di sorpresa. Inciampai all'indietro, e le braccia di Wyatt mi afferrarono per bloccarmi, prima che potessi fare leva sul suo petto e scagliarmi di nuovo contro Rob con l'intenzione di disintegrarlo. Tim e Kyle allontanarono il loro amico, separandoci definitivamente.

«Porca puttana, Cruz. Ma che cazzo ti prende?!» sbottò Wyatt, l'espressione trasfigurata, mentre mi spingeva violentemente verso la porta; le sue labbra portavano ancora i segni scintillanti del rossetto all'anguria di quella tizia che aveva baciato poco prima.

Rob, Kyle e Tim rimasero indietro, nel locale. Noi invece sbucammo all'esterno e ci immergemmo nell'umidità di quella notte estiva.

Io presi a inspirare ed espirare per placare l'incazzatura: stavo praticamente ronzando di rabbia.

«È un figlio di… una *buona donna.*»

«Era uno dei tuoi migliori amici» replicò mio fratello indicando la porta del locale. I due buttafuori ci guardarono come se fossimo stati ospiti dello show di Jerry Springer… Tipo in quell'episodio in cui un tizio, che era riuscito a ingravidare cinque donne nell'arco di soli tre giorni, era entrato in studio per conoscere i risultati dell'ennesima paternità.

«Che ti prende, fratello? Non credere che non mi sia accorto del fatto che ti sei messo con l'altra Turner. Non ho detto niente perché pensavo che l'avresti mollata dopo la crociera, ma Cristo Santo, questo è troppo.»

«Troppo cosa?» lo sfidai con un sopracciglio inarcato.

«Ti stai sobbarcando di troppi problemi per una come lei.»

Gettai la testa all'indietro e scoppiai a ridere. «Stai per sposare sua *sorella.*»

«Sua sorella è diversa. Trinity è innocua. Praticamente un topolino in una chiesa.»

«Be', Tennessee è tutta fiele e miele. Pericolosa, ma irresistibile. È meglio di Trinity. Meglio di tutte loro.»

«A letto, forse. Ma...»

Lo afferrai per il colletto della camicia, ormai del tutto incurante della mia preziosa reputazione. Premetti il naso contro il suo. «Non ti permettere. Questa è l'ultima volta che parli di lei in questo modo, hai capito? La prossima volta la tua faccia avrà lo stampo del mio pugno.»

«Wow. Okay.» Mi spinse via e fece qualche passo indietro. Poi si girò e diede un calcio a un bidone della spazzatura, riversandone il contenuto sul marciapiede. «Maledizione!»

Prese a camminare avanti e indietro.

Robert, Kyle e Tim uscirono dal locale, sudati e disorientati. Poi il mio ex migliore amico mi lanciò un'occhiata assassina e mi puntò un dito contro.

«Non salirò in macchina con quello psicopatico.»

«Allora farai meglio a partire subito, se vuoi avere una chance di arrivare a casa per domani mattina. Ah, e l'ovest si trova in quella direzione, nel caso ti servisse una mappa... Sai, ubriaco come sei» gli dissi, poi feci girare le chiavi sull'indice e mi avviai verso l'auto di Wyatt.

Mi seguirono tutti, Robert compreso. Mio fratello fu il primo a raggiungermi.

«Quindi è una cosa seria?» mi chiese.

Sapevo esattamente a cosa si stava riferendo. Valutai che vantaggi avrei potuto trarne nel raccontargli la verità. Avevo già messo in conto che almeno parte di quella serata sarebbe arrivata alle orecchie della signora Underwood, la quale si sarebbe assicurata di raccontare tutto ciò che sapeva all'intera Fairhope. Perciò non aveva alcun senso fingere il contrario di ciò che provavo.

«Sì.»

«E mamma lo sa?»

«No.»

«Hai intenzione di parlargliene?»

Mi sfregai il mento. «Se Tennessee è d'accordo. In ogni caso, aspetteremo finché non sarà passato il matrimonio. Non voglio che la tua sposa muoia per un attacco di cuore.»

«Lo apprezzo davvero. Trovarne una terza sarebbe una faticaccia.»

«Non ti sminuire così tanto. Hai ancora la maggior parte dei capelli e una quota abbastanza rilevante di eredità. Ti andrebbe bene. Però, sul serio, non dirlo a nessuno finché io e Tennessee non siamo pronti per annunciarlo.»

«Ricevuto, fratello.»

Ci fu qualche istante di silenzio. Mi domandai se gli altri avessero sentito la nostra conversazione o no. Perché non ero certo di volergli far sapere i fatti miei.

«Hai baciato un'altra» feci notare a Wyatt.

Lui sospirò. «Fratellino, non tutte le relazioni sono uguali. Io e Trinity abbiamo un'idea molto precisa di ciò che vogliamo l'uno dall'altra. E dubito che si aspetti fedeltà da me. Vuole solo sposarsi con i miei soldi e smettere di lavorare.»

«Bene» dissi. «Perché è un'infermiera di merda.»

«Nessy invece è una brava cameriera. A quanto dice Kyle, secondo suo padre lei riceve le mance migliori.»

«Ha talento, sì.»

«Spero che ti renda felice.»

«Wyatt?»

«*Spara.*»

«Racconta a Trinity quello che è successo stasera. Perché se non lo fai tu, ci penso io.»

20

Cruz

Il giorno successivo era sabato, e io ero libero. Una vera fortuna, visto che non potevo presentarmi alla clinica con l'aria di uno che era stato preso a cazzotti. Nel corso della notte mi si era formato un livido che spaziava dal nero al viola intorno all'occhio destro, e una volta arrivato al mattino sembrava che mi avessero rapinato.

Mi calcai un cappellino da baseball in testa, indossai i miei Aviator e mi diressi verso Jerry & Figli; Tennessee fluttuava tra i tavoli e faceva scoppiare rumorosamente la sua gomma da masticare rosa mentre scherzava con i clienti.

Scivolai su una sedia vuota e aspettai che si accorgesse di me, ammirando nel frattempo il modo in cui intratteneva il suo pubblico, ovvero come una starlette degli anni Cinquanta. Aveva così tanto fascino e personalità che pareva letteralmente deflagrare in un'esplosione di colori. Ed era insopportabile da contemplare per quelli che non potevano essere lei o *stare* con lei.

Mi sentii il petto gonfiarsi d'orgoglio quando mi accorsi che aveva indossato un paio di leggings sotto l'uniforme, in modo che nessuno potesse più sbirciarle sotto la gonna.

Sfilai gli occhiali da sole e ne incastrai una stanghetta nel colletto della polo. Preferivo passare per uno che aveva ricevuto un pugno in faccia piuttosto che per un maniaco. Perché potevi indossare gli occhiali al chiuso solo se eri Brad Pitt o se eri cieco.

E io non ero, almeno per quanto ne sapevo, né l'uno né l'altro.

Ci volle qualche altro istante prima che Tennessee, spostando la testa di lato per ridere a qualcosa che aveva detto Jerry, si accorgesse di me. Tornò subito seria, posò un vassoio pieno di bibite e hamburger sul bancone e mi corse incontro.

Impallidì all'istante, e fu così che mi resi conto che non solo indossava i leggings, ma *non* aveva nemmeno il solito strato di fondotinta che induceva la gente a pensare che avesse un secondo lavoro come clown del circo.

Si stava trasformando, evolvendo nella versione più autentica di se stessa che avessi mai visto, e io volevo assistere a quella crescita proprio di fianco a lei.

«Porca *cerbottana*, Cruz!» Scivolò nel mio separé e mi afferrò le guance con le mani per studiarmi attentamente il viso. Sembrava molto peggio di quanto fosse in realtà. «Cosa ti è successo alla faccia?»

«Sono caduto.»

«E su cosa sei caduto?»

«Un cretino di prima categoria.»

«Dovrai fornirmi qualche spiegazione in più. Però prima di ogni altra cosa dimmi, posso portarti qualcosa? Acqua? Un caffè? Un frullato? Magari del Tylenol? Anzi no, lascia perdere, tanto quello te lo porterò lo stesso. Sembra fare parecchio male.»

«Non così tanto, al contrario di quello che sto per dirti, quindi portami una tazza di caffè e poi metti a sedere il tuo bel culetto accanto a me.»

Non ero abituato a corteggiare le donne.

Soprattutto, non ero abituato a piombare nelle loro vite senza preavviso, il che era esattamente quello che stava accadendo con Tennessee. Da quando avevamo iniziato ad andare a letto insieme in crociera, lei non mi aveva mai telefonato, mandato messaggi o lasciato intendere che volesse dare vita a qualcosa di serio con me.

Sapevo che a un certo punto avrei avuto bisogno di un briciolo di riscontro da parte sua, ma al momento avevo deciso di lasciarle un po' di spazio, viste le sue insicurezze e la sua storia.

Lei mi fissò con un'espressione incolore, poi la preoccupazione lasciò il passo all'ansia. «Non mi sembra una buona idea.»

«Dipende da chi è la persona a cui lo chiedi.»

«Aspetta qui.»

Un minuto dopo tornò con una tazza di caffè appena fatto e una torta di mele che aveva visto giorni migliori, probabilmente nei primi anni Novanta. Mi passò sottobanco due compresse di Tylenol piazzandomele nel palmo con discrezione.

Una cameriera, che immaginai fosse Trixie, il loro nuovo acquisto, prese a occuparsi dei tavoli di Tennessee in modo che potessimo parlare, e passando vicino a noi le diede un buffetto sulla spalla per dimostrarle la propria complicità.

Cominciai a raccontare a Tennessee di Rob e del fatto che avevo ignorato fino all'ultimo che fosse tra gli invitati dell'addio al celibato, dopodiché le spiattellai tutto ciò che mi aveva detto, spiegandole che quando se ne era uscito con quella storia degli avanzi non mi aveva lasciato altra scelta che dargli un pugno in faccia.

«Quindi ora sa che facciamo sesso?» Era impallidita, e io mi chiesi se era quello ciò che stavamo facendo.

Era solo sesso? Mi sentii preso di nuovo a pugni, però stavolta allo stomaco. Provai l'impulso di correggere l'idea che aveva di noi, ma alla fine capii che non era il momento giusto.

«In realtà non proprio. Mi sono tenuto sul vago. Ma non dovresti essere più preoccupata del fatto che ti abbia definita un suo "avanzo"? Cioè, lui sarebbe l'uomo tanto cambiato da volere una seconda possibilità con te.»

Traduzione: otterrà quella seconda chance solo passando sul tuo cadavere, giusto?

«Avrei preferito che mi avessi lasciata libera di pensarci io stessa a lui. Così non hai fatto altro che attirare ancora più attenzione su di me, Cruz.» Si sfregò stancamente la fronte. «Casinessy colpisce ancora, questa volta mettendo zizzania tra due migliori amici. Trinity mi ucciderà.»

«Non hai fatto nulla di male» replicai con fermezza.

«Mi aveva raccomandato di starti lontana.»

«Non affronteremo un'altra volta questa conversazione. Devi imparare a farti valere.»

«Parli tu? Colui che ancora cerca ossessivamente di essere il beniamino di tutti?» Quella tiritera stava diventando vecchia.

E stancante.

Anche se sapevo che aveva ragione, visto che ero ancora troppo accondiscendente con tutti, anche con quelli che avrebbero avuto bisogno di un bel calcio in culo, mi alzai in piedi.

«Dove stai andando?» quasi urlò, così fece guizzare lo sguardo a destra e a sinistra.

Certo, perché era fuori discussione che qualcuno avesse anche il minimo sentore che stessimo avendo una conversazione intima su qualcosa che non aveva nulla a che fare con il modo in cui volevo le mie uova fritte o il matrimonio dei nostri fratelli.

«Vado a cercarmi una ragazza con una spina dorsale. Anzi, se ne vedi una, puoi mandarla da me?»

«Una *ragazza*?» Si alzò di scatto dalla sedia, gli occhi spalancati, l'espressione tempestosa. Io a quel punto la guardai come a dirle: "avanti, sentiamo come la metti adesso."

Tennessee si strofinò la nuca, le guance chiazzate di rosso. «Immagino... Io immagino...» Ridacchiò. «Okay. Wow. Stiamo andando un po' veloci, qui.»

«Ci conosciamo dall'asilo. Tra l'altro, mi pare di ricordare che hai imparato davvero tardi a usare il vasino» risposi, piatto.

«Avevo gli incubi» replicò, dandomi un pugno sul braccio con una risata. «E comunque intendevo dire che fino a un mese fa non sapevo nemmeno di piacerti.»

«Be', ma è così» le dissi con un sospiro e mi raddolcii di colpo.

«Anche tu mi piaci. È solo che...» Si interruppe, scuotendo la testa. «Ho paura della mia famiglia, e a essere onesta ho paura anche di me stessa. Sono Casinessy, no? Mando sempre tutto all'aria. E ho anche paura di te. Non possiamo mantenere un profilo basso per ora?»

Ah, certo. Perché Casinessy non meritava nulla di buono. Soprattutto se quel qualcosa aveva le potenzialità di oscurare il matrimonio della sua preziosa sorellina.

«Fino al matrimonio» risposi bruscamente. «Non ho intenzione di vivere di nascosto come se mi vergognassi. Non sto facendo nulla di male.»

«Una ragazza» mormorò Tennessee, gli occhi di nuovo spalancati. «Non sono più stata la ragazza di qualcuno da quando avevo sedici anni.»

«Be', è ora che qualcuno la addomestichi, signorina Turner.» Dopodiché mi voltai e uscii dalla tavola calda.

La guardai attraverso il riflesso della porta di vetro e mi accorsi che si era precipitata a sussurrare qualcosa all'orecchio di Trixie; dopo un attimo mi seguì fuori, senza nemmeno preoccuparsi di salutare Jerry.

Si infilò nella mia macchina con la testa abbassata per assicurarsi che nessuno la vedesse.

«Mi stai seguendo?» Glielo chiesi a voce altissima mentre lei si allacciava la cintura, tanto per fare lo stronzo.

Tennessee si voltò, ridacchiando come una pazza; era ancora rannicchiata su se stessa, con la testa posizionata accanto al vano portaoggetti.

«Forse. Dove ti sto seguendo?»

«A casa mia.»

«Okay. Bear starà con mammina tutto il giorno, e ha accennato all'idea di dare vita a un pigiama party a casa loro per aiutare il nonno, visto che domani mattina ha in programma di montare una casa sull'albero al vicino.»

«Di tutto questo discorso ho capito solo che passerò parecchio tempo di qualità con la *mia ragazza*.»

Tennessee si avvicinò alla console centrale e mi diede un bacio sulla coscia, ancora nascosta a qualsiasi passante avesse voluto sbirciare nella mia auto.

Era una relazione segreta, proibita e anche un po' folle.

Una calamità, in pratica, che aspettava solo di esplodermi in faccia in modo molto pubblico e molto poco "da Cruz".

Mi piaceva da matti.

21

Tennessee

Mi svegliai nel letto di Cruz con un caffè caldo, un croissant fumante e un biglietto.

Cara la mia ragazza,

Shanna Duggar, la moglie di Beau, è entrata in travaglio questa mattina presto e mi hanno chiamato per assisterla. Tornerò il prima possibile. I tuoi vestiti sono sul lato destro della mia cabina armadio (non dare di matto).

Cruz.

Mi strinsi il bigliettino al petto, e invece di dare di matto, mi crogiolai nella fantasia di quanto sarebbe stato bello stare davvero insieme a lui.

Dopo essermi alzata e aver usato lo spazzolino di riserva che aveva preparato per me in bagno, iniziai a gironzolare. Non avevo mai messo piede nella *Casa Dei Sogni Di Barbie*.

Il giorno precedente eravamo stati troppo occupati a fare sesso e a ordinare cibo da asporto perché mi venisse in mente di chiedergli un tour della sua piccola reggia. E poi, almeno in parte, continuavo a tenere alta la guardia nei suoi confronti.

Non era esattamente un campo di gioco equo, quello in cui ci trovavamo.

Cruz aveva fin troppo ascendente su di me, e dal momento che lui era lui e io… *ero io*, non volevo che scoprisse che in realtà avevo sognato ardentemente di vivere in questa casa praticamente da sempre, ovvero da quando ero addirittura una ragazzina non-ancora-abituata-al-vasino.

In ogni caso, il posto era splendido. Con le sue pareti dalle texture chevron, i mobili in stile ranch e gli interruttori della luce dorati. La sua cucina era classica, bianca, con un'infinità di motivi sui muri e stoffe di ogni genere un po' ovunque.

Nei bagni, invece, c'erano delle vasche con i piedini ad artiglio e una marea di flaconi, e anche se scommettevo che molti di essi fossero solo decorativi, da brava zoticona volevo provarli comunque a uno a uno. Non avevo dubbi che questo posto fosse stato il paese dei balocchi di qualche costosissimo interior designer magari venuto da fuori città.

Per un attimo mi ritrovai sull'orlo delle lacrime, perché ero impressionata dalla bellezza e al tempo stesso dall'intimità e familiarità che sentivo di provare lì dentro. Corsi a cercare la sala giochi, il sogno di Bear, ma prima che potessi trovarla il campanello di casa suonò. Mi bloccai lì dove mi trovavo, di botto.

Il mio istinto mi intimava di non rispondere, anche perché quella non era la *mia* porta, e con Cruz avevamo pianificato di mantenere il segreto almeno fino al matrimonio di Wyatt e Trinity (okay, lo ammetto, se fosse dipeso da me il silenzio sarebbe durato per molto altro tempo ancora).

Però c'era da considerare anche che Cruz era uscito di casa in tutta fretta. E se aspettava una consegna e contava sulla mia presenza per ritirarla?

Così tirai fuori il telefono e gli mandai un breve messaggio.

Io: Ehi, ragazzo. Il tuo campanello sta suonando. Devo rispondere?

La sua risposta arrivò in meno di cinque secondi.

Cruz: Sì, te ne sarei grato.

D'accordo. Be', almeno indossavo uno di quei bellissimi abiti di Anthropologie che mi aveva regalato in crociera. E se sulla soglia avessi trovato qualcuno dei nostri concittadini, avrei sempre potuto raccontare la frottola che stavamo apportando gli ultimi accorgimenti per il matrimonio dei nostri fratelli.

Il campanello suonò di nuovo e io mi precipitai dal secondo piano all'ingresso. Poi spalancai la porta.

Mi trovai davanti Gabriella, con i suoi grandi, lucidi riccioli neri e il suo sorriso appena accennato. Aveva un'abbronzatura piuttosto intensa e un vestitino molto trendy, blu polvere e lungo fino al ginocchio; in realtà, non era poi tanto diverso da quello che indossavo io.

Il suo sorriso svanì non appena mi vide. «Casinessy.»

Non percepii nessun punto di domanda, in quella constatazione. E nemmeno una punta di sorpresa.

Mi appoggiai con un fianco allo stipite della porta, un po' infastidita dal fatto che non avessi una gomma da masticarle in faccia mentre la invitavo a entrare. «Ciao, Sherlock. Come posso aiutarti?»

Mi comportavo sempre così con lei quando Trinity non era nei paraggi. Era il mio personale modo di vendicarmi per tutte quelle volte in cui mi aveva maltrattata in pubblico.

«Cosa ci fai qui?» mi chiese snudando i denti fin troppo bianchi, e strinse la sua borsetta di paglia nel pugno.

«Cruz e io stiamo confrontando un'ultima volta i nominativi di chi ha risposto all'invito con la disposizione dei posti a sedere prima della cena di prova.» La bugia mi era scivolata dalle labbra in modo così naturale che mi appuntai mentalmente di darmi una pacca sulla spalla una volta che fossi rimasta sola.

Per tutta risposta, tuttavia, lei inarcò un sopracciglio, scettica. «E ti aspetti che io ci creda?»

«Non mi aspetto proprio niente da te, in tutta onestà, ma vorrei proseguire con la mia giornata. Quindi ti sarei grata se mi spiegassi in cosa posso esserti utile.»

«Voglio parlare con Cruz.» E nel dirlo, sollevò il mento.

Dovevo dargliene atto: stava gestendo la situazione con (relativa) grazia. Sapevo meglio di chiunque altro quanto fosse disperata all'idea di accaparrarsi lo scapolo numero uno di tutta Fairhope.

«Mi dispiace, ma è dovuto correre dai Duggar per aiutarli ad avere il loro bambino.»

«E ti ha permesso di restare in casa sua?» replicò prima di allungare il collo per dare una sbirciata oltre le mie spalle.

Fu più per principio, ma socchiusi la porta in modo da non permettere a lei e ai suoi occhi indiscreti di ficcanasare.

«Non essere così scioccata. Non potrei rubare *tutto* ciò che c'è di valore qui dentro nemmeno se volessi. Insomma, come diavolo farei a portarmi via quell'enorme sofà Astoria? Sembra pure parecchio vintage... A meno che tu non voglia aiutarmi, sia chiaro.»

A quell'insinuazione andò su tutte le furie davvero. «Non dire sciocchezze!»

Dopodiché mi spinse in casa con un unico, rapido movimento. Entrò anche lei e si chiuse la porta alle spalle. Per un attimo sospettai che avrebbe provato a uccidermi, ma poi mi ricordai che potevo sempre affrontarla. Per non parlare del fatto che non sarebbe mai riuscita a nascondere il mio corpo. Era la persona meno creativa che avessi mai conosciuto.

«Stammi bene a sentire» iniziò, punzecchiandomi il petto con l'indice via via che avanzava come una tigre letale appena rinchiusa. «So cosa stai cercando di fare, ma non te lo permetterò, rovinafamiglie.»

«Oh, cacchio, mi stai dicendo che sono finalmente passata allo step successivo, da puttana a rovinafamiglie? Mi ci è voluto un decennio, ma ehi, eccoci qua.»

«Stai cercando di farti mettere incinta di nuovo, perché sei convinta che Cruz non sia il tipo di persona che ti volta le spalle.»

Fece un altro passo verso di me.

Indietreggiai d'istinto, soprattutto perché sospettavo che mi avrebbe strappato un arto dopo l'altro se l'avessi spintonata, e non volevo ingaggiare una lotta in stile wrestling in una casa che non era la mia (e per quanto in tutta onestà desiderassi davvero una scazzottata, *non* ero molto in vena di leggere il titolo di giornale che ne sarebbe conseguito).

Scoppiai a ridere, però, perché stavo cercando di fare l'esatto *contrario* di ciò di cui mi stava accusando. Tanto che avevo impostato un promemoria sul telefono per contattare il mio ginecologo, che non mi aveva più sentita dopo la nascita di Bear, in modo da farmi prescrivere la pillola anticoncezionale.

«Sparisci, Gabriella.»

«Te lo dico adesso, Nessy» riprese, mettendomi con le spalle al muro in un angolo; mi stava praticamente schiacciando con il proprio corpo, e il suo viso era così vicino al mio che sentivo la sua saliva raggiungermi a ogni parola. «Se non ti tirerai indietro renderò la tua vita un vero inferno in questa città. Per prima cosa ti farò licenziare. Poi ti farò perdere tutto ciò a cui hai sempre tenuto, sempre se esista qualcosa che vale la pena rubarti.»

«È una minaccia?» Le sorrisi, ma dentro di me stavo urlando.

Non avevo bisogno di una complicazione come questa. Non avevo bisogno di un testa a testa con Gabriella Holland. O con l'intera città. Perché avrebbero tutti scelto lei. Del resto, avevano sempre cercato di calpestarmi per stare un po' più in alto. E sì, avrebbero davvero avuto bisogno di qualche nuovo passatempo.

«È una promessa. Lascia in pace Cruz.»

«È una richiesta?»

«È un *ordine.*»

«Eppure ormai dovresti averlo capito» replicai e la spinsi via. Cominciavo davvero a stancarmi del suo atteggiamento. «Non sopporto molto bene le minacce. Potrai anche essere convinta di avere tutta questa grande influenza in città, ma io resisto e tengo duro da tanto, tanto tempo, e ho tutta l'intenzione di continuare a farlo anche dopo che te ne sarai andata. Pertanto, se hai finito, ti suggerisco di chiamare Cruz e cercare di organizzare un incontro. A meno che, ovviamente, lui non stia facendo di tutto per evitarti» insinuai rivolgendole un'espressione imbronciata.

Dalla sua faccia capii che avevo colto nel segno.

«Non finisce qui» tuonò, puntandomi un dito in faccia.

«Me la sto proprio facendo sotto, Holland.»

Alla fine se ne andò, sbattendo la porta alle proprie spalle.

Mi accasciai contro il muro ed emisi un sospiro tremante.

Promemoria per me: comprare uno stock di mutande ogni volta che posso permettermi di farlo. Perché me la sto facendo sotto... sul serio.

22

Tennessee

Due giorni dopo, arrivai a casa dei miei genitori per consegnare i cestini fatti a mano che avevo realizzato per il matrimonio di Trinity, in modo che le bambine potessero usarli per spargere i petali lungo la navata.

Tecnicamente avrebbe dovuto pensarci Gabriella, comprandoli in una boutique fuori città. Ma, sempre tecnicamente, Gabriella era una *bronza* di proporzioni epiche, e aveva addotto come giustificazione un mal di testa così forte da impedirle di guidare.

Mi ero messa uno degli abiti di Cruz (era così che avevo iniziato a chiamarli nella mia mente, il che mi aveva fatto immaginare lui *all'interno* di quei vestiti, ed era esilarante e sexy allo stesso tempo). Avevo anche lasciato liberi i miei capelli, sia in senso letterale che figurato, così in quel momento mi cadevano dolcemente sciolti sulle spalle.

Il bisogno di apparire come la cameriera della tavola calda che tutti si erano sempre aspettati, quella che aveva bisogno di una doccia e di un invito, era venuta meno non appena avevo capito che avrei potuto risparmiarmi quei trenta minuti che impiegavo ogni mattina per sembrare *meno* attraente di quanto in realtà fossi.

Donna Turner, mia madre, il mio idolo d'infanzia e la persona più compassionevole di tutte, una che provava pena pure per i moscerini della frutta, spalancò la porta e mi diede un bacio umido sulla guancia.

«Ciao, Nessy. Entra. Sto preparando la merenda.»

La seguii all'interno, un po' perplessa per il fatto che non avesse detto nulla sul mio abbigliamento.

Il giorno in cui Gabriella si era presentata a casa di Cruz comportandosi come una donna pronta a bollire un coniglio (e se non cogliete il riferimento, congratulazioni: siete giovani!) avevo deciso che era giunto il momento per me di smetterla con quella mania di dare alla città un motivo per odiarmi. Così avevo messo in valigia tutti i vestiti che mi aveva comprato Cruz e avevo giurato a me stessa che avrei indossato esclusivamente quelli, da quel momento in poi.

Più tardi, quella sera, avevo infilato tutti i miei vecchi abiti da prostituta in dei sacchi neri della spazzatura con l'intenzione di darli via. Non potevo correre il rischio di ritrovarmeli in giro per casa. Non volevo tornare a somigliare a ciò che la città si aspettava da me.

«Dov'è il mio Bear-Bear?» chiese mamma mentre entrava in cucina; si diresse verso l'assortimento di verdure che aveva già preparato sul bancone: carote, sedano e broccoli crudi, con una salsa ranch a basso contenuto di grassi al centro.

Da ciò che mi era stato detto, quelle sarebbero state la colazione, il pranzo e la cena ufficiali della famiglia Turner fino al giorno del matrimonio.

La risposta alla sua domanda era che Bear stava giocando ai videogiochi con Cruz, a casa sua. E poiché nessuna madre single degna di quel nome si sarebbe mai lasciata sfuggire l'opportunità di un tornaconto personale, avevo contrattato con mio figlio per porre una clausola legata a quell'evento monumentale.

Il fatto era che Rob mi aveva sfinita, mi aveva chiamata quasi ogni giorno, per pregarmi di vedere sia me che Bear. Ci lasciava la spesa davanti casa, gli assegni, i regali… Se non lo avessi accontentato prima di subito sospettavo che prima o poi avrebbe cominciato con i sacrifici umani.

In pratica avevo detto a Bear che avrebbe potuto frequentare il suo nuovo amico adulto Cruz se avesse accettato di incontrare suo padre anche solo per un'ora, nella sicurezza del nostro bungalow e con me a fare da cuscinetto tra loro.

Era una cosa etica? No.

Avevo usato quel momento per insegnargli qualcosa? Di nuovo, no.

Mi sentivo in colpa? Per niente.

Bear era cresciuto senza padre, sottoposto costantemente a una pressione economica e culturale solo perché era *mio* figlio, e di conseguenza il suo senso del perdono era praticamente inesistente. Perciò sapevo che dovevo forzarlo un po' per innescargli un minimo di empatia.

Per quanto non mi piacesse Rob (lo disprezzavo proprio, dal profondo del mio nero e freddo cuore) non potevo negare che stesse davvero cercando di farsi perdonare da Bear.

Non faceva che lasciargli dei regali sul portico. Sempre. Regali che suo figlio ignorava del tutto mentre andava avanti con la sua giornata. In effetti quel ragazzino era più freddo di un reparto surgelati.

Non sapevo se esserne impressionata o preoccupata.

«Bear è andato a casa di un amico.» Mi appoggiai con il fianco al mobile della cucina e misi in bocca una carota.

«Come va con Rob?»

Mia madre aprì il frigorifero e tirò fuori delle fragole fresche per dessert. Trovavo ironico che i Turner avessero ufficialmente adottato una dieta da criceti, visto che sarebbero stati in grado di mangiarsi pure i piccoli.

«Non vuole ancora vederlo, ma stiamo discutendo sulla possibilità di organizzare una cena, a breve.»

«Dovresti dare una possibilità a quell'uomo.» La mamma chiuse il frigorifero con il piede, poi prese a sciacquare le fragole in acqua e sale nel lavandino per rimuovere tutto lo sporco. «Te l'ho detto che l'altro giorno ha aiutato tuo padre a cambiare la ruota?»

«Solo circa diciassette volte.»

«E la settimana scorsa è passato con dei fiori freschi per me e ci ha chiesto come ci saremmo sentiti se ti avesse chiesto di uscire.»

Emisi un fischio basso. «E poi dicono che la cavalleria è morta.»

«Avanti, Nessy, siamo realisti. Non puoi aspirare a qualcuno migliore di lui. Ha un lavoro fisso, è ancora bello ed è il padre di tuo figlio. Perché sei così ostinata? Hai chiarito il tuo punto di vista. Sono settimane che ti aspetta. Lo hai punito abbastanza a lungo.»

«Lui non mi interessa.»

«Però sembra pronto a impegnarsi.»

«Ha divorziato due volte, mamma.»

«La terza è quella buona.»

Non avrei dovuto sentirmi offesa, considerando tutte le altre cose che era riuscita a dirmi nel corso degli anni, eppure lo ero. La totale sicurezza con cui sosteneva che non potessi aspirare a meglio mi colpiva dritto dritto nei sentimenti.

Non abbastanza da dirle che uscivo con il più onesto e amato cittadino di Fairhope, però.

«Preferisco morire da sola che tornare a stare con Rob.»

«Allora va benissimo così.» Usò l'anca per chiudere uno sportello. «A quanto pare hai proprio un bel destino radioso davanti a te.»

La nostra conversazione fu interrotta da una tempesta, ovvero dalla mia sorellina, la quale spalancò la porta d'ingresso con una forza tale che avrebbe potuto anche staccarla dai cardini; avanzò come se tutti gli abitanti della città avessero preso a calci il suo adorato cucciolo.

Era rossa, sudata e quasi vibrante. Aveva il vestito mezzo strappato dopo quella che sembrava essere stata una fuga precipitosa e la sua treccia si era sciolta. Non avevo mai visto mia sorella con un aspetto diverso da quello della compita ragazza di chiesa che aveva sempre mostrato, quindi, ovviamente, mi fermai a guardarla.

«Dov'è?» sbraitò e calciò una scatola piena di pacchetti regalo per il matrimonio che la intralciava (naturalmente, ce l'avevo messa io là).

Guardò a destra e a sinistra alla ricerca dell'oggetto della sua furia. Poi si concentrò su di me e mostrò i denti come un animale rabbioso.

Attraversò la cucina senza nemmeno preoccuparsi di rispondere al grido di mia madre, che si era già gettata tra noi per cercare di abbracciare Trinity o forse solo per impedirle di strapparmi tutti i capelli dalla testa.

«Oh, ma eccola qui. Tennessee Turner. L'oggetto del desiderio di ogni uomo.»

Sembrava un modo insolito per iniziare una conversazione, considerando che stava parlando con una persona che avrebbe dovuto solo ringraziare per il duro lavoro che aveva svolto per il suo matrimonio, ma decisi di avere comunque una mentalità aperta.

In fondo ogni momento era buono perché una persona potesse essere colta dalla consapevolezza che chi aveva davanti, forse, sarebbe stato pronto a spostare il mondo per il suo bene.

Mi rifiutai di apparire agitata, quindi, mi voltai e riempii un bicchiere con l'acqua del rubinetto. Ricordai a me stessa che non avevo fatto nulla di male (*a parte Cruz*), che di qualunque cosa si fosse trattato, era di certo un semplice malinteso (*a parte Cruz*) e che non avevo nulla da nascondere (sempre *a parte Cruz*).

Dopo aver fatto qualche rapido respiro, mi girai di nuovo verso mia sorella. «Ciao anche a te, sorellina. Vuoi vedere i cestini che ho preparato per le bambine? Ci ho già messo dei fiori dentro.» Secondo me era stato un tocco di classe.

«Non ci penso proprio. Lascia invece che ti chieda una cosa.» Le sue labbra si arcuarono in un sorriso a tutto denti. Era derisorio, e arrabbiato… sbagliato. Come se fosse stato dipinto con il sangue. Trinity si avvicinò a me, come un serpente in procinto di colpire. Sentii la gola stringersi a causa del panico. «Ricordi quando hai abbandonato il liceo? Quando eri incinta? E tutti a scuola mi prendevano in giro, riempivano il mio armadietto di preservativi e me ne dicevano di tutti i colori per colpa tua? E ho dovuto iniziare a consumare i miei pranzi in bagno perché non volevo essere molestata?»

«Me lo ricordo» annuii deglutendo.

Tutto il mio corpo reagì a quelle immagini mentali. Mi sentii lo stomaco invaso all'improvviso da un fiume di catrame bollente. E sulla mia fronte cominciarono a formarsi delle piccole perle di sudore.

Trinity si fermò dietro una sedia, proprio di fronte a me, e la afferrò per lo schienale. La mamma si frappose tra noi. Alternò lo sguardo prima su di me e poi sulla figlia minore mentre cercava palesemente di trovare un modo per arrestare ciò che si stava dipanando davanti ai suoi occhi.

«E ti ricordi quando è nato Bear? Piangeva la notte, tutta la notte, *tutte* le notti, e tu stavi perdendo la testa, e mamma e papà dovevano lavorare la mattina presto, così mi sono offerta di occuparmi di lui per metà del tempo, scongelando il latte materno e cullandolo mentre tu recuperavi il sonno?»

«Sì» risposi a bassa voce.

Perché quelle cose le aveva fatte sul serio.

All'epoca era una bambina, proprio come me, ed era piena di compassione. Eravamo noi contro il mondo. Almeno fino a quando non era entrato in scena Wyatt Costello, perché a quel punto il bisogno di Trinity di assicurarsi che il suo futuro fosse diverso dal mio aveva prevalso sull'amore che provava per me.

Fino a quel momento però non me lo aveva mai rinfacciato.

«Ti ricordi quando Bear aveva bisogno di quell'operazione all'orecchio, e tu non avevi i soldi, e io ti ho dato tutti i miei risparmi, ovvero i frutti del mio lavoro estivo al Ministero dell'Infanzia?»

A quella domanda risposi solo con un debole cenno del capo. Chiusi gli occhi e provai a fare un respiro profondo, ma non riuscii a compierlo del tutto.

Volevo che il pavimento si spaccasse e mi inghiottisse completamente. Volevo scomparire dalla faccia della Terra. Mi vergognavo per quello che avevo fatto passare a tutti. Mi vergognavo del mio egoismo, per essermi comportata ancora una volta come mi pareva.

Per aver portato avanti quell'inutile relazione con Cruz. Non mi importava neppure sapere perché non le piacessimo come coppia.

Aveva tutti i diritti di chiedermi delle spiegazioni, dopo quello che aveva sacrificato per me.

Anche perché, in ogni caso, io Cruz non avremmo mai avuto nessuna chance di stare insieme nella vita reale.

«Una cosa è certa: sono sempre stata dalla tua parte, Nessy. Ho sempre fatto qualsiasi cosa per te. Ti ho sempre aiutata. E non ho mai permesso a nessuno di parlare male di te.» I suoi occhi si riempirono di lacrime. E io non la corressi, evitai di spiegarle che anche se i suoi amici non parlavano *male* di me quando lei era presente, lo facevano alle sue spalle e a volte davanti alla *mia* faccia. «Quindi quello che voglio sapere ora, mia cara sorella, è perché non sei riuscita a rispettare la mia unica regola, la mia semplice richiesta, la mia *preghiera* affinché non mi rovinassi il matrimonio.»

Mia madre sussultò rumorosamente, portando istintivamente la mano attorno alle sue (numerose) perle. Quel giorno indossava molti gioielli, e in effetti mi ricordava un po' la signora Warren. «Cosa intendi, Trinity?»

«Questa *puttana* che hai cresciuto,» urlò mia sorella con tono accusatorio, il dito puntato contro di me, «va a letto con il ragazzo della mia damigella d'onore.»

«Non è il suo ragazzo!» gridai, e detestai il fatto che stessi facendo la figura di quella disperata. «Cruz e Gabriella non stanno insieme.»

«Si erano presi una pausa!» mi rimbeccò Trinity sempre urlando dall'altra parte del tavolo. «Gabriella è fuori di sé. Ha detto che potrebbe non essere nelle condizioni mentali adatte per partecipare al matrimonio!»

Wow. Be', avrei potuto prevederlo da cento chilometri di distanza, con gli occhi bendati e senza una mappa di riferimento. E forse era vero che ero un'egoista, ma anche Gabby lo era.

«Vai a letto con Cruz Costello?» Mia madre quasi si strozzò con un pezzo di cavolfiore crudo, a quella rivelazione.

«Sì, la loro pare proprio una pausa. Lui non risponde a nessuna delle sue chiamate e attraversa la strada appena la vede!» tuonai, cercando di non dare l'impressione di essere la più grande perdente del pianeta Terra.

«Perché lo stai avvelenando, lo stai istigando contro di lei» rispose Trinity con le guance rigate di lacrime, dato che nel frattempo aveva iniziato a piangere. «Lo sa tutta la città! Gabriella è umiliata.»

«Sei proprio sicura che sia io a usare il metodo del veleno per ottenere qualcosa?» contraccambiai, incredula. Ridacchiai per nascondere il dolore che provavo, altrimenti avrei smantellato la mia armatura lavandola via con il pianto. «Perché la tua cosiddetta migliore amica ti ha appena detto che forse non sarà la tua damigella d'onore a causa mia, e l'altro giorno è passata a darmi della rovinafamiglie, minacciando oltretutto di rovinarmi la vita.»

«Come può rovinarti la vita quando ci hai già pensato tu stessa, e in maniera così spettacolare?» replicò mia sorella con uno sbuffo.

«La mia vita non è rovinata!» ruggii e sbattei il pugno sul tavolo. «Ho un figlio che amo e una famiglia per cui morirei, se non l'hai notato. Potrei aspirare ad avere un lavoro migliore, certo, ma non sono così disperata da lasciare il mio impiego per sposare un uomo con la maturità emotiva di un pompelmo e che praticamente ignora la mia esistenza.»

«Nessy!» sussurrò mia madre per poi coprirsi la bocca. «Vergognati! Wyatt è un uomo adorabile.»

«Wyatt conosce a malapena i vostri nomi.»

«Ritira subito quello che hai detto» mi ordinò Trinity in quello che parve un latrato.

«Anche se lo facessi, non lo renderebbe meno vero.»

A quel punto mia sorella mi si gettò addosso. Mi diede uno schiaffo così forte e così potente che la mia faccia volò nella direzione opposta, andando a sbattere contro il mobile della cucina.

Per i primi secondi non sentii nulla. Poi il bruciore cominciò a diffondersi ovunque, come un incendio.

La mia mascella.

I miei occhi. Il mio naso. La mia anima.

Girai la testa e fissai Trinity negli occhi.

Era il momento di affrontare la mia famiglia, come mi aveva suggerito di fare Cruz numerose volte. Dovevo dirgli che in realtà avevo tutto il diritto di uscire con chi volevo. La mia vita non era finita, e non era meno importante della loro. Non ero un completo disastro e, anche se mi erano stati vicini nella buona e nella cattiva sorte, meritavo non solo il loro aiuto e la loro guida, ma anche il rispetto. Perché anch'*io* c'ero sempre stata per *loro*.

Ma le parole, tutte le parole che avrei dovuto dire a Trinity e a mia madre, mi si bloccarono in gola nel momento in cui compresi ciò che rischiavo di perdere.

I nonni di Bear, che lui amava così tanto.

E la zia Trinity, che ogni anno prima di Natale lo portava in città a fare shopping, che per il Ringraziamento gli preparava la sua tanto adorata torta agli agrumi, anche se a nessuno piacevano davvero quelle orribili creme al lime.

Mi fermai quando riflettei su ciò che potevamo potenzialmente perdere io e mio figlio, ovvero le uniche costanti delle nostre vite, per un uomo che era fantastico, sì, perfino perfetto, ma in definitiva soltanto un uomo.

Mi pietrificai.

«Allora?» mi sputò in faccia Trinity, sibilando quella parola tra i denti. Mia madre le si affiancò a braccia incrociate.

Avevano un'alleanza. Erano un'unità completamente formata, e io non ne facevo parte.

Feci un passo indietro.

«Dai un taglio a questa storia con Cruz» ordinò Trinity. «O non avrò una damigella d'onore.»

«La tua damigella d'onore ti odia» le risposi semplicemente, con una voce tanto flebile e rassegnata che non sembrava neanche la mia. «Non hai notato che non fa nulla per te, a parte ottenere il desiderato titolo di damigella d'onore? Ti spaventa così tanto che hai schiaffeggiato tua sorella pur di avere ragione.»

«Gabriella merita Cruz. Ha lavorato sodo per averlo, e l'ha anche avuto. Hanno solo bisogno di tempo per capire come far funzionare le cose» replicò lei sulla difensiva, calmandosi un po'. «E comunque cosa pensi che succederà? Che lui si sposerà con te o qualcosa del genere? Smettila di sognare, Nessy, e prendi la decisione più intelligente, per una volta nella vita. Abbi un po' di rispetto per te stessa, una volta tanto. Oh, e prima che tu te ne vada,» si girò per poi spingere verso di me la scatola che aveva calciato poco prima, «assicurati che non ci sia nulla di rotto, qui dentro. L'ultima cosa di cui ho bisogno è dare ai miei ospiti dei vetri rotti in un involucro di cellophane per colpa tua.»

Afferrai la scatola con l'umiliazione che mi bruciava nel petto, dopodiché mi girai e me ne andai.

Promemoria per me: una volta che deciderai di tirare finalmente fuori le palle, non cercare di riappacificarti con chi non vuole avere niente a che fare con te. Passo e chiudo.

23

Cruz

«Grazie per avermi lasciato giocare ad *Assassin's Creed*. È stato fantastico. Davvero, ucciderei per avere la tua sala giochi, amico.» Bear sganciò la cintura di sicurezza con un sorriso che minacciava di aprirgli la faccia in due.

«Ti prego, non farlo. Tua madre troverebbe il modo di incolpare me, e la cauzione per il mio rilascio sarebbe astronomica.»

Spensi il motore e lo sguardo si posò sulla porta d'ingresso del loro bungalow sgangherato. C'era la scatola di uno skateboard nuovo di zecca appoggiata proprio contro il pannello.

Mi accigliai.

«Tua madre ti ha comprato uno skate nuovo?» Perché in realtà avevo avuto l'impressione che stesse risparmiando per comprargli un videogioco.

«No. Credo sia da parte di Rob, una vera spina nel culo. Lo so che è un tuo amico, ma sul serio, è così pressante.» I capelli castani gli ricaddero sulla fronte, oscurandogli gli occhi verdi. Lui li spazzò via scuotendo la testa.

«Mi pare però che si stia impegnando, magari può diventare una persona semi-decente» mi costrinsi a dire.

Certo, me ne aveva dette di tutti i colori durante l'addio al celibato di Wyatt, ma nulla toglieva che ci stesse provando sul serio, anche se con Tennessee non sembrava stesse ottenendo qualche risultato.

«È solo un sopravvalutatissimo donatore di sperma» replicò Bear. «Sta cercando di farsi perdonare.»

«Ci vorrà molto di più di uno skateboard e alcune faccine addolorate alla Dwight Schrute per convincermi a presenziare a una cena con lui.»

E così il ragazzino era un fan di *The Office.* Quanto era stato stupido Rob a non aver mai voluto avere niente a che fare con la vita che si era lasciato alle spalle?

Bear si sporse per recuperare lo zaino e poi se lo mise in spalla. «Comunque, grazie per la partita. E per la pizza. Ma *non* per il discorso di incoraggiamento.»

«Bear, aspetta.»

Gli feci passare un braccio sulla spalla e lui si girò a guardarmi, in attesa. Non volevo più continuare a essere sempre io a cercare Tennessee. Mi faceva sentire uno spasimante disperato.

Lei non mi aveva chiamato dopo l'ultima volta che ci eravamo visti, e anche se avevo fatto finta di niente e le avevo telefonato io il giorno dopo, tutta quella relazione unilaterale cominciava a infastidirmi sul serio.

«Puoi dire a tua madre di venire qua fuori un momento?»

«Vi state frequentando?» Mi rivolse un sorrisetto sbilenco con tanto di fossetta, un sorriso che mi ricordava fin troppo Rob. Quel ragazzino mi piaceva davvero tanto, ma prima o poi avrei dovuto anche accettare il fatto che sarebbe sempre stato legato all'uomo che ormai non era più mio amico.

Sono io che frequento tua madre. Non sono così sicuro che la cosa sia reciproca.

«Chiedilo a lei.»

«Mamma non ha mai avuto un ragazzo. Dubito che ammetterebbe di averne uno adesso.»

«Be', allora dille che il suo "qualsiasi cosa io sia per lei" la sta aspettando qui fuori perché vorrebbe parlarle.»

Bear scivolò fuori dall'auto e corse verso la veranda. Diede un calcio allo skate mentre apriva la zanzariera. Pochi istanti dopo, Tennessee ne varcò la soglia, con un paio di jeans aderenti e una canottiera bianca plissettata.

Aveva un'aria cupa, e io sentii di nuovo quella sensazione di vuoto nello stomaco, quella che mi diceva che stavo facendo tutto da solo; non riuscivo a liberarmene, nonostante avessi già abbastanza demoni da affrontare.

Tennessee si avvicinò alla mia auto, poi si poggiò con i gomiti sul finestrino abbassato, mettendomi praticamente le tette in faccia.

«Che succede?» mi chiese, e mi diede un bacio sulla guancia.

Vedi? Va tutto bene. Sei solo paranoico. Sei così abituato alle donne che ti adulano, che non riesci ad accettare che la tua ragazza non voglia fuggire insieme a te seduta stante.

«Dimmelo tu. Non abbiamo parlato per tutto il giorno.»

Le mie parole mi riportarono alla mente ognuna delle donne che avevo deluso nel corso della mia vita: sembravo una di loro. Dovevo ammettere che trovarmi dall'altra parte dell'equazione mi faceva sentire di merda.

«Non volevo disturbare te e Bear.»

«Allora perché non mi inviti a entrare in casa?» la sfidai.

Guardò a destra e a sinistra, poi abbassò il viso e la voce. «Gabriella ha detto a tutti che andiamo a letto insieme. Ricordi quando ti ho raccontato che era passata a trovarti mentre eri dai Duggar per il loro bambino?»

Come avrei potuto dimenticarmene?

Aveva quasi avuto un esaurimento nervoso.

E sì, sapevo che ormai era davvero giunto il momento di sedermi a tavolino con Gabriella e spiegarle per la milionesima volta che tra noi era finita.

Ma non mi fidavo di lei, temevo che se ne uscisse con qualcosa degno de "*I Giorni della Nostra Vita*", tipo quelle stronzate alla Roman-non-è-morto-altrimenti-non-sarebbe-*Roman*.

Gravidanza segreta, ricatto emotivo, esorcismo... Gabriella sarebbe stata capace di ognuno di quei gesti per mettersi con me, e io volevo dare al mio rapporto con Tennessee ancora qualche giorno per rafforzarsi.

«Ricordo» annuii, stringendo i denti.

«Be', credo che sia questa la sua vendetta. Ora tutti sanno che andiamo a letto insieme.»

«Perfetto.» Scrollai le spalle. «Quindi non dobbiamo più tenerlo segreto.»

«Trinity vuole che chiuda con te.»

«Cambierà idea prima o poi.»

E se non l'avesse fatto, be'... pazienza. Tennessee era una sorella eccezionale. La sua vita ruotava intorno alla felicità della sua famiglia.

«Ora, posso entrare e cenare con la mia ragazza?»

«Io... Ecco, io...»

Sgranai gli occhi.

Non stava davvero pensando di rompere con me a causa di Trinity, vero?

Certo che sì, invece.

Lo stava facendo.

In fondo parlavamo di Tennessee.

«Ci stai riflettendo su» commentai, piatto.

«Sto cercando di capire quale sia il modo migliore di agire.» E abbandonò la testa sul bordo della carrozzeria.

«Tu sei un vero miracolo della medicina» dissi.

A quelle parole lei sollevò lo sguardo, appoggiando la guancia sul telaio del finestrino. «In che modo?»

«Sei l'unica persona che conosco in grado di rimanere in piedi senza l'ausilio della spina dorsale.»

Tennessee trasalì. Stava per allontanarsi dall'auto, quando io le afferrai la mascella per convincerla a guardarmi. Quando strinsi appena la presa, lei emise un basso gemito e si liberò, poi si strofinò il punto in cui l'avevo toccata. Fu allora che mi accorsi che era tornata a truccarsi in modo indecoroso. E che il trucco non era stato usato per nascondere qualcosa di bello come sempre... ma qualcosa di brutto.

Assottigliai lo sguardo, rendendomi conto che una delle sue guance era rossa e aveva delle impronte di dita.

«Ma che...»

«Sto bene.» Fece un passo indietro. Ma era troppo tardi, ormai.

Perché io ero già sceso dall'auto e avevo sbattuto la portiera dietro di me. «Col cavolo che stai bene. Chi è stato a darti un ceffone? Rob?»

L'avrei ucciso e poi dato in pasto ai coyote, pezzo per pezzo.

Lei però sbuffò. «Non farebbe in tempo neanche a pensarci perché gliene rifilerei prima uno io.»

Strinsi la mascella, i muscoli rigidi. «Trinity.»

«Me ne occupo io» disse lei, cercando di allontanarsi.

«Quella piccola strega.»

«Era arrabbiata.»

«E sarà furiosa quando la prenderò a calci nel sedere per poi lasciarla senza lavoro.»

«Cruz, no.» Si aggrappò al mio braccio e lo tirò con forza. «Ti prego, lascia che me ne occupi a modo mio.»

«Il tuo modo prevede che ti sdrai sulla strada in attesa che lei ti investa. E comunque non si tratta solo di te... Credi davvero che voglia una persona priva di cuore accanto a dei pazienti vulnerabili? Assolutamente no.»

«Il modo a cui mi riferisco è quello di concedere del tempo alla mia famiglia. Per fargli digerire l'idea.»

«Quale sarebbe questa idea? Che esci con un rispettabile membro della comunità?»

«Che stia per far scoppiare un altro scandalo» sputò fuori. «Detestano che io stia al centro dell'attenzione.»

E io li detesto perché ti fanno sentire un peso.

E detesto me stesso per non aver preso in mano la situazione, perché Dio non voglia che faccia qualcosa di non perfetto mettendo qualcuno a disagio.

«Sto iniziando a perdere la pazienza, tesoro» le risposi, serio. «Non ho intenzione di inseguirti per sempre. Mi piaci, Tennessee, ma odio il modo in cui mi fai sentire, e questo comincia a diventare un problema.»

«Lo so» disse con fermezza, appoggiando i palmi sul mio petto. Il mio cuore batteva all'impazzata.

Maledizione, la volevo. E volevo scappare. Ma i suoi occhi erano così sinceri. «Dammi solo un po' di tempo per fare il punto della situazione e darle un senso, va bene? Ci vediamo domani alla cena di prova.»

Tornai in auto, con uno strano senso di calamità che piano piano si impossessava del mio petto.

Fu solo quando parcheggiai davanti alla porta di casa mia che ne compresi il motivo.

Tennessee si stava allontanando da me. Mi stava lasciando a poco a poco, come avevo fatto io con Gabriella e con tutte le donne prima di lei.

Devo pensarci su.

Ho bisogno di fare il punto della situazione e darle un senso.

Ho bisogno di stare un po' da solo.

Colpii il volante con un pugno, così forte da romperlo. Stavo perdendo Tennessee Turner, lo sentivo.

24

Cruz

«Non dovevi farlo» esclamò Trinity il giorno seguente, in clinica. Si accasciò sulla poltroncina di fronte alla mia mentre scribacchiavo alcuni appunti riguardo il mio ultimo paziente.

Somigliava a qualcosa che era stata appena tirata fuori da una fogna per distruggere New York, se fossimo stati in un film di fantascienza.

Non sollevai lo sguardo dai miei appunti, però, perché sapevo che se l'avessi guardata in faccia lei avrebbe perso il suo lavoro. «Vorresti essere più specifica?»

Con la coda dell'occhio le vidi raccogliere la parte finale della sua treccia per poi iniziare a vivisezionarla, capello biondo per sottilissimo capello biondo.

«Wyatt. Il bacio. L'addio al celibato. Ha detto che lo hai costretto a raccontarmelo. Ma io non volevo saperlo.»

«Be', a dire il vero non mi interessa particolarmente quello che volevi o non volevi. L'ho fatto più per avere la coscienza pulita che per salvaguardare il tuo benessere.»

«Mi imbarazza che tu l'abbia visto.»

«Davvero?» le chiesi con noncuranza. «Hai tante cose di cui dovresti vergognarti, e il fatto che io abbia visto mio fratello che baciava un'altra non dovrebbe nemmeno essere tra le prime mille.»

A quel punto lei sollevò gli occhi dalla sua treccia e li puntò su di me, sgranandoli. «Ho fatto qualcosa di sbagliato, dottor Costello?» chiese tornando a un tono più formale.

Sì, così tante cose che non riesco nemmeno a smettere di contarle.

«Be', pensi di aver fatto qualcosa di sbagliato?» le domandai a mia volta. Chiusi il fascicolo su cui stavo lavorando, mi alzai e andai a riporlo nello schedario.

«Non mi ha mai parlato in modo così... così...»

«In modo franco e diretto?» le suggerii.

«Sì. È come...»

«Uno schiaffo in faccia?» terminai per lei, interrompendola di nuovo. Trinity emise un mugolio che presi come conferma. «Eh, la vergogna... Secondo me ti farebbe proprio bene provarne un po'.»

Trinity si alzò e si lisciò nervosamente l'uniforme blu, poi mi osservò mentre camminavo per la stanza. Cercò di rimettere la mia stilografica nel suo sostegno, ma sbagliò facendola cadere, e quella iniziò a stillare inchiostro ovunque, sulla scrivania di mogano.

Annaspò, e tentò convulsamente di rimettere tutto a posto, sussurrando: «*Razzo, razzo, razzo*». Disposi con ordine e calma i miei fascicoli nell'armadietto e mi godetti la vista di tutto quel suo nervosismo.

«Si tratta di Tennessee? Le ha detto qualcosa di me? È così? Perché io...»

«Non cerchi di darmi delle spiegazioni, infermiera Turner. Ho chiesto a mio fratello di dirle la verità perché pensavo dovesse saperla. E anche perché credo sia giunto il momento che voi due ammettiate ognuno i propri errori.»

Feci per uscire dall'ufficio, ma Trinity mi afferrò il polso, lo sguardo che annegava nel panico più puro.

Oh, poteva anche aver pensato di lasciare il suo lavoro per sfornare dei bambini, ma ero pronto a scommettere che la prospettiva di sposare mio fratello era appena diventata molto meno certa, visto che lui stava volando di fiore in fiore assaggiando nettare di qua e di là.

«Non sono una persona cattiva, dottor Costello. Ne ho passate tante. Voglio solo una vita normale. Tutto qui. Una donna normale con una famiglia normale. Nessy è fantastica, ma tende a... complicare le cose.»

Mi scrollai di dosso la sua mano e uscii di corsa dal mio ufficio.

Tennessee non era una complicazione.

La sua famiglia lo era.

Rob si presentò alla cena di prova.

O era lui o il suo fantasma che veniva a farmi visita. Se fosse stato così, però, avrebbe significato che era morto, e io, purtroppo, non ero abbastanza fortunato da potermi aspettare una tale benedizione.

«Non guardare me.»

Wyatt alzò le braccia in segno di resa non appena vedemmo Rob che, dopo essere sceso dalla sua nuova e sciccosa Toyota Supra, si dirigeva verso la location del matrimonio a testa bassa.

Si lisciò la cravatta, ricordando a tutti che ormai aveva un lavoro retribuito, e rivolse ai presenti quella particolare espressione di chi non era sicuro di essere il benvenuto.

Il locale in ogni caso era noioso. Un fienile con una terrazza panoramica, sedie a sdraio e mobili Pottery Barn. Era tutto bianco. Compreso il viso di Tennessee, che si era appena resa conto di chi si era aggiunto al party.

Rob ci venne direttamente incontro.

«Che diavolo ci fa qui?» domandai, poi mi voltai bruscamente verso i miei genitori.

Per quanto ne sapevo, il treno dei pettegolezzi di Gabriella non aveva ancora fatto pit stop nelle loro orecchie, ma era pur vero che di solito tutti nella mia famiglia, a parte Wyatt, si guardavano bene dallo scoprire le proprie carte.

I miei genitori, che indossavano uno smoking e un tubino viola (indovinate chi indossava cosa), scossero entrambi la testa, perplessi.

«In ogni caso, però, perché dovrebbe dispiacerti? Eravate così uniti da piccoli… inseparabili» borbottò mia mamma mentre si leccava il pollice per togliermi un'immaginaria macchia di sporcizia dalla guancia.

Potevano aggiungere anche questo gesto all'interminabile elenco di cose che odiavo dell'essere un orsacchiotto di peluche a grandezza naturale detentore del titolo “Figlio Preferito”.

«Peccato che sia un idiota, e un disonesto.»

«Oh, Cruzy, vorrei che non fossi così scontroso. Sei cambiato dopo la crociera.»

Mi allontanai dalla mia famiglia e cercai Tennessee, così da poterla avvertire.

La scorsi nella zona buffet, accanto alla sua famiglia, su un prato verde e rigoglioso. I Turner stavano tutti parlando animatamente.

Dovevo ammetterlo, avevo pensato che Trinity ci avrebbe ripensato sul matrimonio, visto che pochi giorni prima Wyatt aveva quasi preso le tonsille di un'altra con la lingua. Del resto, chi poteva sapere come sarebbe andata a finire se io e Rob non avessimo inscenato tutti i brutti film adolescenziali mai realizzati prendendoci a cazzotti per una ragazza in un pub?

Wyatt avrebbe potuto andare a letto con quella donna.

Tuttavia, a mano a mano che mi avvicinavo a loro, mi era sempre più chiaro che Trinity non era affatto arrabbiata con Wyatt. E mentre Tennessee e Bear facevano fronte comune su un lato del prato, lei, Donna e Bryan occupavano l'altro.

«Non riesco più ad avere il controllo di niente. Gabriella mi ha abbandonata. Non posso credere che mi abbia piantata in asso per un altro *mal di testa*.»

«Io posso» borbottò Tennessee. «E ci crederei anche se saltasse il matrimonio stesso, magari a causa di un'unghia spezzata.»

La sorella le lanciò uno sguardo gelido.

«Non bastava l'assenza della mia migliore amica: anche il padre del bambino di mia sorella è venuto. Posso avere un giorno in cui si parla di me e non di lei?» si lamentò poi Trinity.

«Tesoro, la giornata è tutta tua, ma Rob ha il diritto di vedere suo figlio» replicò Donna strofinando la schiena della sua figlia preferita.

Quindi era lei la responsabile.

Ero pronto a scommettere che non si fosse minimamente preoccupata di chiedere alla figlia maggiore cosa ne pensasse di quella decisione.

Il viso di Tennessee sembrava teso, rassegnato, e la sua postura era rigida. Già.

Lei non aveva assolutamente nulla a che fare con tutta questa faccenda.

A quel punto mi avvicinai al gruppetto e posai una mano sulla schiena di Tennessee per poi rivolgerle un sorriso bonario.

«Mi sembra di capire che qualcosa non stia andando per il verso giusto. Posso aiutarvi?»

Quando Donna vide la mia mano appoggiata sulle reni della figlia, trasalì. E mentre a lei veniva un attacco di tosse, Bryan prese a guardarmi come se fossi appena atterrato da Marte con un costume di lattice verde nuovo di zecca.

Trinity fece una smorfia, probabilmente perché aveva appena realizzato che avrebbe dovuto fare attenzione a comportarsi meno da stronza con la ragazza del suo capo.

Fanculo. Il segreto era già stato rivelato. Non serviva a niente metterci un cerotto sopra.

Non guastava il fatto che Robert fosse qui a testimoniare con i suoi occhi.

In maniera del tutto sorprendente, Tennessee mi assecondò avvicinandosi un po' di più a me. Sentii un fiotto caldo e patetico invadermi il petto, e con estrema disinvoltura appoggiai il mento sulla sua testa.

«È tutto sotto controllo. Mi dispiace solo che sia venuto anche Rob.» Tennessee si schiarì la gola.

«A me non dispiace affatto» intervenne Donna in maniera insolente, alzando il naso in aria. «Bear ha bisogno di un padre.»

«Avresti potuto chiedere la nostra opinione.» Trinity sospirò. «E se Bear non fosse pronto?»

«Bear è un bambino. Dovrebbe fare tutto ciò che gli viene ordinato» sottolineò Donna.

Quella era una visione parecchio interessante della genitorialità. Efficace anche.

Per un tiranno.

«Avresti dovuto chiederlo prima alla mamma» intervenne Bear che si appoggiò a Tennessee. Quel gesto fece apparire tutti e tre noi come una famiglia a sé stante.

«Non parlare così a mammina» cercò di replicare Bryan con una certa autorità, ma era evidente che non si fosse nemmeno sforzato di sembrare credibile.

I suoi occhi vagarono sul campo da golf, dall'altra parte del prato.

«Bear?» lo chiamò una voce alle nostre spalle.

Ci girammo tutti.

Trovammo Rob, in piedi, proprio di fronte a noi. Non mi guardò, anche se i lividi del nostro scontro erano a malapena scomparsi. Non guardò nemmeno Tennessee, però.

Solo suo figlio.

Bear, dal canto suo, appariva quasi sofferente. In un misto tra lo sgomento e il desiderio, e io non avevo mai visto un'espressione come la sua, prima. Aveva già visto Rob in precedenza, lo sapevo, ma era successo solo in un'occasione, e quella volta suo padre era stato sul punto di essere cacciato dalla sua veranda a calci nel sedere.

Fu in quel momento che mi resi conto di non aver mai preso in considerazione l'unica leva di cui Rob era provvisto e io no: il legame di *sangue*.

«Rob» quasi pigolò Bear. Si separò dal nostro gruppetto per squadrare le spalle; parve estendersi in tutta la sua altezza, per mostrare al padre quanto fosse grande e forte.

«Ehi, amico.» Rob si strofinò la nuca e si guardò intorno, gli occhi ormai lucidi. «Ti ho preso un sacco di regali. So che li hai buttati via quasi tutti, ma io... io... sono contento che i tuoi nonni mi abbiano invitato qui stasera. Perché voglio davvero conoscerti. E, be', non posso biasimarti se sei ancora un po' titubante, ma...»

Sentii le spalle di Tennessee afflosciarsi sotto le mie mani, poi il suo viso fu invaso da tutte le emozioni possibili.

«Bel discorso» lo interruppe Bear scrollando le spalle. «Però mamma ti ha battuto sul tempo. *Di nuovo.* Mi aveva già detto che avrei dovuto incontrarti, altrimenti non mi avrebbe lasciato uscire con Cruz.»

Okay. Non era del tutto vero. E sembrava anche piuttosto brutto. *Inoltre* faceva apparire me e Tennessee come una coppia.

Una coppia malvagia.

Rob però annuì rapidamente. «Cruz è una persona divertente. Eravamo migliori amici al liceo. Ti va bene se resto qui stasera? Non mi siederò accanto a te o altro. Voglio solo... *guardarti*.»

Nel fienile aperto calò il silenzio. Tutti osservarono Bear, in attesa di una risposta. E lui arrossì, mordicchiandosi furiosamente il labbro, e scavò con le scarpe da ginnastica nel prato fino a creare una chiazza di fango.

«Questo ti fa sembrare un viscido» disse infine, suscitando una risatina sia da parte mia che da parte di Tennessee.

«Ti assicuro che non lo sono» si affrettò a spiegare Rob.

«Mamma ha detto che hai divorziato due volte.»

«Questo mi rende un tipo avventato, e forse anche un po' disonesto, ma di sicuro non inquietante. Che ne dici?»

Bear sollevò un sopracciglio e si voltò verso Tennessee. Lei gli fece un breve cenno di conferma.

«Va bene, ma sarà meglio che tu non cominci a fare il padre della situazione. È un po' troppo presto per questo.»

Fine della storia.

Robert sarebbe rimasto e tutti noi avremmo dovuto sopportarlo di buon grado.

Durante la cena, dovetti sedermi accanto a Wyatt e ai miei genitori, così fui costretto a guardare Tennessee dall'altra parte del tavolo. Era seduta proprio accanto a Rob, anche se vicino a lei c'era un posto vuoto, ovvero quello che avrebbe dovuto occupare Gabriella.

Cercai di escludere la conversazione di un lato della tavolata per poterli ascoltare, ma non fu facile visto che Trinity e Wyatt stavano discutendo sottovoce.

«Avevi detto che almeno ci avresti provato. Se non prendi sul serio questo matrimonio, perché devo farlo io?»

«Sentiti libera di smettere di fare la stronza in qualsiasi momento, tesoro.»

«Avrei dovuto dare ascolto a Nessy e trovarmi qualcuno disposto ad ascoltarmi.»

«Già, lei sì che è una grande fonte di consigli di vita.»

«Disse il tizio che aveva sposato una fattona. Almeno Nessy ha commesso il suo errore quando era solo una ragazzina, non in piena età adulta.»

«Sembra che ne faccia di nuovi ogni giorno, però. Tipo con mio fratello, per dirne una.»

La situazione sembrava essere del tutto diversa per Tennessee e Rob, migliore, il che francamente mi faceva venire voglia di ficcare la testa in un tritacarne e impostare la potenza più alta.

«Scusa se non ti ho avvisata. Tua madre mi ha chiamato neanche due ore fa. Ho provato a telefonarti, ma non hai risposto.» Rob si sporse in avanti per cercare di cogliere l'espressione della mia ragazza, la quale appariva diffidente.

«In effetti sarebbe tipico di Donna Turner» tagliò corto lei. «Scuse accettate. Adesso però andiamo avanti, okay? Non c'è bisogno che tu faccia conversazione con una persona che reputi un avanzo. Oppure sei abituato a parlare con il cibo prima di buttarlo nella spazzatura?»

«Ero molto ubriaco quella sera» le disse lui a mo' di scuse.

«Eri molto *conchiglione*, quella sera.»

«Hai ragione. Sono stato vendicativo, stupido e geloso, perché mi sono reso conto nella maniera più deprimente possibile di tutto ciò che avevo perso nel corso degli anni. Non è una scusa, ma è una ragione. E mi dispiace anche per questo.»

«Dovresti essere dispiaciuto di esistere» replicò Tennessee con dignità.

«Perlopiù lo sono. Ma chissà, forse prima o poi Bear avrà bisogno di un trapianto di organi e io mi renderò utile. Bisogna sempre sognare in grande.»

«I miei grandi sogni sono morti il giorno in cui sei scappato e mi hai lasciato a cavarmela da sola.»

«Hai ricevuto i miei assegni?»

«Sì.» Tennessee strappò un pezzo di pane a lievitazione naturale e se lo infilò in bocca, ma la furia che avevo ravvisato in lei quando li avevo lasciati soli la prima volta, qualche tempo prima, era sparita. Si stava abituando alla sua presenza, ad averlo accanto. «Li ho presi.»

«Comunque sia, dici ancora roba tipo "conchiglione" e "porca cerbottana"» le fece notare Rob con un sorriso.

Lei roteò gli occhi al cielo. «Concentra i tuoi sforzi su qualcosa per cui valga la pena farlo. Ovvero su tuo figlio.»

«Perché?» Rob la studiò, stringendo di tanto in tanto le dita. Voleva toglierle una ciocca di capelli dal viso. Lo sapevo, perché volevo fare lo stesso anche io. «È troppo tardi? Sei di Cruz adesso? Quando ho chiesto informazioni in città, nessuno ne sapeva nulla di voi due.»

Be', quello per lo meno spiegava perché almeno metà dei nostri concittadini era ormai a conoscenza della storia tra me e Tennessee. L'accoppiata vincente formata da lui e Gabriella per "verificare i fatti" si era mossa con talmente poca grazia da aver instillato nel prossimo l'idea di ogni possibile scenario.

Mi sporsi in avanti, sul tavolo, e con il gomito immerso in una specie di salsa di barbabietola attesi la risposta di Tennessee.

Che giunse veloce e disinvolta, come se non avesse dovuto pensarci neanche un attimo. «Nei suoi sogni. Cruz è solo un giocattolo, un intermezzo per passare il tempo. Io non appartengo a nessuno, Robert Gussman. Solo a me stessa.»

Nei suoi sogni. Cruz è solo un giocattolo, un intermezzo per passare il tempo. Io non appartengo a nessuno. Ecco cos'aveva detto Tennessee. Chiara e limpida come il cielo d'agosto.

Aveva avuto l'occasione giusta per ammettere di avere una relazione con me, per dimostrarmi che le importava qualcosa, che non ero l'unico a impegnarsi per stare insieme, e invece aveva deciso di mandare tutto all'aria.

Sapevo che erano tutte stronzate quelle che le erano uscite di bocca, ma il fatto che non avesse colto quell'opportunità per dichiarare che ero suo mi faceva un male cane.

Cioè, *porca cerbottana.*

Ho appena detto "porca cerbottana"? Anche nella mia testa? Dio, ho proprio bisogno di un altro drink.

«Dove stai andando?» mi apostrofò Wyatt quando mi vide uscire in tutta fretta, pochi minuti dopo aver finito di mangiare.

I miei genitori erano rimasti a tavola, a discutere di tartine e di luna di miele con i Turner. Tennessee mi guardava di sottecchi, senza dubbio aspettandosi che mi avvicinassi.

Purtroppo per lei, non avevo alcuna voglia di essere il suo giochetto designato per la serata.

Mi diressi quindi verso la macchina, sentendomi un idiota per non aver salutato neanche Bear. Gli adulti lì dentro non avevano scuse, visto che erano dal primo all'ultimo tutti delle teste di cazzo, ma lui meritava di meglio.

Wyatt mi aveva seguito con ostinazione, e stava cercando di raggiungermi. Ero segretamente orgoglioso di lui, dato che non mi aveva mai infastidito durante la serata, nonostante fosse finito nei guai a causa mia con Trinity.

Forse stava finalmente crescendo.

«Insomma, dove te ne stai andando, fratellino?»

«A bere qualcosa in centro. Ho bisogno di un drink bello forte.» Infilai un dito nella cravatta e la allentai, inclinando nel frattempo il collo da una parte all'altra per sciogliere i muscoli.

«Vengo anche io. Ho buttato giù qualcosa prima della cena di prova, ma ho bisogno di andarci ancora più pesante» rispose lui, che la cravatta se la tolse proprio.

«Sei sicuro?» Salii in macchina e accesi il quadro. Il motore fece le fusa. Wyatt prese posto sul sedile del passeggero. «Non voglio che tu finisca per cedere di nuovo alla tentazione.»

Wyatt scosse la testa e alzò il volume dello stereo non appena ebbi premuto il pedale dell'acceleratore. L'abitacolo fu invaso dalla musica rock.

«Non se ne parla. Tradire è troppo fastidioso. Credo che d'ora in poi farò bene a restare fedele.»

«Che ragazzo intelligente.»

«Ho preso dal mio fratellino.»

«Lo spero.»

Finimmo nell'unico pub del centro. Il Drunk Clam era un locale raffinato che serviva solo tre tipi di birra, un tipo di whisky e delle arachidi che ero quasi certo fossero scadute già prima della Grande Guerra.

«Allora, che succede con Nessy? Mi siete sembrati un po' freddi.»

Wyatt ordinò delle birre per entrambi e si sedette su uno sgabello. Con la coda dell'occhio scorsi una delle amichette di Trinity, e la riconobbi perché veniva sempre in clinica per andare con lei a lezione di pilates. Gemetti, ma le rivolsi comunque un sorriso educato. Non volevo proprio compagnia stasera.

La vidi prendere il telefono e iniziare a scrivere furiosamente un messaggio, però decisi di voltarmi di nuovo verso mio fratello.

«È una fifona.»

«Perché?»

«Non vuole impegnarsi.»

«E questo per te è importante perché...?» mi incalzò Wyatt, prima di bere un sorso di birra.

«Non sono il piccolo, sporco segreto di nessuno.»

Mi aspettavo che ridesse, e invece lui assottigliò lo sguardo in modo meditabondo.

«Forse sta cercando di proteggerti. In fondo la *sua* sì che è una reputazione macchiata.»

«Ma la mia è immacolata e può reggere il colpo. Potrebbe elevare la sua.»

«Non se è consapevole del fatto che parleranno tutti di come si sia scopata il testimone al matrimonio di sua sorella e si chiederanno se questo sia avvenuto prima o dopo che lui aveva scaricato la damigella d'onore... Perché pensi che Trinity fosse così contraria all'idea che voi due vi metteste insieme?» mi domandò, inclinando la bottiglia di birra nella mia direzione.

«Perché è un'egocentrica.»

Wyatt ridacchiò. «Be', suppongo sia anche per questo, sì. Ma il motivo principale era perché non voleva che lo scandalo oscurasse le nozze. Dovrebbe essere l'unico momento nella vita di una donna in cui tutto ruota intorno a lei, in quanto sposa.»

«Ma almeno la ami?»

Wyatt si sfregò il mento e, stringendo gli occhi su un punto alle spalle del barista, si mise sinceramente a riflettere sulla risposta.

«Non lo so. Ho amato Valerie, e si è rivelato un disastro. Credo di amare l'idea di Trinity, così come lei ama l'idea di me, e questo è sufficiente. Per quello che vogliamo. Per ora.»

Pochi minuti dopo, Gabriella entrò tutta spavalda nel pub, vestita con qualcosa che non sarei riuscito a descrivere diversamente da "bikini con un ego smisurato". Non aveva abbastanza tessuto per poter asserire che addosso avesse una gonna, e la maglietta aderente in coordinato le copriva a malapena i capezzoli.

E poi aveva *un sacco* di trucco, letteralmente: si poteva dire avesse sperimentato ogni sfumatura di ombretto mai creata e talmente tanto rossetto rosso da poterci dipingere una scena del crimine particolarmente cruenta oppure l'intera scenografia di *The Rocky Horror Picture Show.*

Cioè, capite la portata del disastro che era?

Quindi l'amica di Trinity era un'informatrice.

Sorpresa sorpresina.

Wyatt sogghignò sotto i baffi e mi diede una pacca sulla spalla mentre gli occhi di Gabriella mi individuavano e poi si restrinsero. Si fece largo tra la folla degli avventori come Mosè che divideva le acque.

«Mio Dio! Certo che non dev'essere affatto facile essere Cruz Costello, cazzo.»

«Cruzy» mi chiamò Gabriella imbronciata. Si infilò subito tra me e Wyatt e poi mise il sedere sul mio ginocchio. A malapena.

Purtroppo la maggior parte del suo peso era appoggiata al bancone, perciò non potevo esattamente spingerla via. E comunque mi aveva chiamato con il nomignolo che mi aveva affibbiato mia madre, ottenendo come risultato che il mio cazzo, già addormentato di suo, si raggrinzì talmente tanto da rientrarmi praticamente dentro.

Mi si era aperta una crepa così profonda e ampia, dentro, che non avrei più avuto modo di essere il perfetto Cruz neanche volendo.

«Gabriella. Che piacere vederti qui… hai appena finito il doppio turno come stuntwoman di Baywatch?»

«Pensavo fosse questo il tipo di ragazza che ti piace, visto il tuo recente passatempo» replicò lei, e quando si scostò i capelli quelli si mossero a malapena, tanta era la lacca che ci aveva spruzzato sopra.

«Non è un passatempo. È una spina nel fianco, questo sì, e la maggior parte del tempo mi ritrovo a chiedermi perché mi affanni tanto a mandare avanti la nostra relazione.»

«*Relazione*?» esclamò Gabriella per poi trattenere il fiato. Mi girai sullo sgabello per farla scendere del tutto dal mio ginocchio. «Cruz, sul serio. Non ti stai facendo prendere un po' troppo la mano?»

«Non sono io quella che ha saltato una cena di prova per fare una scenata.» Accidenti, era bello essere cattivi.

«Avevo mal di testa.»

«Niente che non si possa risolvere con qualche Tylenol, e lo sai visto che ora sei qui.»

Tennessee entrò nel bar proprio in quel momento, girando la testa di qua e di là. Non appena la vidi il mio cuore quasi prese a urlare. Stava cercando me!

Wyatt doveva aver scritto a Trinity per dirle dove eravamo. Non potevo biasimarlo per essere stato sincero con la sua futura moglie. In fondo nessuno voleva iniziare il proprio matrimonio in tribunale, con in mano i documenti per ottenere il divorzio.

Il petto di Tennessee si alzava e si abbassava. Stava ansimando, era senza fiato. E continuava a cercarmi in maniera frenetica.

Aspettai che mi trovasse. E quando lo fece, quando iniziò a farsi strada per raggiungermi, il cuore mi balzò letteralmente nel petto.

Poi però vide Gabriella in piedi accanto a me, e invece di procedere, invece di reclamare ciò che era suo, di dimostrarmi che ci stava mettendo davvero tutta sé stessa, si fermò, lo sguardo improvvisamente incerto.

Cristo Santo. Fai una mossa. Una sola mossa. Io farò il resto.

Lei però decise di aspettarmi ostinatamente lì nel punto in cui si trovava.

Incrociò le braccia al petto, in attesa che fossi io a compiere il primo passo.

Come sempre.

Anche se la situazione poteva sembrare compromettente, lei quella prima mossa me la doveva. Doveva dimostrarmi che aveva *capito.*

Gabriella notò Tennessee in piedi accanto alla porta. Un sorriso scarlatto e pieno di veleno le sfiorò le labbra. Così mi premette la mano sul petto.

Glielo permisi.

«Problemi in paradiso?»

«Nessy ha solo bisogno di un po' di coraggio per avvicinarsi al suo ragazzo» intervenne Wyatt ridendo, poi fece segno al barista di portarci un altro giro di drink senza disturbarsi a chiedere alla nostra ospite se volesse qualcosa.

«Forse lei non ti desidera abbastanza» mi suggerì Gabriella all'orecchio. «E invece qui c'è qualcuno che sa bene quali sono le sue priorità.»

Mi si riversò addosso senza davvero gettarmisi sopra, con le sue mani sulle spalle, sulle braccia, sul viso.

Guardai Tennessee con un sorrisetto indolente, alla "vediamo un po' cosa fai adesso", sperando che avesse un po' più di coraggio di quello che stava dimostrando.

Fallo.

Vieni da me.

Di' al mondo che la nostra non è solo un'avventura.

I miei occhi la implorarono di avvicinarsi, e mi sentii andare a fuoco, tanto stavo trepidando per un gesto, una parola.

C'era quasi. Lo vedevo chiaramente.

Fece un passo avanti, verso di me… poi ne fece altri tre, ma indietro.

E alla fine si voltò e corse via, lasciandomi in quel pub con Wyatt e Gabriella.

Avrei voluto dire di essermi sentito un disastro, ma sarebbe un insulto per tutti i disastri in giro per il mondo. Finalmente però capivo il significato della parola "sventrato". Mi sentivo come un pesce, a cui le interiora erano state agganciate da un amo, strappate e gettate in una padella.

Perfetto, così oltre che deluso mi sentivo *pure* affamato.

Passò un solo minuto prima che mi alzassi dallo sgabello, lasciando che Gabriella scivolasse di nuovo via dal mio ginocchio. Stavolta lei si accasciò e cadde a terra. Quando il suo culo ossuto incontrò il pavimento il rumore fu piuttosto eclatante.

«Me ne vado.» Sbattei una banconota da venti sul bancone, poi salutai mio fratello. Dopodiché tornai a casa a leccarmi le ferite inferte da Tennessee.

25

Tennessee

Erano passati tre giorni dalla cena di prova.

Mi ero assicurata che Bear non potesse mai sorprendermi a piangere. Stava già affrontando così tanti cambiamenti nella sua vita…

Vedere Cruz con Gabriella, però, aveva spezzato qualcosa dentro di me, una sorta di stupido orgoglio primordiale, nato, forse, dal fatto che quando si trattava della mia famiglia non ne avevo alcuno.

Non riuscivo a chiamarlo, a mandargli un messaggio o semplicemente a contattarlo per spiegargli come mai fosse stato tanto impossibile per me reclamarlo.

Perché nessuno lo ha mai fatto con me, e la paura di un rifiuto, per quanto improbabile possa sembrare, mi ha immobilizzata.

Il mio corpo si era proprio rifiutato di raggiungerlo, lì al Drunk Clam, per quanto il mio cervello invece urlasse ai piedi di muoversi.

Cruz alla fine si era deciso a rinunciare a me. Era la prima volta, da quando eravamo tornati dalla crociera, che non mi chiamava, non mi inviava messaggi o passava a trovarmi senza preavviso.

Però non andava così tanto male.

Rob era venuto da noi il giorno dopo la cena di prova e aveva giocato con Bear in cortile; si erano lanciati la palla per una decina di minuti, ed erano stati sufficienti a nostro figlio per cadere abbastanza volte da non contarle, spaccarsi il labbro e abbattere una parte della staccionata mentre cercava di intercettare un lancio, tanto che alla fine Rob aveva mugugnato: «Ma porca miseria. Siamo sicuri che sia mio figlio? Non hai un solo osso adatto allo sport, in quel corpo!».

A quel punto Bear lo aveva fatto salire sullo skateboard e gli aveva chiesto di provare ad andarci sopra. Rob era caduto come una pera cotta per cinque volte prima che il figlio lo canzonasse piano e in maniera provocatoria dicendogli: «Oh, accidenti. Ma siamo sicuri che sia mio padre? Ho visto tenere maggior equilibrio su una palla matta!».

Avevo iniziato a sospettare che quei due non avrebbero mai trovato un solo punto d'incontro, ma alla fine Rob aveva tirato fuori la sua arma segreta: *root beer* e Monopoly.

Era andata a finire che ci eravamo goduti tutti e tre una partita di due ore, poi Rob era andato a prendere qualche hamburger e una torta con gocce di cioccolato della pasticceria locale.

E per tutto il tempo non aveva fatto che comportarsi da vero gentiluomo con me.

Dopo quel mezzo rifiuto che gli avevo rifilato alla cena di prova, in cui avevo asserito di appartenere solo a me stessa, avevo inviato a Rob una serie di messaggi in cui gli spiegavo che la mia lealtà, la mia gratitudine e le mie mutandine appartenevano al suo ex migliore amico, e che quindi avrebbe dovuto smetterla di mettersi in imbarazzo provandoci. Insomma… con il senno di poi mi ero resa conto che avrei potuto mettere in chiaro sin da subito che io e Cruz ci stavamo frequentando (anche se di base il sentimento per cui pensavo di appartenere solo a me stessa restava invariato).

Quello però era successo due giorni prima.

Attualmente… ecco, temevo che tutta l'indecisione mostrata nei confronti di Cruz mi si stesse per ritorcere conto.

La campanella sulla porta della tavola calda, che una volta era appartenuta alla scuola locale, suonò. Entrarono la signora Holland e sua figlia Gabriella, entrambe vestite con abiti estivi di color marrone dalla stampa a pois, cappelli di paglia e borse firmate.

Secondo il mio modesto parere, i vestiti coordinati tra genitori e figli erano carini solo prima della pubertà. Così sembravano solo le gemelline di *Shining*.

«Un tavolo per due, per favore!»

C'erano un sacco di cose che avrei preferito fare piuttosto che servire Gabriella, tra cui, ma non solo, annegare nello Stagno di Celestine a Yellowstone o diventare la stilista di Miley Cyrus. Fu per quel motivo che corsi da Trixie, che in quel momento stava flirtando con Coulter.

Buon per lei.

Coulter poteva avere un talento limitato in cucina, ma in generale sembrava una persona in gamba.

«Trixie, puoi occuparti tu del tavolo tre? Io ne coprirò uno dei tuoi...»

Lei lanciò un'occhiata a Gabriella e alla signora Holland, che in quel momento stavano prendendo posto in uno dei separé, sulla panca con il rivestimento di plastica, e mi stavano facendo furiosamente segno di avvicinarmi.

«Certo. Hanno tutta l'aria di essere delle tipe dalla manica larga.»

Ero abbastanza sicura che non le avrebbero lasciato neanche un centesimo di mancia, ma non volevo infrangere le sue speranze. Andai quindi a portare il conto al tavolo cinque e a pulire il tavolo due, ma dopo un paio di secondi Trixie riapparve al mio fianco.

«Mi dispiace, bambola. Hanno chiesto espressamente di te. E sono state anche piuttosto categoriche.»

Certo, avrei potuto scommetterci.

Come se Gabriella si sarebbe mai lasciata sfuggire l'occasione di ricordarmi che io ero un'umile contadinotta e lei una semi-celebrità, con centinaia di migliaia di follower che si gettavano avidamente su ognuna delle foto pesantemente photoshoppate che pubblicava.

Indossai il mio miglior sorriso, ringraziai la mia buona stella per avermi indotto a scegliere di indossare dei leggings sotto la divisa fin troppo generosa e raggiunsi il loro tavolo, schiaffandovi poi sopra due menu molto appiccicosi.

«Signore. Benvenute da Jerry & Figli. Mi chiamo Tennessee e oggi mi occuperò delle vostre ordinazioni.»

Se uccidere qualcuno a colpi di gentilezza fosse stato possibile, quelle due sarebbero già state fatte secche da un bel po'.

La signora Holland mi puntò addosso un paio di occhi pieni di odio. Gabriella, invece, si adeguò alla mia affabile farsa.

«Oh, Nessy, buon pomeriggio. *Adoro* il tuo nuovo look! Finalmente sembri avere meno di cinquant'anni.»

«Davvero?» le chiesi con finta sorpresa. «Accidenti, allora con qualche strato di trucco in più avrei avuto diritto alla previdenza sociale e allo sconto anziani da Applebee. Come va il tuo mal di testa, a proposito?»

«Molto meglio, grazie. Sono entusiasta di essere la damigella d'onore di Trinity.»

E io sarò entusiasta di lasciare questo tavolo e di potermi occupare degli altri clienti, non appena mi sarà possibile.

«Perfetto. Vi lascio un po' di tempo per dare un'occhiata al nostro menu.»

«Non occorre.» La signora Holland alzò il mento. «Sappiamo già cosa ordinare.»

«Ah sì?» le domandò la figlia voltandosi a guardarla con un'espressione perplessa.

«Prenderemo una coppa di gelato. Niente arachidi, per favore. E intendo proprio che non deve essercene nemmeno la minima traccia. Il mio angioletto, qui, è allergico.» Allungò la mano sul tavolo e strinse quella di Gabriella. «Quindi niente tracce di frutta a guscio, siamo intesi?»

«Mi assicurerò di riferire il messaggio a Coulter. C'è altro?» domandai ritirando nel frattempo i loro menu.

«Una Diet Coke per me» mormorò Gabriella.

«E un caffè per me» aggiunse sua madre con un sorriso innocente.

Lanciai loro un'ultima occhiata, dopodiché andai da Coulter e gli comunicai l'ordine, sottolineando le raccomandazioni sulle arachidi.

«Conosco Gabriella» replicò lui. Dopodiché si asciugò la fronte sudata con il dorso dell'avambraccio e girò alcune fette di pancetta sulla griglia. «Non preoccuparti. Niente arachidi.»

A quel punto mi precipitai in un angolo della tavola calda, tirai fuori il telefono e iniziai a scrivere un messaggio a Cruz.

Perché ero stata una stupida.

E di certo non avrei rinunciato alla cosa migliore che mi fosse mai capitata dopo Bear (e i leggings) per colpa di una manciata di persona con la puzza sotto il naso, anche se alcune di loro erano miei familiari. E poi gli dovevo delle scuse per aver fatto tanto la difficile finendo per allontanarlo.

Avevamo bisogno di chiarirci.

Io: Ehi. Mi dispiace per quello che è successo alla cena di prova. Vorrei parlarti. Puoi venire da me a...

Coulter fece squillare il campanello con il pugno, indicando che uno degli ordini in attesa era pronto.

«Tavolo tre.»

Tornai a guardare il messaggio che dovevo finire di scrivere.

«Cameriera! Ha intenzione di continuare a smanettare con quel telefono e farci aspettare ancora a lungo? Sono gelati! Si sciolgono!» mi urlò dietro la signora Holland, e lo fece a voce così alta che non mi sarei stupita se mi avessero detto di averla sentita da qualche stato di distanza.

Emisi un ringhio basso, ma poi infilai il telefono nella borsa dietro il bancone, presi i loro gelati e mi diressi verso il loro tavolo.

Trovai la signora Holland spaparanzata sulla plastica rossa della sua panca, mentre della figlia non c'era traccia.

Dov'era andata? Ad affilare le sue zanne prima di affondarle nel mio collo?

«Ecco qua.» Posizionai la coppa di gelato, il caffè e la Diet Coke sul loro tavolo. «Spero siano di vostro gradimento.»

«Oh, non dubito lo saranno. Niente arachidi indigeste, giusto?»

«Come ha chiesto almeno un trilione di volte» le confermai. «E non si preoccupi, le uniche cose indigeste qui siete lei e sua figlia.»

«Non ti ucciderebbe essere più educata.»

«Non la ucciderebbe essere più cortese» replicai senza mollare il colpo.

«Non vedo l'ora che il dottor Costello ti scarichi» ribatté lei con un gran sorriso sulle labbra.

E lì non potei proprio farne a meno. Scoppiai a ridere.

«Anche se mi scaricasse, cosa che potrebbe benissimo accadere, non tornerebbe mai con sua figlia. È cresciuta proprio come voleva lei, signora: velenosa, cattiva, meschina e, forse la qualità peggiore, noiosa.»

«E suppongo che tu ti consideri un partito migliore di lei, non è così?» domandò, arricciando il naso. Almeno il sorriso le era morto sulle labbra.

In ogni caso scrollai le spalle. «Be', alla fine Cruz ha scelto me, no?»

E con quelle parole di commiato me ne tornai al bancone, incrociando Gabriella sulla mia strada. Mi guardò ridendo sotto i baffi, e si premurò di colpirmi la spalla con la propria mentre raggiungeva il suo tavolo.

«Sembrano proprio una bella associazione a delinquere» commentò Trixie mettendo via il suo telefono, poi mi strinse l'avambraccio con una mano. «Mi dispiace.»

«Va tutto bene» la rassicurai strofinandole il gomito. «Ci sono abituata.»

Raccolsi un'altra ordinazione e feci per riprendere il telefono in modo da terminare di scrivere il messaggio per Cruz quando sentii un forte sussulto alle mie spalle seguito da un tonfo.

Mi voltai di colpo e trovai Gabriella sul pavimento della tavola calda, con le mani strette intorno al collo mentre gemeva e sussurrava di non riuscire a respirare.

«La mia bambina! La mia bambina!» gridò la signora Holland agitando freneticamente le mani in aria. «Qualcuno chiami un medico! Sta andando in shock anafilattico! È allergica alle arachidi!»

La gente cominciò a correre in tutte le direzioni. Trixie prese il telefono dietro il bancone e compose il numero dell'ambulanza. Qualcuno suggerì di controllare nella sua borsa perché magari aveva un'EpiPen, così vi rovistarono dentro.

La signora Holland nel frattempo aveva iniziato a piangere mentre con le mani frugava nella borsa della figlia.

E io... io capii di essere stata incastrata. Non c'erano noccioline in quella coppa. Me ne ero assicurata.

Coulter se ne era assicurato.

Alla fine la signora Holland trovò una EpiPen.

«Ce l'ho! L'ho trovata! Grazie a Dio» gridò con sollievo. Poi corse verso Gabriella che stava ancora strisciando sul pavimento, cercando di respirare.

Punzecchiò con sicurezza la siringa nella parte esterna della coscia di Gabriella, con un gesto decisamente plateale e fin troppo scenico per un genitore che aveva appena infilzato il proprio figlio con un ago.

«Sta arrivando un'ambulanza» comunicò Jerry, dopodiché aggirò il bancone e le raggiunse, mandandomi quasi a gambe all'aria nel passarmi accanto. Si accovacciò sul pavimento e si mise allo stesso livello della signora Holland. «Non so dirle quanto mi dispiaccia, signora Holland. Sono fuori di me. Non ci era mai successo prima. È stato un terribile errore umano. Terribile. Sappiamo tutti che Gabriella è allergica alle arachidi.»

«L'ha fatto di proposito!» sentenziò la signora Holland ignorandolo, e indicò nella mia direzione. «Farebbe di tutto per conquistare il dottor Costello. Non riesce a sopportare il fatto che lui abbia preso in simpatia la mia preziosa Gabriella! Voglio che paghi! Ha cercato di uccidere mia figlia.»

Fu l'ultima cosa che disse prima che l'ambulanza si fermasse sul marciapiede davanti alla tavola calda. Seguita subito dopo dai poliziotti.

26

Tennessee

Nonostante la mia dubbia reputazione, non ero mai stata arrestata.

Era la prima volta, e speravo fosse anche l'ultima. A meno che, naturalmente, la signora Holland e sua figlia non fossero riuscite a mettermi in galera per tentato omicidio.

Il che, mi era stato detto dall'agente Corrigan, che aveva svolto il proprio tirocinio sotto la supervisione di mio padre, all'epoca in cui era stato sceriffo, sarebbe stato altamente improbabile. Perché Coulter, che aveva effettivamente *preparato* il gelato, piangendo come una fontana, aveva giurato ai poliziotti intervenuti sul posto che non solo si era assicurato che non ci fossero noccioline nella coppa, ma che mi aveva anche sbirciato il sedere per tutto il tempo, durante il mio tragitto dal bancone al tavolo tre, constatando così con i propri occhi che non c'era stata nessuna manomissione del dessert.

Insomma, non avevo alterato in nessun modo quel gelato.

Chi lo avrebbe mai detto? Gli squat potevano salvare delle vite!

Se fossi uscita tutta intera da quella situazione, mi sarei iscritta alla palestra locale e mi sarei fatta il culo (e i sottintesi del caso sono voluti). Al momento, comunque, ero detenuta in una cella singola. D'altronde, vivere in una città con un solo semaforo presente aveva i propri vantaggi e uno di quelli era un tasso di criminalità oscenamente basso.

L'agente Corrigan mi spiegò che avevo diritto a una sola telefonata, e che sarebbe stato preferibile contattare qualcuno in grado di pagare la cauzione.

«Si dà il caso che conosca tua madre e tuo padre» continuò, tirando su la cintura in modo da oltrepassare la pancia prominente che cercava di esplodere sotto l'uniforme blu inamidata. Io me ne stavo in piedi dietro le sbarre, a mandare giù avidamente ogni sua parola. *Non era* decisamente il momento di fare i capricci. «Posso aiutarti a chiamarli, se lo desideri. O forse vuoi chiamare tua sorella. Perché nel caso posso provvedere anche a questo.»

La cosa assurda era che non volevo chiamare mamma, papà *o* Trinity. Volevo telefonare a Cruz. Non mi fidavo di nessuno dei miei familiari, perché ero convinta che mi avrebbero fatta sentire una persona orribile. Inoltre, sapevo benissimo che avrebbero creduto a qualsiasi cosa Gabriella e sua madre avessero dato loro in pasto.

Mi sentii travolgere dalla rabbia non appena riflettei su come ero stata incastrata, ma anche alla consapevolezza che, pur essendo innocente, la mia famiglia non mi avrebbe creduta.

Cosa avevo fatto per meritarmi quel trattamento da parte loro?

«No.» Mi aggrappai alle fredde sbarre di metallo con le dita, e cercai lo sguardo dell'agente Corrigan. «Voglio chiamare Cruz Costello.»

«Il dottore?» replicò lui con gli occhi sgranati.

No, il pittore rinascimentale. «Sì.»

«Conosci il suo numero?»

Le mie guance si scaldarono. «Non me lo ricordo a memoria. Potrei avere le Pagine Gialle?»

«Certo, cara. Qualsiasi cosa ti serva.»

Trenta minuti dopo digitai il numero di Cruz. Rispose al primo squillo, quindi doveva già sapere cosa era accaduto. In realtà, ero certa che *tutti gli abitanti* del pianeta Terra fossero al corrente della mia situazione.

«Tennessee.»

«Ciao» risposi con calma, cercando disperatamente di non aggiungere all'immagine di persona remissiva che aveva di me anche quella di inetta. «Scusa se ti chiamo. So che non ci parliamo da tre giorni...»

«La tua cauzione è stata fissata a cinquemila dollari. Tuo padre ha tirato qualche filo, senza contare che questa è la tua prima infrazione e, francamente, sono tutti consapevoli che si tratti di una colossale stronzata.»

Sentii che si stava muovendo. Poi udii la portiera della sua auto sbattere. Si era già messo in marcia per raggiungermi e pagare il mio rilascio. Il mio cuore fu investito da un piacere e da un calore inaspettati.

«Oh, okay. Quindi mio padre lo sa.»

«Lo sa.»

«Non è qui, però.»

«Ha detto che avresti dovuto restare lì per l'intera notte in modo da riflettere su quello che hai combinato» replicò Cruz, la voce grondante di ironia. Ci fu un breve momento di silenzio mentre digerivo la notizia.

«Quindi non è vero che *tutti* sanno che sono innocente.»

«Suppongo di no.»

«E tu?» mi decisi a chiedergli.

«So che non hai fatto niente» rispose semplicemente.

Grazie.

Mossi le labbra intorno a quella parola, ma non la pronunciai ad alta voce. *Non ci riuscivo.*

Continuavo a non essere in grado di lasciarmi andare e mostrarmi debole davanti a un uomo così oltraggiosamente fuori dalla mia portata, nonostante lo desiderassi ardentemente.

Quella parola mi si strozzò in gola. Cercai di tirarla fuori, ancora e ancora.

Ma fu tutto inutile.

«Hai parlato con Bear?»

«Sì, è con suo padre» rispose brevemente.

Capii che stava guidando. Ascoltai i rumori della gente che si era riversata per le strade, delle macchine che suonavano il clacson, delle risate degli adolescenti in sottofondo.

«È spaventato?»

«È arrabbiato per la situazione, ma sa che non porterà a nulla. Tua sorella andrà a prenderlo da Rob tra un paio d'ore, così che possa dormire dai tuoi genitori.»

«Quindi tutti sanno che sono in prigione, eppure nessuno si è preso la briga di venire qui.» Il sapore di quelle parole nella mia bocca mi fece venire voglia di vomitare.

«Sanno che è solo questione di tempo prima che tu venga rilasciata.»

«Sì, già, ma comunque...»

«Io sto venendo lì» disse.

«Ma hai aspettato che ti chiamassi» realizzai solo in quel momento. Era salito in macchina *dopo* la mia telefonata, anche se sapeva già a quanto ammontasse la mia cauzione.

«Esatto.»

«Perché?» gli chiesi con la voce un po' ispessita.

«Perché te lo avevo detto che mi ero stancato di inseguirti. Almeno ora so fino a che punto devi arrivare prima di prendere il telefono e chiamare.»

Stavo per mandarti un messaggio, avrei voluto urlargli contro.

La vergogna per aver fallito nella nostra relazione in qualche modo surclassava tutti i fallimenti che avevo provato in precedenza. Premetti il telefono sul lato livido del viso, dove mia sorella mi aveva colpita, e cercai di inghiottire il groppo pesante che mi si era formato in fondo alla gola.

Solo che poi l'agente Corrigan prese il telefono e mi riportò in cella.

Mi bastò un secondo per capire che io e Cruz non stavamo più insieme. Mi bastò guardarlo dalla mia cella mentre si avvicinava all'agente di turno in guardiola.

La donna sollevò gli occhi dallo schermo del computer e lo soppesò.

Alto, magro e perfetto. Cruz indossava un paio di pantaloni neri e un maglione di cachemire blu sopra a una camicia bianca.

Trasudava sicurezza ed eleganza. E si dava il caso che stesse anche pagando la cauzione alla sua *amichetta* per aver presumibilmente tentato di uccidere la sua ex ragazza.

Mi alzai e mi avvicinai alle sbarre, imbambolata.

Sentendo il mio sguardo su di sé, Cruz mi lanciò un'occhiata, ma ignorò il mio piccolo e patetico tentativo di salutarlo e riportò la propria attenzione sull'agente lì davanti.

Tornata abbastanza lucida da digerire tutto quello che mi stava accadendo, mi scoprii impressionata dalla sua disponibilità, per non parlare della possibilità di anticipare cinquemila dollari per pagare la cauzione a una persona che non frequentava neanche più.

Tentai tragicamente di lisciarmi i capelli e dare un po' di colore alle guance, ma proprio in quel momento due agenti che non conoscevo si avvicinarono alla mia cella e la aprirono per consentirmi di uscirne.

Cruz mi aspettava all'ingresso, con le mani infilate nelle tasche dei pantaloni.

«Grazie» dissi, senza guardarlo in faccia.

Gli sentii emettere un risolino beffardo. «È la prima volta che mi ringrazi.»

A quel punto sollevai lo sguardo, accigliata. «Non può essere vero.»

Mi aveva comprato un intero guardaroba, aveva preso mio figlio sotto la sua ala, mi aveva difeso alla cena di prova e aveva fatto anche molto di più. Eppure, costretta a rifletterci su, mi rendevo conto che in effetti non l'avevo mai ringraziato, mai, per nulla di ciò che aveva fatto per me durante la nostra breve ma burrascosa relazione.

Il mio stupido orgoglio era davvero fuori controllo. «Scusa» mugugnai.

«Questa anche è *un'altra* novità» sottolineò mentre mi apriva la porta della stazione di polizia. «Sei proprio piena di sorprese, oggi, Tennessee Turner.»

«Accidenti. Faccio proprio schifo» sospirai e poi oltrepassai pigramente la soglia di quel posto.

«Vero... secondo me avresti bisogno di una guida anche in quel campo.»

Ha appena criticato le mie capacità orali?

«Hai bevuto una pozione della verità o qualcosa del genere?»

Mi trascinai, infelice, fino alla sua macchina. Cruz era freddo, e pragmatico, e all'improvviso mi resi conto che non avrei dovuto dare per scontate tutte le volte che era stato dolce e premuroso con me.

«Ho intenzione di farla finita con alcuni atteggiamenti, e ho già iniziato ad attuare i miei propositi» mi spiegò, aprendomi anche la portiera dal lato passeggero.

«Per esempio?»

«Per esempio, non me ne frega più un cazzo di quello che la gente pensa di me. Guarda e impara.» Poi sbatté la portiera alle mie spalle.

Lo osservai mentre si avvicinava alla macchina, si allacciava la cintura di sicurezza e metteva in moto.

Non mi guardò nemmeno una volta. Non mi aveva chiesto nemmeno come mi sentissi.

Al contrario, con un tono di voce calmo e tranquillo che avrei definito sinistro, mi disse: «Adesso ti porterò fuori città, prenderemo una tazza di caffè e discuteremo della nostra relazione».

«*Adesso*?» gli feci eco quasi strozzandomi.

Era un momento terribile per strisciare ai suoi piedi e spiegargli che il problema non era che non mi piacesse, ma che ero una completa e totale invertebrata, o una nocciolina priva di guscio (ah, l'ironia). Senza contare che avevo appena trascorso quattro ore in prigione.

Anche se, di tanto in tanto, le persone che in passato avevano lavorato con mio padre si erano fermate davanti la mia cella per assicurarmi che le accuse non avrebbero retto e che nella peggiore delle ipotesi sarei stata rilasciata entro la mattina seguente, ma comunque... Comunque la mia reputazione a Fairhope aveva subìto un altro colpo, e avrei dovuto iniziare a leccare i piedi ai miei genitori se avessi voluto salvare il mio rapporto con loro.

«Non c'è un momento migliore di adesso.» Cruz toccava a malapena il volante quando guidava, cosa che trovavo sia sexy che spaventosa. «Dopo dovrò fare un salto dai Duggar per assicurarmi che la piccola Bella stia bene, ma avrò comunque un'intera ora a disposizione per dirti tutto quello che meriti di sentire.»

«Oh, non vedo l'ora di vedere la piccolina.»

Portai i gomiti sulle ginocchia, curvandomi in avanti: stavo mentendo spudoratamente. Per carità, i Duggar mi piacevano abbastanza. Erano entrambi degli operai, quindi non mi avevano mai giudicata così duramente come gli altri.

Però avevo sicuramente cose più importanti da fare che vedere la loro recente aggiunta.

«È molto carina. Sembra una piccola aliena.»

Il suo viso si aprì in un gran sorriso nel parlare di quella bambina, e io quasi sentii il mio utero contrarsi di riflesso. Era la prima volta in tredici anni che quella *cosa* mi dava qualche indicazione di essere ancora dentro il mio corpo.

Ma guarda.

«Vuoi dei figli?» gli domandai e iniziai a giocherellare con l'orlo della mia uniforme.

«Certo» annuì lui. «E parecchi. Tu ne vuoi altri?»

«No» risposi, ancora più scoraggiata. «Non riesco a immaginare di averne un altro, ora che Bear è adolescente. È tremendamente faticoso.»

«Ma lui ti aiuterebbe.»

«I bambini costano» gli feci notare.

«Forse il prossimo lo farai con qualcuno intenzionato a restarti accanto.»

«La vita mi ha insegnato a non contarci troppo.»

Vidi la sua mascella tendersi, eppure Cruz si morse la lingua e non rispose.

Quindici minuti dopo, all'uscita dell'Interstate 74, svoltò a destra, in un'accogliente cittadina che avrebbe potuto essere benissimo un clone di Fairhope. Fummo accolti da viali di alberi secolari e imponenti, una vecchia chiesa, una bellissima strada principale e un piccolo ruscello.

Accostò davanti a una piccola caffetteria dai mattoni bianchi e i vasi traboccanti di fiori, poi mi aprì la portiera e mi aiutò a scendere. Ero consapevole di quanto strani dovessimo sembrare, quando entrammo in quel cafè.

Io, con la mia pacchiana uniforme rosa da tavola calda, e lui, con l'aspetto del rispettabile papà sexy con chissà quale perversione nascosta.

Ciononostante, la cameriera ci raggiunse e, senza battere ciglio prese le nostre ordinazioni, ovvero un Americano per lui e un cappuccino per me.

Cruz andò subito al sodo.

«Raccontami cos'è successo» mi spronò, e io lo feci. Gli raccontai di Gabriella e della signora Holland. Di come avevano insistito perché fossi io a servirle, e del fatto che lei fosse allergica alle arachidi, cosa di cui peraltro dubitavo qualcuno a Fairhope fosse all'oscuro, visto che l'aveva gridato ai quattro venti neanche avesse vinto il Premio Nobel; inoltre, puntualizzai più volte sul fatto che non avessi assolutamente aggiunto alcuna arachide alla coppa.

«Coulter ha testimoniato in tuo favore, su questo punto. E anche Trixie» commentò lui, abbassando un attimo gli occhi sul suo ingombrante orologio al polso per controllare l'ora. «Perfino Jerry sembrava scettico, e lui è uno che segue sempre la regola de "il cliente ha sempre ragione" come quando la signora Underwood ha sostenuto di aver riscontrato tracce del suo amato cane Brutus in uno dei vostri hamburger.»

«Sembra che tutti in città siano stati aggiornati sul mio ultimo scandalo.» Mi sfregai la fronte e pensai al povero Bear e a come sua madre riuscisse sempre a creare scalpore. «Quanto sono arrabbiati i miei genitori?»

«Questo è irrilevante, visto che non hai fatto niente, e chiunque abbia un paio di occhi funzionanti e la vaga idea di ciò che è successo in città nell'ultimo mese può dirlo. E ora, ecco come andrà a finire. Io stabilirò le regole e tu dovrai rispettarle e fare come ti dico, perché, francamente, comincio a sospettare che saresti disposta a lasciarti accusare di tentato omicidio pur di evitare che i tuoi genitori e tua sorella si arrabbino.»

Mi leccai le labbra, in attesa che andasse avanti. Non ero nelle condizioni di poter obiettare a niente. Ero in pericolo.

Cruz accettò gentilmente il suo Americano e ne bevve un lento sorso prima di riprendere a parlare.

«Torneremo dai tuoi genitori per prendere Bear e poi andremo a casa mia. Prima di andarcene dirai loro che stiamo insieme, che ti trasferisci da me e che non devono più intromettersi nei tuoi affari personali. *Non* cercherai di dare spiegazioni sul caso dell'Arachide Killer. *Non* cercherai la loro approvazione e non gli darai alcuna scusa per indurti a discuterne ulteriormente. Li informerai di questi cambiamenti e ce ne andremo per i fatti nostri. Dopodiché, aspetterai che siano loro a tornare da te per chiedere perdono. Perché sai che c'è, tesoro? Se non inizi a pretendere un po' di rispetto, nessuno te lo darà.»

Tracciai svogliatamente l'orlo della mia tazza con il polpastrello del dito indice, rimuginando sulla questione.

Da una parte, non c'era nulla che avrei desiderato fare più di quello che mi aveva appena prospettato.

Dall'altra, però, avevo una paura *folle,* paura che lui potesse svegliarsi il giorno seguente, o quello dopo ancora, o la settimana successiva, l'*anno successivo*, e rendersi conto di stare con una persona che non era abbastanza per lui.

Una volta svanita la soddisfazione di aver conquistato finalmente la ragazza di cui si era invaghito al liceo, si sarebbe accorto di ciò che aveva tra le mani, ovvero una donna timida, eccessivamente sarcastica, con la vita a pezzi e la carriera inesistente, che stava ancora espiando per i peccati commessi nei confronti dei suoi genitori.

Inoltre, se avessi fatto quello che mi chiedeva, era probabile che dei genitori io non li avrei proprio *più avuti*.

«Dimmi quello che ti passa per la testa» mi esortò Cruz abbandonandosi con le spalle allo schienale, gli occhi puntati su di me per seguire con attenzione ogni mio movimento.

«Ho paura che la mia famiglia possa voltarmi le spalle.»

«Potrebbero, e potrebbero anche non rivolgerti più la parola i primi tempi. Ma a lungo andare capirebbero qual è la realtà e imparerebbero finalmente a non trattarti a pesci in faccia.»

Era facile per lui dirlo. Non era un genitore single. Non si affidava alla madre perché facesse da babysitter al nipote, al padre perché insegnasse a Bear tutto ciò che avrebbe dovuto sapere sul diventare uomo oppure a Trinity perché portasse il nipote a fare compere.

Non doveva preoccuparsi del luogo in cui avrebbe trascorso il Natale successivo, se le cose fossero andate male. O a come non distruggere una famiglia, o il bambino che era parte di quel nucleo e che aveva già avuto un'infanzia tanto complicata.

«E che succede se il finale non fosse quello che hai immaginato?» Mi accasciai sulla sedia. «Che succede se tu dovessi scaricarmi la settimana prossima perché una nuova e abbagliante Gabriella è piombata in città?»

«Quindi adesso cominciamo con il gioco degli "e se"?» replicò Cruz, inarcando uno dei suoi sopraccigli tanto marcati.

«Sto solo dicendo che tra noi l'unica che ha tutto da perdere sono io.»

Si lasciò sfuggire una risatina cinica. «Già, Casinessy. Del resto è così facile uscire con te, visto che negli ultimi anni te ne sei andata in giro a collezionare scandali come fossero francobolli.»

La cosa peggiore di tutta questa faccenda era che sapevo benissimo che se mi avesse dato un'ultima spinta per accettare il suo piano, lo avrei accettato in un batter d'occhio. Avrei gettato al vento ogni prudenza e fatto un tentativo, anche se avesse significato andare contro la mia famiglia.

Ma Cruz aveva smesso di giocare. Non sembrava per niente incline a volermi dare qualche tipo di rassicurazioni come quando avevamo iniziato a... Be', qualsiasi cosa avessimo iniziato a fare.

E io non riuscivo ad accontentarmi di quella sua freddezza.

Solo che la colpa era mia. Continuavo ad aggrapparmi al mio orgoglio con le unghie ormai insanguinate. Con tutto quello che avevo dentro e i miei piedi penzolanti sull'abisso dell'umiliazione. Perché se lo avessimo fatto, se avessi rinunciato a tutto per stare con lui, e poi lui mi avesse scaricata, non avrei mai più potuto farmi vedere in città. *E* nel frattempo avrei perso anche la mia famiglia.

«Quindi cosa farai, Tennessee?» mi incalzò Cruz, l'espressione incolore e le spalle tese.

Diede un'altra occhiata all'orologio. Certo, giusto. Doveva ancora andare dai Duggar. «Ci stai o non ci stai?»

«Devo decidere proprio adesso?» replicai con uno sbuffo altezzoso, come se la sua non fosse che una mera scenata e io ne fossi sinceramente divertita.

La verità era che non mi piaceva essere messa all'angolo. E mi piaceva ancora meno se a mettermici era gente con molto più potere di me sull'intera situazione.

«Mi sa di sì, raggio di sole.»

«Ti rendi conto che non è giusto?»

«Quello di cui mi rendo conto è che nemmeno la donna per la quale mi struggo da quando ero ragazzino vale le montagne russe e le stronzate da liceali che mi stai facendo vivere. Sono stato onesto, sincero e mi sono dimostrato serio. E tu mi hai respinto più e più volte. Quindi per me finisce qui.»

«In questo caso, portami a casa dei miei genitori.»

«Per dire loro che andiamo a vivere insieme e che possono ficcarsi i loro pregiudizi su per il culo?»

Per la prima volta, quel giorno, vidi nei suoi occhi il luccichio entusiasta di quando era un adolescente, lo stesso che aveva sempre spinto tutti a non poter fare a meno della sua presenza accanto.

«No, per andare a prendere mio figlio, tornare a casa e cercare di salvare ciò che resta della *sua* reputazione, se ci riesco.»

«Perfetto.» Si alzò, lanciò sul tavolo una bella manciata di soldoni e si rimise in tasca il portafoglio.

«Devo andare in bagno» Distolsi lo sguardo e pronunciai le mie parole con la massima dignità possibile.

«Ti aspetto in macchina.»

27

La mattina dopo avevo la testa che pulsava da morire.

Tanto che passarono cinque minuti buoni prima che mi rendessi conto che i colpi alla porta non me li stavo immaginando, c'era davvero qualcuno che mi stava cercando al piano di sotto.

Mi rigirai nel letto gemendo per poi seppellire la faccia in uno dei cuscini. Fu un errore madornale, perché l'odore dello shampoo di Tennessee, qualcosa che sapeva di margherite e dolci, penetrò nelle mie narici provocandomi un dolore quasi fisico.

Anche se forse quel malessere era dovuto all'intera bottiglia di whisky che avevo fatto fuori la sera prima.

Forse.

Dopo aver accompagnato Tennessee dai suoi genitori, il pomeriggio precedente, mi ero precipitato dai Duggar. Avevo coccolato la piccola Bella, le avevo fatto un rapido controllo e alla fine me ne ero tornato a casa, luogo in cui avevo praticamente cercato di bere fino al coma. Rimpiangevo il giorno in cui avevo acconsentito alla richiesta di Trinity di dare un passaggio a sua sorella fino al porto per la crociera.

Rimpiangevo tutti i giorni che ne erano conseguiti, durante i quali avevo pensato che sarebbe stata una buona idea baciarla, assaggiarla, seppellirmi in profondità nel suo dolce e stuzzicante corpo tessendo nel frattempo dei piani per renderla mia.

Una cosa era certa: se Rob avesse finito per conquistarla, avrebbe avuto un'eternità di capricci e insicurezze da affrontare, quindi buona fortuna a lui.

«Cruz? Oh, Cruzyyyy?» mi chiamò una voce stridula: era proprio sotto la finestra della mia camera.

Gabriella.

Francamente, una visita da parte del Tristo Mietitore sarebbe stata più gradita, ma avevo un conto in sospeso con lei. Così mi staccai dal letto, maledissi ogni muscolo dolorante del mio corpo e scesi le scale barcollando, vestito solo di una camicia bianca e stropicciata e un paio di jeans sbottonati.

Spalancai la porta con noncuranza, ricacciando indietro quel poco che era rimasto del whisky della sera precedente e che mi era appena risalito in gola.

«Ciao, Gabriella.»

Era tornata ad avere l'aspetto di una ragazza single a modo, con i suoi grandi riccioli, il trucco perfetto e un abito sobrio.

Il mio destino.

Come no.

E io mi sarei dovuto sposare con una donna noiosa e monodimensionale che sembrava la copia carbone di qualsiasi protagonista delle serie televisive che andavano in onda via cavo?

«Cruz» esordì tutta agitata, trascinando subito i suoi artigli sul mio petto. «Volevo solo dirti che mi dispiace.»

«Ah sì?» le domandai con tono piatto. «E ti andrebbe di spiegarmi per quale motivo?»

«Beh, Nessy ha detto a Trinity che tu e lei avete rotto. Sta cercando di rabbonire la famiglia, suppongo, dopo quello che mi ha fatto...»

Mi veniva quasi da ridere. Tennessee aveva usato la fine della nostra relazione come scusa per reclamare il martirio.

«E cosa ti avrebbe fatto esattamente?» le domandai, strascicando le parole.

«Oh, non l'hai saputo?» Entrò in casa mia, senza essere invitata, e andò direttamente in cucina per accendere la macchinetta del caffè. «Ha cercato di uccidermi. Ha messo delle noccioline nel mio gelato. In tutta onestà già sapevo che aveva qualche rotella fuori posto, l'ho capito la prima volta che l'ho incontrata, ma obiettivamente non...»

«Non ha cercato di ucciderti, e lo sappiamo tutti e due.» Presi una banana dalla fruttiera e la sbucciai, poi me la infilai tutta in bocca.

«Tu non c'eri.» Le sue spalle si erano irrigidite. Versò per me e per sé il caffè nelle tazze. «È stato orribile. Sono stata fortunata che mia madre abbia trovato la mia EpiPen...»

«Di solito non la porti mai con te.» E lo sapevo perché l'avevo rimproverata per quella dimenticanza quando stavamo insieme... tipo per mezzo secondo. «Quindi perché ne avevi con te una, ieri?»

Si girò, mi passò il caffè e si sedette al mio tavolo da pranzo. Io rimasi in piedi. Lei si mostrò un po' timida e soffiò nella propria tazza.

«Non lo so.» Sembrava sinceramente sorpresa, tanto dalla mia domanda quanto dalla sua risposta.

Poiché non era una brava attrice, ero abbastanza sicuro che non stesse mentendo.

«Non sai come ha fatto l'EpiPen a finire nella tua borsa?» la incalzai con un sopracciglio inarcato.

«No.»

«Interessante.»

«Forse ce l'ho messa per farti felice visto che continuavi a ripetermi di portarmela dietro.»

«Te ne ricorderesti.»

«Cosa stai insinuando?» Posò la tazza, l'espressione di colpo più tetra.

«E tu quali particolari hai *trascurato*?» ribattei.

Deglutì. Sembrava distrutta, sembrava essere arrivata alla stessa conclusione a cui ero giunto anche io.

«Devi sistemare le cose» le suggerii, ora con un tono più dolce. «E riferirlo alla polizia.»

«Lo farò.»

Scossi la testa e presi posto di fronte a lei.

«Senti, Gabriella, le cose stanno così. Sei un ottimo partito, ma la verità è che quando ci siamo incontrati la prima volta io non stavo cercando niente di serio. Abbiamo iniziato a frequentarci perché sapevamo che la gente si aspettava che lo facessimo. E la situazione è andata fuori controllo. La sera prima della crociera, quando ho rotto con te, l'ho fatto perché volevo essere libero di comportarmi come volevo sulla nave. Sarà anche squallido, però è la verità. E tu avevi ragione, aveva qualcosa a che fare con Tennessee. Avevo da sempre una cotta per lei, e in tutta onestà sapevo che la crociera sarebbe stata l'occasione perfetta per attirare la sua attenzione.»

Non avevo capito quanto le mie parole fossero vere finché non le avevo pronunciate ad alta voce, ma con il senno di poi ogni cosa aveva molto più senso.

«E ci sei riuscito.» Gabriella fece del proprio meglio per nascondere il disgusto.

Le feci un cenno con la mia tazza per poi berne un sorso.

«Esatto. Quindi tutto questo triangolo amoroso che è nato dopo la crociera… non è mai stato un triangolo. Ho sempre avuto un debole per quella donna, anche se mi fa ammattire. Non riuscirei a dirle di no nemmeno se ci provassi. E forse non ci sarei riuscito neanche se a sedici anni fosse venuta da me, incinta del mio migliore amico, implorandomi di sposarla.»

La verità insita in quella affermazione mi fece provare una rabbia accecante, incandescente, che mi inondò da capo a piedi. Odiavo l'idea di averla persa. Ma non significava che dovessi mentire a Gabriella. O a me stesso.

Avevo amato Tennessee Turner dal momento in cui avevo posato gli occhi su di lei.

Dal primo momento in cui l'avevo vista all'asilo.

Perché brillava semplicemente più di tutti gli altri.

La cosa peggiore, forse, era il fatto che sapevo che Tennessee non era perfetta. Era debole. Non aveva minimamente spina dorsale quando si trattava della sua famiglia. Era una vera e propria pappamolle.

… Eppure la amavo *lo stesso*. Nonostante le sue debolezze. Dannazione, anche *per* quelle sue debolezze.

«La ami davvero» sospirò Gabriella appoggiando il mento sul pugno.

«Purtroppo per me.»

«Be', non posso dire di non averci provato.»

«Hai fatto del tuo meglio e ti ci sei avvicinata più delle altre.»

A quelle parole lei si alzò in piedi e si guardò intorno come per dire addio a tutto. Sapeva che probabilmente sarebbe stata l'ultima volta che avrebbe visto l'interno di casa mia.

«Tua madre ne resterà delusa» commentò con un sorriso stanco.

«Mia madre è perennemente scontenta.» Mi alzai e la accompagnai alla porta. «Inoltre, conto sul fatto che la tua migliore amica la benedica con un nipotino al più presto, in modo che se ne stia lontana da me per un po'.»

Dopo aver chiuso la porta alle spalle di Gabriella mi ci abbandonai contro, chiusi gli occhi e pregai che il mal di testa si dissolvesse.

Dannazione a te, Tennessee.

28

Tennessee

Il giorno dopo non riuscii a mangiare.

Non riuscii a dormire. Non riuscii a bere.

Non facevo altro che pensare a Cruz.

Solo che questa volta *(ah-ha!)* non me ne ero rimasta con le mani in mano come al mio solito.

Gli avevo mandato decine di messaggi, a partire dal momento in cui mi aveva accompagnata dai miei dopo aver pagato la cauzione.

> **Io:** Mi dispiace molto.
>
> **Io:** Non possiamo mantenere il segreto per qualche altro giorno? Qualche settimana? Mese?
>
> **Io:** Guarda che ti sto facendo un favore, sai? Nessuno vorrebbe mai dichiarare pubblicamente di stare con me. Sono come... come... una malattia venerea! Considerami come la gonorrea.
>
> **Io:** Ti ricordi della signora Warren? A volte mi manca. Ma solo perché mi ricorda te.
>
> **Io:** Oddio. Nella mia testa suonava molto meglio.

Avevo capito di aver preso la decisione sbagliata nel momento in cui la porta si era chiusa dietro le mie spalle e avevo dovuto affrontare la mia famiglia da sola.

Non volevo stare accanto a nessuno di loro. Mi facevano sentire orribile, stupida, imprudente e impreparata. Volevo stare con Cruz, che aveva sempre apprezzato le mie opinioni, dato ascolto a ciò che avevo da dire, accettato le confessioni sui miei desideri.

Mia madre, ovviamente, mi aveva urlato contro che non poteva credere che avessi tentato di uccidere qualcuno, chiedendosi poi ad alta voce quante Ave Maria avrei dovuto recitare in chiesa la domenica successiva e se poi avessi potuto davvero rimetterci piede senza bruciare tra le fiamme.

Mio padre aveva detto di aver provato molto imbarazzo per l'arresto di sua figlia, che avrebbe preferito vedermi marcire in prigione, ma che le prove contro di me erano state troppo deboli perché potesse accadere.

Trinity dal canto suo si era rifiutata categoricamente di guardarmi. Era rimasta in camera per tutto il tempo, scegliendo di non scendere, probabilmente perché non voleva colpirmi di nuovo davanti a mio figlio. Bear era stato l'unico a sostenermi. Mi aveva dato un grande abbraccio (da *orsacchiotto* qual era) dicendomi che mi credeva. Era triste che l'unica persona in casa a credere alle mie parole fosse quella che avevo fatto uscire dalla mia vagina.

Per come si era messa la situazione, quindi, non godevo più del sostegno della mia famiglia, se non in minima parte. E avevo anche perso Cruz. Perciò non ero proprio dell'umore adatto quando, il giorno dopo, mi venne comunicato che sarei stata messa in congedo temporaneo.

«Solo finché non sarà stata chiarita questa faccenda e sarà tutto finito» sospirò Jerry all'altro capo della linea mentre preparavo il pranzo per Bear.

«Non ho fatto nulla di male, però» risposi a denti stretti.

Non volevo elemosinare il mio lavoro, ma non volevo nemmeno che mi venisse tolta l'elettricità in casa.

«Lo so, tortino di miele. Lo sanno tutti. Ed è per questo che mi aspetto di poterti richiamare già la prossima settimana.»

«Ti aspetti che me ne stia seduta qui ad aspettarti?» gli inveii contro e agitai il pugno in aria anche se non poteva vedermi.

«Sì» rispose lui con semplicità. Senza nemmeno l'ombra di un rimorso. «Senti, nessun altro in questa città ti assumerebbe, al momento.»

Troppo stanca per ribattere, riattaccai e finii di preparare lo stufato di verdure e l'insalata. Quando il cibo fu pronto, mi buttai sul divano e urlai sotto le coperte.

Stranamente, però, ero più preoccupata di perdere Cruz che il mio lavoro.

«Mamma?» sentii qualche minuto dopo, o forse ore, visto che mi ero addormentata.

Mi sfregai gli occhi, sollevai le gambe dal divano e mi alzai in piedi.

Bear si stava togliendo le scarpe da ginnastica vicino alla porta, era sudato e aveva l'aria felice. «Bear-Bear! Il pranzo è pronto. Aiutami ad apparecchiare, dai.» Mi ero già incamminata verso la cucina, facendo finta che nulla stesse andando per il verso sbagliato nella mia vita.

«Non preoccuparti. Ho incontrato Cruz mentre tornavo da scuola. Era in pausa pranzo e mi ha offerto dei tacos.»

Mi bloccai a metà di un passo, poi girai su me stessa e lo guardai dritto negli occhi. «Sei uscito con Cruz?»

«Già.» Arricciò il naso, si spostò in cucina e si versò un bicchiere d'acqua. «Mi dispiace. So che vi siete lasciati o qualcosa del genere. Ma è bello che posso essere ancora suo amico, no?»

«Naturalmente» annuii, stampandomi un sorriso in faccia.

Avrei voluto immaginare in quell'uscita tra loro un segno che Cruz mi voleva ancora.

Purtroppo, però, conoscendolo, si stava semplicemente comportando come al solito, ovvero in modo perfetto. Poi, all'improvviso, un'idea dolorosa a cui non fui in grado di dare un nome parve trafiggermi.

Cruz e Bear si piacevano davvero.

«Mamma?»

«Mmm?»

«Stai bene?»

«Certo, Bear-Bear! Perché non dovrei?»

«Ehm, perché stai piangendo?»

«Sul serio?» Mi tamponai velocemente le guance e inorridii non appena mi resi conto che erano davvero bagnate. Una cosa era certa: il fatto che nessun membro della mia famiglia fosse passato a controllare come me la stessi passando non aiutava. «Be', dev'essere un'allergia stagionale. Vado a darmi una sciacquata al viso, tesoro. Torno subito.»

Quando lo raggiunsi di nuovo, Bear era seduto al tavolo della cucina e stringeva il telefono con aria colpevole.

«Che c'è?» gli chiesi con disinvoltura. Presi una busta di biscotti dalla dispensa e la rovesciai tra di noi, poi afferrai il cartone del latte e glielo misi davanti. «Perché mi guardi in modo tanto strano?»

La sua espressione si accartocciò sotto i miei occhi. «Ecco... ho fatto qualcosa alle tue spalle.»

«Ti prego, fa' che quel "qualcosa" non riguardi una ragazza. Sono troppo giovane per diventare nonna.»

Bear sgranò gli occhi, poi scosse freneticamente la testa. «Gesù, mamma, no. Non ci avviciniamo neanche da lontano all'argomento.»

«D'accordo. Allora spara.»

«Ho chiamato Rob.»

«Davvero? E quando? E poi perché dovrei essere arrabbiata? Sono felice che voi due stiate legando.» Estrassi due biscotti dalla busta e me li infilai in bocca.

«Be', il fatto è questo. L'ho chiamato perché venisse qui. Proprio adesso.»

Dischiusi le labbra per comunicargli che sarebbe stato in punizione fino all'età di diciannove anni, ma il campanello suonò interrompendomi. Bear si affrettò ad aprire la porta. E un secondo dopo mi ritrovai Rob nella mia cucina.

«Ciao, Nessy.»

«Ciao, cafone.»

«Vengo in visita con dei doni.»

«Sono gli assegni mensili degli ultimi tredici anni? Perché ti sono grata per gli ultimi tre, ma hai parecchio da recuperare.»

Per tutta risposta, Rob mi sedette accanto e mise un enorme secchio di popcorn al centro del tavolo. Dalle strisce bianche e rosse sul cartone capii che venivano direttamente dalla sala giochi locale.

Ero malata per quei popcorn. Erano la cosa più unta e malsana sul pianeta Terra, lo sapevo, eppure non riuscivo mai a resistere.

Mi sentii stringere lo stomaco all'idea che ricordasse quale fosse il mio snack preferito all'epoca di quando uscivamo insieme, e una fitta di nostalgia mi attraversò.

«Uhm... popcorn. Buoni quasi quanto gli assegni». Seppellii una mano nel secchiello.

Ne prese una manciata anche Bear.

«Ho chiamato Rob perché sento che dovresti parlare con un adulto, e io non sono... boh, adatto, credo» si giustificò mio figlio, poi si alzò altalenando lo sguardo tra me e suo padre. «Vado in camera mia, ma quando avrete finito... Rob, voglio che mi compri il nuovo *Assassin's Creed.*»

«Solo se tua madre è d'accordo.»

Il mio ex si voltò a guardarmi. Gli rivolsi un rapido cenno di assenso. Di solito ero abituata a cercare online le recensioni per i giochi che voleva, giusto per fami un'idea di quanto fossero violenti prima di decidere di acquistarli o meno (spoiler: erano sempre tutti violenti), ma nello stato mentale in cui navigavo, avrei lasciato Bear libero di guardare pure gli incontri di MMA senza opporre alcuna resistenza.

«Fantastico.» Bear prese un'altra manciata di popcorn, quanti poteva reggerne nel palmo, e se ne andò lasciando me e Rob da soli.

«Quindi...» Bevvi un sorso di latte direttamente dal cartone, che era una delle gioie più rare nel ginepraio che era diventare adulti e doversi pagare l'affitto per conto proprio. «Immagino che tu sappia del mio breve viaggetto in prigione. Ti sei preso cura di Bear quando è successo.»

«So anche che non sei stata tu» replicò lui seccamente, tendendo la mano per chiedere il latte.

Glielo passai.

Anche lui bevve direttamente dal cartone. «Be', i miei genitori e mia sorella no.»

«Sono sempre stati... duri con te.»

«Dici? Cosa te lo fa pensare?» gli domandai sgranocchiando i popcorn.

«Be', ricordi quando hai raccontato di noi ai tuoi e tua madre ha detto che nessuna delle sue figlie avrebbe mai vissuto sotto il suo tetto se incinta e minorenne? Tuo padre dovette convincerla a non buttarti fuori di casa a calci.»

Ah.

Me l'ero dimenticata quella storia. Più ci pensavo, però, più mi rendevo conto di aver subìto torti davvero molto profondi e continui da parte della mia famiglia nel corso degli anni.

«Giusto» annuii. «Sì, me ne ricordo.»

«Ma non è per questo che sei triste» riprese lui con la testa inclinata. «Sei abituata alla tua famiglia e a questa città che ti tratta da sempre come un sacco da boxe. Quindi, perché non mi racconti cos'è successo?»

«Io e Cruz abbiamo rotto» ammisi, lasciando ricadere i popcorn che avevo preso nel secchiello.

Non sarei comunque riuscita a mandare giù più nulla, tanto ero depressa.

«Sei tu che hai lasciato lui.» Rob si abbandonò con le spalle allo schienale e allacciò le dita dietro la nuca. «Perché?»

«Voleva che mi trasferissi da lui.»

«Quel bastardo» commentò Rob.

«No, non è così. Sapeva che i miei genitori e mia sorella sarebbero andati fuori di testa se gli avessi raccontato della nostra relazione.»

«Il che avrebbe dovuto essere un problema loro, non tuo» replicò lui, sorprendendomi.

«Il fatto è che una convivenza è prematura. E non so se Cruz voglia davvero impegnarsi.»

«Oh, lui fa sul serio con te.» Rob ridacchiò. «Dannatamente sul serio. Ancora mi serba rancore per quella volta in cui ci sfidammo a morra cinese per decidere chi avrebbe dovuto chiederti di uscire; vinse lui, ma io venni da te per primo comunque, senza preoccuparmene.»

«Stai dicendo davvero?» La bocca improvvisamente secca, la mia attenzione di colpo sull'attenti.

Rob annuì lentamente. «Sì. Da ragazzino ero proprio un cazzone.»

«E non stai esagerando...»

«Il punto è che qualsiasi cosa lui provi per te, non è passeggera. Quando sono tornato e ho scoperto che era ancora single, non ne sono rimasto sorpreso. Avevo sempre pensato che avrebbe fatto di tutto per riprendere da dove io avevo lasciato le cose. Il nostro rapporto si era inasprito dopo che io e te ci eravamo messi insieme.»

«Ma è stato lui a farci da palo durante la nostra prima, e *ultima*, volta insieme» gli ricordai.

«Già.» Rob si strofinò la barba sulla mascella. «Credo che quello sia stato il punto di rottura della nostra amicizia. Dopo quella sera, abbiamo semplicemente finto di essere ancora intimi. Non si è mai ripreso.»

Mi sentivo così sopraffatta dalle emozioni, dalla nostalgia, dai dolci ricordi e dall'amore che provavo per Cruz, tanto da fare male, che quasi non riuscivo a respirare.

Rob si sporse in avanti sul tavolo, poi prese la mia mano e la strinse. Sostenne il mio sguardo per tutto il tempo.

«Mi dispiace tanto per averti lasciata in quel modo. Però ora sono tornato, e puoi contare su di me per qualsiasi cosa. Se hai bisogno di soldi per l'affitto, di qualcuno che ti sostituisca quando hai una marea di cose da fare... qualsiasi cosa. So che non staremo più insieme, ma posso ancora essere un papà per Bear. Ora, perché non vai dal nostro ragazzo innamorato e non gli dici come ti senti? Tanto io devo comprare un videogioco per mio figlio.»

Premetti un polpastrello sul tavolo per catturare delle briciole di popcorn e rimetterle nel secchiello. «Credo di dovergli dare un attimo di tempo per calmarsi.»

«Non è che hai paura che non ti riprenda con sé?»

Mi sentii arrossire. «Non sono brava a gestire i rifiuti.»

«Non posso biasimarti. È uno schifo. Quando sarai pronta, però, basta che tu me lo chieda e io verrò qui a tenere Bear, così potrai riconquistare Cruz.»

Mi vennero gli occhi lucidi.

«*Razzo*, Rob, non posso credere a quello che sto per dire, ma sono felice che tu sia tornato.»

«Sono contento anche io di essere tornato, piccola.»

29

Tennessee

Il giorno seguente, salutai con un bacio Bear davanti scuola e poi mi recai al lavoro da Cruz.

Era ancora presto, quindi riuscii a scorgere mia sorella, che non mi parlava dal caso dell'Arachide Killer, mentre apriva le porte della clinica. Ma di avvicinarmi a lei non ci pensai proprio.

Avevo troppa paura.

Cruz arrivò poco dopo. Ero pronta a scendere dall'auto e provare a parlargli, quando iniziò a sciamare un flusso di pazienti verso l'ambulatorio che mi fece capire che probabilmente lui non avrebbe avuto tempo per affrontare il gran casino che eravamo.

Dal momento che non avevo alcun turno da coprire alla tavola calda, quel giorno, decisi di rimettermi al volante e andarmene in città alla ricerca di qualche opportunità di lavoro. Jerry aveva ragione. Non sarei riuscita a trovare un nuovo impiego a Fairhope, ma a Winston-Salem non mi conosceva nessuno.

Così feci una breve sosta nella biblioteca locale, apportai alcune modifiche al mio brevissimo curriculum, ne stampai una ventina di copie e recitai qualche preghiera silenziosa affidandomi agli dèi del lavoro.

Inizialmente, guidai nei dintorni e sbirciai le vetrine dei negozi e delle boutiques per controllare se sulle loro porte fossero stati appesi dei cartelli con cui si segnalava la ricerca di commessi. Fare la cameriera da Jerry & Figli mi era tornato utile perché la tavola calda era vicina a casa mia, ma di piacevole nel lavorare lì c'era stato sempre ben poco, soprattutto perché conoscevo i miei clienti, a uno a uno, e tutti sparlavano di me.

Dal momento che Rob era tornato, però, potevo considerarmi libera di cercare un impiego che mi portasse un po' più lontano. D'altronde lui lavorava in zona, l'ufficio di suo padre era proprio in fondo alla strada della Fairhope High.

Se fosse accaduto qualcosa, avrei sempre potuto contare sulla sua presenza.

Lasciai quindi un po' di curriculum in giro, poi mi rimisi in marcia pronta per spostarmi in un'altra zona della città abbastanza frequentata; prima che potessi salire in auto, però, qualcosa attrasse la mia attenzione: un cartellone pubblicitario in cima a un edificio dall'aspetto antico.

Ami il trucco?

Ti piacciono gli abiti alla moda?

Vorresti diventare una PERSONAL STYLIST?

Le mie risposte furono: sì, sì e, cavolo, sì!

La prospettiva di poter vestire le persone, truccarle, dire loro come comportarsi o cosa indossare era quasi troppo bella per essere vera. Dopotutto, avevo sempre usato il mio aspetto per trasmettere qualcosa, anche se avevo spesso voluto veicolare il messaggio sbagliato.

Digitai subito il numero scritto sul cartellone e avviai la chiamata. La signora all'altro capo della linea fu molto gentile, e mi spiegò che mi avrebbe inviato quanto prima un pacchetto con tutti i dettagli. Si trattava di un corso di sei mesi, al termine del quale l'azienda prometteva di aiutare i primi dieci diplomati a trovare un lavoro nel settore.

Quando mi rimisi in macchina per tornare a Fairhope, il mio umore era notevolmente migliorato. Per una volta, mi stavo permettendo di sognare di diventare qualcosa.

Una *personal stylist*. Una donna in grado di parlare di moda e di capi d'abbigliamento con la gente.

Una donna capace di aiutare altre donne a trovare la versione migliore di loro stesse per sentirsi sicure.

Sulla strada di casa, ricevetti una telefonata da Rob. Risposi, e per la prima volta da quando era tornato in città, non provai fastidio, né ansia all'idea di parlare con lui.

«Che succede, Rob?»

«Niente di che. Ho finito di lavorare presto, quindi pensavo di portare Bear fuori a cena e magari in sala giochi. Vuoi unirti a noi?»

«In realtà sto andando a casa perché ho delle faccende di cui occuparmi.» Ovvero ideare un piano finanziario per pagarmi il corso da stilista. Sapevo che Rob voleva darmi una mano con le spese, ma non potevo certo chiedergli un prestito per qualcosa che non aveva nulla a che fare con Bear. «Però la tua è una bellissima idea.»

«Oh, grazie a Dio; cioè, in realtà ti stavo chiedendo, anche se in modo piuttosto indiretto, se potevo passare la serata con nostro figlio.»

«E io, in modo più che diretto, ti rispondo che puoi farlo tranquillamente. Assicurati solo che non abbia accesso ad alcol, tabacco o discorsi sulla politica. Sai com'è, finora ho svolto un ottimo lavoro con lui, in tua assenza.»

Lo sentii ridacchiare piano. «Lo hai fatto sul serio, è vero. Ehi, a proposito, Trinity e Wyatt sono passati dal mio ufficio oggi. Stanno cercando casa.»

«Davvero?» gli domandai, e scoprii di essere alquanto indifferente alla consapevolezza che mia sorella non me ne avesse parlato. D'altronde, sapevo di aver fatto ogni cosa in mio potere per mantenere saldo il nostro legame, e quello aiutava a farmi sentire bene. «Com'è il mercato?»

«Sta esplodendo.»

«Quindi pensi di poterli aiutare?»

«Non con il loro budget.»

«Pensavo che Wyatt avesse un buon lavoro...» obiettai, aggrottando la fronte.

Per quanto ne sapevo, gli ingegneri senior di Winston-Salem guadagnavano soldi a palate.

«Ed è così. Ma ha anche una tonnellata di debiti dopo il primo matrimonio. La sua ex lo ha dissanguato. E da quello che ho potuto capire quando ho mostrato loro una vecchia tenuta in stile coloniale un po' fuori dai confini di Fairhope, la tua cara sorella è riuscita in qualche modo a sperperare tutto ciò che era rimasto sul conto di Wyatt per le nozze.»

Storsi un po' la bocca. «Vedi? Non sposarsi ha i suoi vantaggi, dopotutto.»

Rob scoppiò a ridere. «Dolcezza, per te sarebbe valsa la pena finire in bancarotta. Peccato che all'epoca fossi troppo stupido per rendermene conto.»

Nel momento in cui accostai al mio bungalow, mi scoprii pacatamente ottimista. Certo, il mio cuore stava ancora rischiando di sciogliersi per una reazione termonucleare al solo pensiero di Cruz, ma la giornata che stavo vivendo sapeva quasi di possibilità (e un po' troppo di fiori. Alcune delle boutique in cui mi ero fermata per lasciare il curriculum avrebbero fatto meglio ad abbassare di una tacca il livello di accoglienza, ecco).

Il fatto era che quell'ottimismo mi ricordava che le cose potevano essere diverse, e che, anzi, lo sarebbero state. Avevo il potere di cambiare la mia vita. E anche se la mia famiglia mi feriva, avevo accanto a me Rob, che sembrava davvero disponibile, e Bear, che aveva iniziato lentamente a uscire dal suo guscio trovando le proprie radici con suo padre.

Quasi saltellai quando scesi dalla mia Honda Odyssey per dirigermi verso la porta di casa.

Poi però vidi una persona in veranda, una persona che appena mi scorse si alzò dalla sedia a dondolo tutta sgangherata.

La mia arcinemica, per essere precisi.

La donna che odiavo più dell'Anticristo stesso.

No, non Catherine Costello. E nemmeno Trinity o la mamma.

Quella che mi aveva accusata di tentato omicidio: Gabriella Holland.

30

Tennessee

Gabriella Holland.

Cosa ci faceva a casa mia? E senza una pistola, per giunta.

Non l'avevo mai immaginata come il tipo di ragazza in grado di compiere un omicidio senza l'ausilio di un'arma da fuoco. Non ne sarebbe stata capace.

Ad ogni modo, camminai con passo regolare verso il portico, la borsa in spalla, facendo girare l'anello del portachiavi intorno al dito.

Praticamente, ero l'immagine della nonchalance.

«Nessy.» Gabriella intrecciò le dita in grembo. «Posso entrare un attimo?»

Sembrava un po' sotto shock, a dire il vero: i suoi riccioli non erano così gonfi e perfetti come al solito, e non aveva nemmeno un filo di trucco.

«Non penso che sia una buona idea.» Infilai la chiave nella serratura e la ruotai. «Potresti dichiarare che ho cercato di ucciderti di nuovo, e da ciò che ho sentito dire gli avvocati costano.»

«Credo che lo Stato possa fornirtene uno d'ufficio se non puoi permettertelo» obiettò gentilmente. «Comunque sia, ti assicuro che vorrai davvero sentire ciò che ho da dirti.» E mi affiancò.

Io aprii la porta, e lei si autoinvitò a entrare. Dopodiché mi strinsi il telefono al petto come un'ancora di salvezza. Non mi fidavo di quella donna; era sempre stata spregevole con me, ma aveva incrementato gli sforzi negli ultimi tempi, ovvero da quando Cruz era entrato in scena.

«Posso offrirti qualcosa? Acqua, caffè, tranquillante, *noccioline*?» Mi diressi verso la cucina e lei mi seguì.

Forse era troppo presto per fare una battuta del genere, ma non avevo alcun senso di colpa. Sapevo cosa avevo fatto e cosa non avevo fatto.

E non avevo messo nessuna arachide nella sua coppa.

La sentii ridacchiare alle mie spalle. «L'acqua va bene. Per le noccioline, invece, passo.»

«Ma non mi dire.» Aprii il frigorifero e tirai fuori due bottigliette ancora chiuse con tanto di tappo di sicurezza. Se era uno stratagemma per sbattermi di nuovo in galera, Gabriella stava perdendo tempo. Le passai l'acqua. «Come ti senti, comunque?»

«Sei gentile a chiederlo.»

Svitò il tappo e bevve un sorso. Nessuna delle due si era ancora seduta.

Dio, era surreale averla in casa mia. Fino a qualche mese prima mi sarei sentita in imbarazzo per quanto piccolo e intimo fosse il mio bungalow. In quel momento, invece, non riuscivo a capire perché avrei dovuto.

Se c'era una cosa che avevo scoperto di recente era che la ricchezza di una persona non si misurava in denaro o in beni di proprietà. Era piuttosto da ricercare in ciò che si annidava nel profondo della sua anima. Nei suoi desideri, dalle sue speranze, nel suo carattere e nella sua capacità di sollevare gli altri anziché trascinarli verso il basso.

«Mi sento molto meglio. Credo che la quantità di arachidi che ho consumato fosse minima, il che è stato un bene. E l'EpiPen ha fatto sicuramente la differenza. Quando sono arrivata in ospedale, tutto quello che hanno dovuto fare è stato iniettarmi del cortisone direttamente nella natica e mettermi sotto ossigeno per qualche ora mentre monitoravano le mie condizioni. È stato tutto piuttosto facile.»

«Ne sono lieta.»

«Nessy, c'è qualcosa di cui desidero parlarti. A essere sincera, non sono nemmeno sicura del *motivo* per cui voglia dirtelo. Penso solo che dovresti saperlo.»

«Okay.»

Mi appoggiai al bancone. Nello stesso punto in cui Cruz mi aveva messa alle strette, rubandomi quel bacio rovente pochi secondi prima che Bear entrasse.

Dio santo, dovevo essere proprio un pagliaccio di prima classe, se ero riuscita a perdere quell'uomo. «Sono andata a trovare Cruz ieri...»

Ci risiamo, pensai.

Si stavano per sposare. Probabilmente lei era già incinta. Aveva vinto la battaglia, la lotta, la guerra, e ora me lo sbatteva in faccia.

«Buon per te» le risposi, fin troppo allegramente.

«Non ho finito. Sono andata da lui per chiedergli di rimettersi con me.» Fece una pausa. «Non ha voluto.»

«Ah.»

Le cose che fu in grado di fare il mio cuore in quel momento furono pazzesche. Roba di alto livello, tipo da Cirque-du-Soleil. A quanto pareva, *Euforia* non era solo una nave da crociera.

«E mi ha fatto notare un dettaglio, prima che tornassi a casa. Ovvero che non porto mai con me la mia EpiPen, nemmeno quando vado al ristorante.»

A quel punto iniziai a guardarla con attenzione, perché non sapevo dove volesse andare a parare. «D'accordo...»

Gabriella sospirò e si portò la bottiglietta d'acqua ancora fresca sulla fronte; sembrava parecchio abbattuta.

«Quello che sto cercando di dire è che c'era qualcuno che evidentemente aveva messo in conto che ne avrei avuto bisogno, tanto da assicurarsi di mettermene una in borsa.»

Continuai a guardarla, aspettando che andasse avanti. Gabriella sollevò gli occhi e incrociò i miei.

«Mia madre, Nessy. Ce l'ha messa mia madre. Sono andata per deduzione. Non può essere stato Coulter, perché Coulter è al corrente della mia allergia, e poi è un vero tesoro, non farebbe mai del male a nessuno, per quanto sia oscenamente privo di talento in cucina... In effetti già solo quello sarebbe di per sé un attentato culinario.»

Era la prima volta che sentivo Gabriella fare una battuta, e dovevo ammettere che in quel frangente non era poi così terribile.

«Non puoi essere stata nemmeno tu. Perché avresti dovuto? Avevi già vinto. Cruz era tuo. E avevi già sopportato così tanto del nostro... del nostro... *comportamento,*» continuò lei, dopo aver cercato la parola che le sembrava più adatta, «nel corso degli anni, che sembrava davvero strano, fuori luogo, che compiessi un gesto del genere all'improvviso. Per non parlare del fatto che ti avevo ripetuto almeno tre volte che non volevo noccioline nella mia coppa di gelato, quindi sapevi bene che la situazione avrebbe potuto mettersi male. Non avresti mai fatto una cosa simile a tuo figlio.»

Sentii qualcosa spezzarsi dentro di me, quando pronunciò quelle parole. Il riconoscimento da parte sua che ero una madre rispettabile mi stringeva il cuore. Deglutii con forza.

Lei proseguì: «A quel punto sono rimasta con un solo sospettato: mia madre. Sapevo che era arrabbiata con me per aver perso Cruz. Si era imbestialita quando le avevo detto che ci eravamo lasciati. Ma è stato nel momento in cui i pettegolezzi della tua storia con lui hanno raggiunto anche le sue orecchie che è andata completamente fuori di testa. Insomma, aveva il movente e la determinazione adatti, e poi mi era abbastanza vicina da poterci riuscire. Così ieri l'ho affrontata».

Mi si rivoltò lo stomaco in automatico. La signora Holland era davvero una pazza. Aveva praticamente avvelenato sua figlia. Aveva messo a rischio la sua vita.

E per cosa? Per accaparrarsi lo scapolo più sexy della città?

Per quanto mi disperassi per il rapporto problematico che avevo io stessa con mia madre, ero abbastanza sicura che non avrebbe mai cercato di uccidermi pur di spuntarla.

Perlomeno, ne ero certa al novantasei percento.

«E cosa ti ha detto?» riuscii a chiederle.

«Ha detto, e cito testuali parole: "Ma in fondo non ti è successo niente, no? Quindi, ora, perché non torni dal dottor Costello e cerchi di sedurlo alla vecchia maniera?"»

«Oh, wow.» E io che avevo creduto che Trinity fosse stata cattiva per avermi mandata a sbattere con la testa contro… Be', no, in effetti anche quello era stato terribile. Però non arrivava a… quei livelli.

«Già.» Gabriella si sedette al tavolo da pranzo e iniziò a rimuovere con l'unghia l'etichetta dalla bottiglietta d'acqua.

«Mi dispiace. Non avevo idea che tua madre fosse così…» *Folle. Malata. Sociopatica. L'epitome dei cattivi della Marvel.* «Ambiziosa.»

Lei sbuffò una risata. «Non è ambiziosa, è una stronza.»

Feci una smorfia. «Non si dicono parolacce sotto questo tetto. Mi fa venire l'orticaria. Possiamo chiamarla tipo *cacchina* o qualcosa del genere?»

«Dio, Nessy, sei proprio strana. È davvero difficile odiarti, lo sai?»

E poi i suoi occhi divennero lucidi.

Io non osai muovermi. Non osai nemmeno respirare. Era ancora una situazione troppo surreale perché potessi avere idea di come gestirla.

Gabriella Holland. A casa mia.

Che mi parlava della sua madre pazza e dei suoi piani fuori di testa per fare sì che sua figlia mi rubasse Cruz.

«La cosa peggiore è che non mi piaceva nemmeno così tanto, il dottor Costello.» Tirò su con il naso.

«Oddio, ora non so se credere che…»

«No, è vero. L'ho incontrato a una cena, qualche mese fa, e dopo un po' ho capito chi era. Ho pensato subito che mia madre sarebbe stata felicissima se avessimo iniziato a frequentarci, così l'ho avvicinato e poi l'ho convinto a uscire con me. Credo che stesse bene a tutti e due perché secondo l'opinione comune avremmo in effetti avuto *senso* insieme, capisci? Io ero la ragazza più popolare della città, e lui il miglior partito di Fairhope. La nostra relazione però non è mai decollata. E quando mi ha lasciata, ho semplicemente provato l'impulso di salvare la faccia. Quando siete tornati dalla crociera, era chiaro che ti moriva dietro e stesse facendo di tutto per convincerti a stare con lui, ed è stato allora che ho perso la testa. Credo che mia madre non sia l'unica *cacchina* della nostra famiglia.»

«Non è una novità, Gabriella. Sono anni che mi tratti in modo orribile.» Mi allontanai dal bancone della cucina e mi sedetti davanti a lei. «Perché?»

Gabriella si strofinò il ponte del naso mentre lacrime nuove tornavano a inumidirle gli occhi. Scolò ciò che restava della sua acqua e fece una smorfia.

«Me lo stai chiedendo davvero?»

«Sì.» Spinsi la mia bottiglietta ancora chiusa attraverso il tavolo affinché potesse prenderla lei. «Non ti ho mai fatto niente. Anzi, durante l'adolescenza hai sempre frequentato casa nostra per stare con Trinity, quindi *sapevi,* lo avevi visto con i tuoi occhi, che non ero la persona orribile come tutti mi dipingevano.»

«Non sarei mai andata controcorrente per te» rispose, la voce di nuovo dura come l'acciaio. «Tu eri Casinessy, e io la migliore amica di tua sorella. Dovevo assicurarmi che la gente non mi associasse alla tua persona. Non avrei mai potuto permettere che qualcuno parlasse di me come faceva con te. Non ho mai creduto alle voci che circolavano sul tuo conto, ma non ho neanche fatto nulla per fermarle. E certo non era d'aiuto il fatto che a te sembrasse sempre non importare affatto di ciò che pensavano gli altri...»

«Ma a me importava *eccome.*»

Mi importa.

«Ora lo so. Ma prima no. E penso anche che tu sia molto carina. Ci è voluto qualcosa di epico, tipo mia madre che cerca di avvelenarmi, perché mi decidessi a tirare fuori la testa dal mio...»

«Mulo.».

«Mulo» annuì con un sorriso quasi meditabondo sulle labbra. «Quindi tra te e Cruz è davvero finita?»

«A quanto pare sì» risposi mestamente.

«Mi dispiace.»

«Grazie. Cosa farai con tua madre, comunque?»

«Appena possibile mi trasferirò, probabilmente andrò a vivere in città, se le finanze me lo permetteranno.» Bevve un sorso della mia acqua. «Voglio dire, Fairhope è bella e tutto, ma... è un vero e proprio cimitero. E non c'è nemmeno tutta questa grande varietà di uomini tra cui scegliere.»

«Pensavo guadagnassi un sacco di soldi.»

Non smetteva mai di renderci partecipi di tutti i contratti fantastici che riusciva a firmare.

Ma Gabriella sbuffò.

«Vengo pagata in omaggi, non in denaro sonante. Pensi che il mio prossimo padrone di casa sarebbe interessato a ricevere come affitto delle creme per gli occhi?»

«Ne dubito.»

Si alzò e si guardò intorno, come se si fosse appena resa conto di dove fosse finita.

«In ogni caso volevo solo scusarmi e farti sapere che intendo andare subito dallo sceriffo e dirgli, senza ovviamente entrare nei dettagli, che ritiro le accuse e che non sei stata tu. Ho già chiamato Trinity e tua madre per raccontare tutto anche a loro, per cui non devi più preoccuparti.»

Quindi i miei genitori e mia sorella sapevano la verità e non si erano ancora presentati qui. Probabilmente avrebbero nascosto tutta la vicenda sotto il tappeto come avevano sempre fatto quando si trattava di me. Non c'era mai nulla di abbastanza grande e impattante da farmi meritare le loro scuse.

«Lo apprezzo molto.» Mi alzai e mi incamminai verso la porta per aprirla e consentirle di andare via. Gabriella tuttavia si fermò sulla soglia.

«Nessy?»

«Mmm?»

«Tu e Cruz...» Si zittì un momento. «Tra voi è diverso. Non ho mai visto Cruz comportarsi così. È sempre tanto riservato, sotto controllo... E tu invece lo porti a... non so, colorare fuori dai bordi, e in tutta sincerità non sono sicura che sia una cosa negativa, sai?» Mi diede un'ultima, rapida occhiata. Io indossavo uno dei miei abiti tutti svolazzanti, dall'aria hippy, e dei sandali colorati. «Non lasciare che la gente ti rovini la vita. Non ne vale la pena.»

31

Tennessee

Il giorno del matrimonio di Wyatt e Trinity mi svegliai sentendomi come se tutti i lottatori di MMA del mondo, dilettanti compresi, si fossero coalizzati e mi avessero presa a pugni sulle tette per l'intera nottata.

Il petto mi faceva così male che era un miracolo se riuscivo ancora a respirare.

Mi costrinsi a scollarmi dal letto e a gattonare fino in cucina per prepararmi una tazza di caffè.

A differenza mia, Bear aveva un aspetto luminoso e felice; mi raggiunse con un gran sorriso sulle labbra. Indossava già il suo smoking, che avevo dovuto modificare tre volte in tre mesi, dato che sembrava stesse attraversando un periodo di crescita folle.

Stava benissimo, con i capelli tirati per bene all'indietro e il viso perfettamente liscio… la peluria che solitamente gli ombreggiava il labbro superiore era sparita.

«Ti sei fatto *la barba*?» Portai la tazza di caffè alle labbra e ne bevvi avidamente un sorso.

Dal canto suo, Bear si versò del succo d'arancia e mi rivolse un sorriso imbarazzato. «Ti piaccio?»

«No, se hai usato il mio rasoio!»

Se ripensavo ai posti in cui era stato quell'affare nelle ultime settimane… Per non contare poi quali anfratti aveva visto durante il periodo in cui mi ero frequentata con Cruz… Ecco, a quell'immagine mentale provavo l'impulso di inginocchiarmi e vomitare.

«No. Papà me ne ha comprato uno nuovo di zecca. Quello che si vede nelle pubblicità in TV, con il regolabarba centrale e la lama in acciaio inossidabile.»

«*Papà*, eh?»

Inarcai un sopracciglio e ripresi a sorseggiare il mio caffè. Cercai di sembrare molto meno eccitata di quanto in realtà mi sentissi. Mi piaceva che Bear avesse un padre.

Se fossi morta il giorno seguente, mio figlio sarebbe stato ufficialmente un problema di Rob, il che significava che Bear aveva una persona in più a occuparsi di lui. E dato che nell'ultima settimana non avevo avuto più alcun contatto con nessuno della mia famiglia, quella era decisamente un'ottima notizia.

«Sì. E indovina un po'? Lui e Cruz hanno detto che mi porteranno a tagliarmi i capelli a Raleigh. C'è questo posto in cui a quanto pare vanno tutte le persone famose. Anche loro si tagliano i capelli lì, sai?»

Quindi Cruz, Rob e Bear erano diventati una cosa sola.

Che bello. Davvero molto bello.

Il mio cuore traditore fece qualche capriola, e a quel punto posai la tazza di caffè. «Quando è avvenuta questa conversazione?»

«Ieri, io e papà siamo andati a pescare e Cruz si è unito a noi.»

Erano andati pure a pescare insieme?

Era una cosa tanto sana quanto inquietante.

Cominciavo a pensare che quei due stessero organizzando l'addio al celibato di Bear a Las Vegas senza il mio consenso.

«Hai solo tredici anni, Bear. Dovresti dirmelo se ti vedi con persone diverse da tuo padre. Non ho dato alcuna autorizzazione per quell'incontro.»

«Siamo andati a *pescare.*» Aprì un'anta del mobile sopra la mia testa e ne tirò fuori una scatola di cereali, dopodiché se ne versò metà contenuto in una ciotola. «E poi lo sappiamo tutti e due che lo zio Cruz non ha una cattiva influenza su di me. Non è colpa mia se non volevi andare a vivere con lui. Il che, tra l'altro, presuppone che tecnicamente io dovrei sentirmi anche parecchio arrabbiato con *te*. Avrei potuto avere una sala giochi, mamma.»

Si appoggiò al bancone e cominciò a ficcarsi in bocca i cereali con un cucchiaio, senza latte. Quella era un'abitudine di suo padre. Era Rob che mangiava i cereali in quel modo, cosa che, a mio modesto parere, costituiva un motivo valido per essere espatriati dal pianeta.

«Te l'ha raccontato Cruz?»

«No, me l'ha detto papà quando Cruz non c'era.»

«E cosa ti avrebbe raccontato, con esattezza?»

«Solo che avrei dovuto tenere la bocca chiusa… ops… e che Cruz era un po' mogio per tutta questa faccenda, se non sbaglio.»

«Davvero?» chiesi, trepidante. «A te è sembrato triste, devastato?»

«No.»

«Ha pianto?»

Bear mi fissò come se fossi pazza. *Ero* pazza.

«No.»

«Bene.» Tirai su con il naso e sollevai il mento. «Immagino che sopravviverà. Del resto il dottor Costello è un uomo molto ambito.»

Un uomo molto ambito che, restando fedele alla parola data, non mi aveva più contattata dall'ultimatum di quel giorno, un ultimatum che io avevo scelto di mandare alle ortiche.

Mio figlio mi rivolse uno sguardo colmo di pietà. Avere il cuore spezzato era davvero orribile. E mi era tornato finalmente in mente il motivo per cui non avevo mai più voluto una relazione. La sensazione che provavo in quel momento era la stessa dell'ultima volta che avevo tentato di averne una.

Tre ore dopo feci il mio ingresso nella suite nuziale di Trinity e la trovai alle prese con i preparativi necessari che precedevano la cerimonia; si sarebbe sposata alla Grace Covenant Church, in centro.

Quando parlavo di "suite nuziale" intendevo dire la stanza d'infanzia di mia sorella, perché Fairhope non era famosa per i suoi hotel, né per le sue location adatte ai matrimoni o a qualsivoglia altro evento.

Era la prima volta che vedevo la mia famiglia dall'incidente dell'Arachide Killer, ovvero dal giorno in cui li avevo raggiunti per prendere Bear e avevo ricevuto la mia bella pioggia di insulti.

Nessuno di loro mi aveva più contattata dopo che Gabriella era venuta fino a casa mia per informarmi di aver sistemato la situazione, e, francamente, io ero stata troppo impegnata a chiedere dei prestiti per poter finanziare il mio corso di personal stylist per preoccuparmi di loro.

Forse, in fondo, non pensavo ci fosse poi molto da dire, visto il modo in cui avevano gestito la faccenda.

«*Mammmmma*» sentii piagnucolare Trinity, in accappatoio, seduta davanti allo specchio. «Non posso farlo. Non posso proprio. Devo annullare il matrimonio.»

Mi infilai nella stanza, e scorsi Gabriella e mia madre che andavano di qua e di là nel panico più completo; la parrucchiera, intanto, cercava di acconciare i capelli di mia sorella facendo oscillare degli spilloni sulla sua testa.

Gabriella alzò lo sguardo dalle scarpe di Trinity che stava lucidando e mi rivolse un sorriso. «Ciao, Nessy.»

«Ciao, Gabriella» la salutai, poi chiusi la porta alle mie spalle.

Trinity mi accolse con uno sbuffo, roteando gli occhi al cielo, e mia madre agitò una mano indicando la porta.

«Nessy, sei in ritardo. Facci un favore e portaci qualcosa di rinfrescante, e anche un piccolo spuntino per Bethany, la parrucchiera. Qui siamo in piena crisi.»

Ciao anche a te, mamma.

Cosa? Ah, sì, sto bene nonostante la galera, sì. Grazie per averlo chiesto.

E sì, sono molto sollevata che Gabriella ti abbia raccontato la verità.

Per quanto meschino, mi voltai verso l'amica di mia sorella e le rivolsi uno sguardo interrogativo, per niente intenzionata a parlare con una madre che non era nemmeno in grado di scusarsi per quello che mi aveva fatto passare.

«Cosa sta succedendo?»

«La truccatrice non viene» rispose Gabriella con aria imbarazzata. «Ha avuto un incidente d'auto.»

«Sta bene?» le domandai.

«Oh, ma chi se ne frega! Tipico di Nessy fare sempre la domanda sbagliata» sbuffò Trinity.

«Sì, sta bene, ma i medici pensano che possa avere una commozione cerebrale, quindi resterà in ospedale per tutta la notte» mi spiegò Gabriella con un tono molto più gentile.

Annuii e scesi a prendere qualcosa da mangiare e da bere per tutti. Bear era già andato in chiesa con mio padre e Rob.

Probabilmente con loro c'era anche Cruz. E io non ero affatto pronta a vederlo. In tutta onestà, stentavo a credere lo sarei mai stata.

Inoltre, non sapevo proprio cosa pensare della nuova amicizia che stava sbocciando tra lui e Rob. Avevo l'impressione di essere stata estromessa per l'ennesima volta da un circolo sociale di cui si supponeva dovessi fare parte.

Tornai di sopra con un vassoio pieno di un po' di tutto, dall'acqua gassata al succo di mela ai biscotti, e lo appoggiai sul bordo del mobile, il più lontano possibile da Trinity; la sua acconciatura, ormai, era quasi ultimata. Ed era una bella acconciatura, elegante e sofisticata.

«Santo cielo, Nessy, cosa pensi di fare? Quel succo è *letteralmente* a un metro da me. In pratica mi si è già rovesciato addosso!» quasi mi azzannò alla giugulare Trinity.

«Nessy, perché non hai preso i tramezzini che ho preparato?» si lamentò mia madre mentre lisciava il vestito da sposa ancora appeso all'anta dell'armadio. «Non capisco, erano *proprio* lì sul bancone.»

«E non ho ancora nessuno che mi trucchi!» sbraitò di nuovo mia sorella, gettando le braccia in aria.

«Posso pensarci io» mi offrii timidamente.

Potevo anche aver scelto di somigliare a una drag queen fino a qualche settimana prima, ma sapevo come usare una trousse. Avevo una mano ferma, ero molto brava con l'eyeliner ed ero un asso con il contouring.

Senza contare che sapevo stendere gli ombretti e giocare con tutte le loro sfumature in maniera magistrale.

Trinity mi lanciò un'occhiata scandalizzata. «Neanche per sogno.»

«Non fare arrabbiare tua sorella, Nessy. È già stressata così. Vai a prendere i tramezzini, piuttosto» tagliò corto mia madre agitando la mano.

«Credo invece che dovresti lasciare fare a Nessy con il trucco, Trinity» intervenne Gabriella con dolcezza, mettendole una mano sulla spalla. «È l'opzione migliore che abbiamo. Non riusciremo a trovare nessuno di semi-professionale con così poco preavviso.»

«Non farà altro che rovinare tutto» gemette Trinity. «Con lei è sempre e solo così. E tu lo sai bene quanto me, Gabriella.»

Provai l'istinto di andarmene. Non solo da quella stanza, ma anche dalla città. Dallo Stato. Dall'intera *Nazione*.

L'antipatia che provavo e che sentivo provenire da quelle donne, donne che avevano da sempre fatto parte della mia vita, era così intensa, così fuori controllo, che quasi non riuscivo più a respirare.

«Devi essere pragmatica» disse la mamma a Trinity. «Forse Gabriella ha ragione. Non c'è altra scelta.»

«Sono ancora arrabbiata con lei» commentò Trinity imbronciata.

Sorrisi, distaccata, e mi sentii all'improvviso del tutto esausta dal loro comportamento, da quell'atteggiamento che le portava a trattarmi male senza neanche sentirsi vagamente in colpa. «Sai che c'è? Anch'io sono arrabbiata con te. Quindi perché non ti ficchi su per il CULO i tuoi capricci da bambina viziata e non trovi qualcun altro disposto a lavorare sulla tua BRUTTEZZA nel tentativo di renderti quantomeno appetibile, visto che, lascia che te lo dica, cara la mia sorellina, è una bella sfida?»

Tutte le donne presenti nella stanza si voltarono a guardarmi scioccate. Già. Ero arrivata fino a quel punto. Avevo pronunciato delle parolacce.

Trinity fu la prima a riprendersi. E la sua bocca si modellò intorno a un urlo silenzioso a forma di O.

«Visto? Mi ha appena detto che sono brutta *il giorno del mio matrimonio.*»

Mi voltai, aprii la porta e corsi fuori di lì, scendendo le scale due alla volta. La mamma mi seguì subito, come un fulmine.

«Tennessee Lilybeth Turner! Pensi davvero che sia il momento giusto per litigare con tua sorella?»

«Sì» risposi con infinita calma. Afferrai la borsa e poi proseguii verso la porta. «Del resto è circondata da tutti i suoi fan… non ha altro che sostegno da ognuno di voi, dico bene?»

Avevo già indossato il mio abito da damigella color lavanda, ma stavo seriamente meditando di fare una sosta a casa per cambiarmi e mettere un vestito completamente nero. Dopotutto, quello sarebbe stato il funerale della felicità di Wyatt Costello.

Mia madre continuò a seguirmi fin sulla soglia. «Ascolta, so che si è lasciata un po' prendere la mano, ma è sopraffatta...»

Mi voltai bruscamente e alzai il palmo per impedirle di proseguire. «No, non lo è. Si è comportata proprio da stronza con me, e anche tu. Per tutta la vita ho cercato di rabbonirvi. Mi avete spremuta come un limone per fare sì che questo matrimonio fosse esattamente come lo immaginava lei. Non mi ha nemmeno *invitata* al suo addio al nubilato, e mi ha praticamente aggredita pur di farmi rompere con l'unico uomo di cui mi sia mai importato veramente.»

«Tesoro…»

«Non solo» continuai, alzando la voce, nella speranza che anche Trinity potesse sentirmi. «Quando la signora Holland mi ha accusata di aver cercato di uccidere sua figlia, vi siete semplicemente fidati della sua parola. Avete avuto bisogno che Gabriella venisse fin qui a dirvi personalmente che non era vero per ricredervi, e anche così non avete avuto la forza e la volontà di alzare il telefono e scusarvi per il vostro comportamento. Tanto sapevate benissimo che oggi sarei venuta qui nonostante tutto. A fare la mia parte. Sostenendo ognuno di voi in maniera incondizionata. Ma la cosa finisce qui. Ho chiuso con te. Ho chiuso con Trinity. Ho chiuso con tutta questa famiglia. Non ve li meritate il mio amore, la mia compassione, la mia eterna fedeltà. Non vi meritate niente di ciò che vi ho sempre dato senza chiedere nulla in cambio, perché non me ne avete mai restituito nemmeno un grammo.»

«Nessy, aspetta!» mi gridò dietro mia madre. Ma io non l'ascoltai.

Uscii di casa e mi diressi verso la mia auto. E mentre mi allontanavo da quel luogo che mi faceva sempre sentire debole e inadeguata, uno strano senso di calma iniziò ad avvolgermi.

Finalmente stavo prendendo in mano la mia vita.

Casinessy non esisteva più.

E nessuno mi avrebbe mai più ostacolato in alcun modo.

32

Tennessee

Mi ci volle parecchia forza di volontà per non tornare a casa a cambiarmi l'abito, ma alla fin fine non volevo dare uno spettacolo ancora più grande vestendomi come la vedova di qualcuno.

Del resto il karma aveva già preso a pedate mia sorella negandole il truccatore su cui aveva tanto fatto affidamento.

Arrivai in chiesa in anticipo, e scorsi Bear, Cruz e Rob che, vestiti dei loro smoking sul prato antistante il sagrato, ridevano tra loro.

Quando mio figlio si accorse di me, agitò una mano per farmi cenno di avvicinarmi. Non potevo certo voltarmi e fuggire, anche se era l'unica cosa che avrei davvero desiderato fare, così mi incamminai nella loro direzione.

A ogni passo, i nodi nello stomaco diventavano sempre più stretti e dolorosi. Nel vedere Cruz, così affascinante, così bello, il peso insostenibile della nostra rottura cominciò a gravarmi come un macigno nello sterno.

Mi fermai a qualche metro di distanza da loro e sorrisi. «Come va?»

«Alla grande» rispose Rob, raggiante.

«Benone» disse Bear con un sorriso.

«Bene» tagliò corto Cruz.

«Sei bellissima» mi adulò Rob.

«Grazie.»

«Davvero, mamma. Somigli a una principessa. Voglio bene a zia Trinity, ma onestamente deve essere uno schifo per lei camminare lungo la navata sapendo che la donna dietro di lei è dieci volte più bella.»

Strinsi il braccio di mio figlio. «Ohhh, tesoro. Questa è la cosa più dolce e allo stesso tempo più scortese che abbia mai sentito. Grazie.»

Rob altalenò lo sguardo tra noi, e le sue labbra si arcuarono in un sorriso malizioso.

«Ehi, Bear-Bear, perché non vieni con me a controllare che lo zio Wyatt non stia bevendo tanto da rischiare di buttare via il fegato?»

Bear scoppiò a ridere. «Va bene. Questo però significa che mi lascerai bere un sorso di birra come avevi promesso, giusto?»

Rob sbiancò all'istante e mi lanciò un'occhiata innocente. «Non so davvero di cosa stia parlando.»

«Fai molta attenzione, amico. Cammini ancora sul filo del rasoio» lo avvertii puntandogli contro l'indice, ma l'attimo seguente io e Cruz ci ritrovammo comunque da soli.

E fu dolorosamente imbarazzante. Soprattutto perché avevo provato a chiamarlo, nei giorni scorsi, e a mandargli messaggi che lui aveva puntualmente ignorato.

Non riuscivo a capire come potesse fare finta che non esistessi, dopo aver sostenuto di provare qualcosa per me. Né come facesse la sua anima a non sanguinare sul materasso ogni sera prima di andare a dormire.

In ogni caso, non ero più in grado di sopportare il dolore che mi logorava al pensiero di non poter stare insieme a lui.

Cruz mi riservò un'occhiata fredda e guardinga.

«Ehi» gli dissi.

«Ciao.»

«Come stai?»

«L'hai chiesto qualche minuto fa» mi fece notare.

Stavo cercando un modo per scusarmi. No, anzi, per chiedergli di riprendermi con sé, ma lui stava rendendo davvero difficile l'impresa.

«Non possiamo essere un po' più amichevoli?» gli domandai allora.

Cruz mi guardò, con quei suoi occhi blu scuro dalle folte ciglia a cui non riuscivo a smettere di pensare, quindi si risistemò il papillon dello smoking. «Mi dispiace, tesoro, ma no.»

«No?» gli feci eco debolmente.

«No. Non voglio essere amichevole con te. Io sono un tipo da "o tutto o niente", e in questo momento, visto che non mi stai offrendo nulla, non ho intenzione di fornirti alcun vantaggio fingendo che il tuo rifiuto non mi abbia ferito.»

C'erano una valanga di cose che avrei voluto dirgli, a cominciare dal fatto che ero assolutamente disposta a offrirgli tutta me stessa, ma prima che potessi anche solo aprire bocca mi sentii afferrare per la spalla, e qualcuno mi costrinse a voltarmi.

«Nessy, presto. Trinity sta chiedendo di te.»

Era Gabriella, vestita con una replica del mio stesso abito color lavanda e sul viso l'espressione di una donna che aveva visto in faccia la morte.

Vedere l'interazione tra me e lei portò Cruz a bloccarsi per un attimo. Ci guardò entrambe con aperto interesse, poi tornò a calarsi sul viso la maschera dell'indifferenza.

«Gabriella» la salutò.

«Cruz» gli rispose lei sorridendo debolmente.

«Riservami un ballo per dopo.»

«Sarà un piacere.»

Pugnale avvelenato, trafiggi il mio cuore.

«Continuiamo il discorso più tardi» dissi a Cruz.

E lui, senza nemmeno darmi modo di capire se mi aveva sentita o meno, si voltò e si incamminò verso il punto in cui si trovavano Rob, Wyatt e Bear.

A quel punto lasciai che Gabriella mi trascinasse via. Attraversammo il prato e raggiungemmo la limousine che Trinity aveva noleggiato per l'occasione.

«Cosa vuole adesso?» bofonchiai lungo il tragitto. «Gli manca qualcosa di blu e si è convinta che la mia faccia farebbe benissimo al caso suo se mi strangolasse a morte?»

«Ha provato a truccarsi da sola ed è stato un completo disastro. Quindi ha chiesto di te, ma tua madre le ha risposto che in pratica te ne eri andata e che non volevi più avere niente a che fare con delle stronze come loro. Così Trinity ha deciso di venire fin qui per chiederti di truccarla.»

Pochi secondi dopo mi ritrovai seduta di fronte a mia sorella, in una spaziosa auto lussuosa che profumava di limoni e champagne. Trinity aveva gli occhi gonfi di lacrime, singhiozzava in modo incontrollato e mi guardava come un cucciolo malato.

«Nessy...» Singhiozzo. «Io...» Singhiozzo. «Il trucco...» Singhiozzo. «È un disastro...»

Strinsi le labbra e mi guardai intorno.

«Ho bisogno che l'autista ci porti al parco o comunque lontano da qui. In un posto soleggiato, dove possa avere della luce naturale.»

«Posso chiederglielo» acconsentì mia madre, poi premette un pulsante e abbassò il divisorio, dando istruzioni al conducente.

Una manciata di minuti dopo stavo truccando mia sorella che, seduta su una vecchia altalena arrugginita, e vestita di tutto punto per la cerimonia, piagnucolava lacrimevoli scuse che io ero decisa a ignorare.

«Grazie. Grazie di cuore. Oh, Nessy, mi dispiace così tanto.»

«Non ringraziarmi. Ringrazia la tua buona stella per aver fatto in modo che fossimo geneticamente sorelle, altrimenti ti avrei lasciata a camminare lungo la navata con l'aspetto di una a cui il nipote aveva scarabocchiato la faccia mentre dormiva.»

33

Tennessee

La cerimonia andò bene.

Io però non riuscii a smettere di fissare Cruz che, dal canto suo, sembrava deciso a ignorare la mia esistenza.

Sapevo che avevamo gli occhi di tutti addosso, dopo i pettegolezzi che avevano infuriato negli ultimi giorni, ed ero anche consapevole di come apparissimo, con Cruz che mi aveva scaricata e io che mi sarei sdilinquita per lui in eterno.

Stranamente, però... non mi importava.

Nel corso degli anni avevo dato fin troppa importanza all'apparenza, mostrandomi forte e senza paura, ma era stato un atteggiamento che non mi aveva mai condotta da nessuna parte.

Stavo soffrendo, e andava bene così. Non volevo nasconderlo.

Era la verità.

Wyatt e Trinity si scambiarono i voti. Ci furono anche parecchie lacrime. La maggior parte delle quali da parte di lui. Dio, quanto piangeva quell'uomo. Non riuscivo a capire se fosse devastato all'idea di legarsi a un'altra pazzoide o se soffrisse di una sorta di influenza ormonale.

Cruz fu costretto a passargli un fazzoletto a metà del suo giuramento.

Perfino padre O'Neill si affrettò a recitare il suo: «Se qualcuno è a conoscenza di un motivo per cui questa coppia non debba essere legittimamente unita in matrimonio, che parli ora o taccia per sempre». Aveva paura che Wyatt stesso potesse intervenire in tal senso e tramutarsi in uno sposo in fuga (il che mi portò a chiedermi come mai non ci fossero libri o film che parlassero di un'eventualità del genere. Ero certa esistesse anche quella tipologia di uomo/sposo).

Alla fine il prete chiese a Wyatt di baciare Trinity, e quei due trasformarono il bacio in una specie di rianimazione bocca a bocca.

Terminata la funzione, Trinity, dopo essersi evidentemente trattenuta abbastanza a lungo, scoppiò in lacrime e colpì il marito con il bouquet, gemendo: «Che diavolo ti prende?», seguito a ruota da: «Guarda cosa mi fai fare… Ho imprecato in una chiesa, maledizione!».

Mentre tutti gli ospiti uscivano dalla chiesa per raggiungere il luogo del ricevimento, ci fu un incidente umano che diede vita a una vera e propria carambola. Una delle amiche d'infanzia di Trinity, infatti, calpestò il vestito di un'altra donna, ed entrambe caddero su una coppia di anziani.

Ben presto si creò un ingorgo tra i banchi che fiancheggiavano la navata, con gli invitati che cercavano freneticamente di districarsi tra loro. Ero certa che a Trinity sarebbe presto venuto un infarto. Si affannava sempre perché ogni cosa fosse perfetta, soprattutto quando c'era la sua nuova suocera nei paraggi…

Tuttavia, quando le lanciai un'occhiata, ebbi l'impressione fosse più che altro divertita, anziché disperata, alla vista di tutta quella gente che cercava di uscire alla bell'e meglio dalla chiesa senza scivolare e cadere sul vicino.

E poi, inaspettatamente, i suoi occhi incrociarono i miei.

«Scommetto che questa sarà l'unica cosa del mio matrimonio che si ricorderanno tra qualche anno» mi disse, porgendomi la sua personale versione di ramoscello d'ulivo.

Io però non ero così pronta a lasciar perdere la nostra faida.

«Non ne sarei così sicura» replicai quindi. «Lo sposo ha pianto come una bambina alla sua prima visione di *Bambi*. Fossi in te, non ci conterei.»

Quando arrivammo sul luogo dell'evento, alla periferia di Fairhope, le cose iniziarono a migliorare. Il tempo era splendido, un po' troppo caldo ma comunque bello, e i fiori che circondavano il fienile erano in piena fioritura.

I tavoli e i posti a sedere erano rustici eppure eleganti, appena pittati di bianco e sormontati da romantiche tovaglie; a ogni postazione era stato apposta una composizione caratterizzata da margherite, gigli e rose fresche.

Inoltre, c'erano fontane zampillanti, un gazebo rialzato, prati curati e una famigliola di cigni che di tanto in tanto si affacciava timidamente per osservare gli ospiti da un laghetto vicino.

Avevo poi sentito dire che il cibo sarebbe stato delizioso, perché Wyatt e Trinity avevano optato per gli chef tra i più costosi sul mercato, il che mi portava pacatamente a sperare che l'ondata di sfortuna che aveva investito la neonata coppia di sposi fosse giunta al termine… anche se continuavo a voler prendere a calci nel *mulo* la sposa.

I Turner e i Costello (che a chiamarli così sembrava che stessi parlando di una band anni Settanta piena di gente capellona con i jeans a campana) avevano una lunga tavolata decorata con rose rosa, candelabri antichi e lanterne.

Non c'era motivo di chiedersi come avesse fatto Trinity a sperperare la maggior parte dei suoi risparmi in vista del matrimonio. Era fuori discussione che nostro padre avesse le finanze necessarie per pagare anche solo i portatovaglioli, con la pensione da sceriffo che percepiva.

Io ero stata assegnata a un posto molto, molto lontano da Cruz, e sapevo benissimo che non era un caso. Del resto Catherine Costello sembrava estremamente soddisfatta di avermi bandita dal raggio d'azione del suo prezioso figlioletto.

A un certo punto, anzi, gli diede perfino una pacca sulla mano dicendogli a voce altissima: «Vedi quella donna con il vestito verde a collo alto? Quella accanto a Fiona Rouse, intendo. Ecco, desidero presentartela. Ha appena iniziato il suo internato al Johns Hopkins Hospital».

Dal canto mio, io continuavo a struggermi silenziosamente per lui, rispondendo di tanto in tanto a mia madre, mia sorella, mio padre e Bear che cercavano in ogni modo di attirare la mia attenzione e di parlarmi.

Più fissavo Cruz, più mi rendevo conto che c'era la concreta possibilità che sarei arrivata perfino a implorarlo di riprendermi con sé. Pubblicamente. *Molto* pubblicamente. Mi chiedevo solo se il finale sarebbe stato felice.

L'unico modo per riaverlo, d'altronde, era dimostrargli che per me era più importante lui del mio stupido orgoglio.

Arrivò il momento dei discorsi, e io mi abbandonai con le spalle allo schienale della sedia a sorseggiare del vino. Solitamente evitavo di bere davanti alla mia famiglia, perché cercavo sempre, in ogni modo possibile, di non metterli in imbarazzo, ma quel giorno era cambiato qualcosa di fondamentale in me.

Avevo giurato di vivere la mia vita per me, per mio figlio e nessun altro.

Le persone designate per i discorsi erano Cruz, in qualità di testimone di Wyatt, e Gabriella, la damigella d'onore di Trinity.

Cruz parlò per primo.

Il suo fu un intervento perfetto, che spaziò dal Wyatt paffutello e angelico dell'infanzia a quello imbarazzante, *Jon-Bon-Jovi style*, dell'adolescenza; in qualche modo riuscì perfino a sorvolare sull'incredibile sfortuna di *quel* matrimonio in modo estremamente divertente. Fece ridere gli ospiti, ma fu in grado anche di farli piangere, e in definitiva tenne alta l'attenzione del pubblico con quello che probabilmente fu uno dei migliori discorsi mai tenuti a un matrimonio, di qualsiasi epoca nella storia del mondo.

Buona fortuna, Gabriella.

Quando Cruz tornò a sedersi, Trinity prese a parlare fitto fitto con la sua damigella. Alla fine, Gabriella le sorrise imbarazzata, annuì e tornò al suo lato del tavolo.

Inarcai un sopracciglio.

Non aveva dato forfait anche per quel compito, vero?

Perché tutti sapevano che i discorsi ai matrimoni erano come i necrologi.

Nessuno voleva occuparsene, ma qualcuno doveva pur farli.

«Nessy?» mi sentii chiamare da mia sorella, che nel frattempo si era voltata dalla mia parte con un gran sorriso sulle labbra.

Oh, no.

«Sì?» le risposi, e lo feci con una freddezza che sconvolse perfino me.

«Ti andrebbe di pensarci tu al discorso?»

«No, in effetti no. E comunque, cos'è successo?» la rimbeccai, senza riuscire a evitarlo. «Gabriella se la fa sotto?»

«In realtà,» rispose Trinity cercando di recuperare un altro sorriso da rivolgermi, anche se fu un po' più storto e decisamente triste, «sono stata io a dirle che avrei voluto te per quel ruolo. So che è una cosa dell'ultimo minuto, ma ho pensato che... be', sono stata davvero orribile con te, vero? Ti ho fatta sentire inferiore e, come se non bastasse, non ti ho scelta come damigella d'onore nonostante ti fossi fatta in quattro per me. Così ho pensato che... cioè, speravo...»

Mi sentii attraversare da una scarica di adrenalina.

Era il *suo* modo di scusarsi. Ma era troppo poco, e arrivava troppo tardi.

«Non credo sia una buona idea» le risposi tra i denti, dopodiché tornai a inclinarmi all'indietro sulla sedia. «Non ho preparato niente, e poi sono Casinessy, no?»

«Sei mia sorella» puntualizzò Trinity. «E a me piacciono i casini che fai. Sono fantastici, spassosi. Perfetti. E tu mi conosci meglio di chiunque altro.»

«Non voglio metterti in imbarazzo» risposi allora, sentendo una certa ansia che iniziava a serpeggiarmi dentro. Ci stavano guardando tutti.

Tutti.

Ormai era chiaro che Trinity mi stava chiedendo di fare il discorso e che io mi rifiutavo di assecondarla. Stranamente, però, non mi dispiaceva più interpretare la parte della cattiva.

«Non mi metteresti mai in imbarazzo» rispose lei passandomi il microfono, le sopracciglia sollevate tanto da sfiorarle l'attaccatura dei capelli. «Per favore.»

A quel punto le strappai l'aggeggio di mano e, emettendo una specie di ringhio, mi alzai in piedi. Gliel'avrei fatta pagare.

Il pubblico applaudì, come se tutti fossero in attesa di ascoltarmi.

Così avvicinai il microfono alle labbra e sospirai. «Non siate così felici, non avete ancora sentito quello che ho da dire.»

Un piccolo coro di risate nervose si innalzò dalle tavolate e poi gli invitati tornarono ad applaudire. Mi guardai intorno e inspirai. A un tratto sentii le dita di Bear arricciarsi intorno alla mia gonna per attirare la mia attenzione.

Abbassai lo sguardo.

Lui sorrise e mosse la bocca in un: "*Puoi farcela*".

Mi voltai a osservare tutti quei visi familiari che pian piano avevano iniziato a confondersi ai miei occhi.

«Prima di tutto lasciate che vi dica che sono stata incaricata di tenere questo discorso esattamente due secondi fa, quindi non so proprio cosa potrà davvero uscirmi di bocca, anche se conoscendomi sospetto che sarà perlomeno divertente.»

La gente si mise di nuovo a ridere.

Lanciai un'occhiata colma d'ansia a Cruz. Il quale si abbandonò pesantemente allo schienale con una birra e il telefono in mano.

Che *conchiglione*.

«Trinity e Wyatt. Wyatt e Trinity.»

Presi a giocherellare con uno dei miei orecchini per guadagnare tempo. Pronunciare i loro nomi in diverse varianti non mi sarebbe servito a molto. Non era mica un tema, che potevo infarcire di parole a caso per allungare il brodo.

«Chi l'avrebbe mai detto, eh? Non io, questo è certo. Ho sempre pensato che mia sorella morisse dietro a Justin Kent.» Feci una piccola smorfia. «Ah, scusate, Justin è qui tra i presenti. Giusto, anche sua moglie… be', ehi, direi che è andata bene a tutti, no? A parte Wyatt, ovviamente.»

E questo fece scoppiare a ridere letteralmente tutti.

Tutti, compresi mia sorella e suo marito, che le si avvicinò per darle un bacetto sulla guancia. Per quanto ne sapevo, era la prima volta che si mostrava affettuoso con lei in pubblico da quando avevano iniziato a frequentarsi.

Il mio petto si gonfiò d'orgoglio.

Mi aggrappai al microfono con un po' più di forza.

«Però dico sul serio. Trinity è sempre stata la migliore di tutti. Quella con i voti più alti. Mi ha aiutata così tanto quando è nato Bear… è arrivata perfino a rinunciare a tutti i suoi risparmi per fare sì che potessi pagare l'intervento che mio figlio doveva subire all'orecchio. È stata la migliore sorella che chiunque avrebbe mai potuto sperare di avere» continuai e poi mi voltai a guardarla, gli occhi un po' lucidi. «Per questo è diventata infermiera. Non conosco nessun'altra donna al mondo in grado di entrare nelle grazie di un bambino che sa perfettamente di dover essere infilzato da lei con un oggetto contundente come un ago.»

Ci furono altre risate.

Non stavo andando affatto male.

«Credo sia proprio questo il problema di vivere all'ombra degli eroi, però. Non sai mai quanto ti resta accanto a loro prima che ti allontanino. E io lo so bene, visto che ne ho quasi perso… cioè, no, visto che ne *ho* perso uno.»

Lanciai un'altra occhiata a Cruz.

Aveva irrigidito la mascella e il suo sguardo si era fatto duro e penetrante, ma almeno non era più concentrato sul telefono.

Stava finalmente rivolgendo tutta la sua attenzione a me.

«È solo che…» Scossi la testa. «Sono felice che mia sorella abbia trovato l'uomo che voleva. L'uomo dei suoi sogni. Perché trovarlo non è scontato. A volte gli uomini migliori ti scivolano tra le dita, e quando accade non puoi più aggrapparti a loro e riportarli indietro.»

Dal modo in cui mia madre mi strofinò la schiena capii che stavo andando fuori tema, e molto velocemente.

Ma ormai era troppo tardi.

Avevo finalmente la possibilità di essere ascoltata da Cruz, e non l'avrei mandata di nuovo all'aria. Non mi importava nemmeno di rubare la scena a Trinity.

Sarebbe stata la prima e unica volta in cui avrei agito nel modo sbagliato consapevole di farlo, in maniera del tutto deliberata, e lei avrebbe dovuto farsene una ragione.

Per la prima volta in vita mia, volevo essere egoista.

«Non voglio indorare la pillola. Sono cambiate molte cose da quando Trinity si è fidanzata con Wyatt. A partire dalla crociera a cui hanno partecipato entrambe le nostre famiglie. È stato allora che io...»

Non dire che hai fatto sesso selvaggio con il dottor Cruz Costello. Ripeto, non dire di aver fatto sesso selvaggio con il dottor Cruz Costello.

«È stato allora che io mi sono innamorata del dottor Cruz Costello» conclusi.

Sentii parecchi invitati trattenere platealmente il fiato, o strozzarsi con i loro drink. Eppure resistetti, ignorai il panico isterico che mi ribolliva in fondo alla gola e che mi ricordava che avevo appena ammesso davanti a una stanza piena di persone che mi disprezzavano che ero innamorata del loro idolo.

«Mi sono innamorata di lui, e credo che forse, magari anche solo per un momento, anche lui si sia innamorato di me.»

Poi mi voltai a guardarlo dritto in faccia, senza tentennamenti.

Mi stava fissando, completamente avvinto. Nella sua espressione non c'erano né tenerezza né amore. Solo la sorpresa e lo stupore di chi stava assistendo alle fasi iniziali di una carneficina in procinto di accadere, come un treno in corsa che procedeva al rallentatore.

Ormai era troppo tardi per tirarsi indietro, così decisi che sarei andata fino in fondo, anche se Catherine Costello sembrava sul punto di volermi pugnalare con il suo coltello da bistecca.

«Non posso vivere senza di te, dottor Costello. Voglio dire, *posso*, però non voglio. E non nel modo in cui le persone viziate si rifiutano di fare qualcosa, come il bucato e i piatti. So che probabilmente questo è il momento sbagliato, che è di certo il posto sbagliato. Ma Cruz, voglio cogliere l'occasione e dirti che... Hai presente l'ultimatum che mi hai dato l'altro giorno? Accetto! Accetto la tua offerta!»

Pensavo fosse la ciliegina sulla torta dargli finalmente ciò che voleva, andare a vivere con lui dopo aver fatto per così tanto tempo la difficile con il mio tira e molla. Cioè, in fondo avevo visto scene simili nei film e nei programmi televisivi.

Era il mio grande gesto, e lui non poteva rifiutarmi, no?

L'espressione di Cruz, tuttavia, era illeggibile, ma aveva le labbra serrate in una linea rigida. Non era esattamente il modo in cui un principe Disney guardava la sua bella principessa prima di portarla via su un tappeto magico, ma, ehi, dovevo farmi bastare quello che passava il convento.

«Mi dispiace, tesoro, ma quell'offerta è scaduta.»

Cosa?

Nella platea ci furono dei sussulti.

Poi spuntarono i telefonini, che vennero subito puntati sul mio viso. Catherine si strinse il petto con una mano, come se stesse per crollare. Suo marito la guardava in silenzio, dando l'impressione di non crederle affatto, tanto era teatrale.

Con mia sorpresa, Trinity lanciò a Cruz uno sguardo omicida, poi si allungò sul tavolo per stringermi la mano.

L'aria abbandonò i miei polmoni. La terra iniziò a tremare sotto i miei piedi.

Aveva detto di no.

Non mi voleva più.

Chiusi gli occhi e lasciai che l'umiliazione salisse in superficie.

Solo che lui riprese a parlare.

«Non sono un intermezzo da usare per spezzare il tuo programma ordinario, Tennessee Turner. E non sono nemmeno una scelta di vita come il veganesimo, che puoi decidere di abbracciare o meno a seconda dell'umore dei propri genitori. Amo le nostre famiglie, ma non abbastanza da permettere loro di interferire nella relazione con quello che è per me il grande amore della mia vita. Tu però non sembri pensarla allo stesso modo. Non voglio che ti trasferisci a casa mia solo per costringermi a guardarti andare via al primo litigio. O quando le cose si mettono male. Oppure nel momento in cui tua sorella decide di dare di matto. O se mia madre pensa che tu non sia adatta a me e la situazione si complica. In poche parole, non voglio lasciarti entrare nella mia vita dal momento che è ovvio che mi abbandonerai alla prima complicazione.»

«Non lo farò» esclamai. «Te lo giuro.»

«Non ti credo.»

«E allora cosa suggerisci?» sbottai, con il mio famigerato orgoglio mai del tutto sopito ormai in frantumi. La gente si stava gustando ogni secondo della nostra scenata. D'altronde era troppo bello per essere vero. Lo zimbello della città che veniva rifiutato dal loro beniamino. «Io non posso rinunciare a te, Cruz. Ti amo.»

«Capisco. E allora per come la vedo io c'è un'unica soluzione» replicò, incrociando le braccia al petto.

«Quale? Farò qualsiasi cosa.»

«Qualsiasi?»

«Sì, be', okay, niente cose a tre. E nemmeno roba che presuppone la pipì in camera da letto.»

Qualcuno sbuffò e ridacchiò, ma non tutti si mostrarono divertiti. Alcuni camuffarono il loro disagio tossicchiando.

Mia madre svenne.

Catherine diede l'impressione di essere a un passo dalla fuga, aspettandosi tuttavia che qualcuno, *chiunque*, la fermasse.

Nessuno lo fece, così rimase ferma al proprio posto.

«Questo sì che restringe notevolmente il campo del "qualsiasi cosa"» commentò Cruz.

«Oddio, dimmelo e basta, Cruz.»

«Sposami.»

«Cosa?»

«Fai di me un uomo onesto, Tennessee Turner, e io ti riaccoglierò di nuovo nella mia vita. Non accetterò nessun'altra opzione. Te l'ho detto, no? O tutto o niente. E visto che hai appena sostenuto che il niente non ti va bene… be', allora dammi il tuo tutto.»

Gli occhi di ciascun invitato puntarono nella mia direzione, in attesa della mia risposta.

Bear mi strinse la mano sotto il tavolo e sussurrò: «Voglio una sala giochi, mamma».

Mia madre mormorò che mi avrebbe ripudiata se lo avessi rifiutato. A quanto pareva, era rinvenuta.

Papà brontolò, dicendo che non avrebbe *davvero* potuto permettersi un altro matrimonio.

Trinity mugolò all'orecchio di Wyatt che le avevo rubato ancora una volta la scena.

E Catherine Costello si accasciò a terra per poi svuotare lo stomaco su un pezzetto di prato.

«Sì» risposi con un gran sorriso. «Sì, sarò tua moglie, dottor Cruz Costello.»

34

Cruz

Quasi investii la mia intera famiglia per precipitarmi verso Tennessee: schiacciai Wyatt e parti del vestito di mia madre.

La raggiunsi, la presi in braccio e la baciai a lungo, e con forza, davanti a un pubblico che era venuto a celebrare l'amore di Wyatt e Trinity e che, fino a pochi istanti prima, era abbastanza sicuro che non ci fosse neanche un briciolo di affetto tra i loro rispettivi fratelli.

Mi sarei sentito in colpa se non fosse stato che Wyatt e Trinity avevano messo il loro zampino in tutta quella faccenda. O se non fossi stato innamorato della donna con cui mi ero appena fidanzato da quando ancora indossavamo entrambi il pannolino.

Tennessee mi strinse a sé, le labbra incollate alle mie in modo quasi infantile, come se temesse di vedermi sparire da un momento all'altro.

«Mi è mancata così tanto la tua bocca. E anche il resto di te.»

«Avrai molto tempo per recuperare il tempo perduto, tesoro, sia con la mia bocca che con tutto il resto. A partire da oggi.»

«Che schifo» brontolò Bear alle spalle della mia fidanzata. «Sono ancora qui, sai? E anche il resto della contea, se è per questo, quindi toglile le mani di dosso. Papà, ti rendi conto di quello che le sta facendo?»

Certo che può, ha fatto molto di peggio, fui quasi tentato di rispondergli.

Rob però ridacchiò e diede qualche pacca sulla spalla al figlio mentre io rimettevo Tennessee a terra con delicatezza. Le scostai i capelli dorati dal viso per poterla guardare meglio in faccia.

Era mia.

Le feci passare un braccio sulle spalle, in modo che non potesse scappare da nessuna parte. Stava ridendo e piangendo allo stesso tempo. La lasciai libera di prendersi qualche istante per ricomporsi intanto che la gente si avvicinava al tavolo per congratularsi con noi, stupita e divertita in egual misura.

Nessuno sembrava apertamente infastidito o deluso da quell'annuncio, a parte la signora Holland, che si era alzata per poi andarsene nel momento stesso in cui Tennessee mi aveva confessato il suo amore.

A un tratto mi ritrovai affiancato da Wyatt, con Trinity accanto.

«Tu sì che sai come mettere in piedi uno spettacolo» mi apostrofò mio fratello con un sopracciglio inarcato, poi mi diede una pacca sulla schiena in un abbraccio fraterno.

Inclinai la testa verso Trinity. «Cognata?»

«Che c'è?» sbottò, infastidita.

«Sei arrabbiata?»

«Arrabbiata non si avvicina neanche lontanamente a come mi sento, dottor Costello» replicò pizzicandosi le labbra. «Ma non con mia sorella. Non aveva proprio alcun potere su quello che le sarebbe uscito di bocca. L'ho messa alle strette con quel discorso. Si è semplicemente fatta prendere la mano e alla fine se ne è uscita con quella confessione. Ma tu… tu le hai chiesto di sposarti il giorno del mio matrimonio.»

«Sono sicuro che succede praticamente a ogni cerimonia. E poi sai quante persone stanno morendo proprio in questo momento?»

«Anche tra gli invitati al *mio* matrimonio.»

«Come posso farmi perdonare?» le domandai allora rivolgendole un sorriso sincero.

«*Niente* potrà mai rimediare a tutto questo» sbraitò e sbatté i piedi sulla rampa rialzata del tavolo, poi si accigliò. «Ecco. Ora credo di essermi anche slogata la caviglia.»

«La penseresti ancora così se vi pagassi la luna di miele?»

«Anche se tu… aspetta, intendi pure le spese extra?»

«Prometti di non fare troppi danni con la mia carta di credito?»

«No, mai. Abbiamo un accordo» concluse Trinity, poi mi si avvicinò e mi afferrò la mano; gliela strinsi, ridendo. Dopodiché Trinity si voltò a guardare Tennessee e arricciò il naso. «Mi dispiace davvero per tutto, Nessy. Ero così presa dai preparativi per rendere questo giorno il migliore della mia vita che mi sono completamente estraniata, rendendo a tutti la vita impossibile, anche la tua. Ci sei sempre stata per me, anche quando non lo meritavo, e non lo dimenticherò mai: non ti darò più per scontata. Prometto che mi comporterò meglio.»

«Anch'io» intervenne Donna Turner che si insinuò tra Trinity e Wyatt, con uno sguardo intenso da cucciolo maltrattato. «E lo stress causato dal matrimonio non è una scusa. Siamo stati ingiusti con te e Cruz. Mi dispiace tanto, tesoro.»

Alle loro spalle, scorsi mio padre che punzecchiava mia madre per convincerla a unirsi a noi. Lei a un certo punto cercò di allontanarlo, ma lui le diede solo uno spintone ancora più deciso.

Alla fine ci raggiunse inciampando sui propri passi, l'aria imbronciata.

«Immagino di dovervi delle scuse anche io» iniziò, alzando gli occhi al cielo come una ragazzina recalcitrante. «Potrei aver tentato, diciamo, di pilotare la vita sentimentale di Cruz. È solo che è sempre stato così perfetto, e avevo pianificato tutto il suo futuro perché fosse da favola. Quindi, quando è uscito dai binari su cui lo avevo messo, io… ecco, sono…»

«Andata fuori di testa?» concluse per lei Tennessee.

«Sì.»

«La capisco, per me è stato lo stesso. Per almeno metà del tempo che abbiamo trascorso insieme, io non ho fatto altro che chiedermi cosa diavolo stesse combinando suo figlio.»

A quelle parole mia madre si lasciò andare a una risatina bassa, pacificatoria. «Non avevo mai pensato che avrebbe potuto avere dei piani diversi da quelli che avevo per lui. E lo so, sembra un po' dispotico detto così.»

Ci fu un breve silenzio, poi Rob scrollò le spalle e disse: «Questa potrebbe essere una delle rare volte in cui io *non* debba scusarmi con qualcuno, ma essendo diventato ormai il nuovo scapolo d'oro della città, visto che Nessy sta mostrando promettenti segnali di voler diventare la perfetta e stimata moglie del dottor Costello, lasciate che porga anche io le mie scuse».

«Per cosa?» gli chiese Bear, accigliato.

Rob gli mise una mano sulla spalla. «Be', figliolo, non posso essere dispiaciuto per il giorno in cui sei stato concepito, perché si è rivelata essere l'unica cosa che mi ha tenuto a galla nei miei giorni più bui, e queste ultime settimane ti assicuro che mi hanno davvero cambiato la mia vita. Ma… vediamo. Ecco, credo di essere dispiaciuto per non aver dato a Bear la mia ovvia e indiscussa bravura nel campo sportivo.»

«E la tua umiltà, anche» sottolineò Tennessee.

«Sono contento per te, fratello.» Rob mi strinse la mano. «E grazie.»

«Per cosa?»

«Per avermi incoronato ufficialmente come nuovo scapolo sexy di Fairhope. A meno che tu non abbia dei ripensamenti e voglia darmi una seconda chance per far funzionare le cose» aggiunse, strizzando l'occhio a Tennessee.

Lei lo spintonò, ridendo.

«Nei tuoi sogni, Gussman.»

Epilogo

Tennessee

Il nostro secondo bambino venne concepito sotto le stesse gradinate dove avevo concepito Bear.

Eravamo appena tornati dalla nostra fuga d'amore a Las Vegas (il pensiero di organizzare un matrimonio in piena regola mi faceva venire voglia di vomitare. E poi non potevo correre il rischio che Dalton e Jocelyn ricevessero per sbaglio un invito all'evento. Non sarei proprio riuscita a sopportare altre conversazioni sui lifting vaginali o i filler ai piedi. Avevo ancora gli incubi su quella crociera e su tutte le bugie che avevo rifilato a chiunque, inclusa quella sui due peni di Cruz).

Bear era ancora a casa di Rob, i miei genitori si trovavano fuori città e i neo sposini erano andati a Knoxville per visionare delle case, in modo da essere più vicini al luogo di lavoro di Wyatt.

Io e Cruz ci stavamo annoiando, così alla fine lui aveva suggerito di andare a vedere una partita di football della Fairhope High. Per dimostrare il nostro sostegno alla squadra locale, insomma.

«Ah, io non ci metto più piede in quel campo» gli risposi. «Non ci sono più andata dal giorno in cui sono stata messa incinta.»

All'inizio lui rise di gusto.

Poi, quando capì che ero seria, mi chiese: «Ma Bear non frequenta quella scuola?».

Io risposi con una smorfia. «È per questo che l'ho spinto verso i videogiochi e lo skateboard, ho scoraggiato ogni suo tentativo con qualsiasi sport che prevedesse l'utilizzo di quel campo.»

«Tu sei pazza.»

«Lo so.»

Secondo il dottor Cruz Costello, il modo migliore per liberarsi di una fobia era affrontarla di petto. Così il giorno seguente ci intrufolammo nel campo da football, nel cuore della notte.

Aveva addirittura indossato la sua giacca della squadra universitaria, cosa che trovavo piuttosto eccitante, seppure in modo perverso (senza contare che gli stava davvero stretta, data la stazza delle sue spalle). Insomma, mi trascinò sotto le gradinate, mi diede ogni genere di piacere e, a differenza della prima volta, io *venni* anche.

Due volte.

Okay, tre.

Sa davvero come usare la lingua.

Alla fine Cruz prese un preservativo, ma io glielo strappai di mano. «Ho smesso di prendere la pillola.»

Cruz si illuminò all'istante. «Davvero?»

«Davvero. So che vuoi un bambino, e...»

«Voglio te più di quanto desideri un figlio, quindi non farlo solo per accontentarmi.»

«Non è così» protestai. «Per chi mi hai presa, per un'adolescente svampita? Lo faccio perché penso che avremo un bambino davvero bello, e perché voglio legarti ancora di più a me in modo da poter continuare a vivere in casa tua, visto che sogno di abitarci fin da quando ero una ragazzina.»

«È la cosa più romantica che tu mi abbia mai detto.»

«Oh, Signore, davvero?» gli domandai, sorpresa.

Trovare quel discorso *romantico* era davvero deprimente. Eppure Cruz annuì.

«Be', allora che ne dici di questo? Voglio invecchiare con te e starti accanto quando ti lamenterai per la protesi all'anca, per l'artrite e la trombosi venosa galoppante.»

«Ti ringrazio per avermi costruito una lapide prima ancora che abbia raggiunto la mezz'età, tesoro. Ora che ne dici di stare zitta così lo infilo dentro?»

E finì così.

Me lo infilò dentro.

Nove mesi fa.

E adesso?

Adesso corro il rischio di perderlo perché gli ho appena conficcato le unghie nelle vene dell'avambraccio.

«Ti ucciderò» ansimo. «Davvero, lo farò. Che cosa mi hai fatto?»

Sono in un letto d'ospedale e sto facendo nascere la nostra bambina mentre Bear e le nostre famiglie aspettano fuori dalla stanza. È Natale, e tutto ciò che vorrei fare adesso è mangiare budino, guardare *Mamma Mia* e chiedermi come riesca Amanda Seyfried ad apparire sempre così magra.

«L'epidurale dovrebbe fare effetto da un momento all'altro» mi blandisce con un sorriso Cruz mentre mi accarezza amorevolmente la mano.

«Bene, perché se non succede sarà *te* che espellerò per sempre dal mio corpo. Non posso credere che tu mi abbia fatto questo.»

«Mi sembra di ricordare che tu abbia partecipato volentieri.»

Proprio in quel momento entra il medico, che rivolge a Cruz un sorriso alla "ehi, sono un dottore anch'io, qua la mano, bro!", ignorandomi su tutta la linea.

Più tardi gli farò causa.

«Porto buone notizie! L'infermiera Hallie ha detto che si vede la testa, quindi possiamo iniziare a spingere. È pronta a conoscere la sua bambina, signora Costello?»

«No!» grido, le mani in aria.

«Lo è» annuisce Cruz con un sorriso disinvolto.

Venti minuti dopo mi ritrovo con Adriana Sylvia Costello tra le braccia.

Sembra un'aliena dolce e innocua. Un'aliena tenera, tipo ET, non come quelli che vengono sul nostro pianeta per invadere il Paese e metterci qualche sonda nel retto. Ha gli occhi scuri e blu come quelli di suo padre, e la testolina pelata e lucida come quella di Bruce Willis.

«Ma guardati» le sussurro, stringendola tra le braccia. «E pensare che hai rischiato di non nascere a causa dello stupido orgoglio di tua madre.»

Cruz mi bacia la fronte e passa un dito sulla guancia di sua figlia. «Ti avrei resa mia, in un modo o nell'altro. Non avrei mai rinunciato a te.»

Promemoria per me: non lasciarti mai più sfuggire quest'uomo. È un vero affare.

Ringraziamenti

Non mi piace per niente scrivere i ringraziamenti, perché dimentico sempre le persone più importanti. Inoltre, visto che scrivo i miei libri con così largo anticipo, a volte ringrazio persone che non hanno poi effettivamente lavorato al libro. Quindi cercherò di scrivere questi ringraziamenti nel modo più indolore e rapido possibile.

Grazie di cuore a Tijuana Turner, Vanessa Villegas, Ratula Roy, Marta Bor, Sarah Plocher e Yamina Kirky. Vi voglio un mondo di bene, la vostra amicizia e il vostro sostegno significano molto per me.

Alle mie redattrici, Tamara Mataya, Paige Maroney Smith e Mara White: grazie mille per tutto.

Alle grafiche della copertina, Murphy Rae e Bailey McGinn: è sempre un giorno di sole nel paradiso degli autori quando hai due copertine sbalorditive per un libro che significa tutto per te.

Grazie, Social Butterfly PR, per avermi permesso di concentrarmi sulla scrittura invece che su tutte le... sapete, quella roba da adulti (inserire qui un brivido).

Un ringraziamento speciale va a Parker e Ava, che mi hanno praticamente costretta a ragionare, e alla mia famiglia che, nonostante costituisca un'enorme distrazione dalla scrittura, amo comunque moltissimo.

Un enorme grazie ai miei lettori, in particolare ai miei follower su IG che, per ragioni che non riesco francamente a capire, sembrano sopportare la mia ossessione per la nail art; grazie anche ai lettori del mio gruppo su Facebook, LJ's Sassy Sparrows. E alle fantastiche blogger che lavorano incessantemente per mettere al centro della scena opere di narrativa di autori indipendenti.

Se vi è piaciuto Bad Cruz (ma anche se non vi è piaciuto e avete comunque qualcosa da dire al riguardo), vi invito a lasciare una recensione. Anche il più breve dei commenti può aiutare un lettore a decidere se provare o meno a dare una chance a Nessy e Cruz.

Grazie mille, L.J. Shen

NELLA COLLANA
Always romance

Vicious. Senza pietà, *L.J. Shen*
Dammi mille baci, *Tillie Cole*
Insieme, *Elle Kennedy e Sarina Bowen*
Un diavolo arrogante, *R.S. Grey*
Il ladro di baci, *L.J. Shen*
Cuori al tappeto, *Kristen Callihan e Samantha Young*
Il diavolo veste nero, *L. J. Shen*
Sweet Enemy, *Kristen Callihan*
The fine print. Un accordo per due, *Lauren Asher*
Pretty. Senza limite, *L.J. Shen*
Quando l'anima brucia, *L.J. Shen*
L.I.L.Y. #tuttasbagliata, *Lea Landucci*
Nemici per sempre, *Tijan*
The Lovepost. Un amore da prima pagina, *L.J.Shen*
Tutta colpa di un playboy, *Tessa Bailey*
The modern gentleman, *Meghan Quinn*
Maledetto il giorno che ci ha fatto incontrare, *Sarah Hogle*
Waylon Univerity. La sfida, *Ilsa Madden-Mills*
Giura che sei mio, *Meagan Brandy*
Marriage for one, *Ella Maise*
Final offer. Un'offerta per due, *Lauren Asher*
Giuro che ti amo, *Meagan Brandy*
Broken. Senza Paura, *L.J. Shen*
House of love, *Naike Ror*
Battitore batticuore, *Meghan Quinn*
Sbaglio dopo sbaglio, *Helena Hunting*
Cinder & Ella, *Kelly Oram*
Faster. Il brivido dell'amore, *Paola Chiozza*
Bad Cruz, *L.J. Shen*

FSC
www.fsc.org
MISTO
Carta da fonti gestite
in maniera responsabile
FSC® C007287

Questo libro è stampato su carta FSC® amica delle foreste.
Il logo FSC® identifica prodotti che contengono carta proveniente
da foreste gestite secondo rigorosi standard ambientali, economici
e sociali definiti dal Forest Stewardship Council®
e altre fonti controllate.